国家出版基金项目

"十二五"国家重点图书出版规划项目

# 中國京劇流派劇目集成

启功题签

《中国京剧流派剧目集成》编委会 编

## 第 贰拾捌 集

學苑出版社

**图书在版编目（CIP）数据**

中国京剧流派剧目集成．第28集 ／《中国京剧流派剧目集成》编委会编．—北京 ：学苑出版社，2014.11
ISBN 978-7-5077-4653-2

Ⅰ．①中… Ⅱ．①中… Ⅲ．①京剧－剧本－作品集－中国 Ⅳ．①I232

中国版本图书馆CIP数据核字(2014)第280745号

出 版 人：孟　白
责任编辑：潘占伟
装帧设计：徐道会
出版发行：学苑出版社
社　　址：北京市丰台区南方庄2号院1号楼
邮政编码：100079
网　　址：www.book001.com
电子信箱：xueyuanpress@163.com
销售电话：010-67675512　67678944　67601101（邮购）
经　　销：新华书店
印 刷 厂：北京信彩瑞禾印刷有限公司
开本尺寸：889×1194　1/16
印　　张：14.25
字　　数：362千字
版　　次：2015年1月第1版
印　　次：2015年1月第1次印刷
定　　价：210.00元（精装）

## 《中国京剧流派剧目集成》学术顾问



## 《中国京剧流派剧目集成》编委会

# 序言

◎黄克

京剧向称国粹艺术，内容博大精深，剧目十分丰富，人们常以“汉唐三千宋明八百”形容其浩瀚。其中流派剧目又以演员表演的鲜明个性使剧目显得更为多彩多姿，充满魅力，既被专业人员钻研承继，也为广大戏迷喜闻乐见，遂成为京剧舞台上一大亮点。

**流派**

举凡表演艺术，原本就无不带有表演者的个人色彩。京剧表演艺术因其唱念做打诸多方面功夫的综合性和繁难性，表演的个性化尤为突出；加以行当的粗分、剧目的雷同，于大致相同的条件下尽显各自的千姿百态、千变万化；一招一式、一腔一韵之中可以体现不同的特色，同样一出戏，甚至同样一个戏中人物也完全可以演出不同的风采，这种充满个性化的表演，遂成为京剧竞技场上最是为人乐道而又情趣无穷的审美内涵。倘若这种富于个性化的表演为受众所认可，且代有传人，形为规范，即可自成一家，成为迥异于他人的艺术流派。以“四大名旦”(梅兰芳、程砚秋、荀慧生、尚小云）为例，虽皆工旦行，却又各有千秋。京剧大师王瑶卿就曾这样分析这四位后起之秀的独到之处：“梅兰芳的样儿，程砚秋的唱儿，尚小云的棒儿，荀慧生的浪儿。”所谓“样儿”，指梅的艺术造诣全面，要什么有什么；所谓“唱儿”，指程以行腔之新颖动听为能；所谓“棒儿”，指尚的刀马功底深厚；所谓“浪儿”，指荀的柔媚多姿、风情万种。寸长尺短，一语道破各有专擅的各家流派特点。如此成就固然来自自己的勤学苦练、苦心孤诣，更少不了观众的知音捧场、鼓励有加。因此，一个艺术流派的形成，对于创始人来说，无疑是开拓了审美追求的新境界；对于受众戏迷来讲，则更是得到了多样化审美需求的新满足。梨园行有云：唱戏的是疯子——指其追求的执着，听戏的是傻子——指其享受的痴迷。二者相得益彰、相映成趣，或许正道出京剧流派形成之三昧。

**流派剧目**

在京剧传承的一二百年间，随着历史的变迁、社会的发展，以及新人辈出、师承转换，荡涤旧物、崇尚新声，传统剧目中的绝大部分早已绝迹于舞台，然而，其精华部分（包括剧目中表现出来的唱念做打等程式体系）还是被完好地保存了下来，并得到长足的发展。其间，流派创始人于剧目的推陈出新做出了不可磨灭的贡献。基于对剧目乃至剧中人物的理解和认识，以及更便于发挥自己技艺特长的需要，流派创始人对浩如烟海的传统剧目进行了严格的筛选，经过了整理加工再创作，使之又焕发出崭新的韵味和光彩；随着这样剧目的增多，最终形成了自己流派所特有的剧目系列。而另外的流派又在另外的剧目系列中发挥着自己的优势，即或剧目相同，不同流派依然可以于演出中表现出自己的独特风格。总之，在其演出的剧目中，无不打上自己表演风格的鲜明烙印。京剧舞台上一度出现的这种百花齐放、争芳斗艳的盛况，实由自丰富多彩的流派剧目，这在京剧发展史上已是不争的事实。

但也应看到，如今京剧流派剧目相对于京剧的鼎盛时期，已是光景不再。个中原因很复杂，就客观因素而言，新兴的艺术形式的多种多样，人们的欣赏习惯和娱乐方式已经有了更广泛的选择余地，因而完全可以去旁骛；此外，就京剧本身而言，演出剧目之贫乏不能不说是观众锐减的重要原因之一。本来演出场所和演出场次就不多，翻来覆去又只是那几出骨子老戏，怎么能吸引观众，特别是年轻观众呢？——连那些老戏迷们也都听腻歪了。

回过头来看，今日演出剧目的贫乏和流派创始人晚年艺术景况也不无关系。他们在艺术的巅峰期——集中在上个世纪二三十年代，创作或改编了一出出新戏，直令观众赏心悦目，目不暇接。当其时，除了富连成科班或游动的散班演出些大路戏外，北京的京剧舞台几乎就是流派剧目的天下。据1932年商务印书馆出版的《五十年来北平戏剧史材》的记载，自民国十二年（1923）至十八年（1929）这六七年间，以梅派剧目为例，只"初演"的剧目——也就是自家独创的新戏或整理改编的传统戏，就有前后本《西施》、《洛神》、《廉锦风》、头二三四本《太真外传》、《俊袭人》、全本《宇宙锋》、《凤还巢》、《春灯谜》等12出戏（其中前后四本《太真外传》这四出戏是在一年多时间里陆续完成的）；同一时间段，马派"初演"的剧目也有《化外奇缘》、全本《玉镯记》、《秋灯泪》、《战宛城》、全本《火牛阵》、《鸿门宴》、全部《临江馆（"馆"应作"关"）》、全部《浣纱溪》、《范仲禹》、全本《清风亭》、头二三四本《大红袍》、全本《天启传》、《许田射鹿》、全本《十道本》等15出戏（其中《大红袍》分头二和三四本两次演出），当然，其中还不包括“初演”以外的经常性的大量的传统戏演出。试问，这些曾经轰动一时的流派创始人编创的新剧目于今又有多少出传承下来了呢？个中主要原因就在于流派创始人到了晚年一些唱做吃重的剧目已难胜任，只有将其已臻于炉火纯青的技艺凝炼到少数剧目之中，或演出或教习也只拘囿于这少数几个剧目了。而其传人也就将这几出戏奉为圭臬，全不知其鼎盛时期的所谓“文武双全”、所谓“昆乱不挡”为何事，致使一些当年的热门戏几近失传，这不能不说是梨园一件憾事。记得梅兰芳先生曾撰文论述学艺过程中的“少、多、少”，大意是初学时会的戏（包括技艺）自然是少的。随着所学剧目的增多，技艺的增长，激发起拓宽其艺术驰骋领域的热情，兼收并蓄，从而极大地丰富了自己。进而又随着审美取向的定型，艺术见识的提高，势必要对自己所学所用下一番去芜存精的工夫，扬长避短，使自己的独特技艺集中在少数几个代表剧目之中。表面看来演出的剧目是少了，但炉火纯青，在艺术创新上却达到了新境界。从少到多，从多而少，贯穿着的是继承与发展的艺术成熟的过程，也闯出了一条攀升艺术高峰的必由之路。后学者以为，学会了几出流派代表剧目便可以薪尽火传，得到了真经，孰不料缺少广博的根基，既影响个人的发展，也造成了剧目越传越少的现实。这难道不是应该汲取的教训吗？

有道是“礼失求诸野”。由于流派剧目的独特韵味及其所富有的艺术魅力，由于京剧作为自娱自乐的审美取向已深入人心，更由于迷恋传统演唱艺术者的大有人在，京剧传统剧目——包括一些已经消失于舞台的流派剧目，至今仍在京剧爱好者中间传唱不息。我们不妨到公园里看一看那一圈圈围着的戏迷，他们来自四面八方，或许彼此并不相识，只凭一把胡琴就将大家凝聚在一起，有滋有味地互相欣赏着一段段流派唱腔。更不用说那遍布全国各地乃至国外华人聚居区的票房，他们还时不时地粉墨登场，过一把戏瘾呢！这种自拉自唱、自娱自乐的红火场面，充分显示了京剧流派剧目的深厚群众基础和顽强的生命力，对于相对落寞的京剧舞台不啻一种发人深省的挑战。然而，这又何尝不是对京剧振兴的潜在的呼唤和有力的支持呢！

**流派剧目集成**

正鉴于其强大的生命力和深厚的群众基础，“振兴京剧”作为文化建设的国策的提出可谓正得其时。而振兴之务，首要的是挖掘和继承优秀传统剧目，以之作为发展和创新的基础和借鉴。我们编纂《中国京剧流派剧目集成》的初衷正在于此：将流派剧目演出的精彩瞬间记录于永恒，将构成流派剧目的诸多元素一一记录在案。诸如每剧的剧情本事、创始人表演特点的提要，剧中人物行当归属、服装扮相，剧本曲文、唱腔谱、伴奏谱、锣鼓经，以及身段谱等得以再现流派表演风格的内容，都力图完整地记录整理出来，为流派艺术的教学和研究提供文字的基础资料。持此，内行自可作为表演的参考，京剧爱好者也可以作为演习的蓝本。

这一工作，对于京剧剧目的基本建设虽然可谓之善举，但具体做起来却困难多多。首当其冲的就是剧目的选定。京剧剧目虽称汗牛充栋，但保存下来的资料却十分有限。京剧形成初期，以“老生三杰”又称“前三鼎甲”的程长庚、余三胜、张二奎为代表的一代固然没有留下什么音像文字资料；即或以“老生新三杰”又称“后三鼎甲”的谭鑫培、孙菊仙、汪桂芬为代表的一代除了少量的唱片外也没有完整的剧目传下来，所以我们的剧目整理工作只能从民国初年以降的“四大须生”、“四大名旦”开始。他们受熏陶于前辈艺术家，可谓传统的集大成而又能创新的一代，整理剧目以他们为重点自然最合适不过。遗憾的是这些艺术大师大都已经作古，得到他们指点和首肯已不可能，为此，我们只能通过其亲传或再传弟子来进行流派剧目的整理工作。从中我们更深地体会到抢救要及时，当初未能抢救下来现在也不要嫌晚而不为，抢救一点是一点，否则能够保存下来的精华越来越少，越加难向历史向后人交代了。

更难的则是遴选整理者。剧目的全面整理需要全面的人才。我们在组织稿件的过程中却发现这样的人手颇不易得。如果流派创始人或其传人曾在戏校任教，且有较为完整的教案保存下来，今日稍加整理即可选用，自然不是难事。不过这样的情况并不多，大量的剧目尚需要对当年的演出本进行追忆记录，加工整理。曾经受业于流派创始人或其传人的京剧工作者虽然是整理演出本的合适人选，但是他们大都是单位的骨干，忙于演出，忙于剧务，或居于领导职位，很难分出身来。即或肯于应承下一两出戏，也常有如下的情况：能演不能说，能说不能写，能写又不能打谱。因此，完成一个剧目经常需由记录者、整理者和打谱人联袂而行，倘再加上剧目的传授者和提要的撰写人，则非四五人鼎力不可。《中国京剧流派剧目集成》收入二百多出戏，每出戏即使平均两三人参加，也要组织四五百人次。其繁难可以想见，其壮观亦可以想见。当然，这还仅就整理者的数量而言，更为难能可贵的还在于参与者的无私奉献。试想，跟演一出戏或教一出戏相比，以文字整理出一出戏，不仅费时而且费力，无疑是一桩一般人不肯为也不屑为的苦差事，而我们的整理者却能甘之如饴，乐此不疲，没有为京剧事业的传承而不计个人得失的宝贵情操，是难有这种积极性的。不仅如此，随着岁月流逝，整理流派剧日益困难，更需要求助一些老专家，他们或是资深艺员、教师，或是资深票友、戏迷，而今已是硕果仅存的京剧艺术的专家、流派历史的见证人。在他们身上洋溢着一种传承京剧流派的使命感，和对振兴京剧的期待。他们热情地参加到这项工作中来，或亲自动手，为我们整理剧目；或答惑解疑，给我们工作以指导。使我们在受教于他们的同时，油然而生一种深深的敬意。

克服了上述困难，《中国京剧流派剧目集成》终于呈现在读者面前。书中，除了囊括主要流派的主要代表剧目，试图反映京剧鼎盛时期的大致面貌而外，尚有可说道者。

首先是挖掘整理出一批流派剧目，其中不乏已近失传的流派艺术精品。其中共收流派五十余家、剧目二百多出，不仅是从装扮到曲谱俱全，而且半数以上不曾整理出版过，可算是京剧剧目建设的一个不小的工程。下列剧目可为佐证。如王（瑶卿）派名剧《南天门》（今能见到的只剩下王和老谭合拍的剧照）、余（叔岩）派名剧《太平桥》（据说是老谭给余说的开蒙戏）、马派名剧《白蟒台》（写王莽被俘后向旧臣一一乞命事，老生扮演反面人物堪称奇特）、麒派名剧《斩经堂》（其中吴汉的悲剧性格曾引起过热烈争论）、荀派名剧《鱼藻宫》（写吕后残害戚姬事，乃荀派悲剧剧目之一），以及汪（笑侬）派名剧《哭祖庙》、龚（云甫）派名剧《徐母骂曹》、徐（碧云）派名剧《绿珠坠楼》、裘（盛戎）派名剧《打銮驾》等，都是难得一见的流派剧目之珍品。而以“关外唐”名世的唐（韵笙）派名剧经其家人和传人的努力竟整理出其代表作《驱车战将》、《闹朝击犬》、《好鹤失政》、《绝龙岭》、《未央宫斩韩信》、《刀劈三关》等七出之多，堪称流派剧目建设的新收获。除此之外，《中国京剧流派剧目集成》还特别着力于武戏的挖掘整理。较之文戏，武戏更难整理，需要将演员在台上的动作招式一一准确地反映出来，没有深入的钻研领会、亲身体验，很难下笔。众所周知，杨小楼作为一代武生宗师，其“武戏文唱”乃武生的不二法门，也是令人神往的一种表演境界，在武戏剧目整理中理应得到体现。资深票友朱家溍先生得其真传，整理了杨派名剧《麒麟阁》，并详细记述了前后六次观剧的心得，惜乎不及将其用工尺谱记下的昆曲吹腔翻为简谱便溘然而逝了。另一出杨派名剧《镇潭州》则是根据京剧耆儒刘曾复先生的讲授整理出来的，其中杨再兴上场的“蝴蝶霸”、和岳飞对打的“枪架子”，皆独得杨派之秘，给人以再闻《广陵散》般的惊喜。此外，高盛麟的《长坂坡》、《走麦城》，王金璐的《落马湖》、《八蜡庙》也都走的杨派的路子，有的就是直接跟杨宗师学的。南派大武生盖叫天武功盖世，他的剧目身后却乏人整理，多亏移居上海的原中国戏校武功教师赵雅枫先生以耄耋之年勉力整出《一箭仇》，也算保存了盖派一脉。还值得一提的是收获了一批武丑戏。叶盛章当年是以武丑戏挂头牌演大轴的第一人，勇于创新，能戏甚伙，现将其创作的名剧《酒丐》、《祥梅寺》、《打瓜园》、《徐良出世》、《三盗九龙杯》、《铜网阵》等七出代表作一并推出，既再现了叶氏当年神勇，也为乏人承继的武丑行当提供一些演习之本。尤为可喜的是我们也挖掘整理出富连成科班总教习、文丑“萧派”创始人萧长华老先生的《选元戎》、《荡湖船》、《变羊记》等已近绝迹舞台的拿手剧目。凡此，整理者挖掘流派剧目的辛勤劳作成果，均为我们编纂“集成”增添了光彩。

为了方便读者翻检使用，本书采取四五出戏合编一册的形式，这样全书约有五十册之多，并拟分三批推出。第一批为老生行的余派，以及号称“南麒、北马、关外唐”的三派，和武丑行的叶（盛章）派，计五家八册。第二批则以旦行“梅、尚、程、荀”为代表，包括老旦、刀马旦等流派。第三批是老生、小生、武生、净、丑等其他流派。

预期一两年内出齐。倘若其中有重要疏漏，又得人整理，亦可考虑编辑出版“集外集”，以满足读者的需求，也使这部“集成”更为名副其实。

当然，《中国京剧流派剧目集成》的编纂，其目的只在提供流派剧目作为研究家和后学者的参考借鉴。而流派、流派，意重在“流”。所谓流，指流行和流变。流派艺术正是在流行、流变中最终形成的，即或在最终形成之后，也还是靠流行、流变而发展的，倘若泥古不化，抱残守缺，就会失掉其鲜活的生命力，艺苑奇葩也会枯萎，这已为京剧发展史所证明。不过，流派艺术发展也需要有个前提，那就是首先要掌握渗透在表演程式唱念做打、手眼身发步中的艺术个性，而流派剧目就是其艺术个性展现的载体。继承流派艺术，不能只满足于模拟外在的“体”，更要在剧目演练中去体味其艺术个性的“魂”，这样才能促使京剧流派艺术从剧目建设到表演个性都得到发扬光大。此乃传承流派剧目的题内之义，自毋庸赘言。

目 录

杨 宝 森

捉放曹（杨宝森演出本） 1
击鼓骂曹（杨宝森演出本） 81
失街亭·空城计·斩马谡（杨宝森演出本） 147

哈鸿儒 整理

# 捉放曹

杨宝森演出本

《捉放曹》的故事出自《三国演义》第四回。汉末，董卓弄权，曹操持宝刀企图行刺除奸，不想被董卓看见。曹操诡称献刀，落荒逃出都城。行至中牟县，被差人捕获。中牟县令陈宫大义释放曹操，并弃官从曹操共谋大事。途中，遇见曹父好友吕伯奢，将二人请至庄内款待。吕伯奢外出沽酒时，曹操听见准备杀牲的磨刀声，起疑，将吕全家杀死，放火烧庄。途中又遇上吕伯奢，曹操又将吕杀死。陈宫怨曹操不仁，趁宿店，夤夜题诗，弃曹而去。

《捉放曹》又名《捉放宿店》、《中牟县》、《陈宫计》，是安工老生的名剧。流传下来的是谭鑫培演出的路子。余叔岩、言菊朋、谭富英、杨宝森、奚啸伯等的《捉放曹》都是继承谭鑫培的基础上而有所发展。直到今天，它还是常演不衰的剧目。

现今，谭、余、杨都留下了“一轮明月照窗下”唱段的录音，通过对比不难发现京剧老生艺术发展的轨迹。把谭的唱腔与同时代的“汪（桂芬）派”、“孙（菊仙）派”比较，则明显感到谭的唱腔动听，耐人回味。若与余叔岩同一段唱的录音相比，谭的唱腔带有古朴的痕迹，而余的唱腔贴近现代，直至今日，听来毫无陈旧之感。具体来看，余派《宿店》唱腔旋律走向与“谭派”唱腔是一致的，但在细微之处做了完善，使唱腔更加优美，更符合人物的心境。第一句“一轮明月”的“明”字的音阶降低了三度，更准确地体现了人物懊悔中的哀叹。杨宝森在《文昭关》中的“明”字就采用高腔，以突出伍子胥心潮起伏，愤慨不平。杨宝森在《宿店》中乃遵循“余派”唱低腔。他把陈宫和伍子胥不同的心境区别开来。接下来“照窗下”的大腔，余叔岩改得比谭更加流畅自然。前二句唱完观众可以完整地体会到陈宫冷静下来之后，懊悔不已的沉重心情。第二句“乱如麻”的拖腔据说是谭鑫培在一次演出时误将收腔落在中眼上，他巧妙地加了个尾巴，算是没错。以后再唱则将错就错地延续下去，不肯更正。学谭者讳莫如深，也照错传唱。到余叔岩才做了更正，把腔按规矩落在板上，但在收腔时还是晃一下这个尾巴。到杨宝森才彻底把这个尾巴割掉。再一个比较明显的改动是第九句，余叔岩将“拔宝剑竟将他的满门斩杀”，改为“拔出剑将他的满门杀”，并对其中的“满”字使了一个腔，使〔二黄慢板〕三拍的短腔变成六拍的短腔，加强了旋律的变化，同时也加强了谴责曹操杀死吕氏满门的力度。再看杨宝森的这段唱的录音，其唱腔基本是按余腔演唱。他的变化都是在细微处，或者是在劲头上加工。在保持优美的前提下，加强了气势，也就是加强了悲剧的气氛，使人感到台上的就是陈宫，而不是杨宝森在演陈宫。有人批评他过多地把读书人的气质注入到各种剧中人身上，然而，《捉放曹》一剧的陈宫，正是因此把人物处理得非常生动。像上面说的“满门杀”的“门”字，他比余提高了二个音阶，把 3· 5 6 7 改为 5· 6 7 7，增强了情感表达的效果；“乱如麻”、“天地鉴察”两个低音拖腔则利用他低音宽厚的优势，给人一种压抑、沉重、苍凉的感受。此外如《行路》一折小段的流水、散板，“背转身来自思量”等三句快板，“陈宫心中似刀扎”一段散板，杨宝森的类似处理，使观众在欣赏的过程境中得到美的享受。

《捉放曹》是一出生净的对儿戏。在整理这个剧本时选裘盛戎演出《捉放曹》音配像作为曹操台词的基础。只要将盖口对严，剧本的艺术风格是统一的。

在舞台上，此剧经常只演《行路》、《宿店》二折，不带《过关》、《公堂》二折。这样演出与剧名不符。杨宝森先生《捉放曹》全剧的录音现在还没发现，但是，20 世纪 50 年代初，在宝华京剧团时，他演《捉放曹》是《过关》、《公堂》、《行路》、《宿店》四折连演的。为了保留完整的情节，本整理本以 1946 年杨宝森先生演出录音为基础，参照裘盛戎先生和梁庆云先生的录音，将四折全部整理出来。1946 年的这个录音也缺吕伯奢在《行路》开始的部分。因为是新中国成立前的录音，这部分仍按老本整理。

哈鸿儒

## 人物行当

| | | | |
|---|---|---|---|
| 陈　宫 | 老生 | 家　童 | 杂 |
| 曹　操 | 净 | 门子杂 | 杂 |
| 吕伯奢 | 老生 | 四衙役 | 杂 |
| 王　成 | 丑 | 四家丁 | 杂 |
| 李　义 | 丑 | 猪　形 | 杂 |
| 店　家 | 丑 | | |

## 服装扮相

**陈　宫**　俊扮。忠纱、黑三，蓝官衣、褶子、玉带，黑彩裤，厚底靴。（第四场以后换高方巾、蓝褶子、紫绦子）

**曹　操**　勾水白脸。紫风帽、面牌、黑满，紫素箭衣、杏黄大带、紫褶子，黑彩裤，厚底靴。

**吕伯奢**　俊扮。古铜色鸭尾巾、白鬓发、白满，古铜色褶子，香色彩裤，白布大袜、福字履。

**王　成**　丑扮。梢子帽，蓝布箭衣、大带，黑彩裤，白布大袜、薄底靴。

**李　义**　丑扮。梢子帽，蓝布箭衣、大带，黑彩裤，白布大袜、薄底靴。

**店　家**　丑扮。蓝毡帽，茶衣、小白腰包，黑彩裤，白布大袜、皂鞋。

**家　童**　俊扮。孩儿发，蓝褶子、绦子，黑彩裤，白布大袜、皂鞋。

**门　子**　俊扮。黑罗帽，黑褶子，黑彩裤，薄底靴。

**四衙役**　俊扮。红秦椒帽，黑布褶子，红彩裤，薄底靴。

**四家丁**　俊扮。黑素软罗帽，黑褶子，黑彩裤，薄底靴。

**猪　形**　黑布褶子。

## 道具

| | | | |
|---|---|---|---|
| 马　鞭 | 两根（蓝色、杏黄色各一） | 桌　子 | 一张 |
| 宝　剑 | 一口 | 椅　子 | 三把 |
| 图　形 | 一幅 | 酒　盅 | 两个 |
| 城　门 | 一座 | 烛　台 | 一个 |
| 官　印 | 一方 | 柬　帖 | 一张 |
| 文房四宝 | 一份 | 紫团花桌围椅披 | 一份 |

| | | | |
|---|---|---|---|
| 惊堂木 | 一块 | 浅色绣花桌围椅披 | 一份 |
| 签　筒 | 一份 | 绿绣边桌围椅披 | 一份 |
| 折　扇 | 一把 | 酒 壶 | 一个 |

# 第一场

〔【冲头】幕启。

〔曹操内白："马来！"【快长锤】曹操骑马"上场门"上，左手敞开褶子，右手举鞭亮住。打马进至"九龙口"回鞭，成勒缰式。

〔西皮摇板〕

曹 操 1/4 (7 6 35 55 36 55 32 11 65 55 36 55 32

11) 1 2. 3 3 2 - (3 21 61 2) 2 1 2 2 -
只望 除 贼 定 朝 阁，

〔【闪锤】打马进至正场台口，回鞭成勒缰式。

(过门同前) 2 1. 1 3 3 2 (6 1 21 2) 1 2. 5
不想 镜 内 起

3 - 2 - 2 1 1 - ‖ 【住头】
风 波。

俺，曹…… (大 大 大 大 大大 乙 仓)(两望，上步) 曹操。【住头】(右手垂鞭，左手敞开褶子) 可恨董卓，在朝专权，上欺天子，下压群臣。是我以献刀为名，刺杀于他。不想在镜内泄露，连夜逃出皇城。看前面已是中牟县，就此马上加鞭。

〔西皮原板〕

2/4 0 62 | 1 65 321 | 61 12 |

【慢长锤】(…… 仓 七 台七台 | 仓 另才 乙台仓 | 大扑台 仓 0 )

(抄马鞭，打马，左转身面向里举鞭，将马鞭逆时针在身

3 5 6535 | 215 5532 | 1235 6535 | 2165 3 2 |

0 0 | 0 0 | 0 0 | 0 0 |

前缓一圈，左转身面向前，勒鞭，上步，垂鞭)

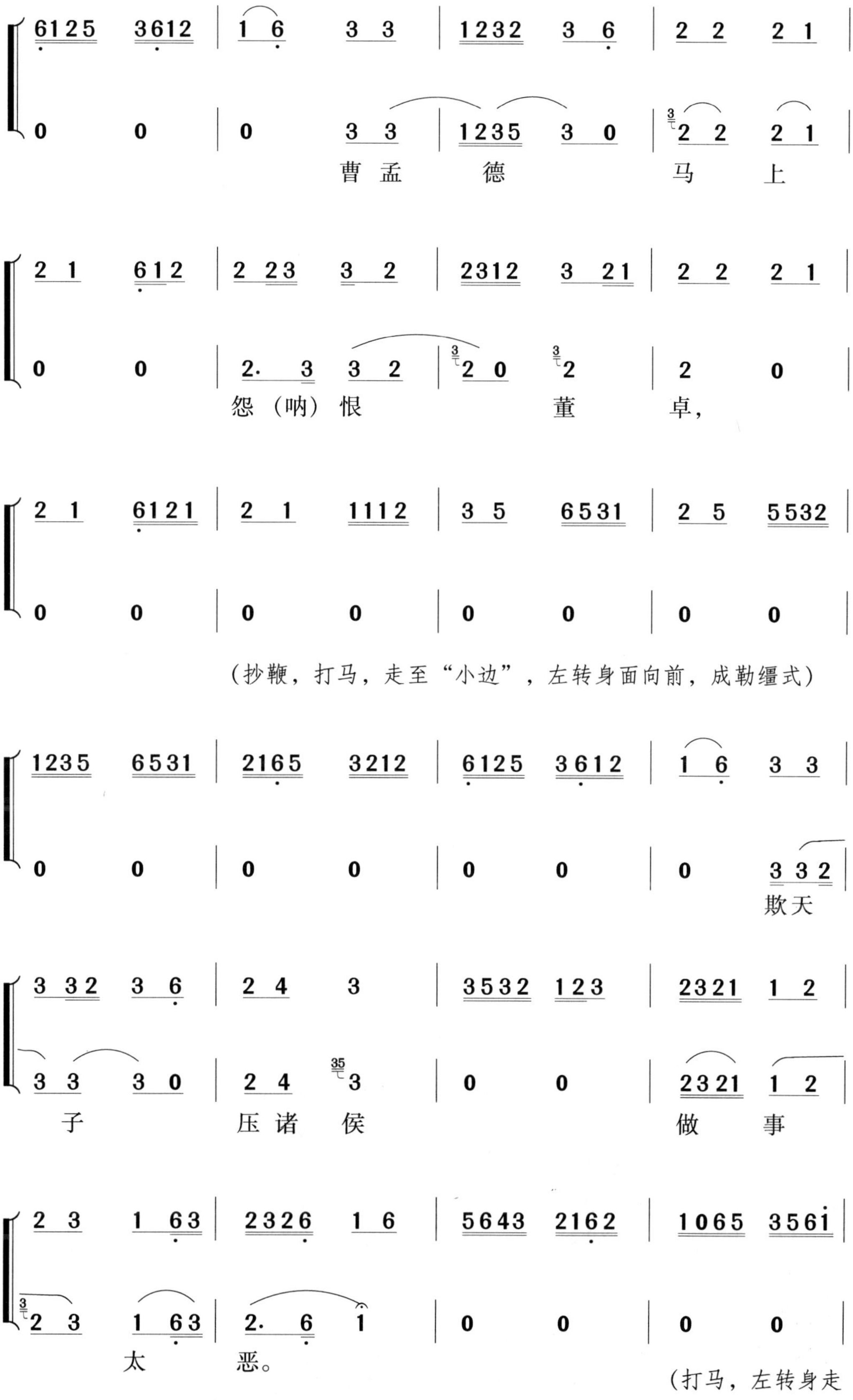
曹孟 德 马 上
怨（呐）恨 董 卓，
（抄鞭，打马，走至“小边”，左转身面向前，成勒缰式）
欺天
子 压诸 侯 做 事
太 恶。
（打马，左转身走

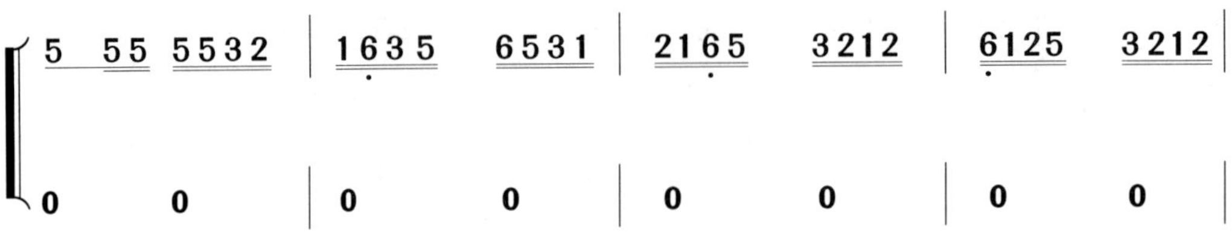

走向台中，右转身面向前，成勒缰式）

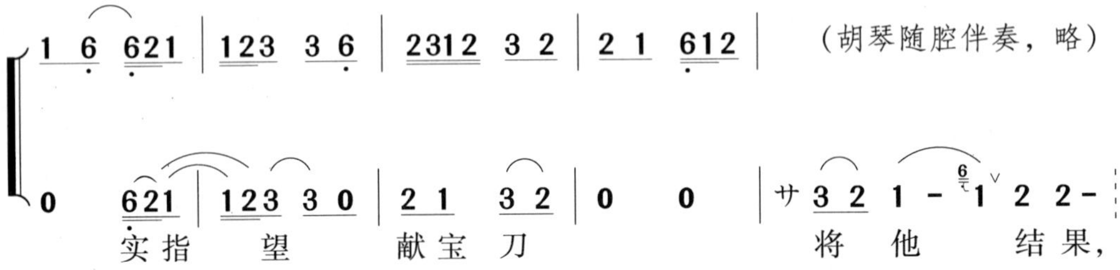


〔【闪锤】曹操左转身，举鞭，打马，向“下场门”走，至“下场门”台口右转身，横鞭式亮住，垂鞭，上步。

〔西皮摇板〕

**曹　操**　（过门同前）

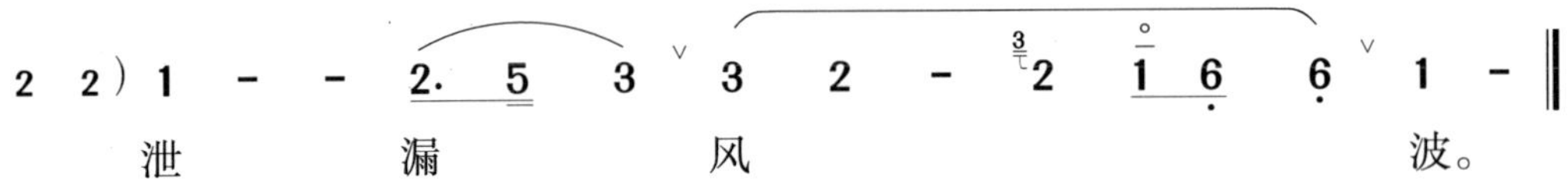


（抄马鞭，退步）

〔【一锤锣】曹操左转身，举鞭，打马，反圆场“下场门”下。闭二幕。

## 第　二　场

〔【冲头】开二幕。“下场门”台口设城门。【撤锣】【小锣帽子头】

〔王成、李义内白：“嗯哼！”[①]【小锣五锤】王成拿差签，李义拿画图。“上场门”上，走至台中。

**王　成**　（念）领了一根签，

**李　义**　（念）千钧不敢耽。

**王　成**　在下王成。

**李　义**　在下李义。

**王　成**　伙计请了。

---

① 王成、李义在第二场、第三场念韵白，第四场念京白。

李　义　请了。
王　成　奉了太爷之命，捉拿刺客曹操，你我关前等候。
李　义　请。
　　〔王成、李义走至城门。
王　成　将画图挂起来。
李　义　挂起来。
　　〔王成、李义在城门右侧挂上画图，分站画图两侧。
　　〔曹操内白：“马来！”**【快长锤】**
　　〔曹操骑马“上场门”上，举鞭亮住。前进至“九龙口”，成勒缰式。

〔西皮流水〕

曹　操　1/4 (7 6 55 55 36 55 32 11 65 55) 3 32 3(12
眼望着

3) 3 32 32 32 12 3(2 3) 6 11 2(1 2) 1 11
中牟县城池一座，到如今我只

2 12 32 1 1 2 2 25 32 2 - (3 21
得自己揣摩。紧加鞭打从这

61 2) サ 2 3 2 - 2. 1 2 - (大大大大 大大 乙仓)
越城而（啱）过，
（将马鞭顺时针在身前缓一圈，向后斜托鞭，上步，看画图方向）

王　成　小心了！
李　义　大家小心。

〔亮弦〕
(4 31 2 -)

〔西皮摇板〕
曹　操　**【闪锤】**（过门同前）1 3 32 3 31 2 - (3 21 61 2)
见城门悬挂图
（左手敞开褶子，斜鞭指城门，端右臂，垂鞭）

1. 3 2 1 - - ∨ 2 1 - ‖ **【住头】**
却是为何？

**【撕边】**哎呀且住！（仓）见城门悬挂画图，哦，想必是捉拿于我，待我转去。**【撕边一击】**

**王　成**　小心了！
**李　义**　哎，小心了！
**曹　操**　唉！大丈夫只有向前，哪有退后道理！待我拉马进城。
　　〔【五锤】曹操下马，拉马走向城门，王成、李义拦住。
**王　成**　哎，哎，哎，哎！你是做什么的？
**曹　操**　我是进城的。
**王　成**　如今进不得城了。
**曹　操**　怎么进不得城了？
**王　成**　捉拿刺客曹操，进不得城了。
**曹　操**　你拿你的曹操，与俺有什么相干？
**王　成**　你是做什么的？
**曹　操**　咱是贩卖布匹的。
**王　成**　拿来。
**曹　操**　什么？
**王　成**　拿腰牌来。
**曹　操**　有腰牌？
**王　成**　准你进城。
**曹　操**　无有呢？
**王　成**　去见我家太爷。
**曹　操**　你家太爷他姓字名谁？
**王　成**　姓陈名宫字公台。
**曹　操**　呜呼呀！【撕边一击】（背供）闻听陈宫，颇有才学。不免进城，顺说于他，倘若跟我奔走天涯，也未可知。（对王成、李义）啊，二位！
**王　成**
**李　义**　（同）哎。
**曹　操**　你等可认识曹操？
**王　成**
**李　义**　（同）我们不相识。
**曹　操**　咱就是曹操。【撕边一击】
**王　成**
**李　义**　（同）哎……这是——瞧瞧。（与画图对照）
**王　成**　与画图一样。
**李　义**　与他戴上。
**王　成**　戴了，戴了！（拿出锁链，欲锁曹操）
**曹　操**　这做什么？
**王　成**
**李　义**　（同）朝廷的王法。
**曹　操**　不戴也罢。
**王　成**
**李　义**　（同）焉有不戴之理呀！

曹 操 你们与我戴，戴，戴！

王 成 戴了！

〔【闪锤】王成摘下曹操佩剑，戴上锁链，站“大边”；李义接过马匹，站“小边”。

〔西皮摇板〕

曹 操 （过门同前）1 2 2 3 3 2 2（3 21 61 2）2 2 1 - 2 2 -
到如今只落得　　　项戴　　愁锁，

〔【闪锤】曹操左手敞开褶子，右手抓袖，左转身面向城门走，右手捋髯，右转身，上步。

曹 操 （过门同前）3 5 5 6 1. 2 3 2 1（3 21 2）3 3 2 1 - - - - 1 - ‖
见了那陈公台　　　自有话　　　说。

〔【大锣原场】李义摘挂图与王成押曹操进城门，下。

## 第三场

〔【冲头】开二幕。场上置正场桌、“大座”，紫团花桌围椅披。桌上摆官印一方，文房四宝一份，签筒一份，惊堂木一块。【撤锣】【小锣帽子头】

〔众内白：“哦——”【小锣原场】四衙役、门子“上场门”上，“站门”。陈宫端带上至正场台口。【小锣归位】

1 2 3 2 2 2 6 7 - 7 6 - ‖

陈 宫 （引子）官居县令，（多多）与黎民（多罗.）判断冤　　（呐）情。

〔【小锣原场】【小锣归位】陈宫右转身，归“大座”。

陈 宫 （念诗）头戴乌纱奉孝先，
君王有道万民安；【小锣二击】
为官必须为廉吏，
汉室江山万万年。【小锣住头】

〔四衙役、门子归“里八字”。

陈 宫 下官，姓陈名宫字公台，（台大·）蒙圣恩，特授中牟县正堂。自到任以来，百姓安乐。只因董太师有谕帖到来，言道曹操行刺董太师，因此，晓谕各府州县，画影图形捉拿刺客曹操。我已命王成等四门巡查未见交签。左右！

众 有。

陈 宫 伺候了！

众 啊！

〔【小锣五锤】王成抱宝剑，握差签“上场门”上。至“小边”台口。

**王　成**　（念）忙将曹操事，报与太爷知。（台）（“挖门”）
参见太爷，小人交差。（将差签交回，站“大边”）
**陈　宫**　命尔等捉拿刺客曹操，怎么样了？
**王　成**　恭喜太爷，贺喜太爷。
**陈　宫**　喜从何来？
**王　成**　今将刺客曹操拿住了。
**陈　宫**　有何为证？
**王　成**　佩剑为证。
**陈　宫**　呈上来。
**王　成**　是。（呈上宝剑）（台）
**陈　宫**　只要尔等拿得不错，解进京去，定有千金之赏。
**王　成**　小人不愿领赏。
**陈　宫**　愿者何来？
**王　成**　情愿太爷禄位高升。
**陈　宫**　哈哈哈……（台）官升隶赏，理所当然。吩咐下去，将刺客曹操押上堂来。（拍惊堂木）
**王　成**　（至台口）将曹操押上堂来。

〔李义内白：“啊！”【快长锤】李义押曹操“上场门”急上。曹操斜穿褶子，左手提袍，右手托锁链至“九龙口”，摊双掌。

〔西皮流水〕

**曹　操**　（过门同前）

3 2 | 3 | 3（1 2 | 3）3 | 3 2 | 2 3 | 3 2 |
跳　龙　潭　入　虎　穴　逃灾

1 2 | 3（2 | 3）6 | 1 1 | 1 2 | 2（6 1 | 2）3 | 3 1 |
避　祸，料　不　想　中　牟

2 | 1 2 | 3 | 1 | 1 | 2 | 2 | 3 5 |
县　又入　网　罗。怒　冲　冲　打

3 2 | 1 | 2 |（3 | 2 1 | 6 1 | 2 | 2）|
从　这

サ 3. 2 1 2 － － 2 ∨ 1 － 6 1 2 － －
滴　水　檐　过，

**李　义**　走！

〔【快长锤】李义押曹操“挖门”进。李义站“小边”；曹操捋髯站“大边”，昂首看看陈宫，面向前，上步。

## 捉放曹

〔西皮摇板〕

**曹操** （过门同前） 1 3 3（3 3 －）3 2· 1 2（3 2 1

看陈宫 他把我

6 1 2）1 2 3 － 3 2· 3 2 1 － ‖ （仓）

怎样 发 落。

**王成**
**李义** （同）曹操上堂。

〔西皮摇板〕

**陈宫** 【闪锤】（过门同前）3 3 2 3· 2（3 3）1 1 － 1· 2 3 －

曹孟德 进衙来

（站起，斜身面向“小边”台口，左手指曹操）

（3 3 3 3 3 2 1 2 3）1 3 1 2 4 － 3 － － 2· 3 2 3 2 3 －（仓）

齐声 威喝，

**众** 哦——

〔亮弦〕

（6 1 2 3 －）

**陈宫** 【闪锤】（过门同前） 3 3 1 － 6 326 1 2 －（3 2 1 6 1 2 2）

书吏们 列两 旁

3 2 1· 2 3 2 32 1 －（3 2 1 6 1 2 1 6 5

虎 占 山 坡。

5 5 3 6 5 5 3 2 1 1）3 3 2 2 3· 2 1（1 1 1 1）

观此贼脸面 上

6· 2 1 3 3 － 2（3 2 1 6 1 2 1 6 5 5 5）

带 定 凶 恶，

1 2 1 1 － 3 2 6 1 2 2（2 2 2 2 3

见 本 县 不 下 跪

2 1 6 1 2 2 2 2）3· 1 1 － 1 6 6 1 － － ‖ 【住头】

却 是 为 何？ （坐下）

下站可是曹操？

**曹 操** 既知我名，何必动问？

**陈 宫** 见了本县，为何不跪？

**曹 操** 俺曹操上跪天子，下跪父母，岂肯跪你这小小的县令。

**陈 宫** 哼！你岂不知王子犯法与庶民同罪么？

**曹 操** 俺身犯何罪？

**陈 宫** 你行刺董太师，还说无罪？

**曹 操** 刺杀董太师，可是你亲眼得见？

**陈 宫** 虽不是我亲眼得见，现在董太师谕帖到来，你还敢强辩？

〔亮弦〕

（大大 大大 乙大 大0 仓）（7 2 1 -）

［曹操面向台口，暗暗一惊。

〔西皮流水〕

**曹 操** 【闪锤】（过门同前）3 2 | 4 | 3（2 | 3）3 | 3 2 | 3 | 3 2 |
听 他 言 不 由 我 双眉

1 2 | 3（2 | 3）6 | 6 1 | 2（61 | 2）6 | 6 1 | 2 | 1 2 |
皱 锁， 到 如 今 我 只 得 自己

3 2 | 1（2 | 1）3 | 3 1 | 2（61 | 2）1 | 1 3 | 2 | 2 1 |
揣 摩。 说 几 句 巧 言 语 将他

6 1 | 2 | 2 | 1 | 3 | 2 1 | 6 1 | 2 | （3 |
哄 过， 管 叫 他 弃 县 令

2 1 | 6 1 | 2）| サ 2 1 6 1 - 2 1 - ‖ 【住头】
（大 大） 随 我 逃 脱。

（对陈宫）你在帘外为官，可知朝中，谁忠谁奸？

**陈 宫** 从来在帘外为官，怎知朝中，谁忠谁奸？

**曹 操** 却又来！（抖右袖，提袖）

〔西皮原板〕

2/4 0 62 | 1 65 321 | 61 12 | 35 6531 |

【慢长锤】（……仓七 台七台 | 仓 台才 乙台仓 | 大扑台 仓 0 |）

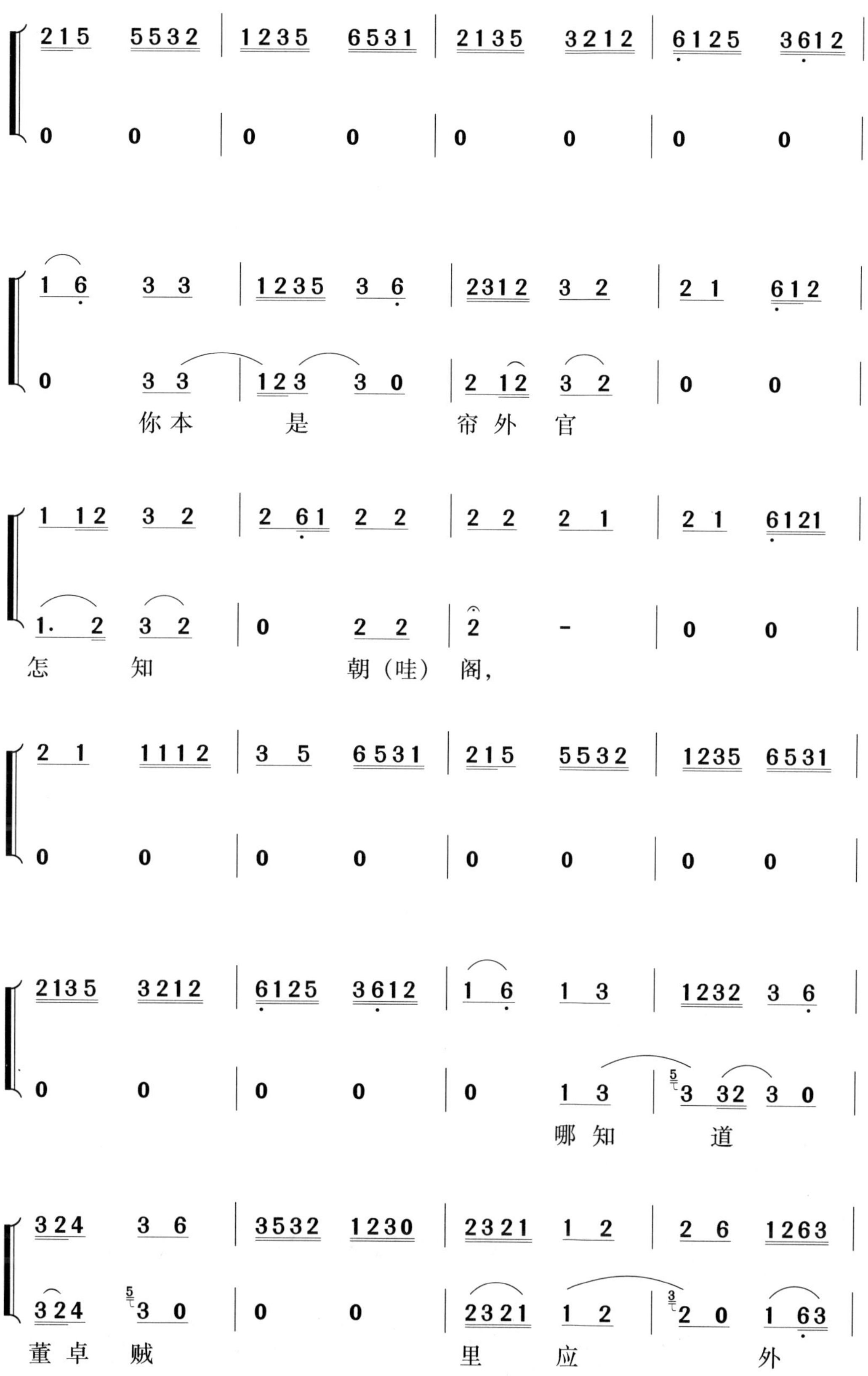
你本 是 帘 外 官
怎 知 朝（哇）阁，
哪 知 道
董 卓 贼 里 应 外

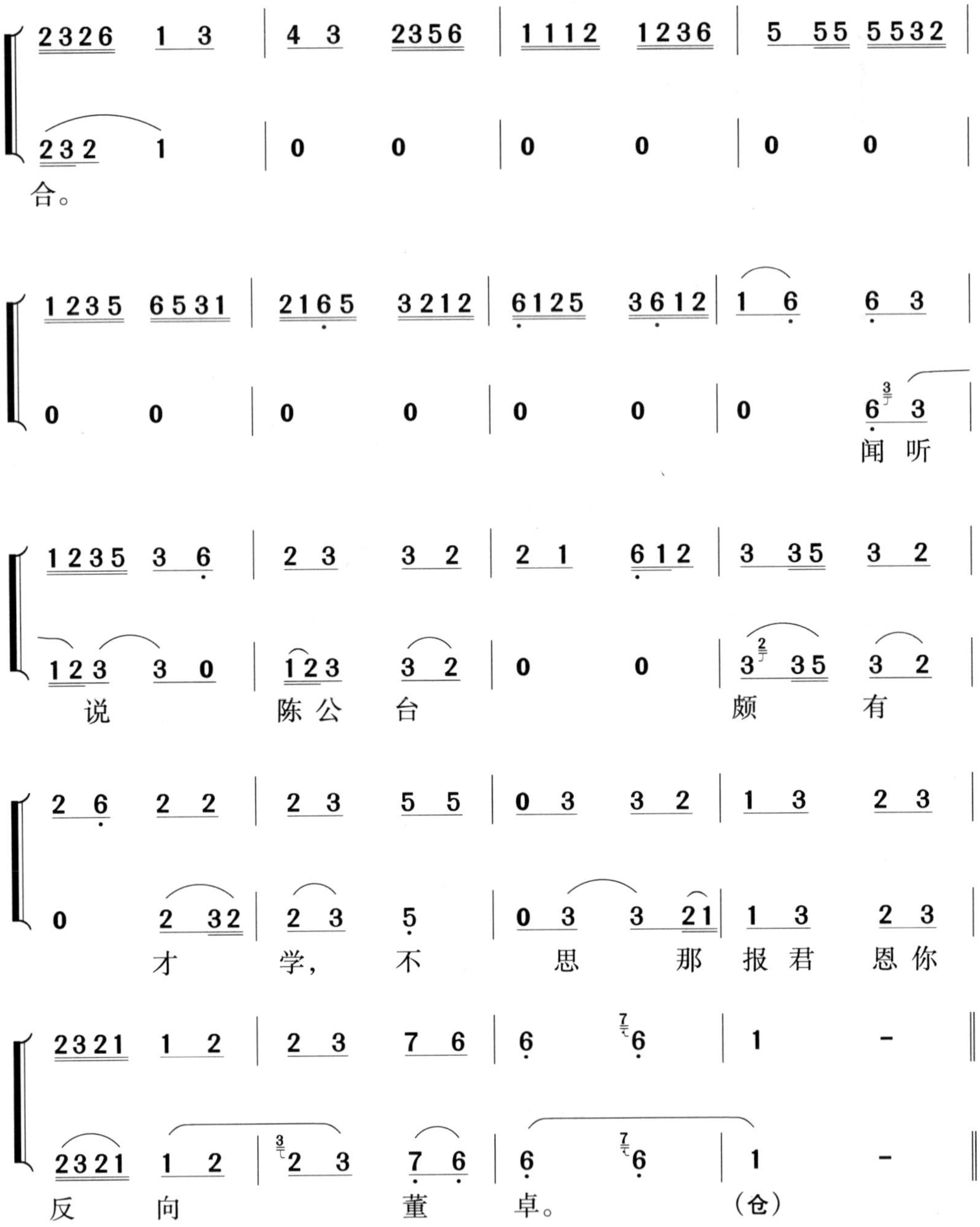


**陈　宫**（站起，右手指曹操）住口！

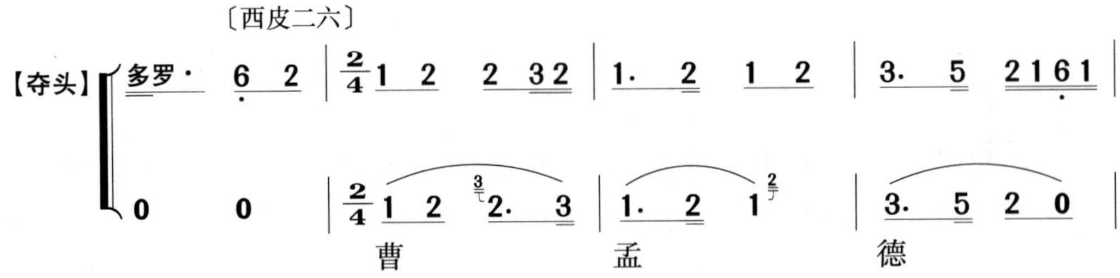

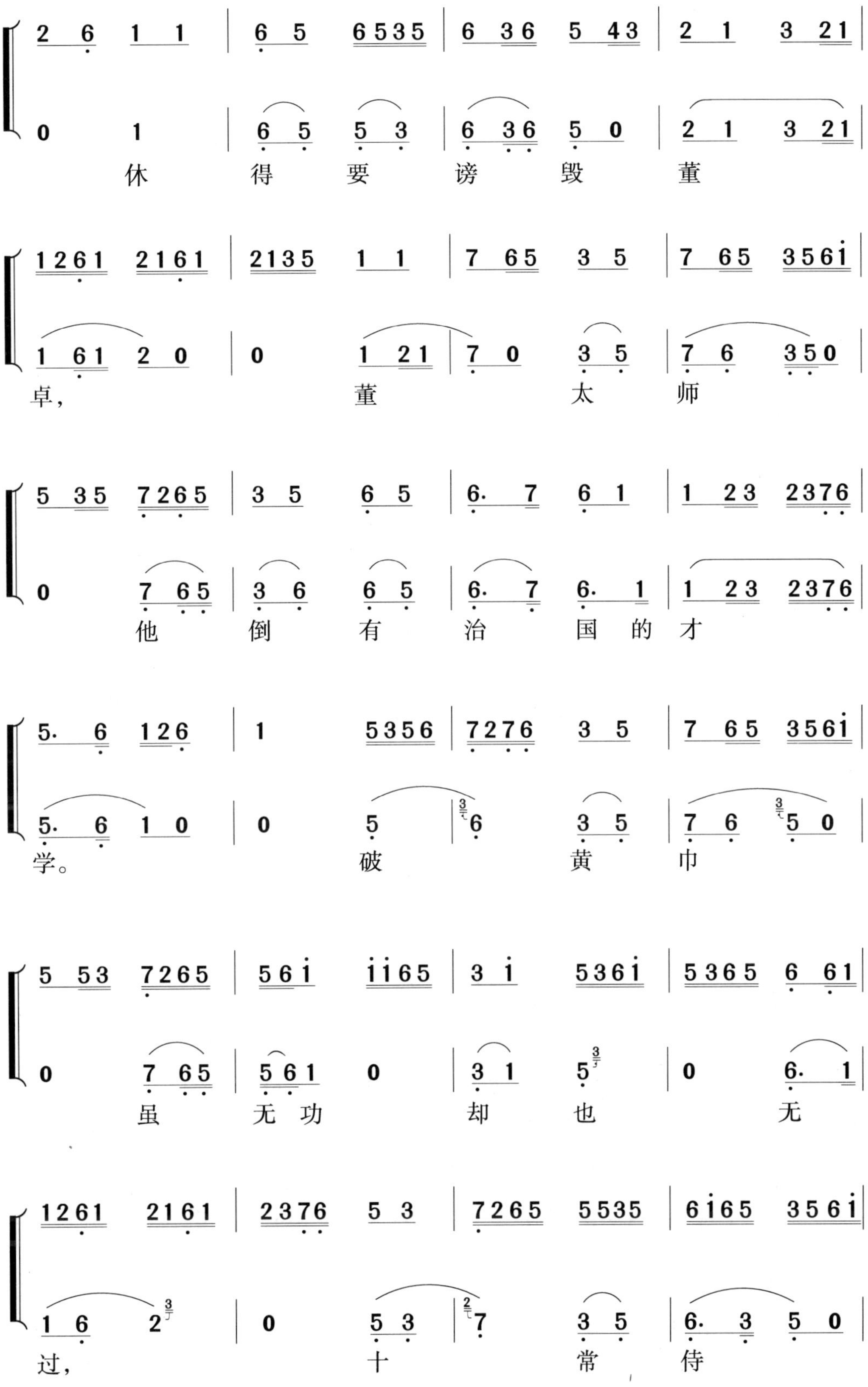
休 得 要 谤 毁 董
卓， 董 太 师
他 倒 有 治 国 的 才
学。 破 黄 巾
虽 无 功 却 也 无
过， 十 常 侍

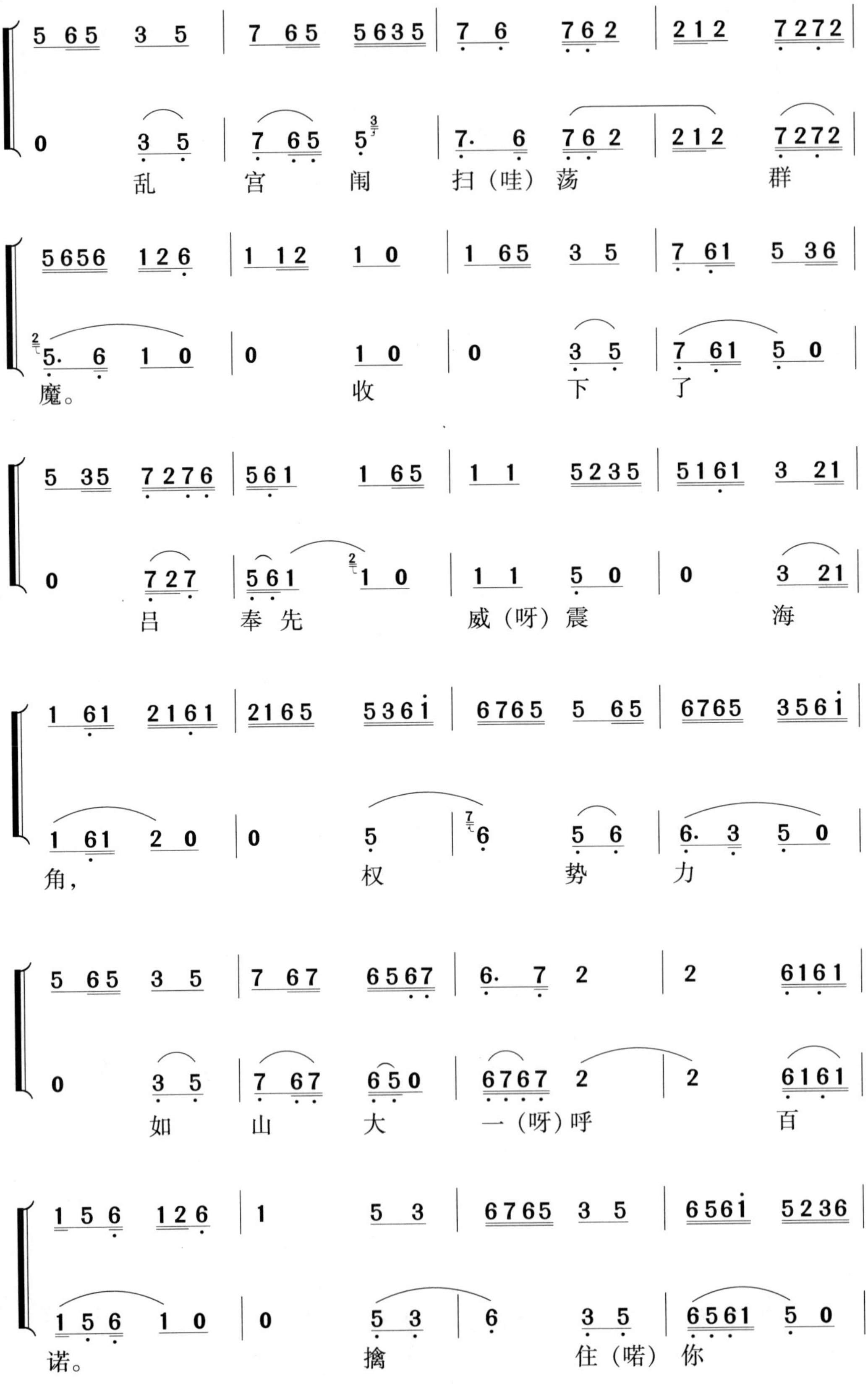
乱 宫 闱 扫（哇）荡 群
魔。 收 下 了
吕 奉 先 威（呀）震 海
角， 权 势 力
如 山 大 一（呀）呼 百
诺。 擒 住（喏）你

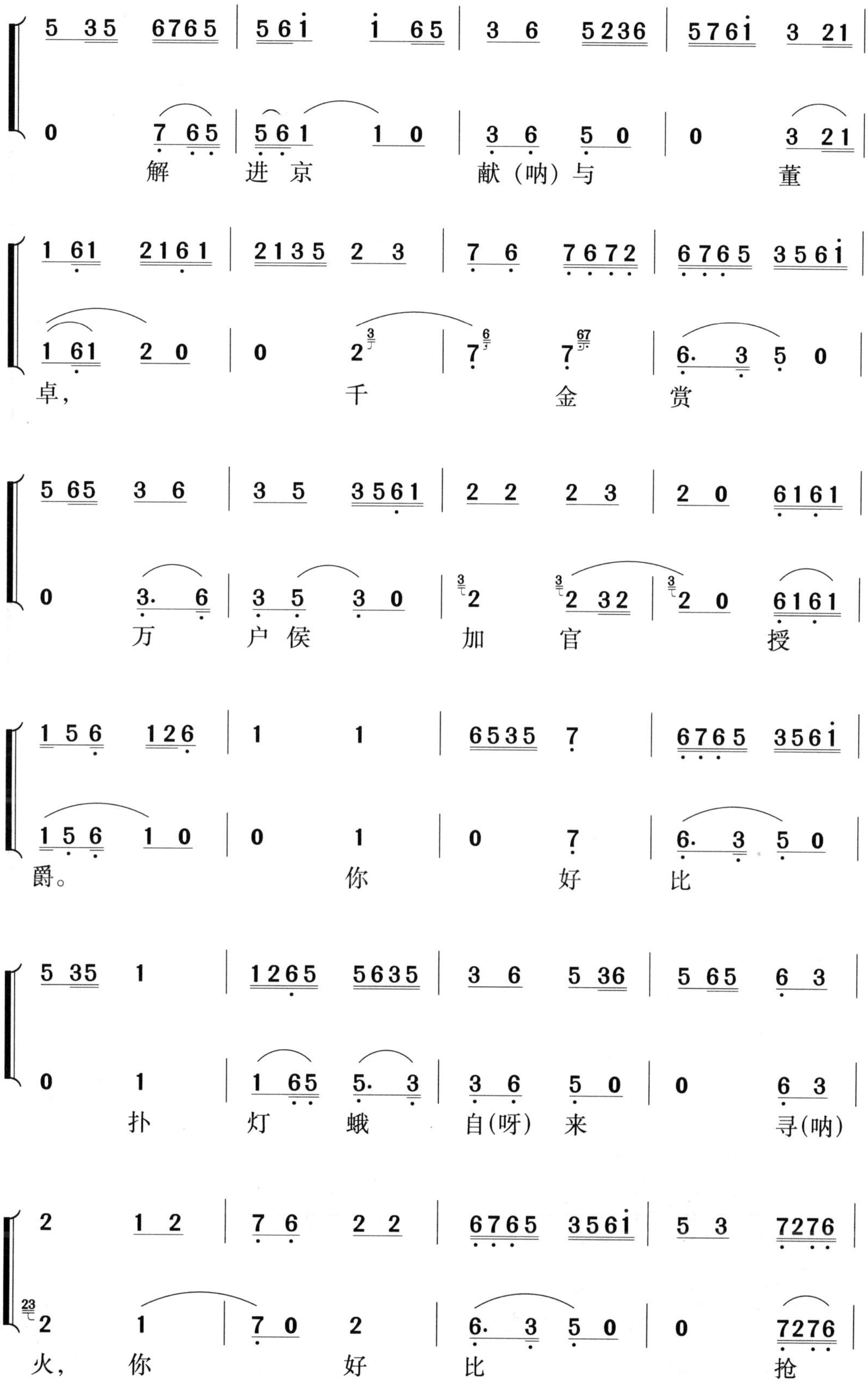
解 进 京 献（呐）与 董
卓，千 金 赏
万 户 侯 加 官 授
爵。你 好 比
扑 灯 蛾 自（呀）来 寻（呐）
火，你 好 比 抢

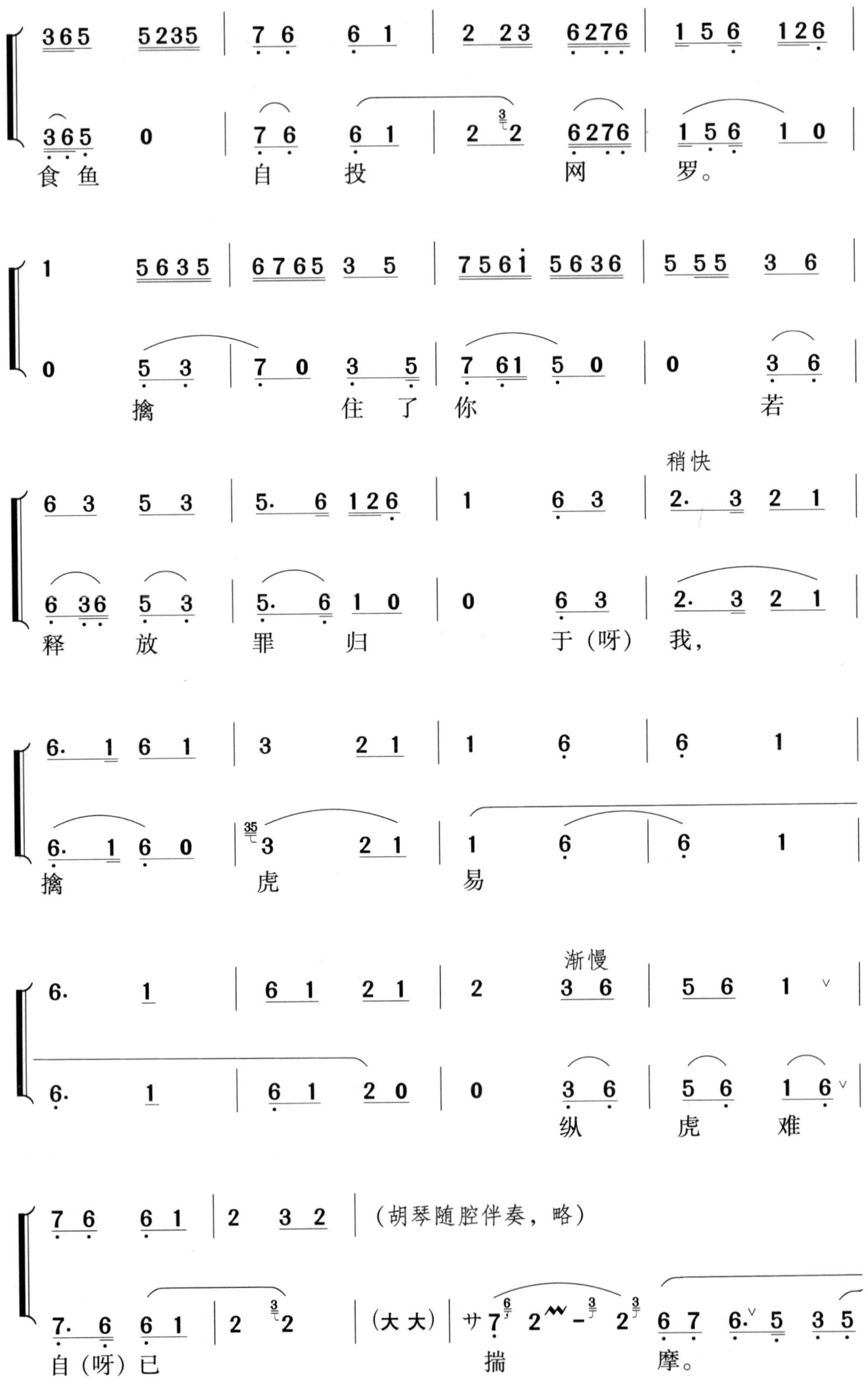
食鱼 自 投 网 罗。
擒 住 了 你 若
稍快
释 放 罪 归 于（呀）我，
擒 虎 易
渐慢
纵 虎 难
（胡琴随腔伴奏，略）
（大 大）
自（呀）已 揣 摩。

# 捉放曹

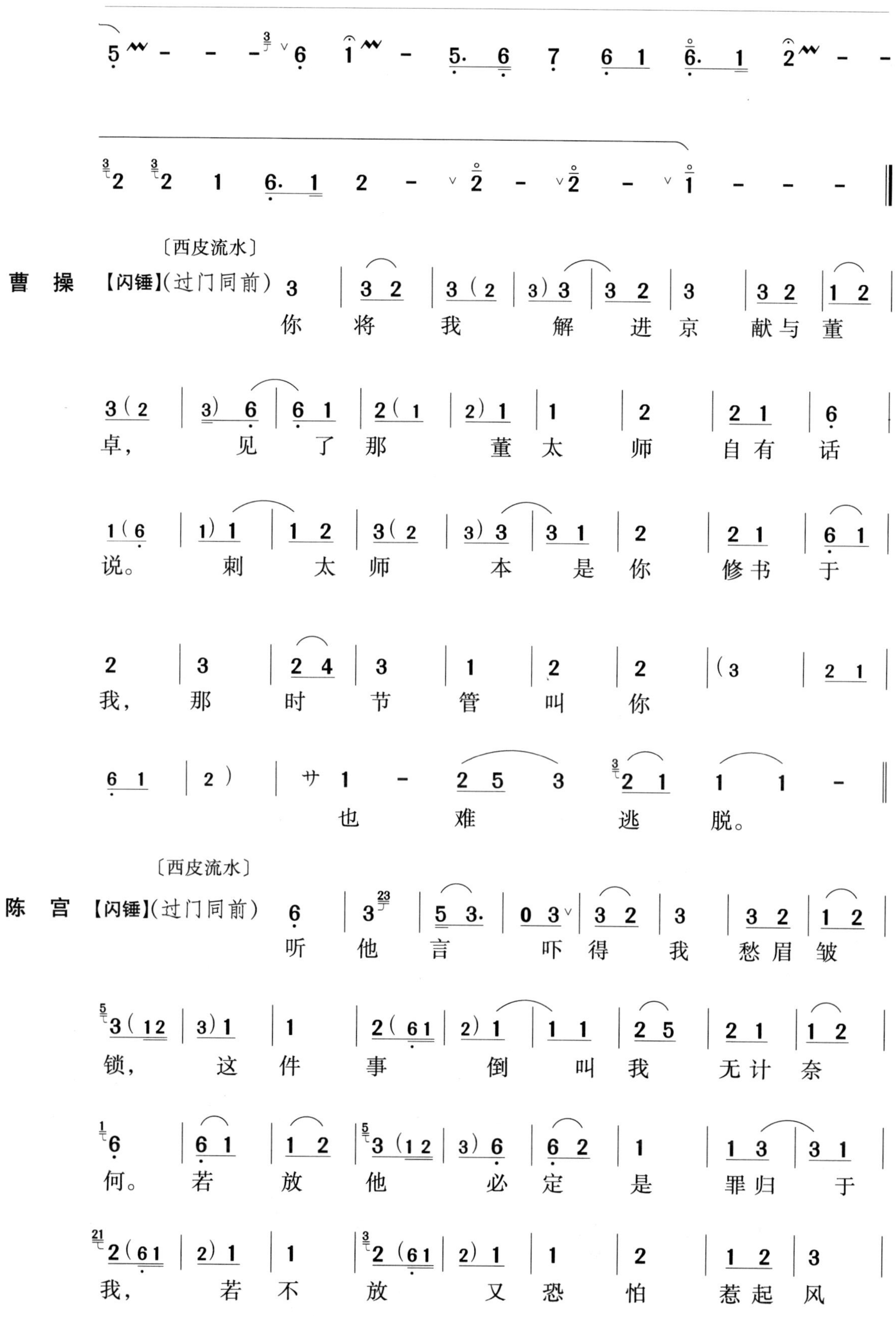
〔西皮流水〕
曹操 【闪锤】(过门同前)
你将我解进京献与董卓，见了那董太师自有话说。刺太师本是你修书于我，那时节管叫你
サ
也难逃脱。
〔西皮流水〕
陈宫 【闪锤】(过门同前)
听他言吓得我愁眉皱锁，这件事倒叫我无计奈何。若放他必定是罪归于我，若不放又恐怕惹起风

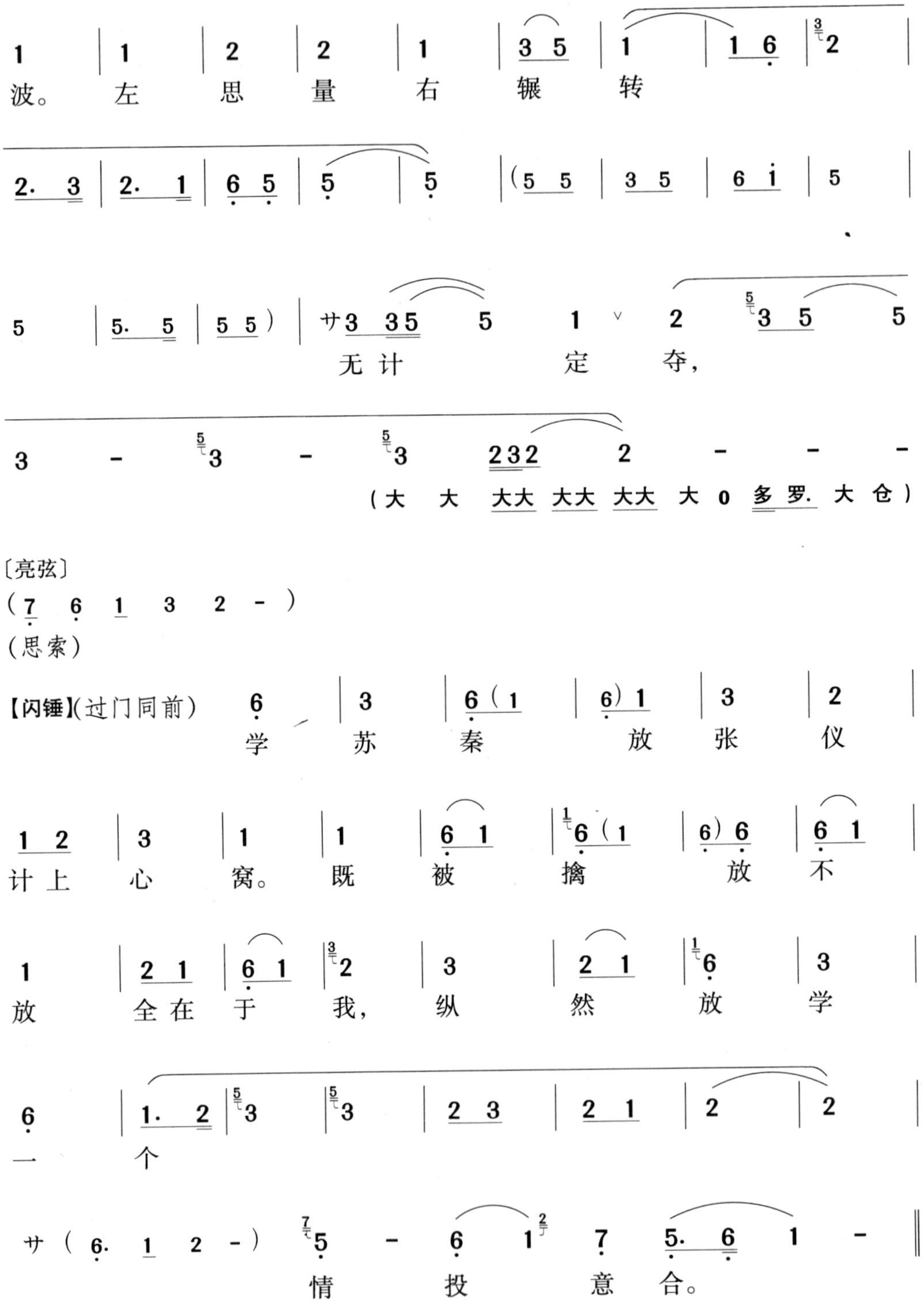


**曹　操**（抖右袖，提袖）

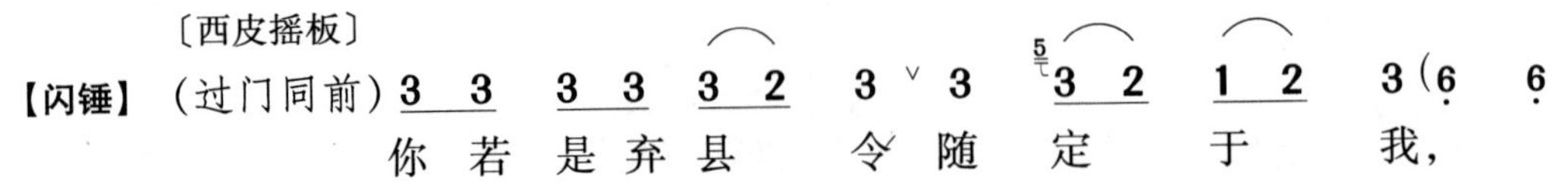


（走至“小边”左转身面向陈宫）

5 5 5 5 3 6 5 5）3 2 3 2 1 1 2（6 1

那 时 节 我 保 你

2）3 2 1 1 － 1 3 2 － 1 － － ‖

身 挂 紫 （呀）罗。

〔亮弦〕

（7· 2 1 －）

〔西皮流水〕

**陈 宫** 【闪锤】（过门同前） 1 | 6 1 | 6（1 | 6）3 | 6 1 | 1 | 2 1 | 6 1 |

（有所触动） 曹 孟 德 他 一 言 提醒 于

2（1 | 2）1 | 1 | 2（1 | 3）3 | 3 1 | 2 | 3 2 | 1 2 |

我， 七 品 官 辜 负 我 经纶 饱

6 | 1 | 6 1 | 6（1 | 6）1 | 6 1 | 1 | 1 3 | 0 1 |

学。 倒 不 如 弃 县 令 随 他 入

2 | 6 | 2 1 | 6（1 | 6）1 | 1 | 2 | 2 1 | 6 |

伙， 约 诸 侯 图 大 业 重 整 朝

1 | 3 | 1 | 2 | 2 | 1 | 3 | 3 | 3 2 |

阁。 下 位 去 与 明 公

2 |（2. 2 | 2 2 | 2 | 3 | 2 1 | 6 1 | 2 | 2）|

3 3 2 3 2 ᵛ 1 － － 3 2 － － －

亲 解 桎 （呀） 锁，

（大 大 大 大大 大大 大大 大大 大大 大大 多罗. 大 仓）

（左手撩袍，跨出“大座”，欲给曹操解锁）

**众** 哦——

〔亮弦〕

（7 4 3 2 －）

〔西皮摇板〕

**陈　宫**　【大锣凤点头】（过门同前）3 3 1 － 6 6. 1 1 2 2（2. 2 | 2 2 | 2 1 |

书 吏 们 且 回 避

（上步，左转身，对众衙役）

6 1 | 2） 6 2 1 － 3 2 1 －（3 |

自 有 发 落。

2 1 | 6 2 | 1 2 | 6 5 | 5 5） 2 1. 2 1 1 3. 2 1

（冬 冬冬） 手 挽 手 与明 公 二

（众衙役两边分下；闭二幕）

2 3 2 1 1 － － － 3 3 2 － －

堂 对 （呀）坐，

（卸下曹操项锁）

随我来！

〖【闪锤】开二幕。场上置正场桌、“八字椅”。陈宫手拉曹操圆场，进门，曹操站“大边”，陈宫站“小边”。

**陈　宫**　（过门同前）1 2. 1 6 3 6 1 1 － － 2（2. 2 | 2 2 | 2 3 |

驾 光 临 少 奉 迎

（二人互拱手）

2 1 | 6 1 | 2 | 2. 2 | 2 2） 5 627 6 － 5 5. 6 1 － － ‖

望 乞 恕 却。

（互让座）

〖曹操坐“大边”椅，陈宫坐“小边”椅。

**陈　宫**　不知明公驾到，衙役们多有冒犯，望乞恕罪。

**曹　操**　岂敢。多蒙明公释放，日后定当恩报。

**陈　宫**　岂敢。请问明公，意欲何往？

**曹　操**　颁请各路诸侯，共灭董贼。

**陈　宫**　我也有此心，随定明公，海走天涯，约请各路诸侯，共灭董卓。不知明公意下如何？

**曹　操**　只恐连累宝眷不便。

**陈　宫**　不妨。老母妻室，尽在原郡，亲近人等，俱在衙署。待我料理料理，即刻同行。明公，后面稍等。

**曹　操**　如此，暂时别。

**陈　宫**　少刻奉。

**曹　操**　请。

陈　宫　请。

「【冲头】曹操左转身，右手抓袖，左手撩袍，“下场门”下。陈宫送至“大边”，右转身，面向“小边”台口，同时门子“上场门”上，站“小边”。

陈　宫　来。

门　子　有。

陈　宫　将印章付与书吏执掌，就说老爷下乡。附耳上来。

门　子　（听陈宫耳语）是，是，是……

（多0 台 匝0 匝0 匝0 大 台）

门　子　遵命！

陈　宫　外面备马伺候。

「【一锤锣】门子“上场门”下，陈宫“上场门”下。闭二幕。

## 第四场

「【冲头】开二幕。“下场门”台口设城门。【撤锣】【小锣帽子头】

「王成、李义内白：“啊哈！”【小锣五锤】王成、李义“上场门”上，至中场。

王　成　（念）身在公衙内，

李　义　（念）官差不自由。

王　成　我说伙计。

李　义　怎么着，伙计。

王　成　咱们奉了太爷之命，捉拿刺客曹操。好容易把曹操拿着啦，还有那千金赏万户侯。

李　义　是。

王　成　这万户侯倒是不要紧哪！这个千金赏到今天怎么连个钱边儿也没瞧见哪！

李　义　那都怪你一句话说错啦。

王　成　怎么？

李　义　太爷让咱们领赏。你说，小人们不愿意领赏，但愿太爷禄位高升。咱们太爷呀，实心眼。净顾着他升官，忘了咱们哥儿俩发财啦。

王　成　哎，太爷的公事也太忙啦。唉，那边儿人来啦。

「【小锤锣】曹操左手抱宝剑与陈宫各拉马“上场门”上，沿后场走到城门里，出城；王成、李义跟随后跟出城。

陈　宫　你等回避了！

王　成
李　义　（同）是。

「【冲头】曹操、陈宫“大边”侧幕下。王成、李义望其远去。

李　义　哎，我说伙计，曹操倒是让咱们给拿着啦，怎么咱们太爷又给放啦？不但给曹操放啦，曹操把咱们太爷也给拐跑啦！

王　成　啊，你说不但把曹操放啦，还把咱们太爷拐带走啦，对不对？

李　义　是呀！

**王　成**　我说，你怎么这么糊涂哇！

**李　义**　我怎么糊涂哇？

**王　成**　这不是《捉放曹》吗！

**李　义**　噢！

〔【小锣打下】王成、李义进城，“下场门”下。【冲头】闭二幕。

## 第五场

〔【冲头】开二幕。场上置正场桌、“小座”，杂色绣花围椅披。【撤锣】【小锣帽子头】〔吕伯奢内白：“嗯哼！”【小锣原场】吕伯奢右手执打开的折扇上，“九龙口”一亮，至正场台口。【小锣归位】

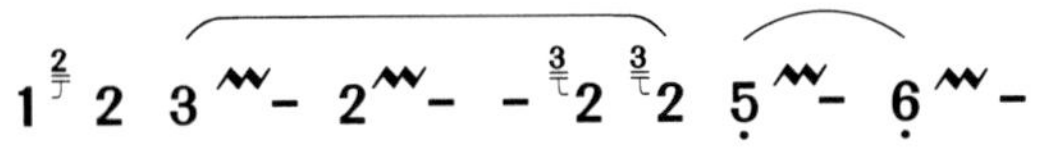

**吕伯奢**　（引子）隐居山庄，（多多）广交游，（多罗.）快乐逍遥。

〔【小锣原场】【归位】吕伯奢左转身，归“小座”，坐下。

**吕伯奢**　（念）芝兰君子性，
　　松柏古人心；（多多）
　　平生唯好客，
　　最慕孟尝君。【小锣住头】

老汉，吕伯奢。（台）乃陈留郡人氏，承父兄之业，颇有家财，交游四海，有孟尝之风。看，今日天气晴和，不免庄前庄后，游玩一番便了！（站起）

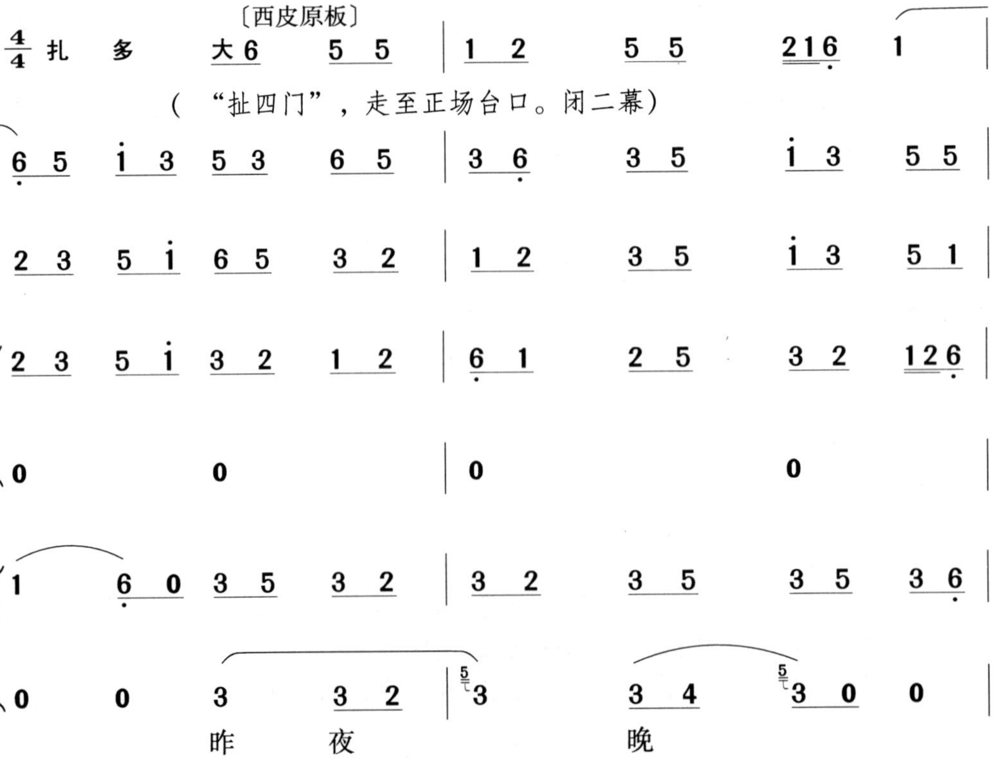

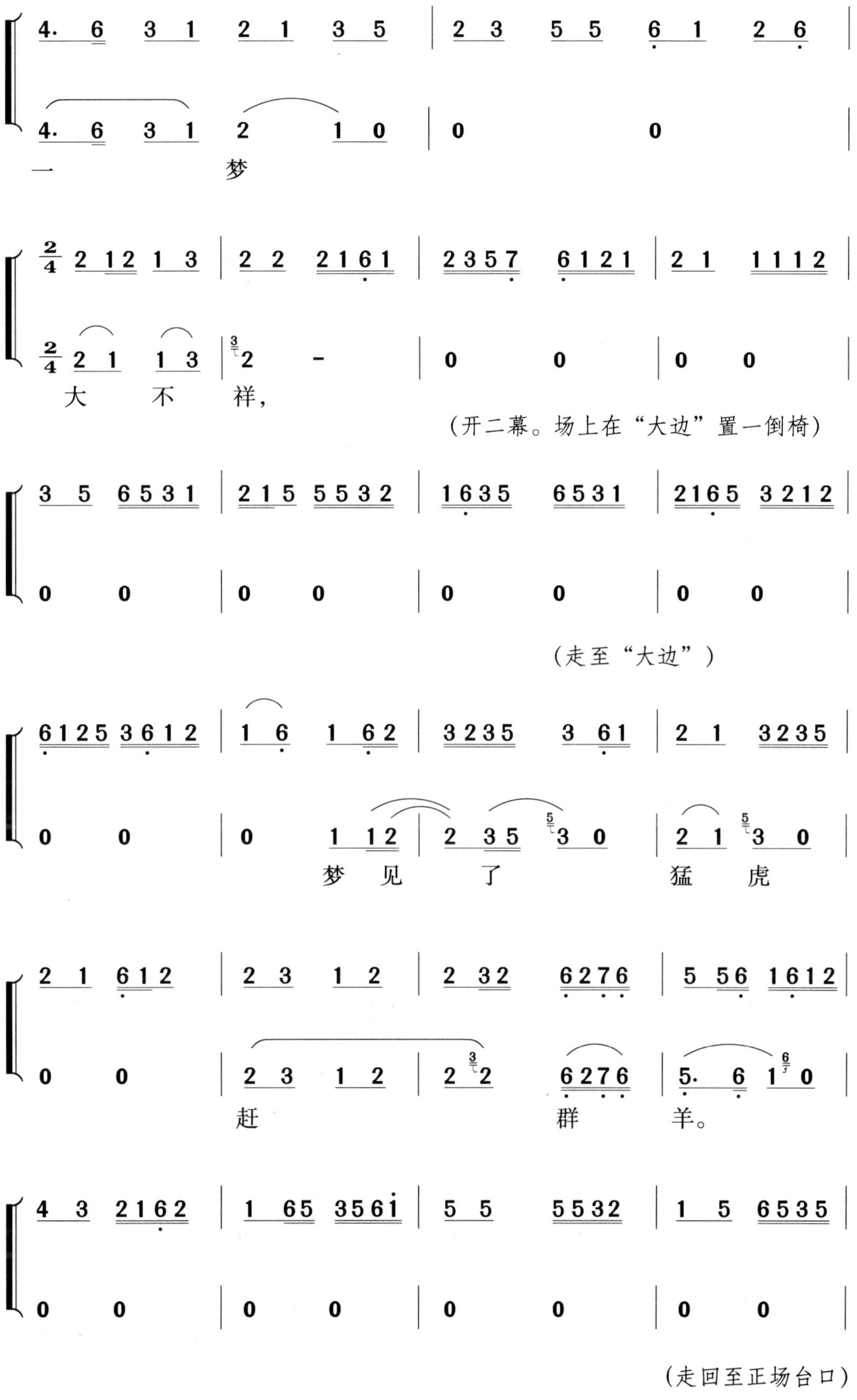
一梦
大不祥，
（开二幕。场上在“大边”置一倒椅）
（走至“大边”）
梦见了猛虎
赶群羊。
（走回至正场台口）

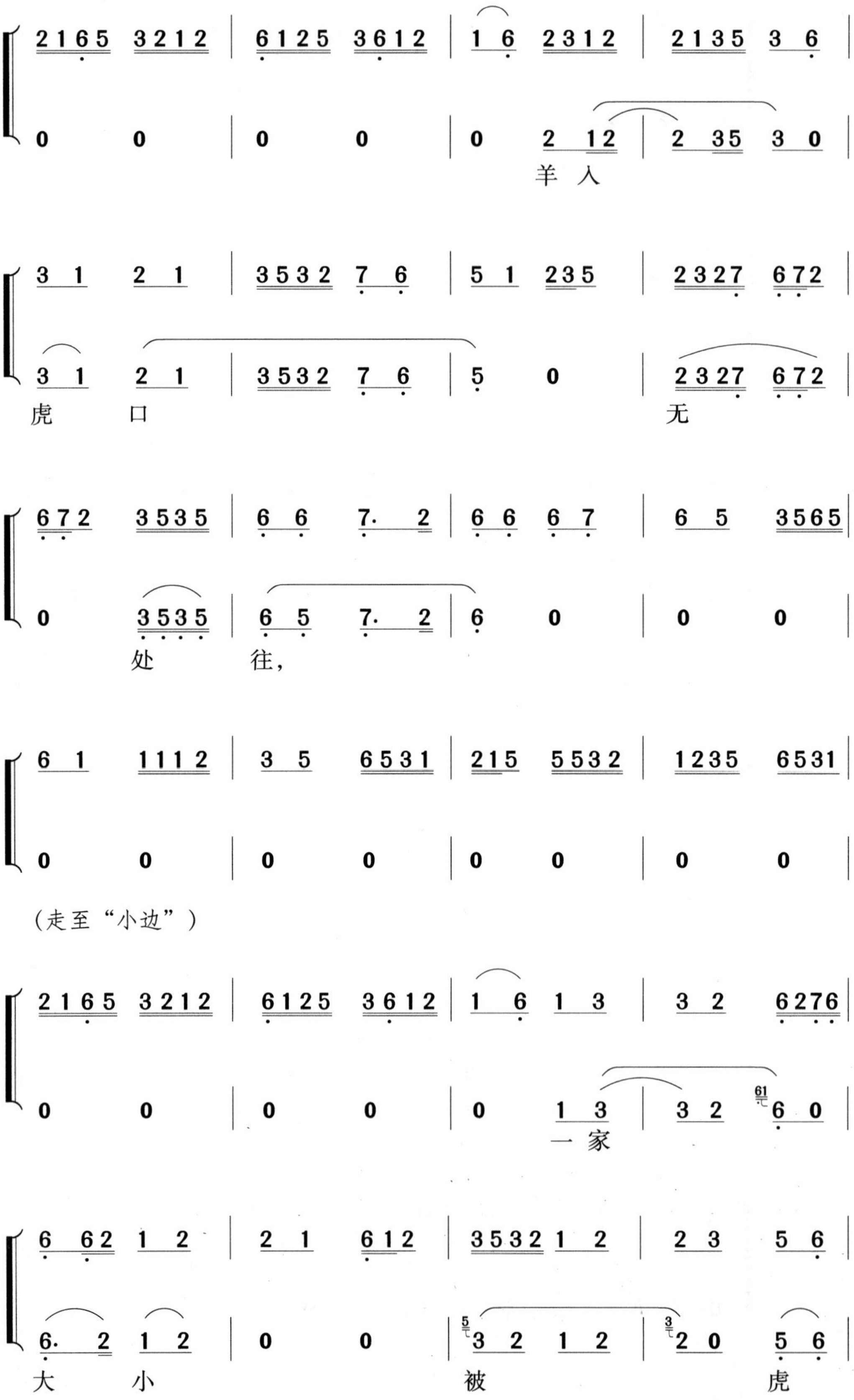
羊 入
虎 口 无
处 往，
（走至“小边”）
一 家
大 小 被 虎

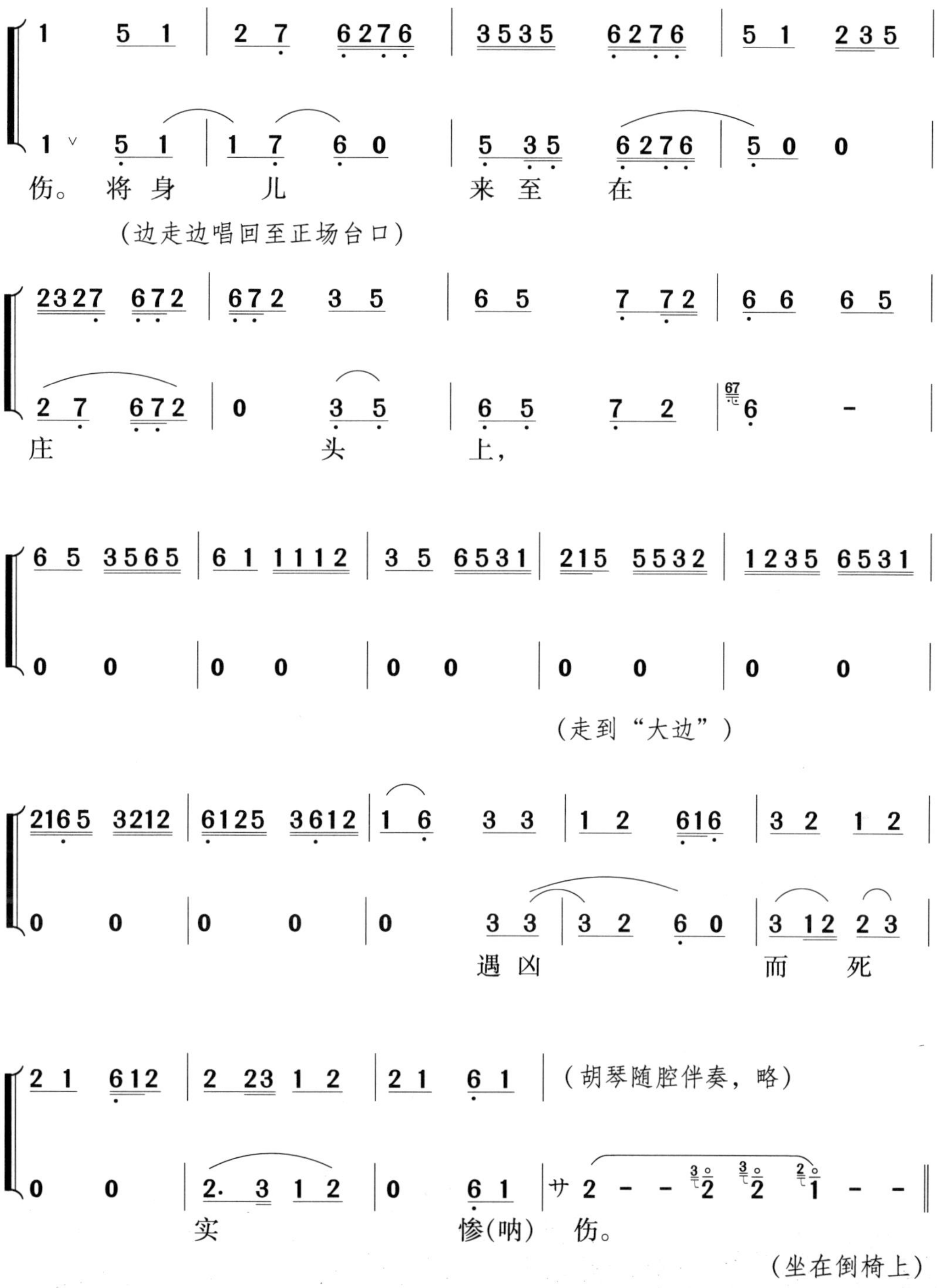


〔曹操内白：“马来！”【撞金钟】曹操左手敞开褶子，右手举鞭“上场门”上，陈宫右手举鞭随上，“九龙口”一亮。加鞭，曹操至中场，陈宫随其后，二人回鞭成勒缰式垂鞭。

〔西皮散板〕

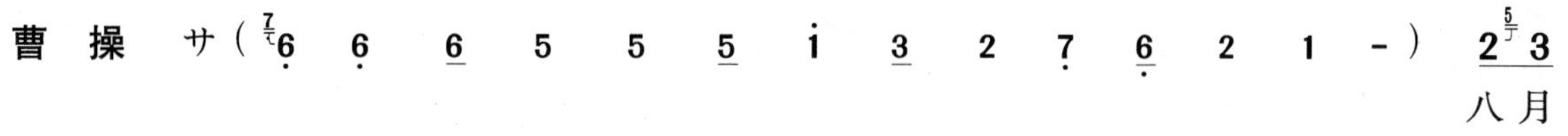

3 ²³2 2（2 2 6. 1 2 -）2 1 4 ³²3 -（6 1 2 3 -）
中 秋 桂 花 香，
（抄鞭，向外平撒出） （仓）

〔曹操回鞭打马，左转身，走一个小圆场至陈宫身后。陈宫上步至中场。

**陈 宫** 2 ²³2 1 6² 1 - 2 ³2 0 3 2 3 2 1 1. 6
路 上 行 人 马 蹄

3 2 3 2 1 -（1 1 - 7 6 2 1 -）
忙 （呃）。 （仓）

〔陈宫打马，左转身，走一个小圆场至曹操身后，曹操打马边走边唱。

**曹 操** 2 2 3 3 2（2 -）2 1 - - 3 - 2
坐 立 雕 鞍 用 目 （哇） 望，（仓）

〔曹操、陈宫在“小边”站“斜一字”成勒缰式。

〔亮弦〕
匝 匝匝（7 6. 1 2 -）

〔曹操、陈宫眺望。

**吕伯奢** 嗯哼！

〔曹操垂鞭，陈宫上步。

**陈 宫** 【散板凤点头】（过门同前）1³ 2 ³2 1 2 ³2 ³2（6. 1 2 2 -）
见 一 老 丈

1 1 1 - - 3 2 1 6 ¹6 1 -（1 1 -⁶）‖【住头】
坐 道 旁。

〔吕伯奢站起。看见曹操，觉得面熟。

**吕伯奢** 那旁来的敢是曹操？

**曹 操** 这个……

〔曹操一惊，后退一步，右手按掌。（仓）左手拉袍襟遮面，陈宫也抬左手遮面。

**曹 操** 俺不是曹操，老丈不要认差了。

**陈 宫** 是呀，不要认差了。

**吕伯奢** 老汉吕伯奢，与你父有八拜之交，难道贤侄就忘怀了么？

**曹 操** 噢，原来是吕伯父，侄儿下马参拜。（欲下马）

**吕伯奢** 这便才是。

**陈　宫**　啊明公，趱路要紧哪！

**曹　操**　哦，是呀！（对吕伯奢）啊，伯父，侄男本当进庄拜见伯母，怎奈有公事在身，不敢久停，告辞了！

**吕伯奢**　哎！你乃朝廷贵客，焉有过庄不入之理。来，来，来，待老汉与二公牵马。

**曹　操**
**陈　宫**　（同）这就不敢！

**吕伯奢**　请哪！

**陈　宫**　去得的吗？

**曹　操**　我父的好友，去得。

〔曹操、陈宫下马。抄鞭，拳鞭做拉马状。

〔西皮流水〕

**吕伯奢**　**【小锣凤点头】**(过门同前)

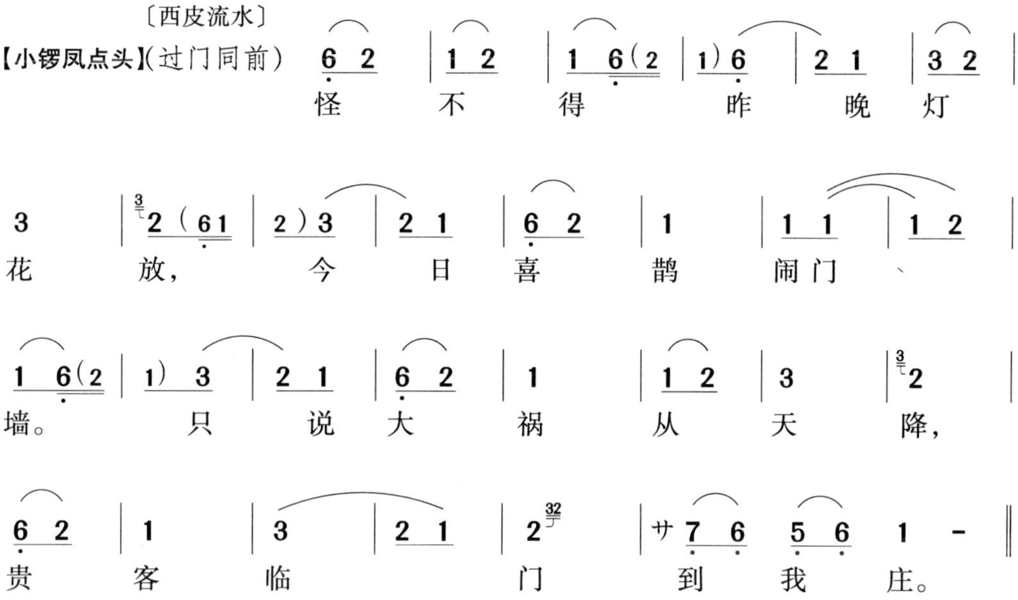


〔家童“下场门”暗上，出门。

**家　童**　迎接家爷。

**吕伯奢**　马匹带过。

〔**【小锣原场】**家童接过马匹，“下场门”下。吕伯奢站“大边”让客，曹操进门站“小边”，陈宫进门站“大边”，吕伯奢进门站“小边”外首。

**吕伯奢**　（问曹操）啊贤侄。此位是？

**曹　操**　这就是中牟县正堂，姓陈名宫字公台。伯父见过。

**吕伯奢**　呜呼呀！（台）原来是父母太爷到了。（对陈宫）小老儿不知，多有得罪。(施礼)

**陈　宫**　岂敢。轻造宝庄，少来问候，望乞海涵。（施礼）

**吕伯奢**　（还礼）岂敢。请坐！

**曹　操**
**陈　宫**　（同）有座。

〔**【小锣一击】**曹操坐“小边”椅，陈宫坐“大边”椅，吕伯奢坐“小边”跨椅。

**吕伯奢**　啊，贤侄，为何这等模样？

**曹　操**　唉！（左手抓袖，击桌）一言难尽了！

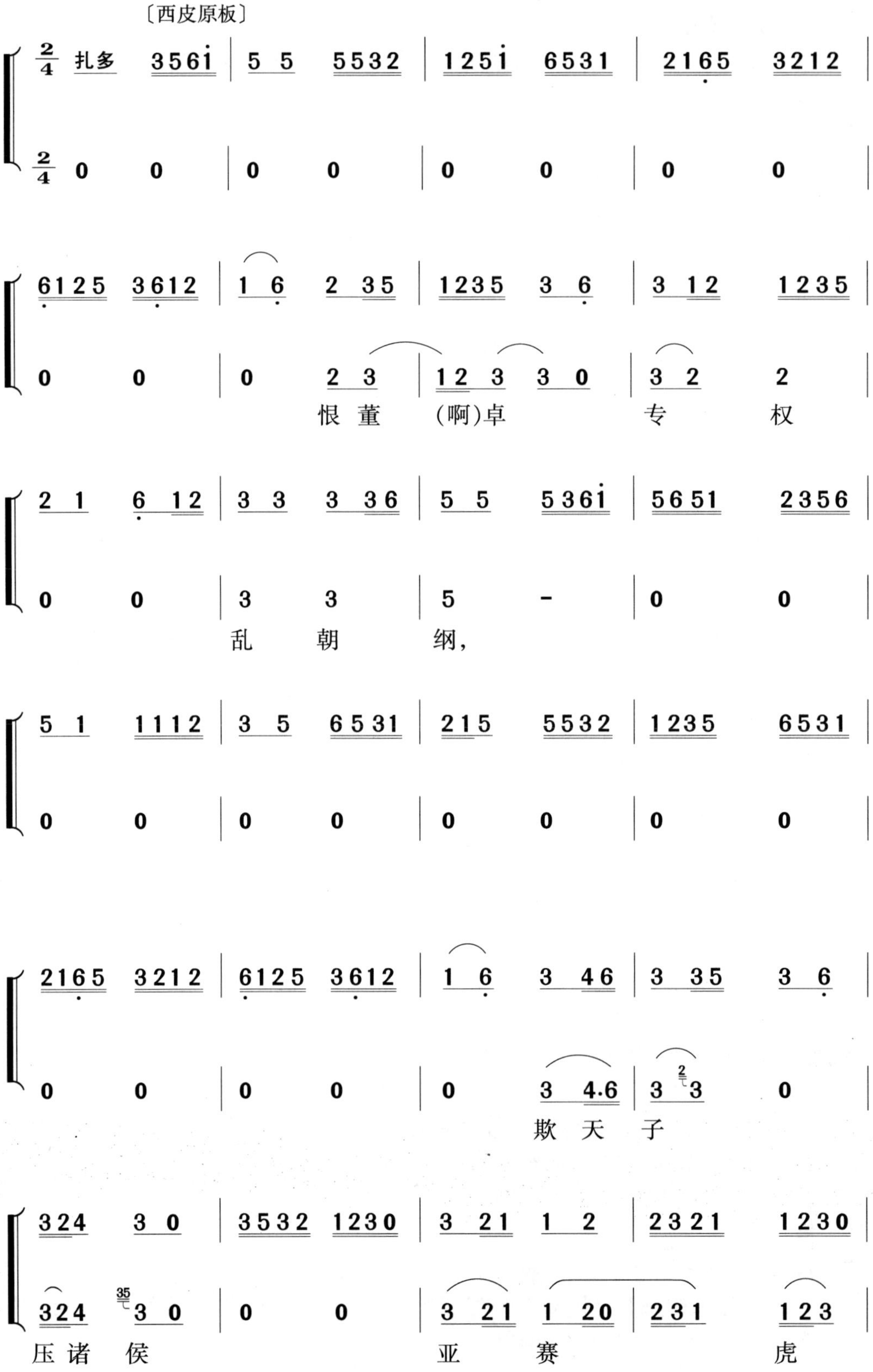

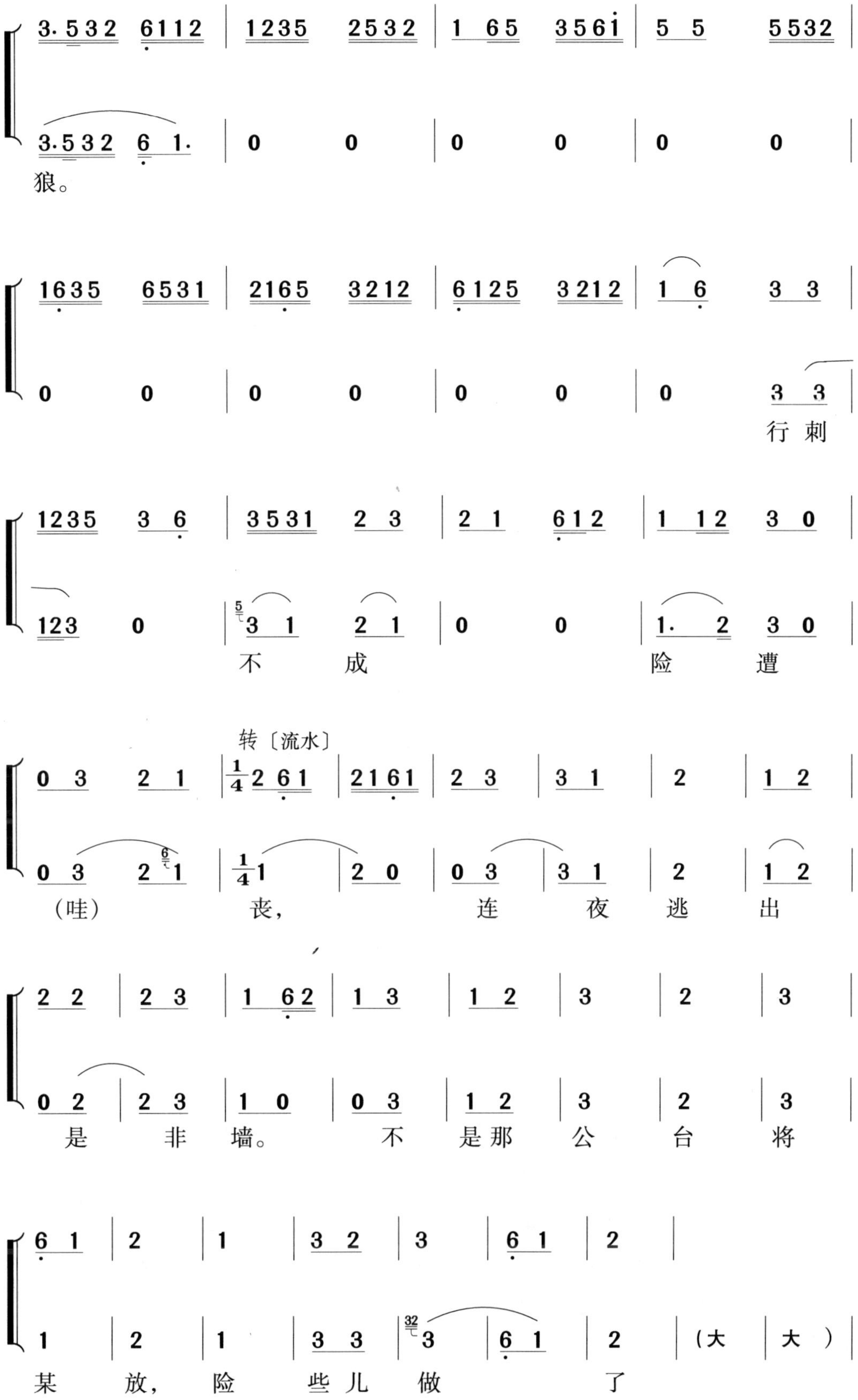
狼。
行 刺
不 成 险 遭
转〔流水〕
（哇） 丧， 连 夜 逃 出
是 非 墙。 不 是 那 公 台 将
某 放， 险 些 儿 做 了
（大 大 ）

サ3 2 － － － 121 6 6 6 6 1 － － － ‖
那 瓦 上 霜。

**吕伯奢** 噢。

〔西皮摇板〕
【小锣凤点头】(过门同前) 1 2 3 2 2321 2 1 1. 2 1 2 2 －
老 汉 闻 言 跪 草 堂,
(离座,上步)

〔吕伯奢跪谢,陈宫起身谦让,曹操离座搀起吕伯奢,回“小边”。

〔西皮流水〕
**吕伯奢** 【小锣凤点头】(过门同前) 3 | 1 2(1 | 2)1 | 1 2 | 2 | 3 |
多 蒙 太 爷 好 恩

1(6 2 | 1)3 | 2 1 | 6 2 | 1 | 1 2 | 3 | 2 |
光, 孟 德 不 是 你 释 放,

1 | 3 | 3 | 6 1 | 2 | サ 7 6 6 1 － ‖
险 些 做 了 瓦 上 霜。

**陈　宫** (拱手)老丈啊!

〔西皮流水〕
【小锣凤点头】(过门同前) 3 | 3 2 | 0 1 | 1 3 | 2 | 2 1 |
多 蒙 老 丈 美 言
(轻抖右袖,上步,提袖)

2(6 1 | 2)2 | 1 2 | 5. 6 | 1 | 1 1 | 1 2 | 1(2 1 |
讲, 这 是 皇 家 一 栋 (呃) 梁。

6)1 | 6 1 | 5 6 | 1(6 1 | 2)3 | 2 1 | 2 3 | 3 1 |
七 品 的 郎 官 何 足 样, 同

1 3 | 2 3 | 2 1 | 1 | サ 5. 3 1 － 1 － ‖
奔 原 为 汉 家 邦。

〔陈宫与曹操、吕伯奢互拱手致意。

**吕伯奢** 请坐!

〔三人归原座。

**吕伯奢** 怪不得昨日你父在此安宿一宵，今早逃奔他乡去了。

**曹 操** 哎呀，不好了！

〔西皮散板〕

【快纽丝】（过门同前）

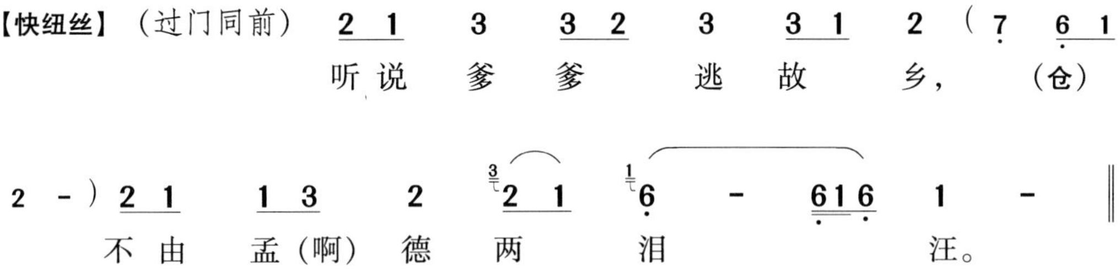


**吕伯奢** 贤侄不必如此，你父子日后定有相逢之日。

**陈 宫** 着哇。

**曹 操** 但愿如此。

**吕伯奢** 二公在此稍坐，待老汉后面安排安排。

**曹 操**
**陈 宫** （同）前途用过，不要费心哪！

**吕伯奢** 贵客临门，怎敢轻慢。请！（三人互拱手，曹操、陈宫归原座。家童“上场门”暗上，撤去“小边”跨椅）正是：在家不会迎宾客，出门方知少主人。呵呵呵……（笑声）

〔【小锣五锤】吕伯奢“上场门”下。

**陈 宫** 啊明公。

**曹 操** 公台。

**陈 宫** 方才听老丈之言，簌然落泪，真乃忠孝双全。

**曹 操** 唉，父子之情，焉有不痛之理。

〔西皮流水〕

**陈 宫** 明公啊！

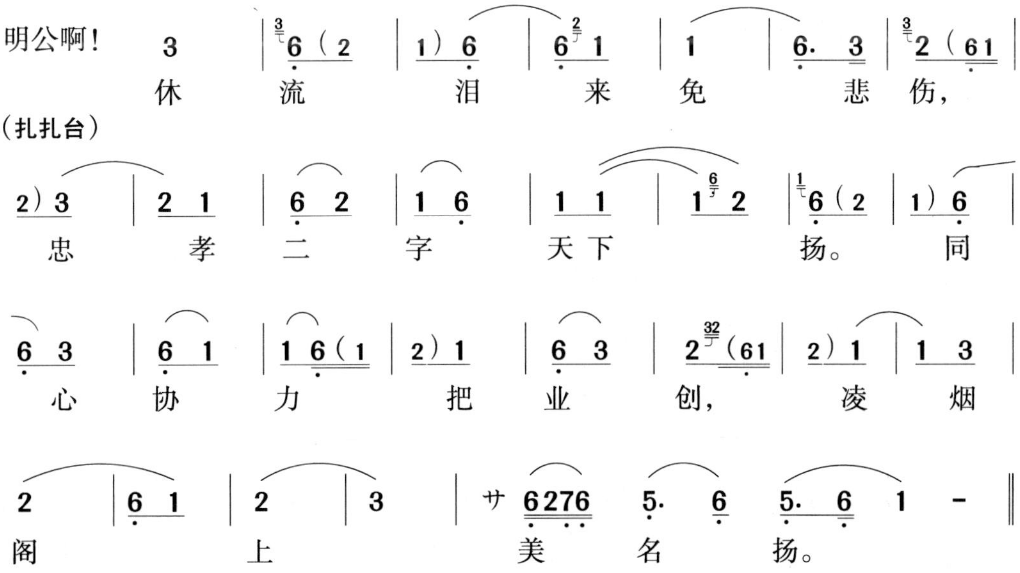


〔【小锣抽头】吕伯奢持扇、提酒壶“上场门”上，至“小边”。

〔西皮摇板〕

**吕伯奢** （过门同前）3 2 3 1 3 1 2 － （2 1 6 1 2 1）

人 逢 喜 事 精 神 爽，

6 2 1 3 2 7 5 6 1 － （1 1 6 2 1 －）

月 到 中 秋 分 外 光 。

〔吕伯奢进门站“小边”，曹操、陈宫迎起离座。

**曹　操**
**陈　宫** （同）天到这般时候，哪道而去？

**吕伯奢** 不瞒二公，家中果蔬俱有，缺少美酒，本当命家下人等前去沽酒，又恐走漏风声与二公不便，为此，老汉亲自沽酒，回来还要把敬二公三杯。

**曹　操**
**陈　适** （同）适才言过，不要费心哪！

**吕伯奢** 不敢轻慢，请哪！

**【小锣一击】**（过门同前）1 2 3 2 2 2 2 1 1 2 －

二 公 请 坐 草 堂 上，

〔**【小锣抽头】**三人互拱手，陈宫、曹操出门相送，吕伯奢出门向“下场门”走，至“大边”右转身，面向前。

**吕伯奢** （过门同前）3 2 2 1 1 2 － 2 3 2 1 1 6 1 － ‖

沽 酒 回 来 待 栋 梁。

〔**【小锣抽头】**吕伯奢左转身“下场门”下。陈宫面向“下场门”上一步，背左手，右手捋髯，曹操跟陈宫上一步，二人目送吕伯奢。

〔亮弦〕

（7 2 1 －）

**陈　宫** 哈哈哈……

〔西皮摇板〕

**【小锣凤点头】**（过门同前）3 3 4 3 3 4 3 －（4 3 2 1 2

老 汉 亲 自 沽 佳 酿，

（右转身，面向前，抖右袖，提袖）

6 5 5 5）1· 3 2· 2 2 1 1· 2（2 2 －）1 1 2 1 ‖

待 人 的 美 意 似孟 尝（呃）。

**曹　操** 公台！

## 捉 放 曹

〔西皮散板〕

【撞金钟】（过门同前） 3 3  323 ∨ 3. 2  1 2  3 （6. 1 2
家父 与他 常 来 往，（仓）
（陈宫、曹操双进门。曹操，抖袖，提袖）

3 －） 3 1 － 2 1 6 3 3 2 1 （7 6 2
当 年 结拜 一 炉 香。

1 －） 2 2 3 2 2 （6. 1 2） 2 1. 3 2 －
（仓） 孟德 抬 头 用 目 （哇） 望，（仓）

〔曹操右手抓袖，成按掌式，陈宫左转身，左手背后，右手捋髯，二人同向"下场门"观看。

〔亮弦〕
（4 3. 1 2 －）
（匝匝 匝）

〔陈宫右转身与曹操相对。

**曹 操** 啊？

【快纽丝】（过门同前）6 2 1 3 2. 1 6 1 1 ‖
耳 听 刀 声 就 响 叮 当。【撕边】

（折右袖）【叫头】公台，你可曾听见？

**陈 宫** 听见什么？

**曹 操** 后面刀声响亮，哦，想必是下手你我。

**陈 宫** 唉！那老丈与令尊有八拜之交，焉能有此意呀？

**曹 操** 哦，你我去到后面看个动静如何？

**陈 宫** 哦哦，这倒使得。

**曹 操**
**陈 宫** （同）请！

〔【快纽丝】曹操抖右袖，出门，向"大边"走；陈宫右手撩袍，出门，向"小边"走。

〔西皮散板〕

**曹 操** （过门同前） 2. 2 3 2 2 2 1 2 2 |（仓）
将 身 来 在 二 堂 上，

〔亮弦〕
（6. 1 2 3 －）
（匝匝 匝）

〔【快纽丝】曹操折右袖向"下场门"一望，右手反折袖，上左步，左手敞开褶子，左弓步，侧身听；同时，陈宫折左袖向“上场门”一望，抖左袖，左转身，面向台口，提袖。

〔家丁内白：“捆而杀之，绑而杀之。”

陈 宫 （过门同前）1 3 2 32 1 2 3535 2 3 2 1 1 －

言语恍 （呃）惚实 难 防。

（曹操抖右袖，右转身，提袖，面对陈宫）

曹 操 （抬右手）【叫头】公台！

陈 宫 明公。（二人上步）

曹 操 可曾又听见？

陈 宫 又听见什么？

曹 操 后面言道，捆而杀之，绑而杀之，不是下手你我，还有何人？

陈 宫 唉，老丈回来还要把敬你我三杯，你不要多疑呀！

曹 操 哦，我明白了。

陈 宫 明白何来？

曹 操 那老狗以沽酒为名，去到前村约来乡约地保，捉拿你我，要受千金的重赏，是与不是？

陈 宫 我看那老丈，面带忠厚，岂是那贪赏之辈！

曹 操 如今，人不要看他面带厚道，其实内藏奸诈。趁此无人，就动起手来！（上步，左手端剑鞘，左手按剑）

陈 宫 （右手捏左袖，左手抖阻，抬左手）【叫头】且慢！事有可疑，等那老丈沽酒回来，再问上三言两语，若有此事，再动手，也是不不不……不迟呀！

曹 操 哎呀！【五锤】等那老狗回来，带的人多，你我岂不是束手被擒？

陈 宫 依你之见？

曹 操 有道是，先下手的为强，后下手的（仓）（左手端剑鞘，抡剑穗，右手按掌）遭殃！

陈 宫 使不得！

曹 操 （抖右袖）闪开了！

〔西皮散板〕

【快纽丝】（过门同前）3 3 3 3 3 2 1 2 3（6̣ 1 2 3 －）

恼恨老狗 太 不 良， （仓）

陈 宫 3 － 2 3 2 3 21 1 3 2 32 1（7̣ 6̣ 2 1 －）

他 人 焉 有 此 心 肠 （呃）。 （仓）

曹 操 3 3532 6. 2 1 2 3 3 1 2 3（6̣ 1 2 3 －）

分 明 要 求那 千 金 赏（呃）， （仓）

陈 宫　5 - - 676 353 1 - - ³1 3 5 3. 5 1. 1 1 -（7 6 2 1 -）
求 赏 焉 有 此风光？ （仓）

曹 操　3 3 3 1 2 3 2 2 2 |
宝剑 一 出 朝 后 闯，

（右手拔出剑抡一圈成端剑式，左手拉剑穗，右丁步亮住）

〔【乱锤】曹操持剑向前一指，欲去后院。陈宫拉住其右臂，随之向“下场门”跨三步，又将曹操拉回。（**崩登仓**）曹操挣脱，推开陈宫，收右腿、右臂，右丁步亮住。逼视陈宫。

〔亮弦〕

（4 3. 1 2 -）

〔【大锣长丝头】曹操左转身，右手拖剑，左手按掌，反圆场“下场门”下。陈宫追出几步，折右袖，背左手，向“下场门”一望。

〔亮弦〕

（4 3. 1 2 -）

陈 宫　哎呀！

【快纽丝】（过门同前）3 2 3 0 2 ⁵3 ¹2 - ³2 ³2 ³2 2 30 4 - - -
他 一 家 大 小（哇） 要（哇） 遭
（双手蓬髯，十指

3 21 1 ˅ 3 - 2 - - ³2 - 2 2 1 - ‖
祸 殃 （呃）。
抖动，双臂自里向外平划，向“下场门”退步）

〔【冲头】陈宫左转身，右手撑袖，跨抬左腿，左手撩袍，“下场门”下。闭二幕。

## 第六场

〔【冲头】开二幕。【阴锣】一家丁赶猪形“上场门”上，过场下。【快纽丝】曹操斜穿褶子，右手持剑，左手提大带“上场门”上。至中场扔出大带。

〔西皮散板〕

曹 操　（过门同前）5 5 5 5 5 6 5 -（3 5
自 作 自 受 自 遭 殃，

（右手执剑，左手指“大边”台口）

6 i 5 - ) 4 - 3. 2 1 2 5 3 1 ( 6.
（仓） 小 鬼 怎 挡 五 阎 王。
（右手翻剑成端剑式，顺势左手拉住剑穗，翻右腕成按剑）

2 1 - ) 3 3 3. 2 2 4 - 4 3 |
（仓） 宝 剑 一 （呀） 举 全 家 丧，

〔【急急风】三个家丁“上场门”跑上，过场，曹操砍“萝卜头子”一一杀之。陈宫随上，曹操左转身一周，“漫头”，陈宫弯腰低头避过，甩出左袖，右掌撑袖。受惊吓，颤抖。

**陈　宫**　哎呀……

**【散板风点头】**（过门同前）2 15 3 2 2 4. 3 2 2 3 2 6
吓 得 我 三 魂 七 魄 忙。

7. 6 6 6 6 5 5 - ( 7 6 2 1 - )
（呃） （仓）

**曹　操**　2 2 3 2 2 2 1 3 2 - ( 6 1 2 - )
手 持 宝 剑 朝 后 （哇） 闯， （仓）

**陈　宫**　（拉住曹操）

1 3 2 2 1 2 1 ‖
陈 宫 上 前 扯 衣 裳。

（折右袖）**【叫头】**明公啊！（抖右袖，提袖）又欲何往啊？

**曹　操**　取把火来，烧了他的庄院！

**陈　宫**　这杀人放火，岂是你我所为？

**曹　操**　俺曹操不做便不做，要做就做得干干净净。闪开了！

**陈　宫**　使不得！

〔一家丁与猪形暗上，家丁做杀猪状。

〔西皮散板〕

**曹　操**　**【快纽丝】**（过门同前）3 3 3 3 3 1. 2 3 ( 6 1 2 3 - )
取 把 火 来 烧 他 的 庄， （仓）

**陈　宫**　6 - 1 1 2 3 21 1 ( 7 6 2 1 - )
杀 人 不 可 火 焚 房。 （仓）

**曹　操**　3 3 3 1. 2 2 2. 1 1 3 2 - |
手 持 宝 剑 厨 下 闯，

「【乱锤】曹操进厨房杀死家丁，左转身退出厨房至正场后场用左靴底揩拭宝剑，将剑入鞘，上步。

「陈宫左手撩袍至“大边”右手捋髯，向“下场门”一望。

〔亮弦〕

（7 6· 1 2 2 －）

「陈宫摇头，轻抖袖，右转身面向前。

**陈　宫**　【散板风点头】（过门同前）1 2321 1 3 － 2 3 6 5 5· 6 1 － ‖
见 捆 一 猪 在 厨 房。

（右转身，折右袖）【叫头】明公！你将他一家错杀了。

**曹　操**　怎见得？

**陈　宫**　那老丈吩咐家下人等，杀猪款待你我，岂不是错杀了？

**曹　操**　我却不信哪！

「陈宫拉曹操左袖至“下场门”台口，陈宫换位至中场。

**陈　宫**　你来看哪！

「（嘟……崩登仓）曹操摊双掌。

**曹　操**　嘿嘿！

**陈　宫**　（摊双掌）嘿嘿！

〔西皮散板〕

**曹　操**　【快纽丝】（过门同前）3 3 3 3 3 2 1· 2 3（6 1
孟 德 做 事 太 莽（呃）撞，
（右转身，右手托髯，左手扶剑，上步）

2 3）6· 2 1 1 2 2 1 － － 6 1 － ‖
（仓）错 把 一 家 好 人 伤。

**陈　宫**　（折右袖）【叫头】明公啊！（抖右袖，提袖）你将他一家错杀，老丈回来，你有何言——

「（崩登仓）陈宫折左袖，右手捋髯。

**曹　操**　这个……（摊双掌）

**陈　宫**　【撕边】答对？

「【乱锤】曹操左转身，面向“下场门”思索，陈宫在“小边”反复扇袖，表示不满。曹操想好，右转身，举右手。

**曹　操**　【叫头】公台！事已至此，三十六计，走为上策，寻找马匹，（轻声）你我逃走了吧！

**陈　宫**　（双手搭在腹前，无奈地）事到如今，也只好一走哇！

**曹　操**　走哇！

**陈　宫**　走哇！

**曹　操**　走哇！

**陈　宫**　走哇！

**曹 操** 【撕边】（右转身，左手端剑，右手逼指陈宫）走，走！（仓）

**陈 宫** 【长丝头】（看曹操脸色，呈恐惧状，左手连续外扬）走，走，走……

〔【阴锣】曹操、陈宫右转身至“下场门”台口解马，牵马，攀鞭拉马，圆场至正场，出庄门，曹操两望。二人同上马。

〔西皮散板〕

**曹 操** 【纽丝】（过门同前）

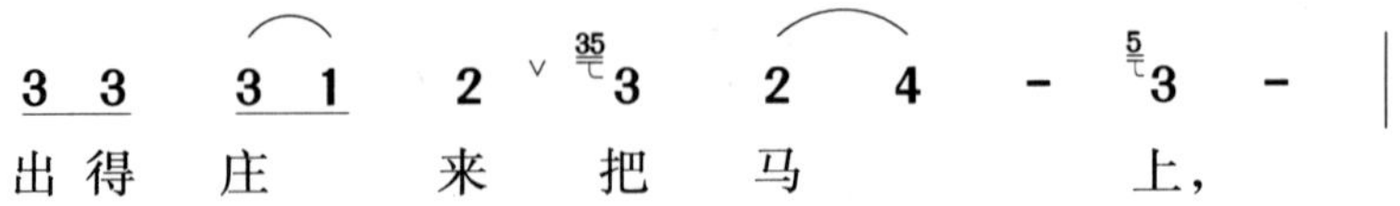


〔【撞金钟】曹操“下场门”下。陈宫打马缓步走向“下场门”台口。

〔亮弦〕

**陈 宫** 唉！

〔【望家乡】陈宫右转身，垂鞭，抖左袖，急上三步，抄鞭，成横鞭。

〔西皮快板〕

**陈 宫**

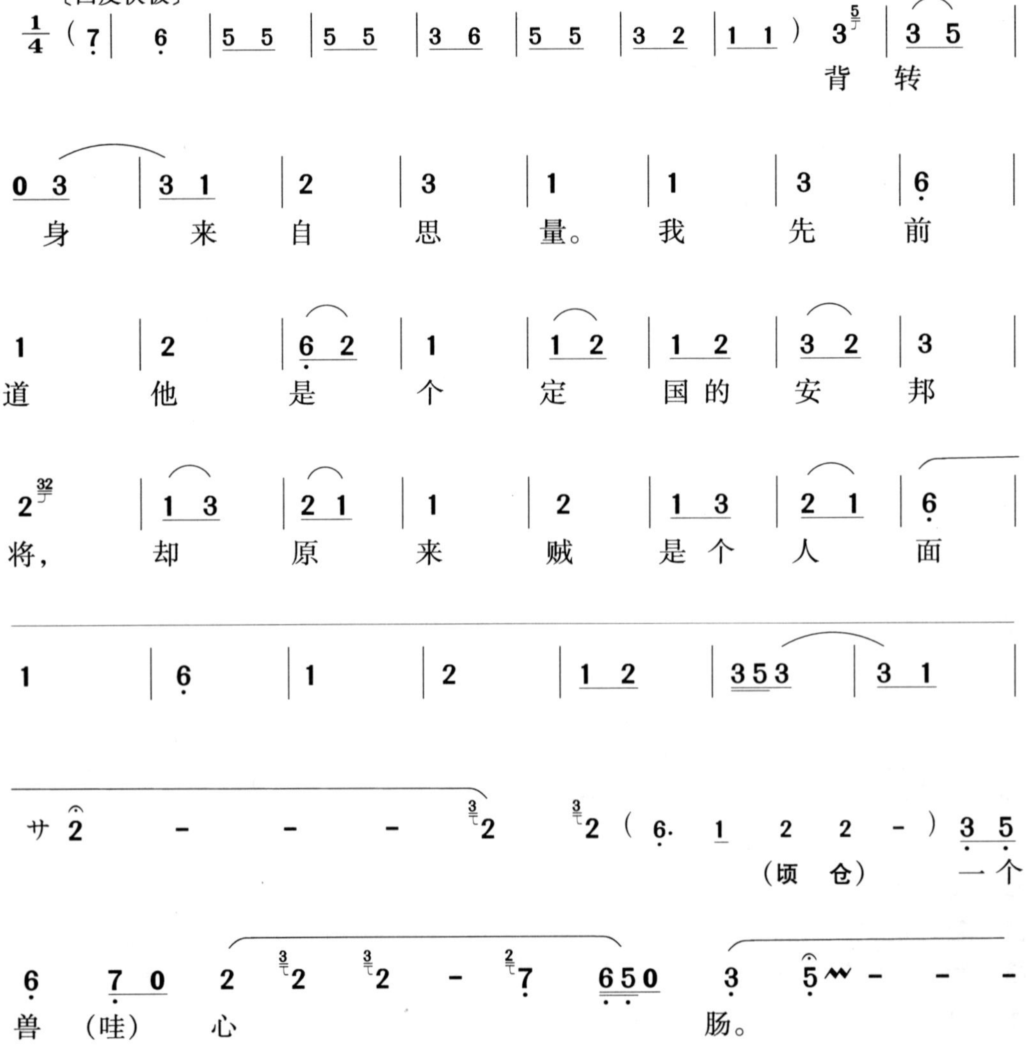

6 - - 6 6 6. 1 2 2 2 1 - - ‖

〔【大锣抽头】陈宫打马“下场门”下。

## 第七场

〔接前场转【小锣抽头】吕伯奢担酒壶“上场门”上。

〔亮弦〕

（7 2 1 - ）

〔西皮摇板〕

**吕伯奢** 【大锣凤点头】（过门同前）6 2 1 3 2 1 3 2（2 1 6 1 2 1 6 5
老 汉前村沽佳酿，

5 5 ）6 2 1 3 2 2 1 6 1（3 2 6 2 1 2）1 2 2
眼 跳 心 惊 为 哪 桩？ 将 身

3 2 2（2 2 2 2）2 - - 2 2 2 1 1 2 -
来 在 庄 头 上，

〔【快长锤】吕伯奢圆场；曹操、陈宫打马“上场门”上，走8字圆场。陈宫、曹操在“大边”，吕伯奢在“小边”互相照面。

〔亮弦〕

（7 6. 1 2 -）

**陈 宫** 遇见了！

〔曹操、陈宫转身下马。

**吕伯奢** 【大锣凤点头】（过门同前）6 2 1 1 2 3 1 2 3 5 6 1 - ‖【住头】
又 见二 公走 慌 忙。

啊贤侄，这般时候，往哪道而去？

**曹 操** 小侄避难事小，连累伯父事大，告辞了！

**吕伯奢** 唉，老汉也曾吩咐家下人等，杀猪宰羊款待二公。

**陈 宫** （强拉曹操）如何？（曹操拂袖）

**吕伯奢** 如若去心太急，老汉就要强留了。

**曹 操** 这个……（欲拔剑）

**陈 宫** 啊——（仓）（把曹操推在自己身后）老丈，不要强留，回到家下，自然明白，你我后会有期，我这里——谢谢了！（面向台里，躬身）

**曹　操**　告辞了！

〔西皮散板〕

**【撞金钟】**（过门同前）

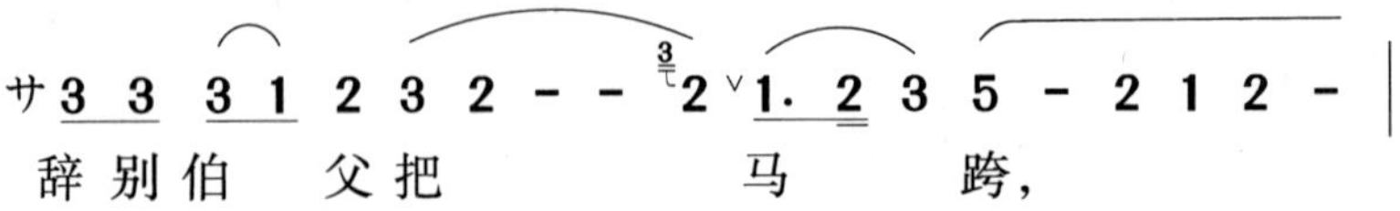


〔**【撞金钟】**曹操至“大边”解马，上马，“下场门”下。陈宫上步至“大边”，背左手，右手捋髯，面向“下场门”。

〔亮弦〕

〔陈宫一望，右转身，面向吕伯奢，抖右袖，上步。

〔西皮散板〕

**陈　宫**　**【散板凤点头】**（过门同前）

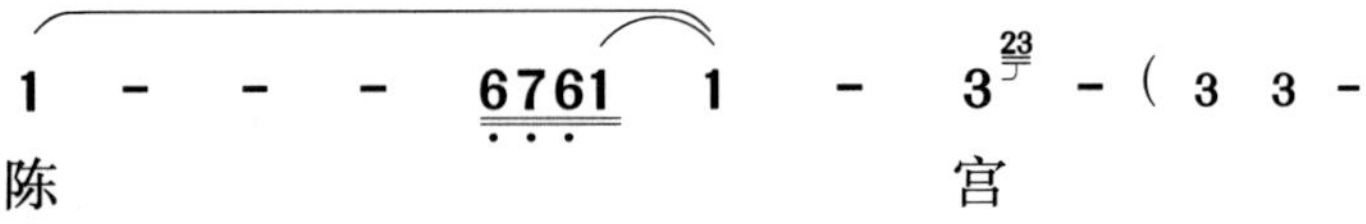


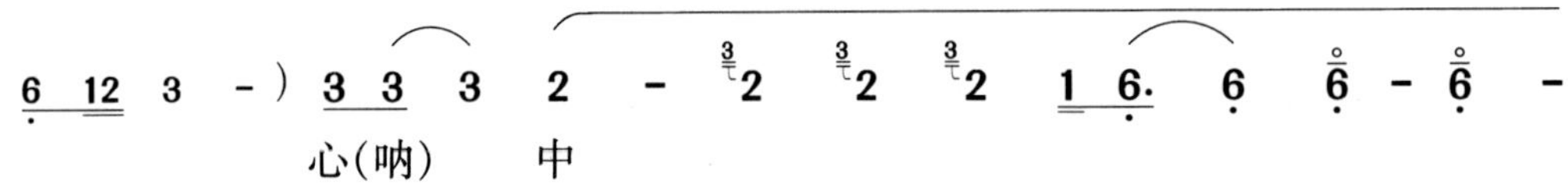


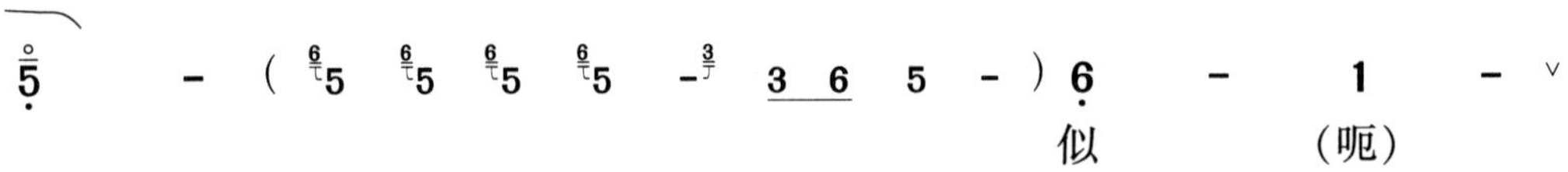


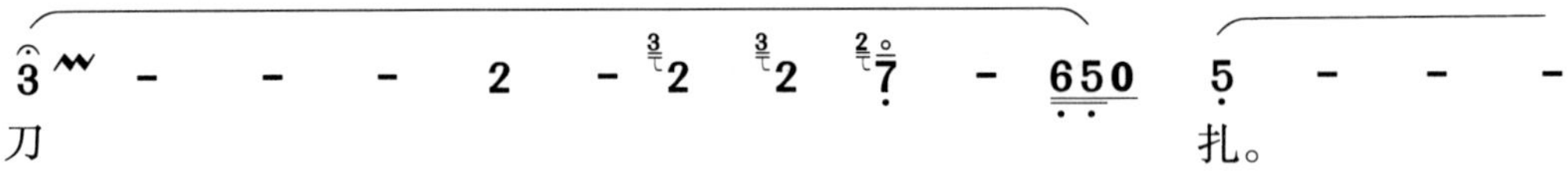


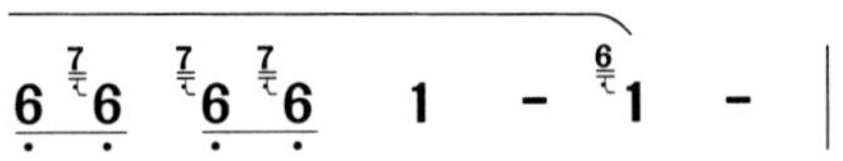

〔**【散板凤点头】**陈宫白：“老丈！”吕伯奢白：“太爷！”

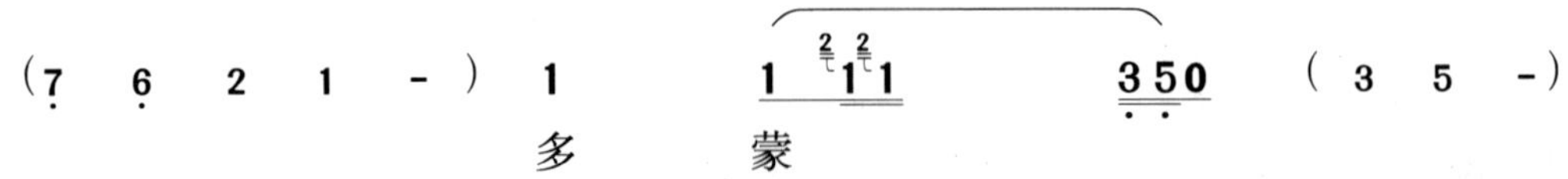


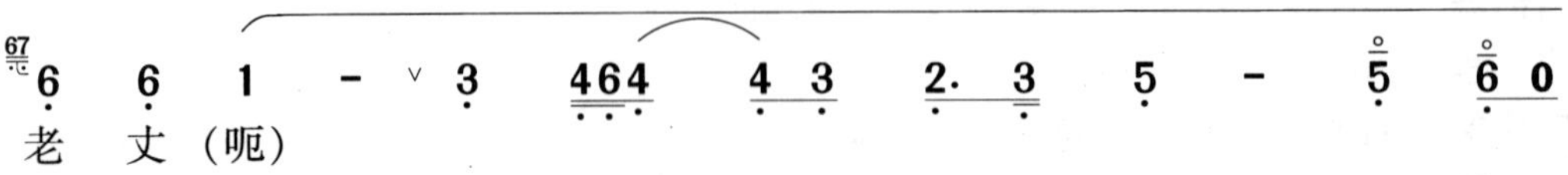


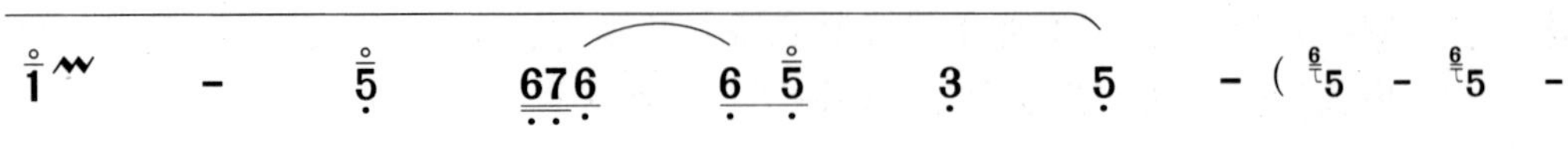

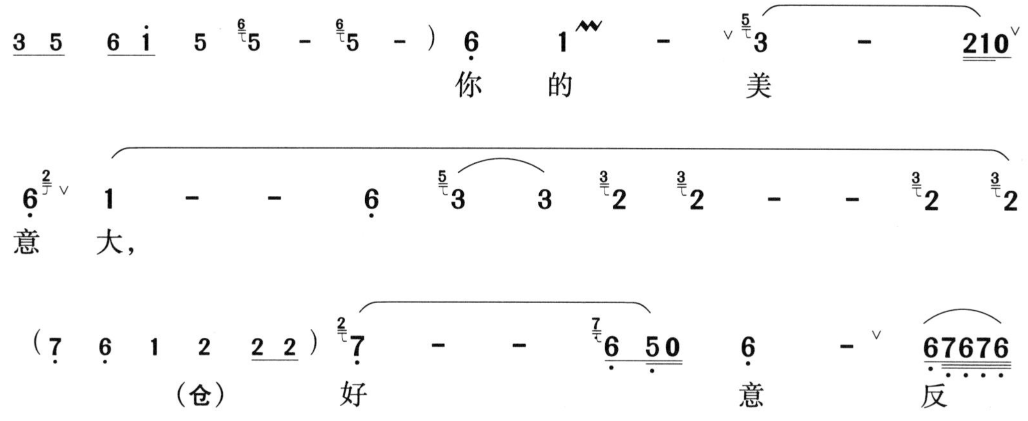


吕伯奢白：“不成敬意。”

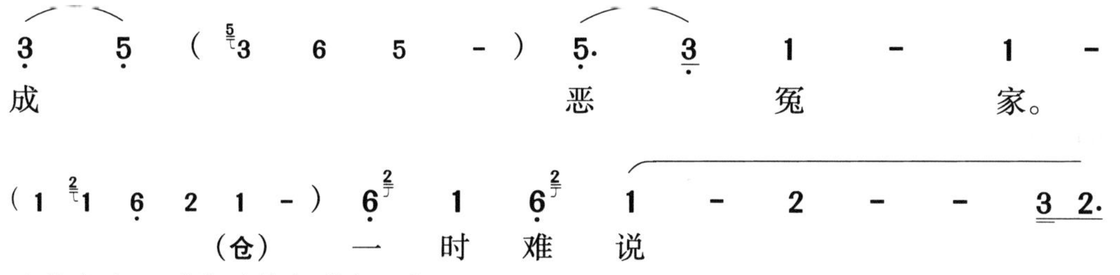


吕伯奢白：“此话从何说起？”

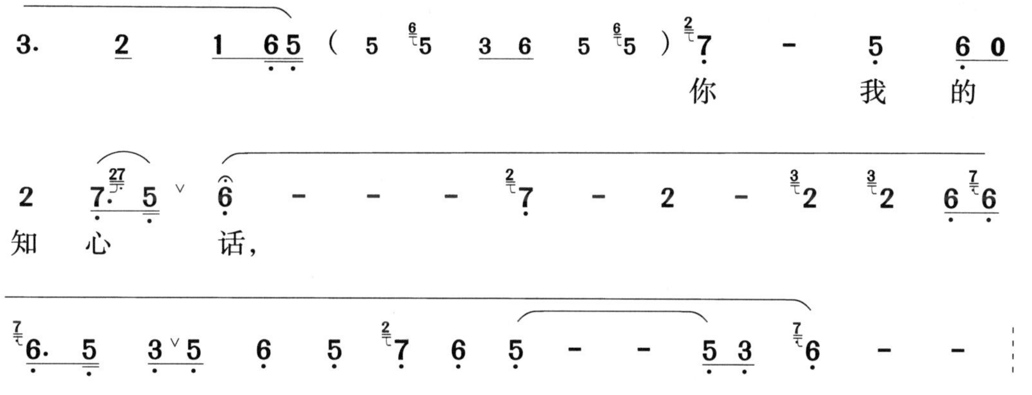


〖**【撞金钟】**陈宫、吕伯奢转身躬身告别。陈宫左转身向“大边”缓步走去，解马，攀鞭，左转身，拉马回至正场，马鞭交给左手，右手捋髯，左转身扶鞍，回身面向吕伯奢。

〔亮弦〕

（7̣ - 6̣ - -）

**陈　宫**　老丈。（拱手）

**吕伯奢**　噢。

**陈　宫**　**【散板凤点头】**（过门同前）

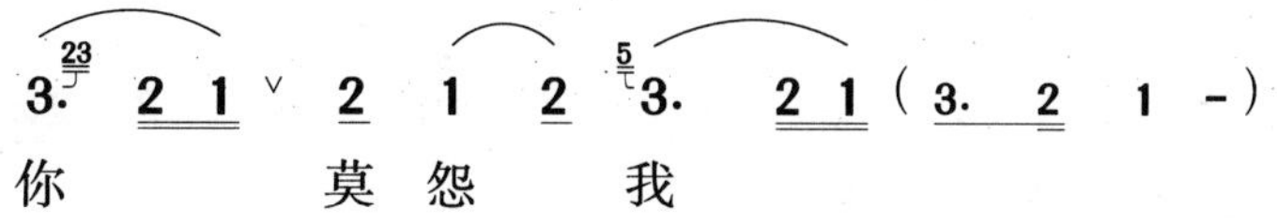

6161 ∨ 3 － 2 － － 2 2 1. 6 6 － － 6 6
陈　宫

5 － － （5 － 5 － 5 － 5 －）3 － － 210
（顷仓）　你

吕伯奢白："我怨哪个哇？"

1 － － 6161 1 0 2 － － － 2 2 1 － － ‖
怨　他。
（右手指"下场门"）　（退步至"下场门"台口）

〔【撞金钟】陈宫拱手，左转身，缓步拉马，"下场门"下。吕伯奢跟至正场右转身，面向台口。

**吕伯奢**　（不解）啊？（摊双掌）

〔亮弦〕
（7 2 1 －）

〔西皮摇板〕

**吕伯奢**　【小锣凤点头】（过门同前）6 2 1 6 2 1. 6 3 － 2 1 2 － 2
孟　德　上　马　须　发　炸，

（21 61 21 65 55 36 55）6 2 6 36 5 －
陈　宫　为　何

1 － － 3 2 1 －（11 21 62 11）62
泪　如　麻？　莫

2 1 3 6 1 － ∨ 3 2 61 2 2（21
不　是　家　下　人　说　了　错　话？

61 21 65 55）7 － － 6 － 5 － 1 －
言　语　不　周

7. 6 5. 6 1 －（21 62 11 65 55）6
得　罪　了　他。　叫

16 3 1 － 2 － 3 23 2165 5 －（5 35
人　难　解

6 i 5 5 ）2 6 5 ˅ 6. 5 6 − 6 7676 6
真 和 假，

5 3 5 ˅ 3 5 − 2 3 4 − 3 − − 3 3 2 −

〔亮弦〕

【小锣一击】（7 6 1 2 −）

**吕伯奢** （思索）哦，有了，有了哇！

【小锣凤点头】（过门同前） 6 2 1 3 2 1 6 3 2 1 − ‖
回 到 家 下 我 问 根 芽。

〈【小锣抽头】吕伯奢右转身“上场门”下。

## 第八场

〈接前场转【快长锤】曹操、陈宫骑马“下场门”快步上。至中场，成勒缰式。

〔西皮摇板〕

**曹 操** （过门同前）3 3 3 3 3 1 2 3（2 1 6 5 5 5 3 6 5 5）
勒住 丝缰 带 住 马，

**陈 宫** 3 2 1 2 6 3 2 6 1 ‖
他 人 不 走 又 有 差。 【住头】

**曹 操** 我忘记嘱咐他几句言语。

**陈 宫** 你就放他一条老命去吧！

**曹 操** 不要你管。（右转身向“上场门”）伯父转来！

〈吕伯奢内白：“来了！”

**陈 宫** 天理良心哪！

〈【小锣抽头】吕伯奢持扇、提酒壶“上场门”上。同时曹操、陈宫下马，在“大边”拴马。

〔西皮摇板〕

**吕伯奢** （过门同前）3 2 2 1 1 3 2 1 2 ˅ 6 1 1
相 逢 未 说 知 心 话，再 与 孟

（陈宫左右手

2 7 6 5 6 1 −（1 1 6 2 1）‖
德 把 话 答。

挥水袖示意吕伯奢返回）

啊贤侄，敢莫有回转之意？

〔陈宫提双袖，摊双掌，表示遗憾。

**曹 操** 回转便回转。你身后何人？

**吕伯奢** （右转身）在哪里？

**曹 操** 看剑！

〔曹操用剑杀死吕伯奢（演员转身急下）。

**陈 宫** 哎呀！

〔（**崩登仓**）曹操挥剑杀死吕伯奢。转至“大边”后场，用靴底揩拭宝剑，然后入鞘。

〔同时，陈宫抬右腿撩袍，向右甩髯，双手提袍摆。**【快纽丝】**蹉步至“小边”，抖右袖。面向台口，单腿跪地，提袖。

〔西皮散板〕

**陈 宫**

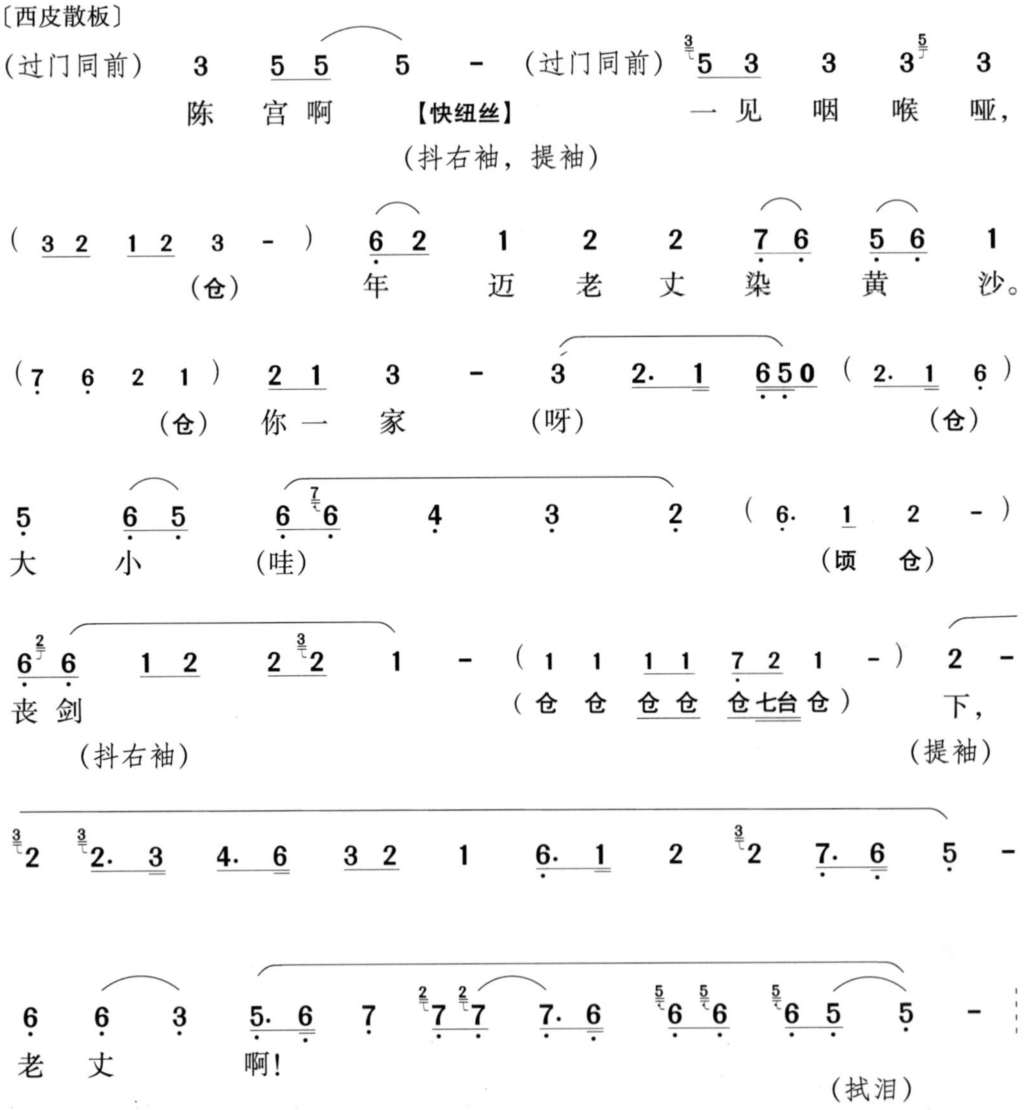


**曹 操** （狂笑）哈哈哈哈……

〔陈宫抖右袖，站起。右手捋髯，上步。

陈 宫 【快纽丝】（过门同前）6̣ 1　1 3　2　3. 21　1 6̣　1 ‖
再与　孟（呃）德　把　话　答。
（右手搂髯，左手指曹操）

【叫头】（右手放髯，顺势折右袖）明公！（抖右袖，提袖）你将他一家错杀，尚且追悔不及，又将老丈杀死，剑劈道旁，是何理也？

曹 操 这叫做斩草除根！

陈 宫 似你这样疑心杀人，岂不被天下人咒骂…… （仓）

曹 操 这个……

〔陈宫右手搂髯，折左袖指明曹操。曹操蓬髯。

陈 宫 【撕边】于（呀）你！

〔【乱锤】陈宫右手放髯，轻抖右袖，提袖；曹操托髯遮面做羞状，将髯放下，折右袖。

曹 操 【叫头】公台！俺曹操一生，宁负天下人，不叫天下人来—— （顷仓）（双手蓬髯）

【撕边】负（哇）我！（仓）

〔陈宫双手抓袖，甩髯，背手，惊。

陈 宫 哦——呵呵呵……

〔【大锣夺头】曹操放髯，拔剑，【撕边】逼视陈宫。

曹 操 （鼻音颤吼）嗯——

〔陈宫双手抬起摆动，做惊怕状后退。

〔西皮慢板〕

4/4（嘟　0 嘟　仓 大　乙）2 | 1 2　5 3　216̣　1 1 |

1 5　i 3　5 i　6 5 | 3 6̣　3 5　i 3　5 1 |
（仓）
（曹操收剑入鞘，左转身，向台里上二步）

2 3　5 3　6 5　3 2 | 1 2　3 5　6i36　5 1 |
（台）　（陈宫抖右袖，提袖）

2 3　4 3　216̣　1 2 | 7̣ 7̣2　6̣ 5　3 2　126̣ |
0　0　0　0 | 0　0　0　0 |
（右手捋髯，上步）

1 1　6̣06̣　3 2　5 5 | 3532　1 2　6̣ 2　1 6̣ |
陈 宫 0　0　3 2　5 | 3532　1　0　0 |
听　他　言

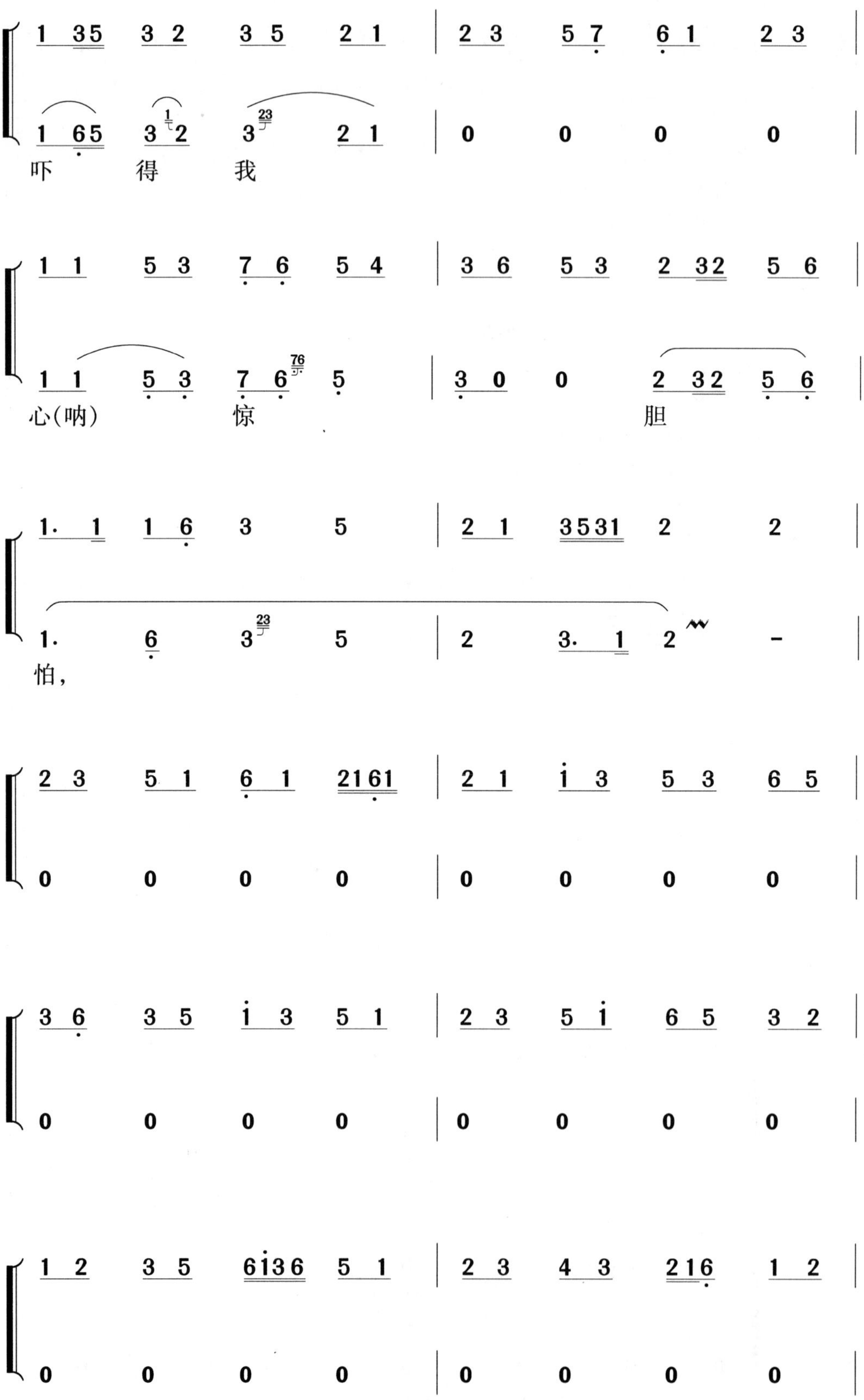
吓 得 我
心(呐) 惊 胆
怕，

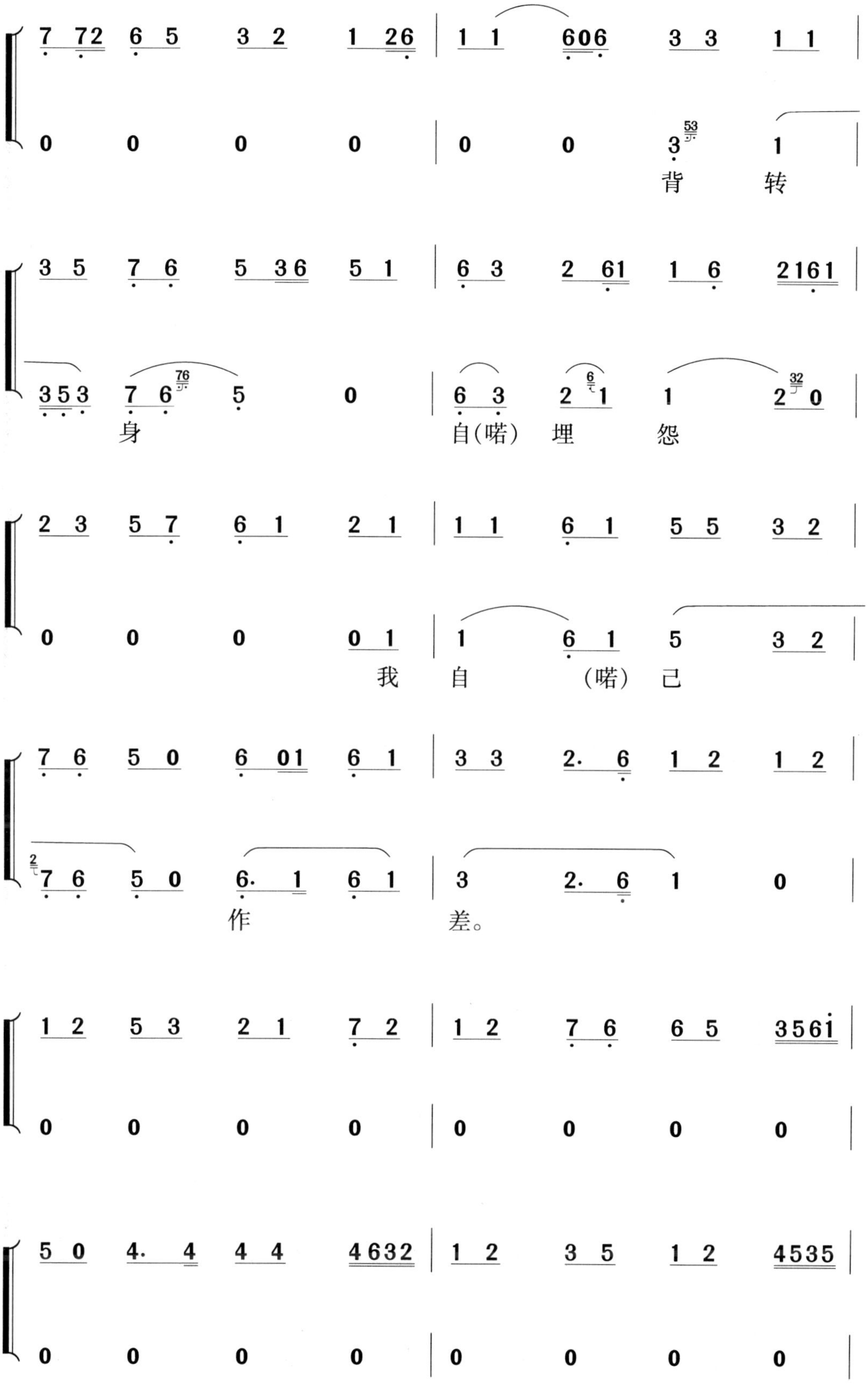
背 转
身 自(喏) 埋 怨
我 自 (喏) 已
作 差。

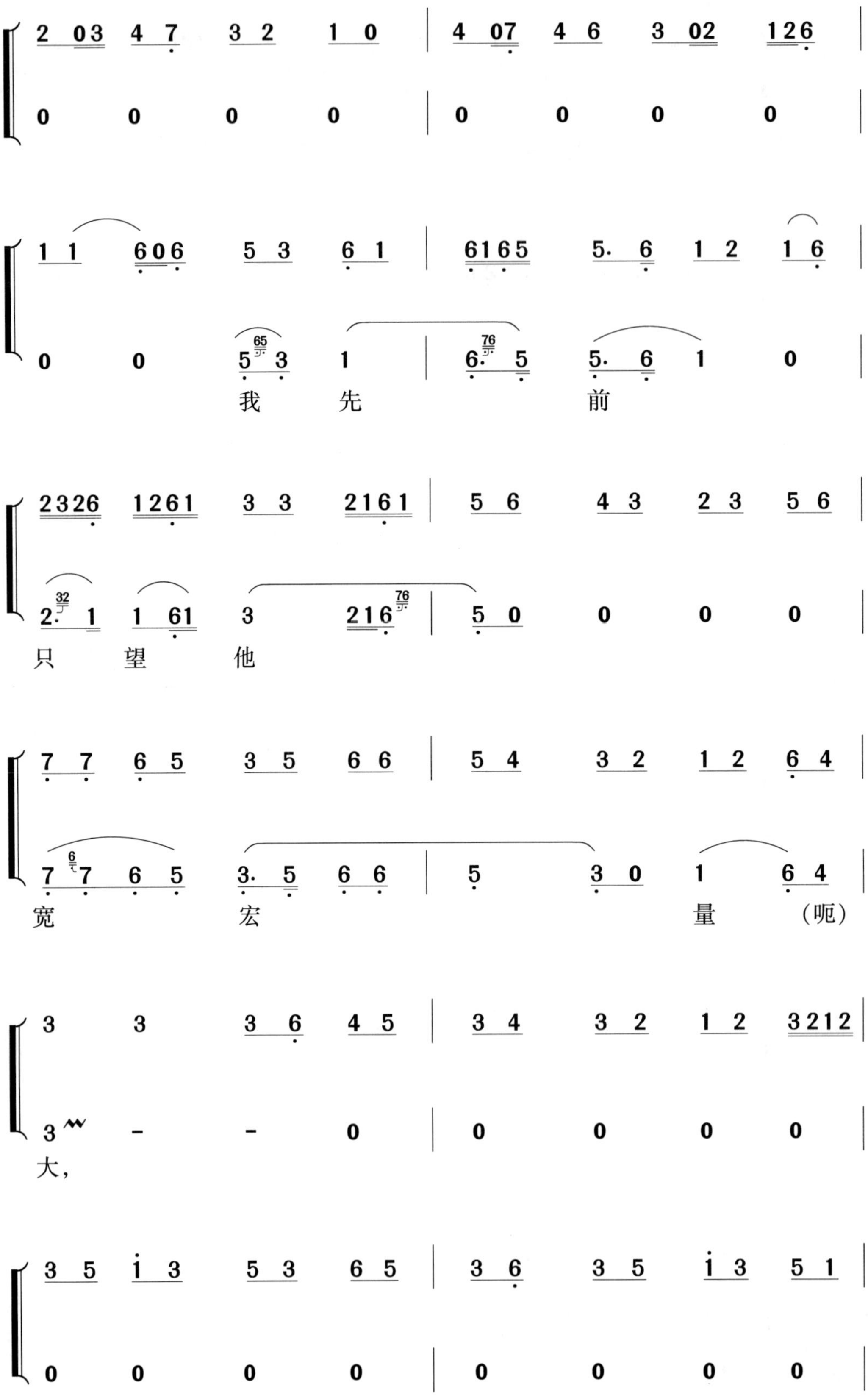

我 先 前
只 望 他
宽 宏 量 (呃)
大，

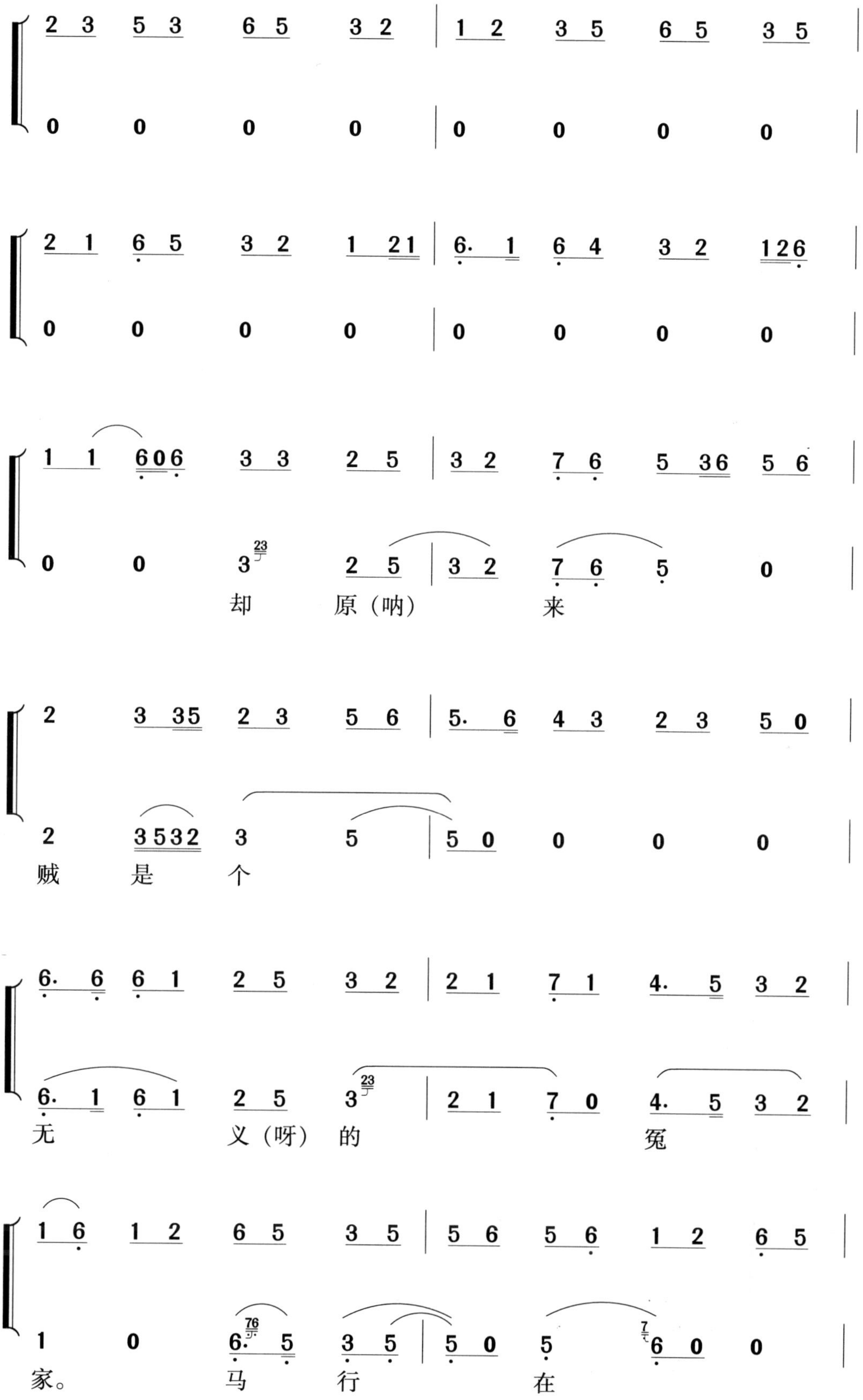
却 原（呐） 来
贼 是 个
无 义（呀） 的 冤
家。 马 行 在

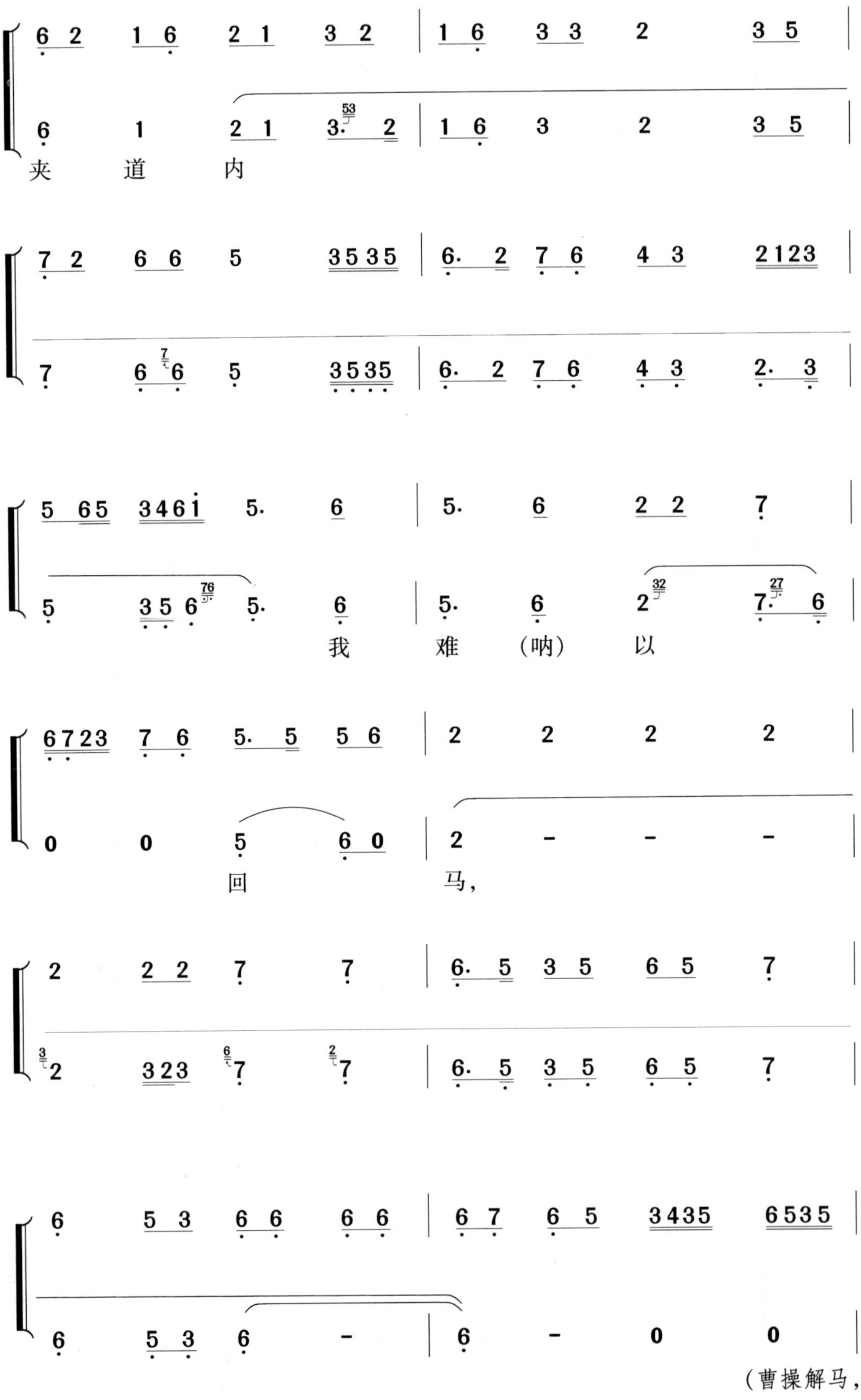
夹 道 内
我 难 （呐） 以
回 马，
（曹操解马，

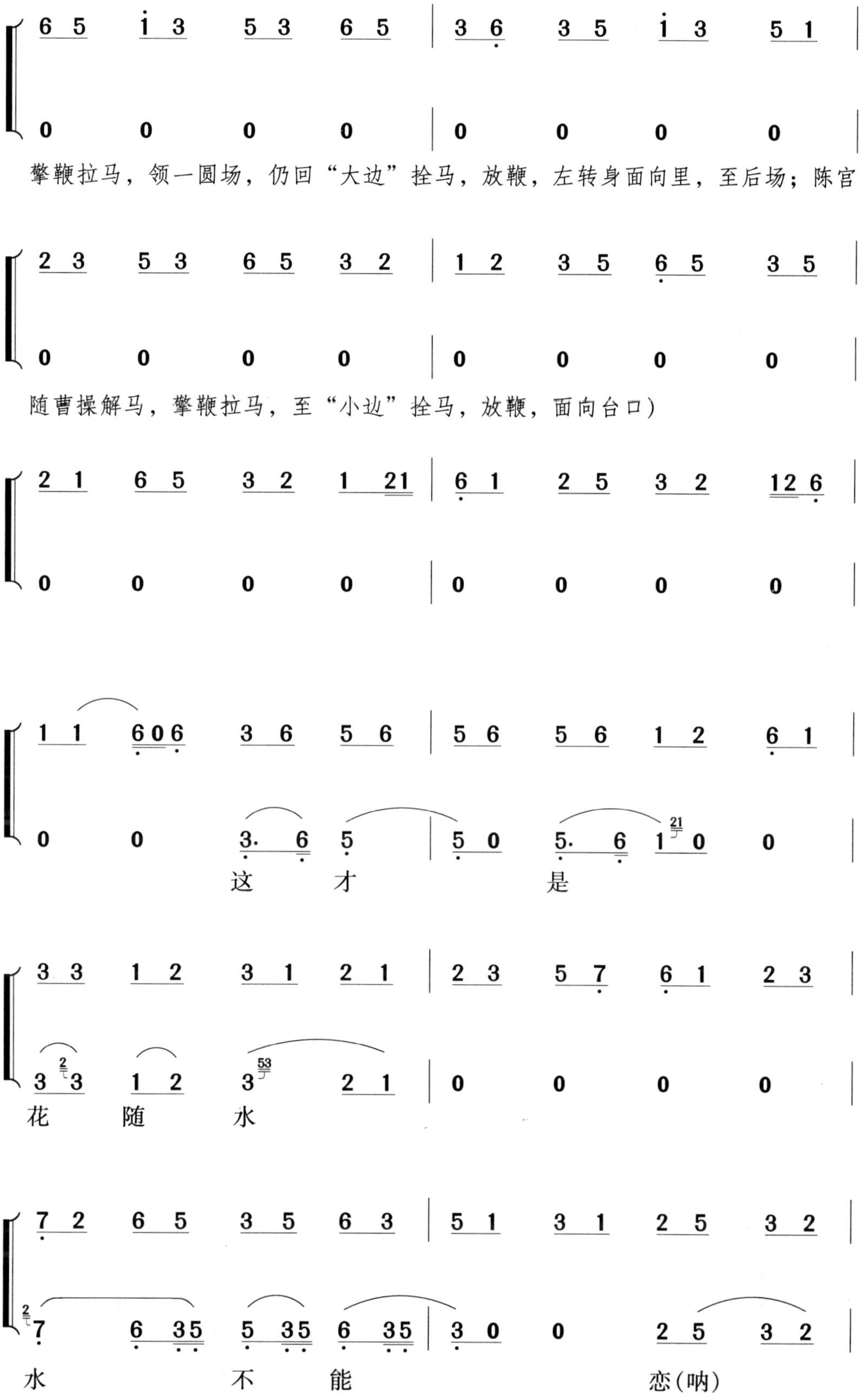
攀鞭拉马，领一圆场，仍回“大边”拴马，放鞭，左转身面向里，至后场；陈宫
随曹操解马，攀鞭拉马，至“小边”拴马，放鞭，面向台口)
这 才 是
花 随 水
水 不 能 恋(呐)

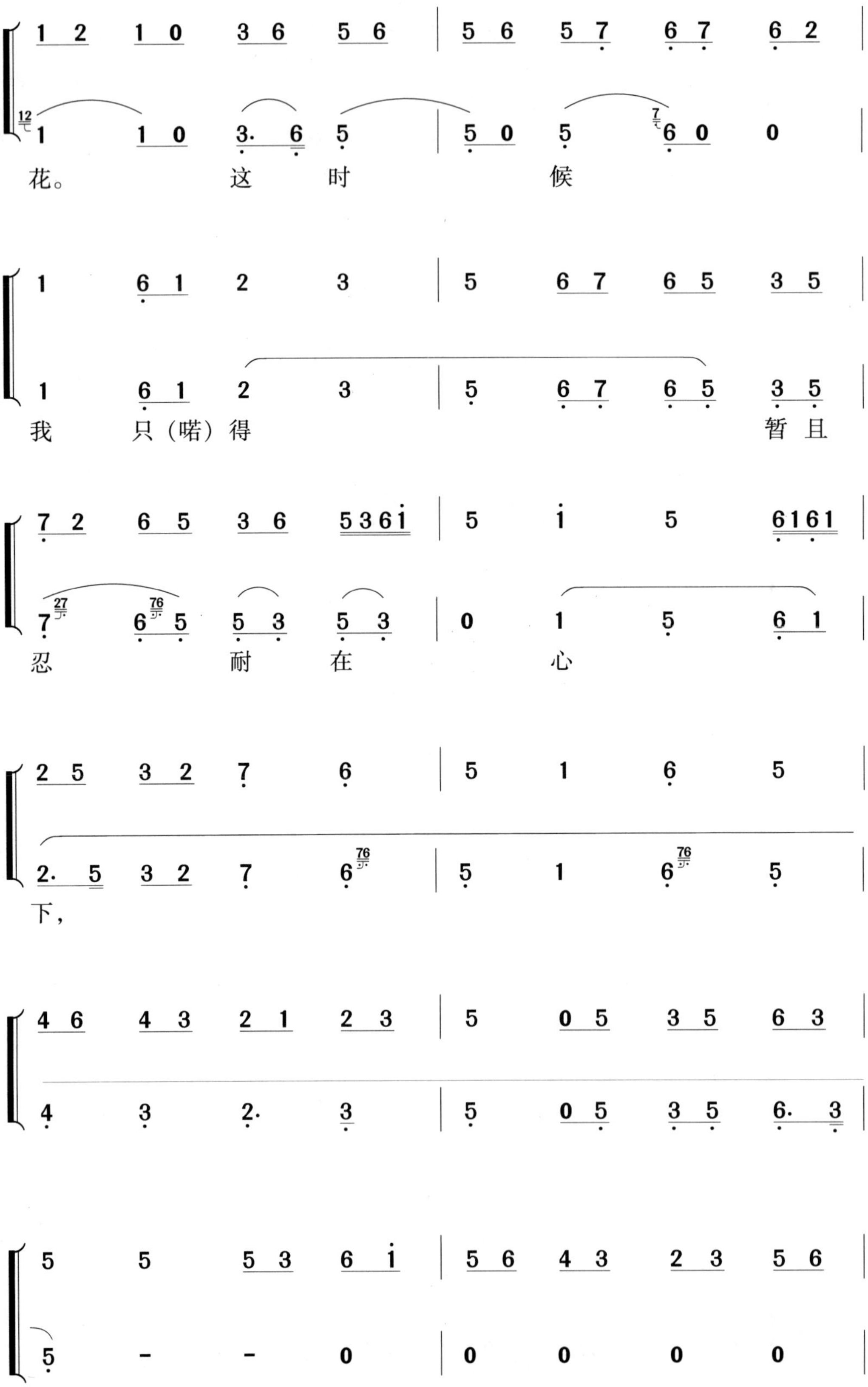


（曹操右转

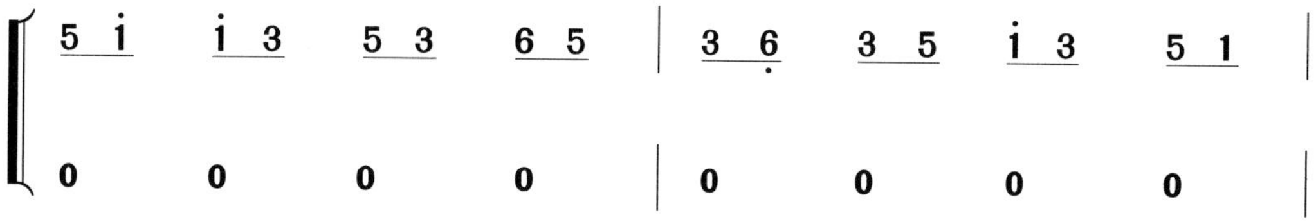

身面向台口，敞开褶子，走至“大边”中场)

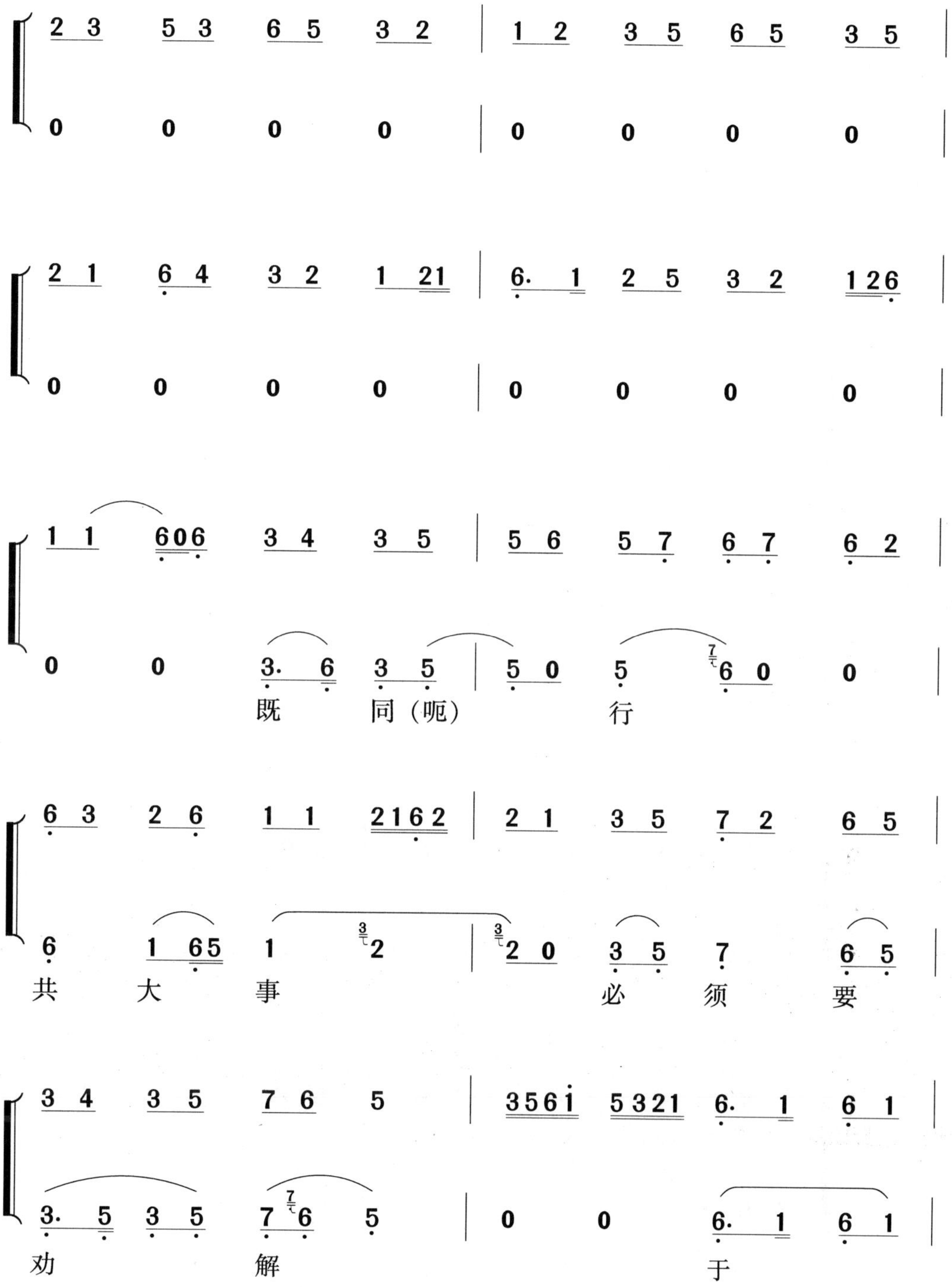

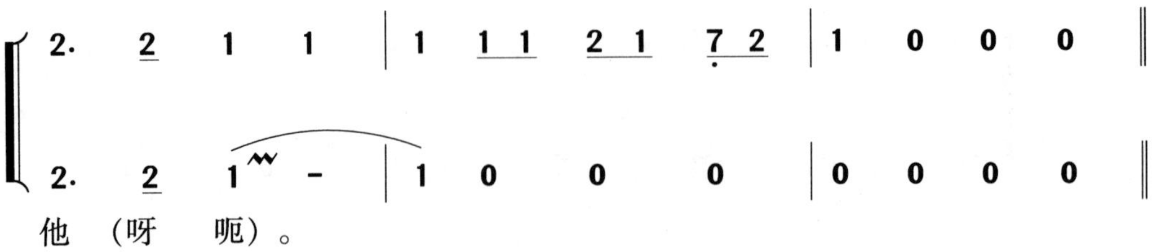


**曹 操** （上步）你的言多（仓）（挥右手指明陈宫）语诈！（左转身面向“大边”台口，不理睬）

**陈 宫**

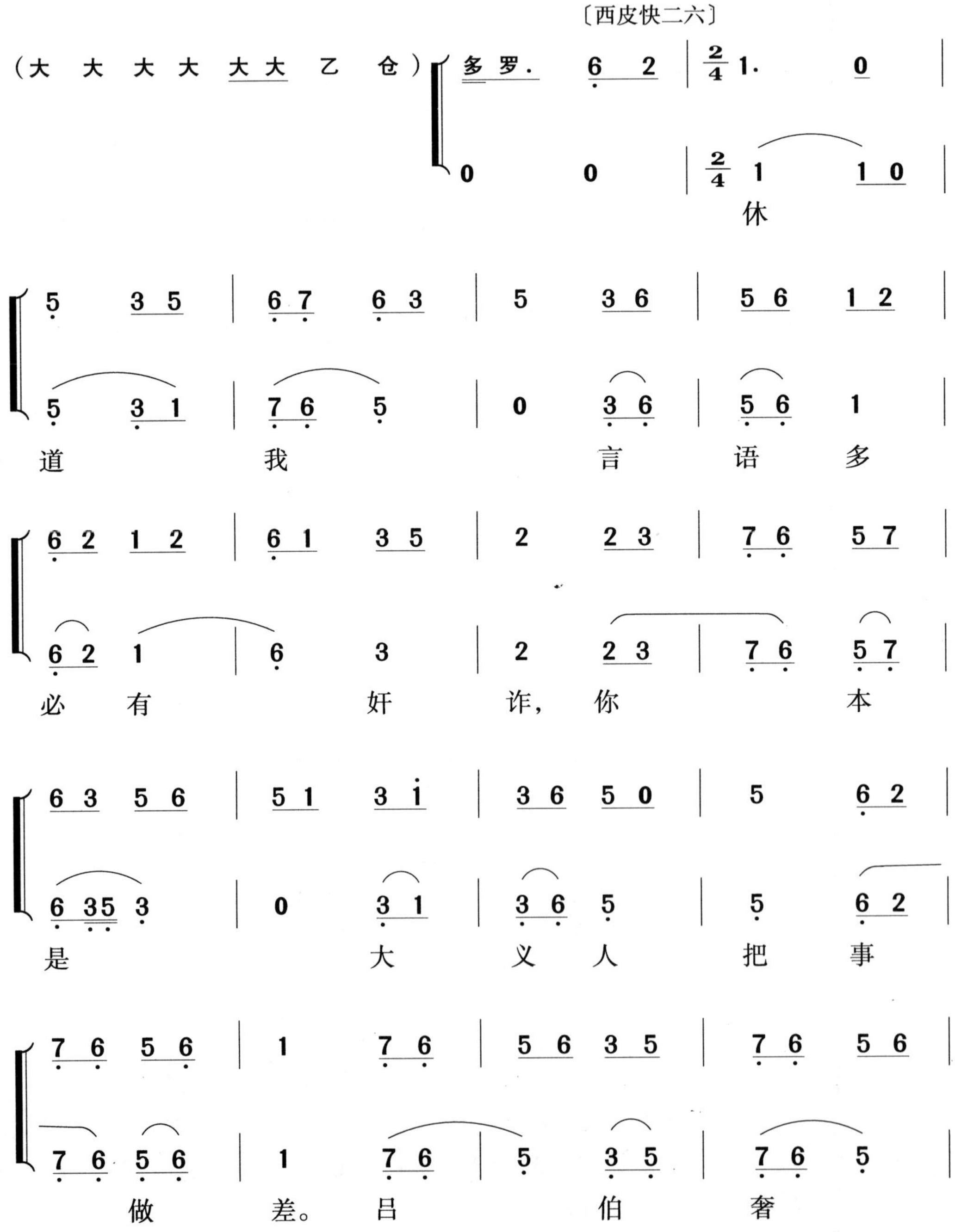

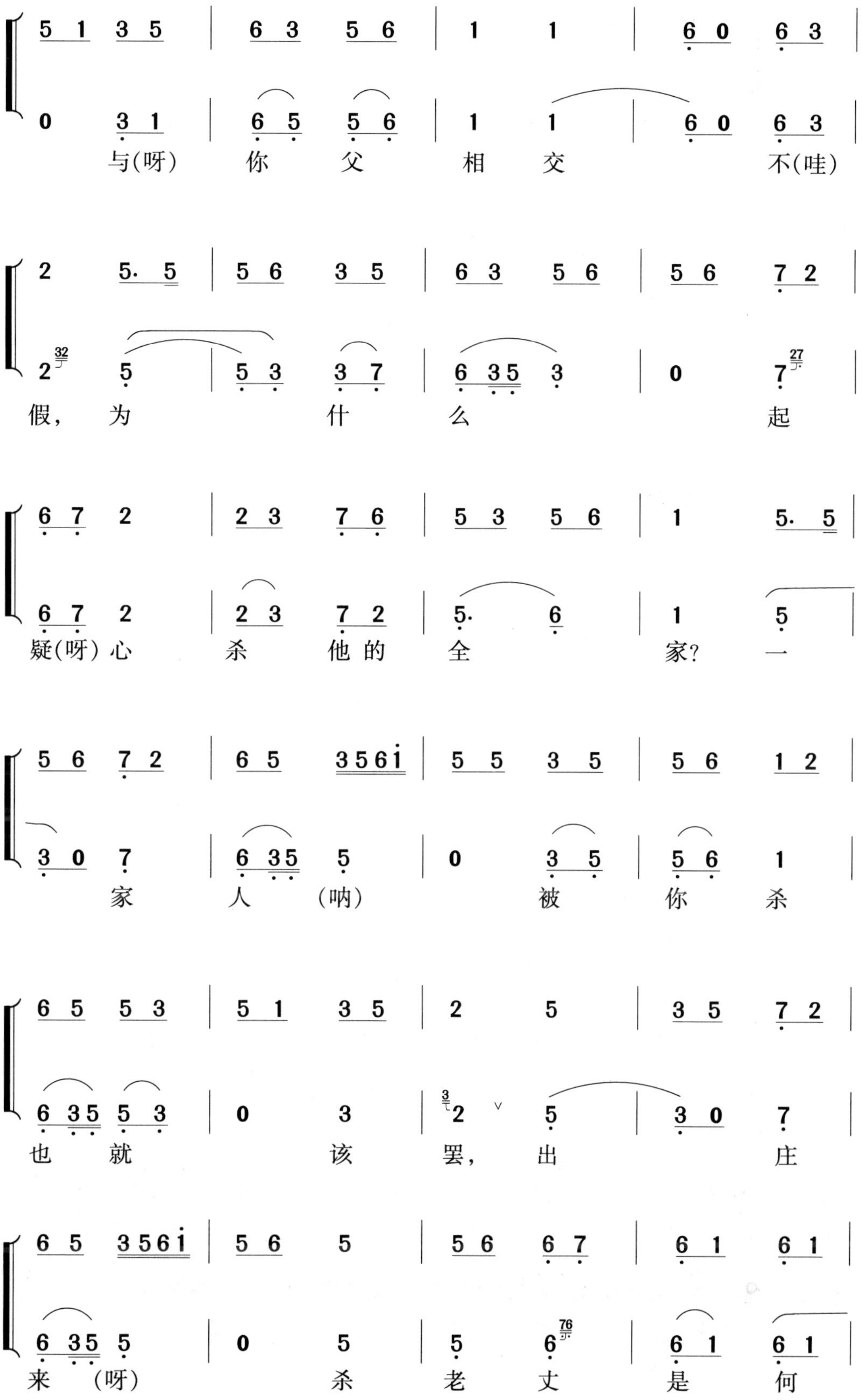
与(呀) 你 父 相 交 不(哇)
假， 为 什 么 起
疑(呀)心 杀 他的 全 家？ 一
家 人 (呐) 被 你 杀
也 就 该 罢， 出 庄
来 (呀) 杀 老 丈 是 何

2 3 7 6 | （胡琴随腔伴奏，略）

2 3 7 6 | サ 5 - - - 6 6 6 6 1 1 - ‖

根 芽？

**曹 操** 公台！

〔西皮摇板〕

【闪锤】（过门同前）3 3 4 3 4. 6 3. 2 1 2（3 2 1 6 1

陈 公台休 埋 怨

2 2）2 3532 2 - - - 2 2 2 1 1 2.

一 同 （呃） 上 马，

〔【快长锤】曹操、陈宫分别在两边解马，攀鞭拉马，曹操在“大边”走一个小圆场，二人同上马，勒缰，垂鞭。

〔西皮快板〕

**曹 操**（过门同前） 3 2 | 4. 6 | 3（2 | 3）3 | 3 1 | 2 3 | 1 2 |

坐 雕 鞍 听 孟 德 细说

3 | 1（6 2 | 1）1 | 1 2 | 3（2 | 3）3 | 3 1 | 2 1 | 2 3 |

根 芽： 吕 伯 奢 与 我 父 相交

0 1 | 2（61 | 2）1 | 1 | 2（1 | 2）3 | 3 1 | 2 | 1 2 |

不 假， 错 把 他 当 做 了 对头

3 | 1（6 2 | 1）3 | 3 3 | 2（1 | 2）3 | 3 1 | 2 3 | 2 1 |

冤 家。 既 杀 人 哪 怕 那 泰山

6 1 | 2 | 1 2 | 3 2 | 3 | 2 1 | 6 1 | 2 0（大 大）

倒 下， 五 阎 君 撞 着 咱

サ 1 2. 5 3 2. 3 2. 1 6 1 - - ‖

也 要 斩 杀。

陈　宫

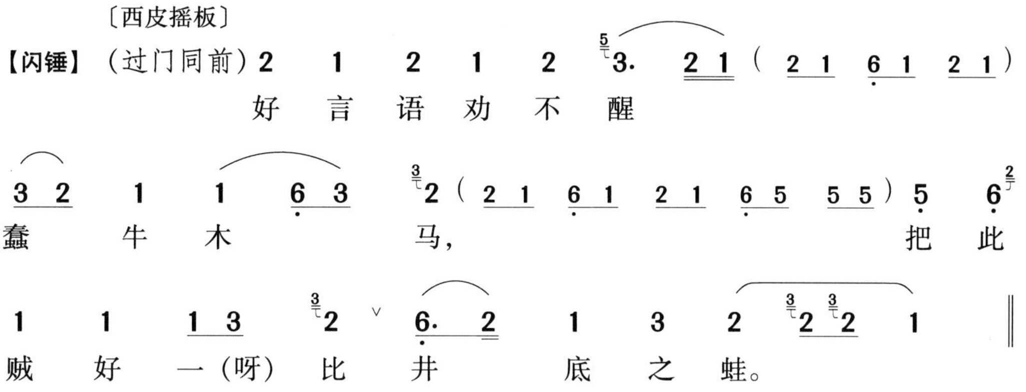


曹　操

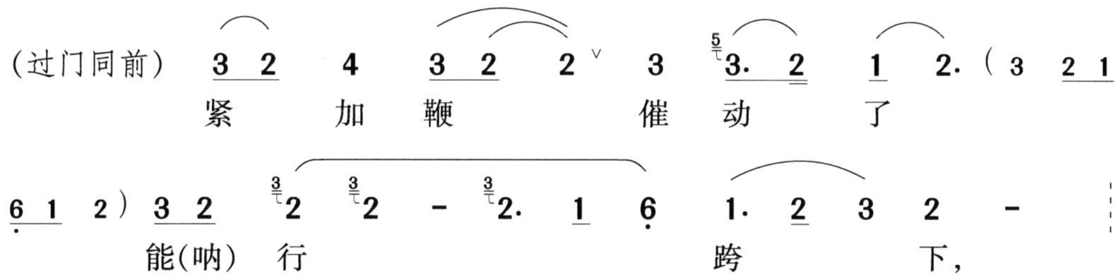


〔【快长锤】曹操、陈宫打马，到目前为止一个圆场，勒缰，往“下场门”一望。

曹　操

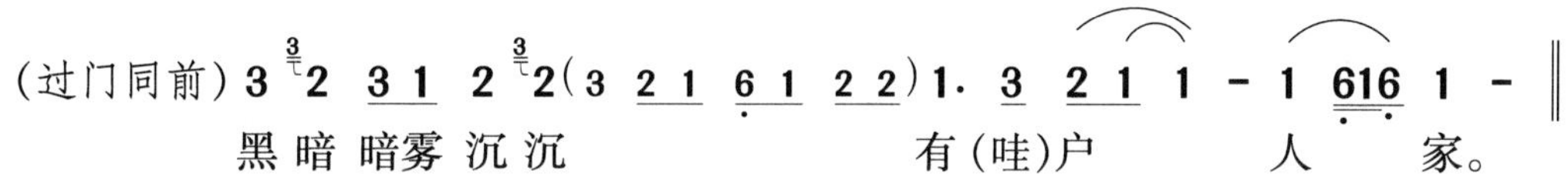


（回身对陈宫）看天色不早，你我就在此安歇了吧！

**陈　宫**　事到如今，但凭于你呀！

**曹　操**　（向“下场门”）店家！

〔店家内白：“啊哈！”

〔【小锣五锤】店家“下场门”上。曹操、陈宫同在“小边”下马，擎鞭拉马，走向店家。闭二幕。

**店　家**　（念）高挂一盏灯，安歇四方人。

（出门）二位，可是住店的？

**曹　操**　可有上房？

**店　家**　有上房。

**曹　操**　将马带过。

〔开二幕。正场置骑马桌、八字椅，绿色绣边桌围椅披。桌上备放文房四宝。

〔（**大台** **匝0** **匝0** **匝0** **匝0**）曹操将马递给店家，进门，归“小边”，店家接马扶鞍，陈宫随之也将马交给店家。

**陈　宫**　不要卸了鞍韂，明日早行。

**店　家**　知道啦！

〔店家赶马“下场门”下。陈宫进门，归“大边”。店家复上，进门站“大边”

外首。

**店　家**　二位客官用些什么？

**陈　宫**　明灯一盏。

**曹　操**　暖酒一壶。

**店　家**　知道啦！（出门）伙计们，明灯一盏，暖酒一壶！

〔内应："明灯一盏，暖酒一壶！"

〔店家至"下场门"取灯端酒后，进门，将灯、酒放在桌上。

**店　家**　灯到，酒到。二位还用些什么？

**曹　操**　唤你再来。

**店　家**　哦，是啦。（出门）关店门哪！

〔店家关两扇大门，手插门闩，上门栓，（台）转身"下场门"下。曹操斟酒。

**曹　操**　公台，请来吃酒。

**陈　宫**　鞍马劳顿，吞吃不下。

**曹　操**　哪里是鞍马劳顿，吞吃不下，分明是见俺杀了吕伯奢的全家，你那心中有些不忿。

**陈　宫**　既已同行，共图大事，讲什么不忿。你那疑心也忒大了哇。

**曹　操**　曹操一生，就是这疑心忒大了！

〔西皮摇板〕

【闪锤】（过门同前）3 3　3 3　3 3　2 -（2 1　6 5　5 5）6　1　1　2　0

孟德　生来　疑心　大，　常在虎口

（抖右袖，提袖）

2 3　3　- 1（6 2　1 1　6 5　5 5）2 2　2　3　2　3　-　2　2　-

去搬　牙。　多吃　儿　杯　安　歇　吧，

（自饮三杯）

【快长锤】（过门同前）3　3　2321　2　232　1　-　-　6 3　2　1　-

昏　昏　沉　沉　倒　卧　下。

〔【更鼓】曹操靠枕椅背睡。陈宫离座，右手举灯，左手遮风，转身出门，两边查看。进门，放灯，再转身关门，插门闩。又将"大边椅"移向"大边"台口。

〔【初更鼓】陈宫听更鼓，看看曹操，左手捏右袖走向其身旁。

**陈　宫**　（轻声）明公，（台）明公，（台）（后退一步）明公。（转身面向台口，上步至中场）唉！（台）（右手托髯）我陈宫好悔也！（捂右掌）

〔二黄慢板〕

（扎　多　衣）5　3 23 | $\frac{4}{4}$ 1 6　5 3　2 3　3 6 |

（放髯，

5 6　565　5 5　6 1 | 2 3　235　3 25　3276 |

左转身，右手捋髯，归座）

5 5　3235　2321　6561 | 5723　2 5　2 3　3276 |

## 捉 放 曹

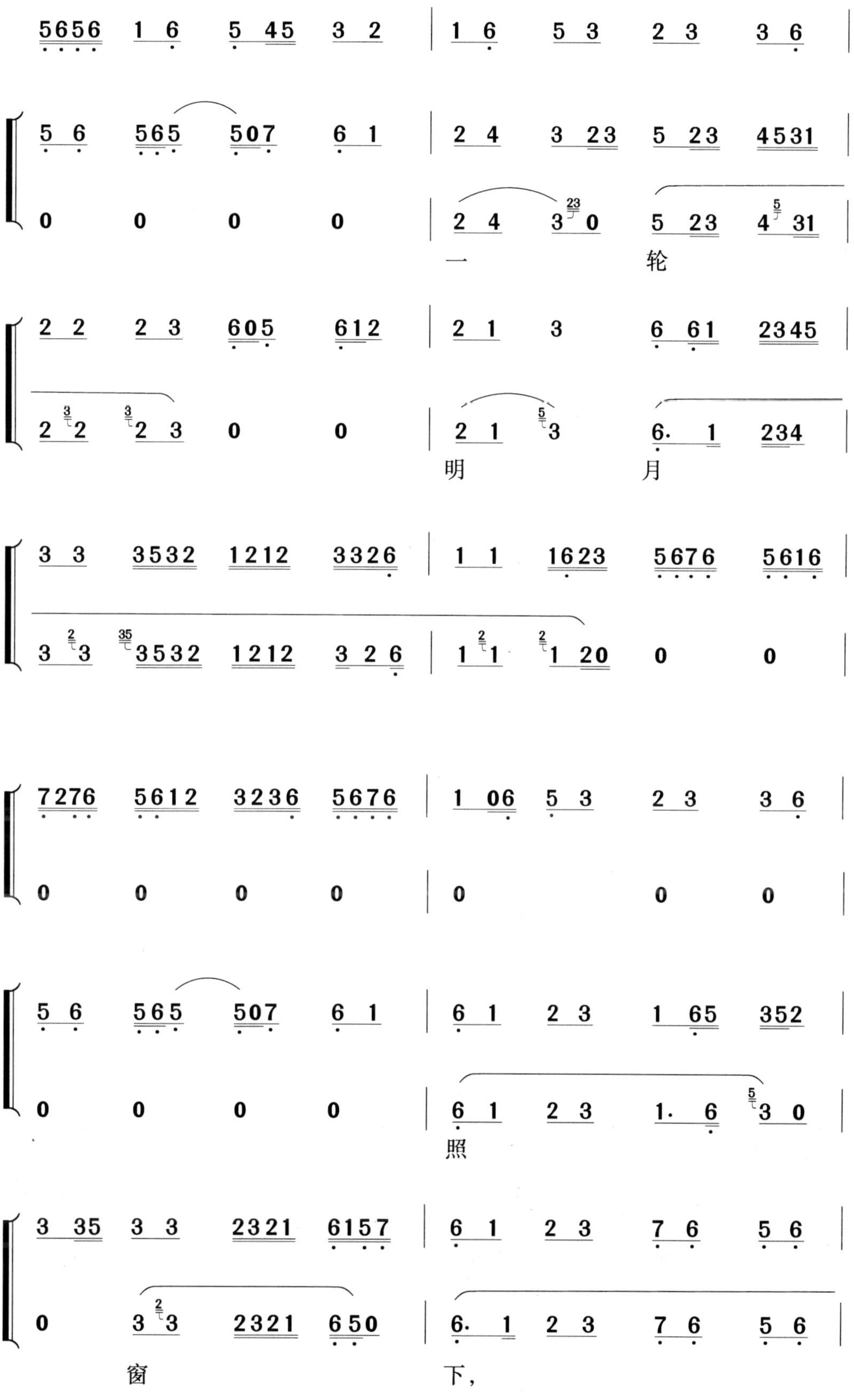

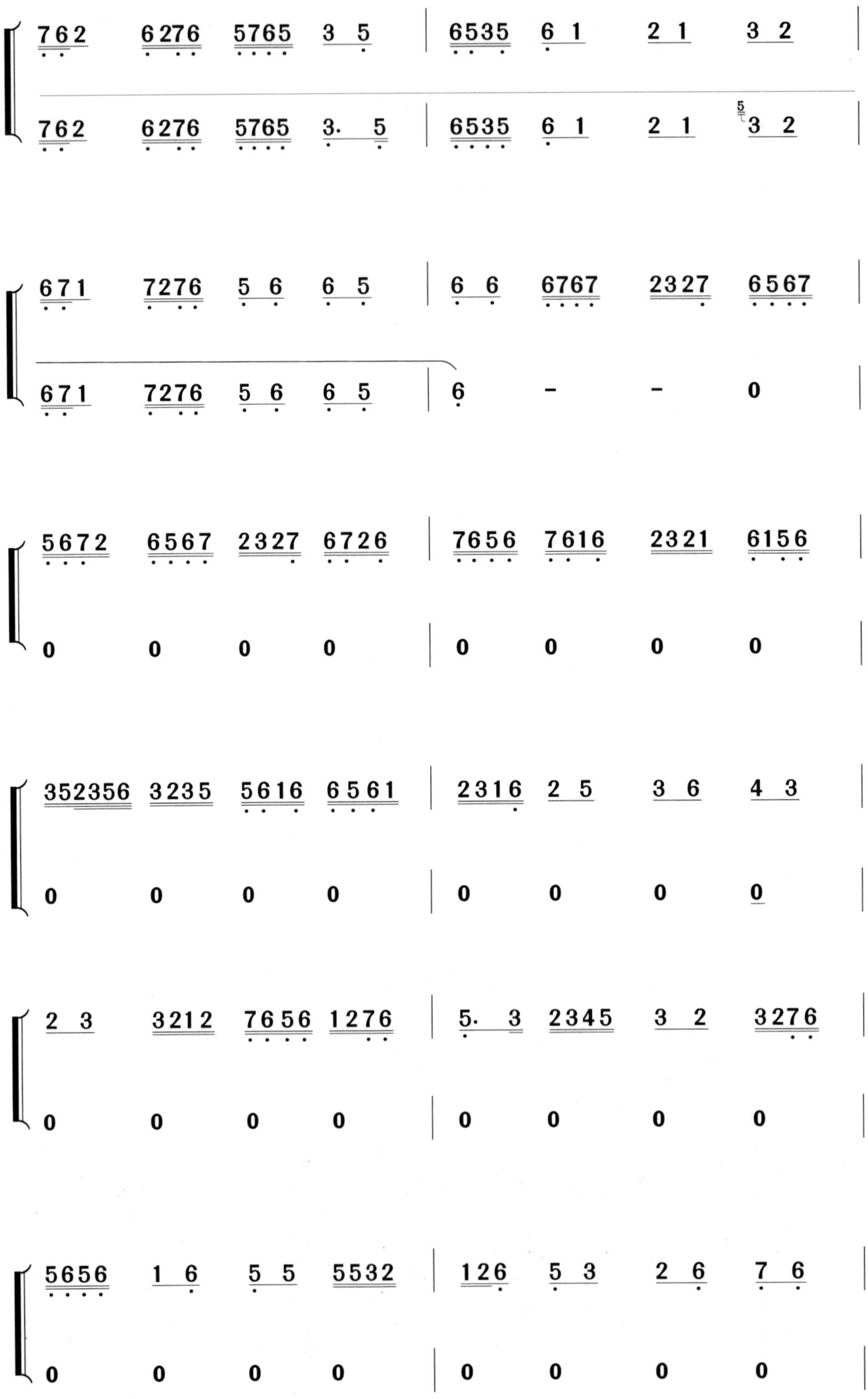

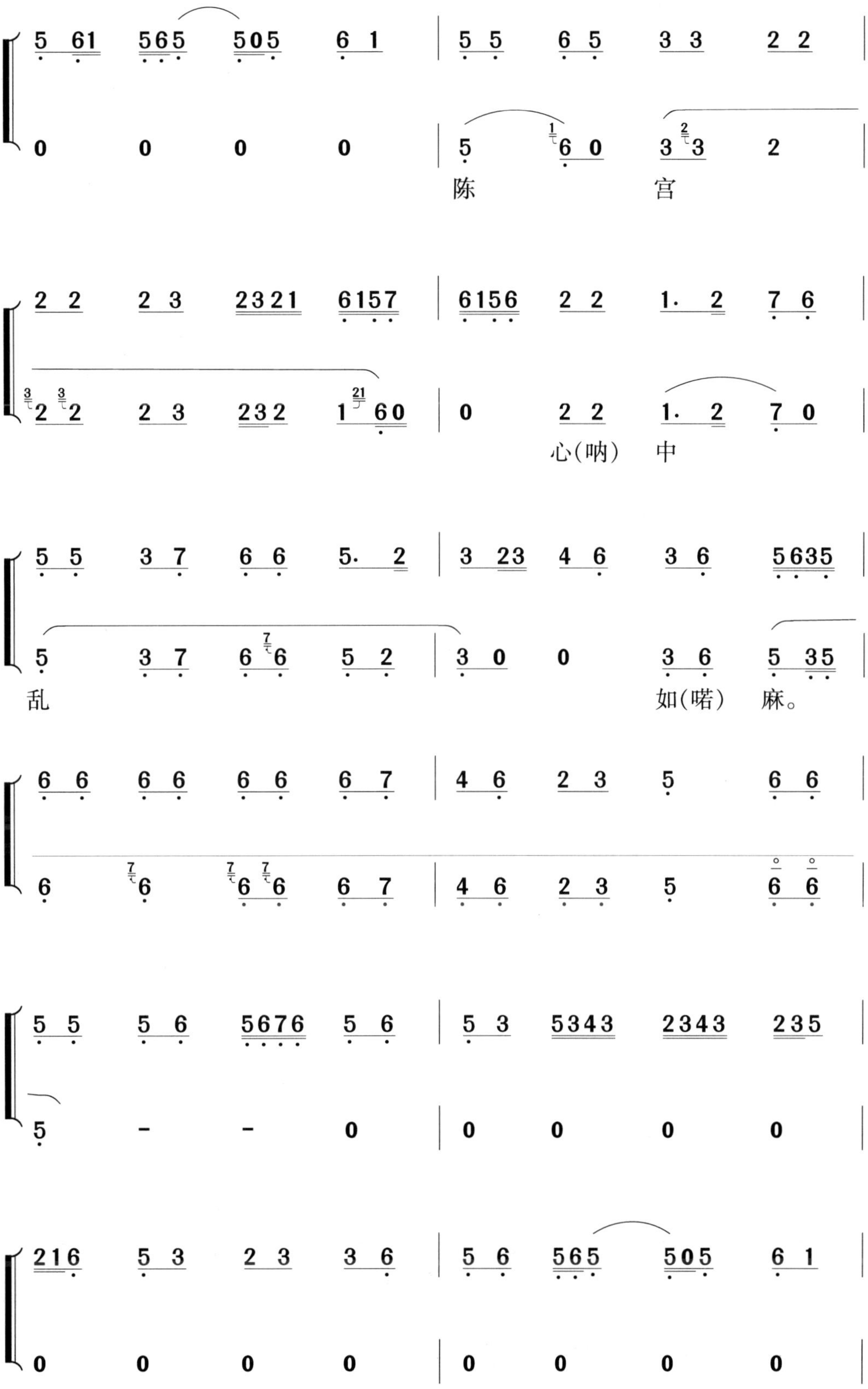
陈 宫
心(呐) 中
乱 如(喏) 麻。

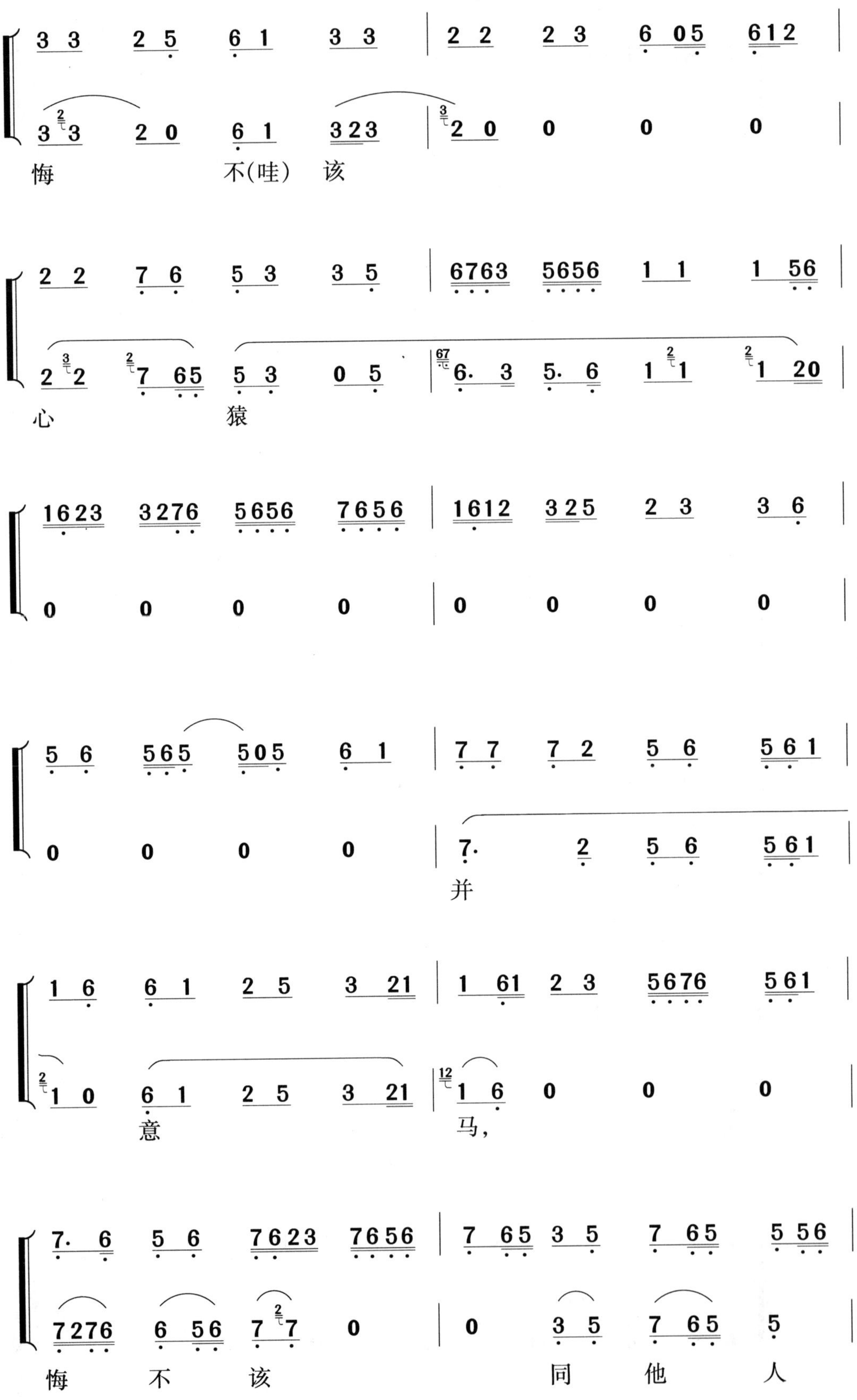
悔 不(哇) 该
心 猿
并
意 马，
悔 不 该 同 他 人

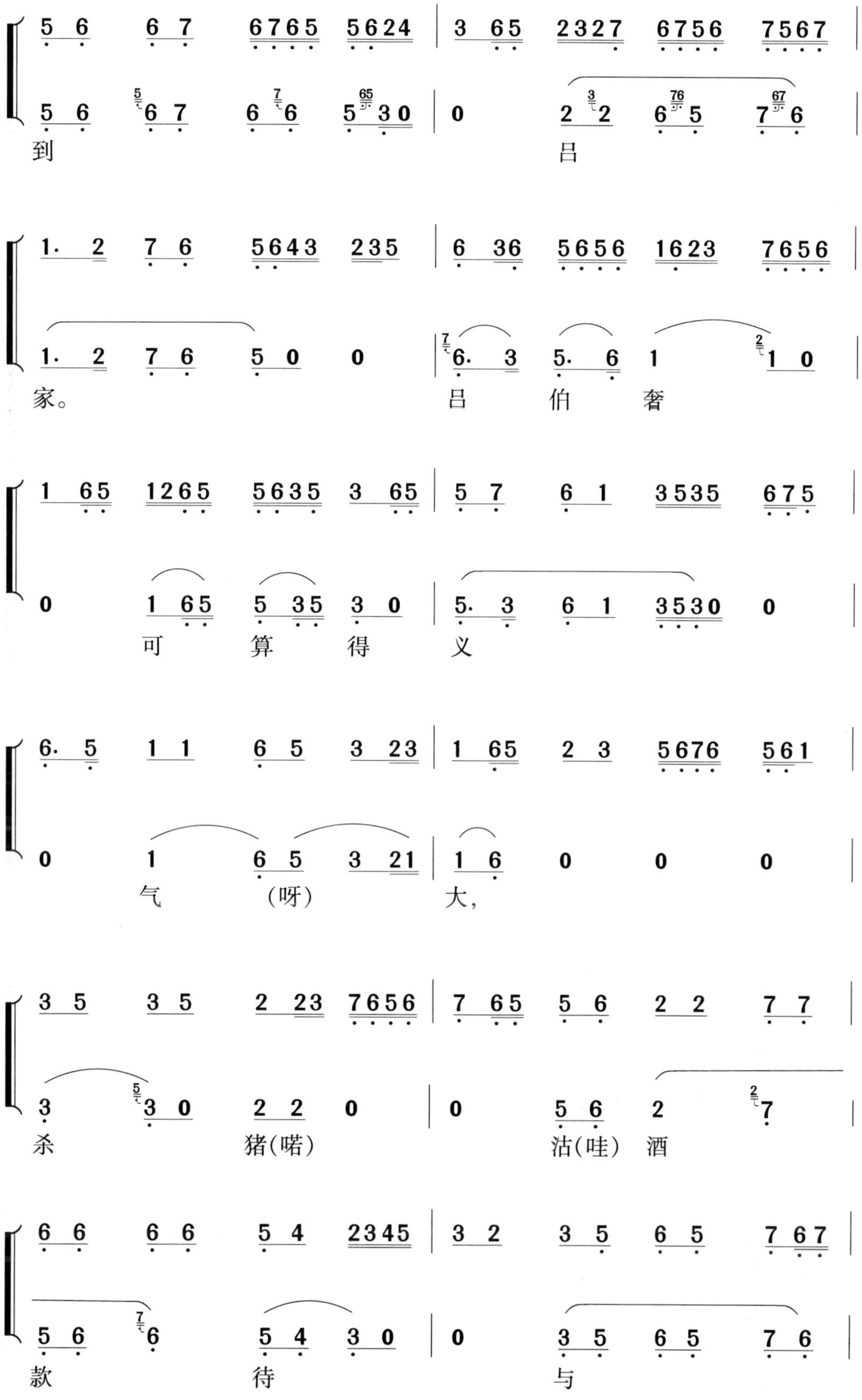
到 吕
家。 吕 伯 奢
可 算 得 义
气 （呀） 大，
杀 猪（喏） 沽（哇） 酒
款 待 与

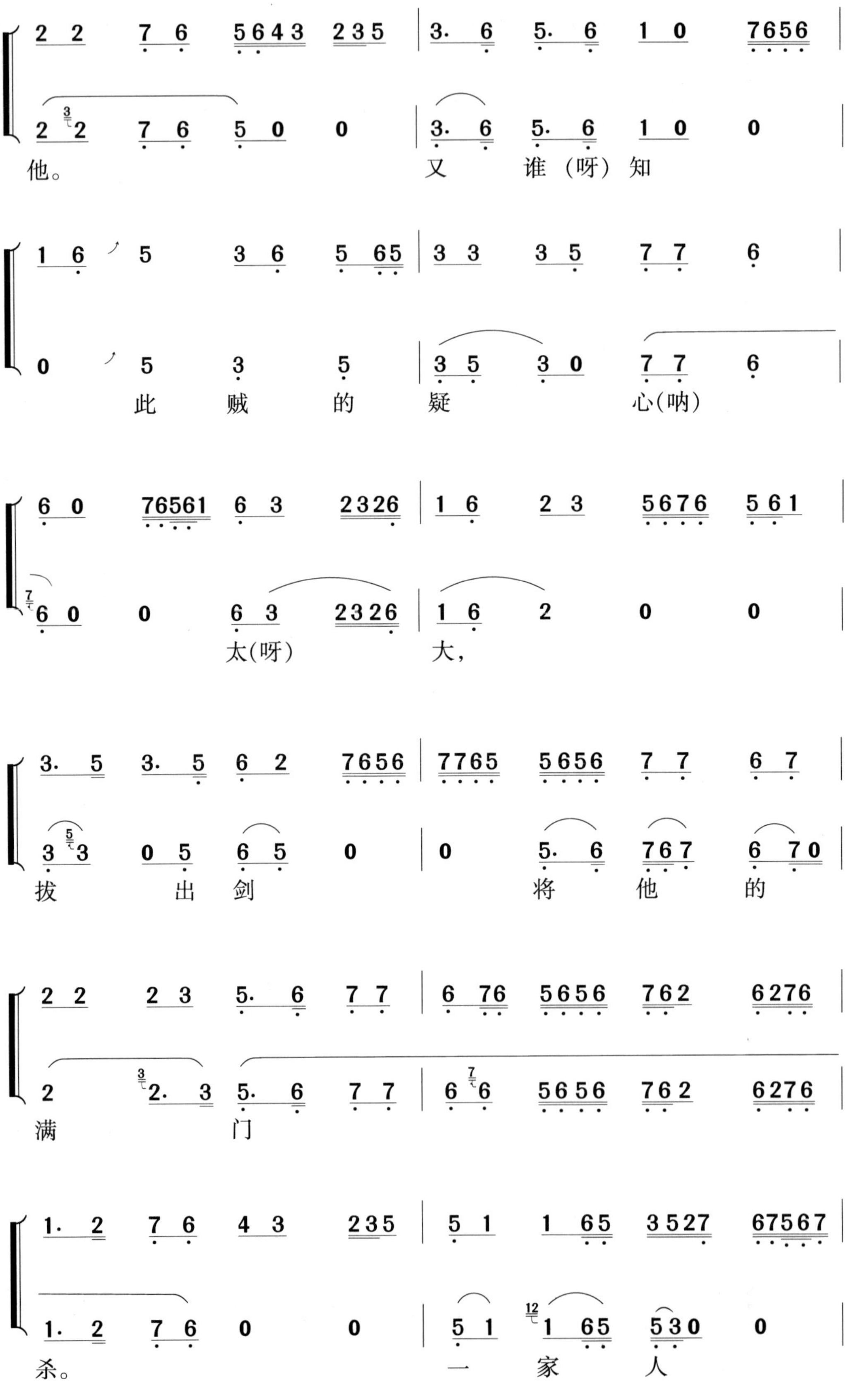
他。又谁（呀）知
此贼的疑心(呐)
太(呀)大，
拔出剑将他的
满门
杀。一家人

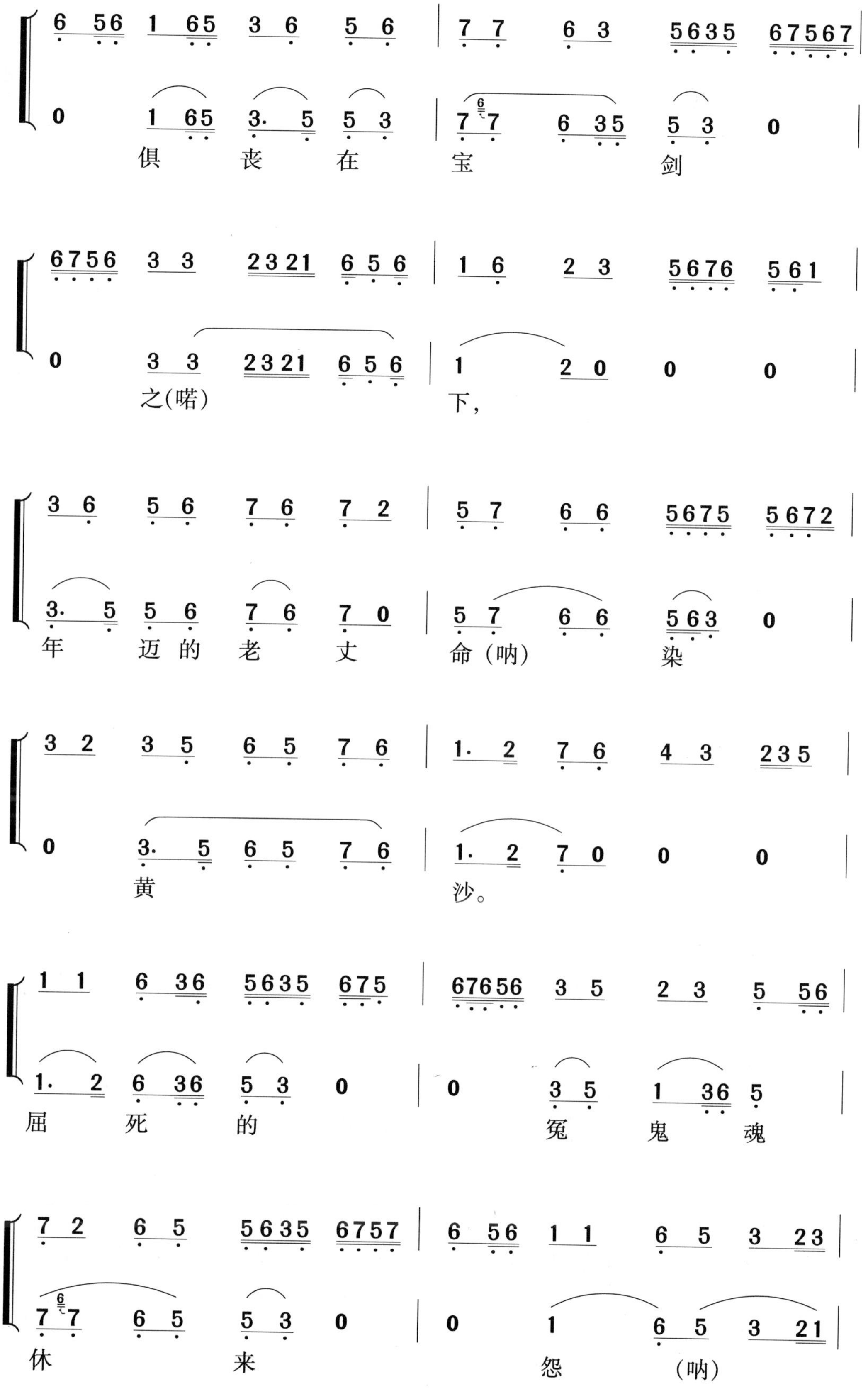
俱丧在宝剑
之(啫)下,
年迈的老丈命(呐)染
黄沙。
屈死的冤鬼魂
休来怨(呐)

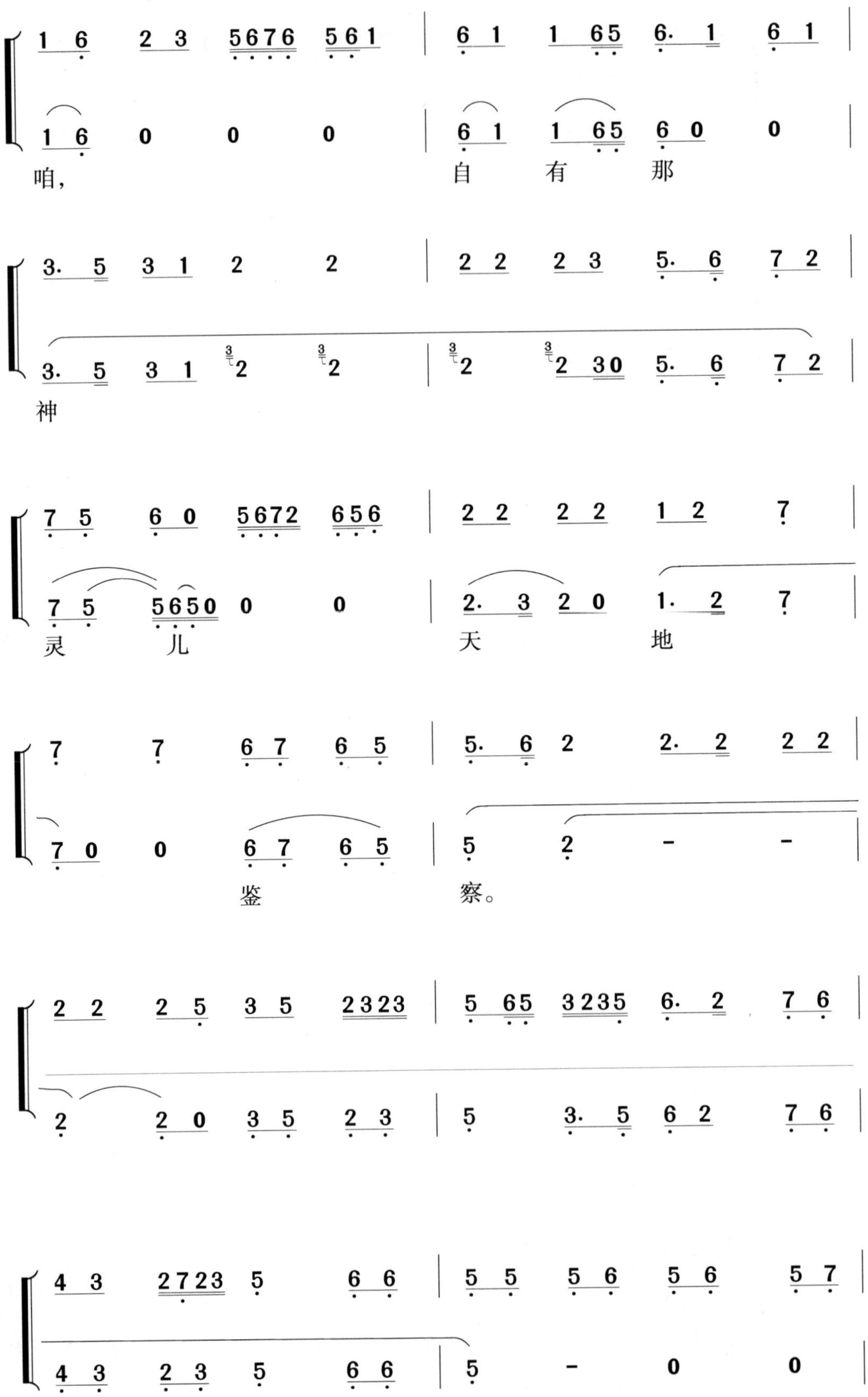
咱，
自 有 那
神
灵 儿
天 地
鉴
察。

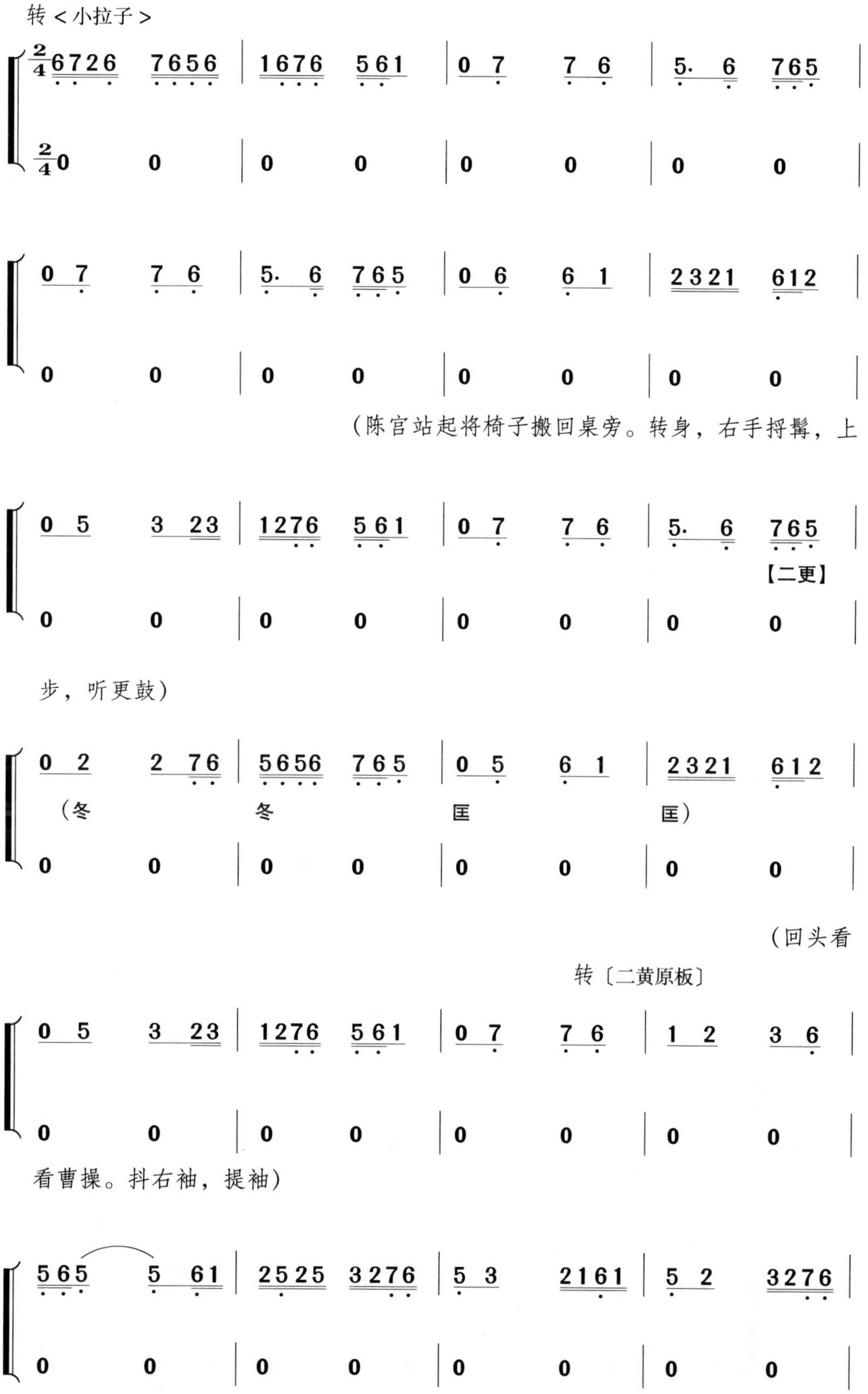
转<小拉子>
（陈官站起将椅子搬回桌旁。转身，右手捋髯，上
【二更】
步，听更鼓）
（冬
冬
匡
匡）
（回头看
转〔二黄原板〕
看曹操。抖右袖，提袖）

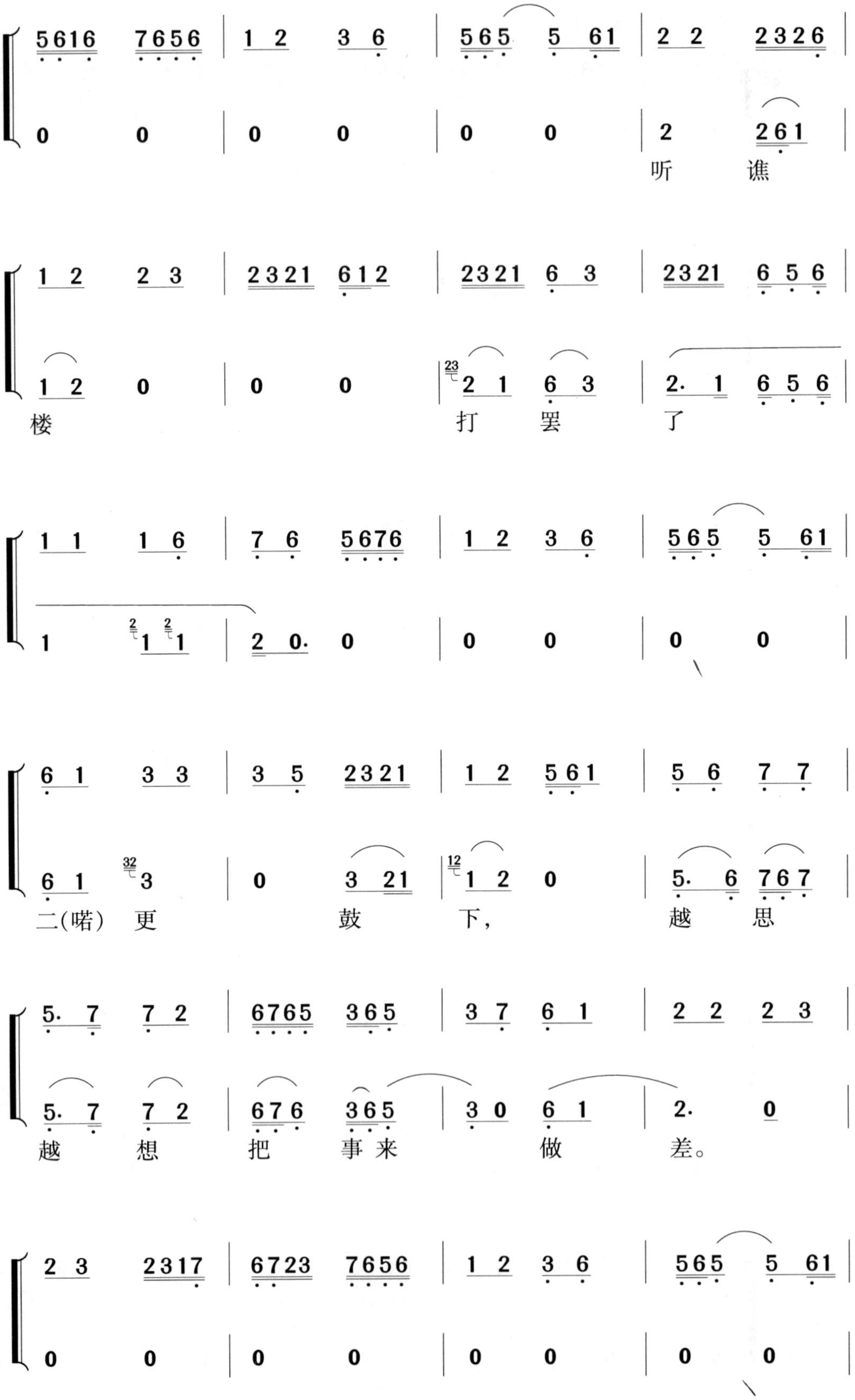
听 谯
楼 打 罢 了
二(喏) 更 鼓 下， 越 思
越 想 把 事 来 做 差。

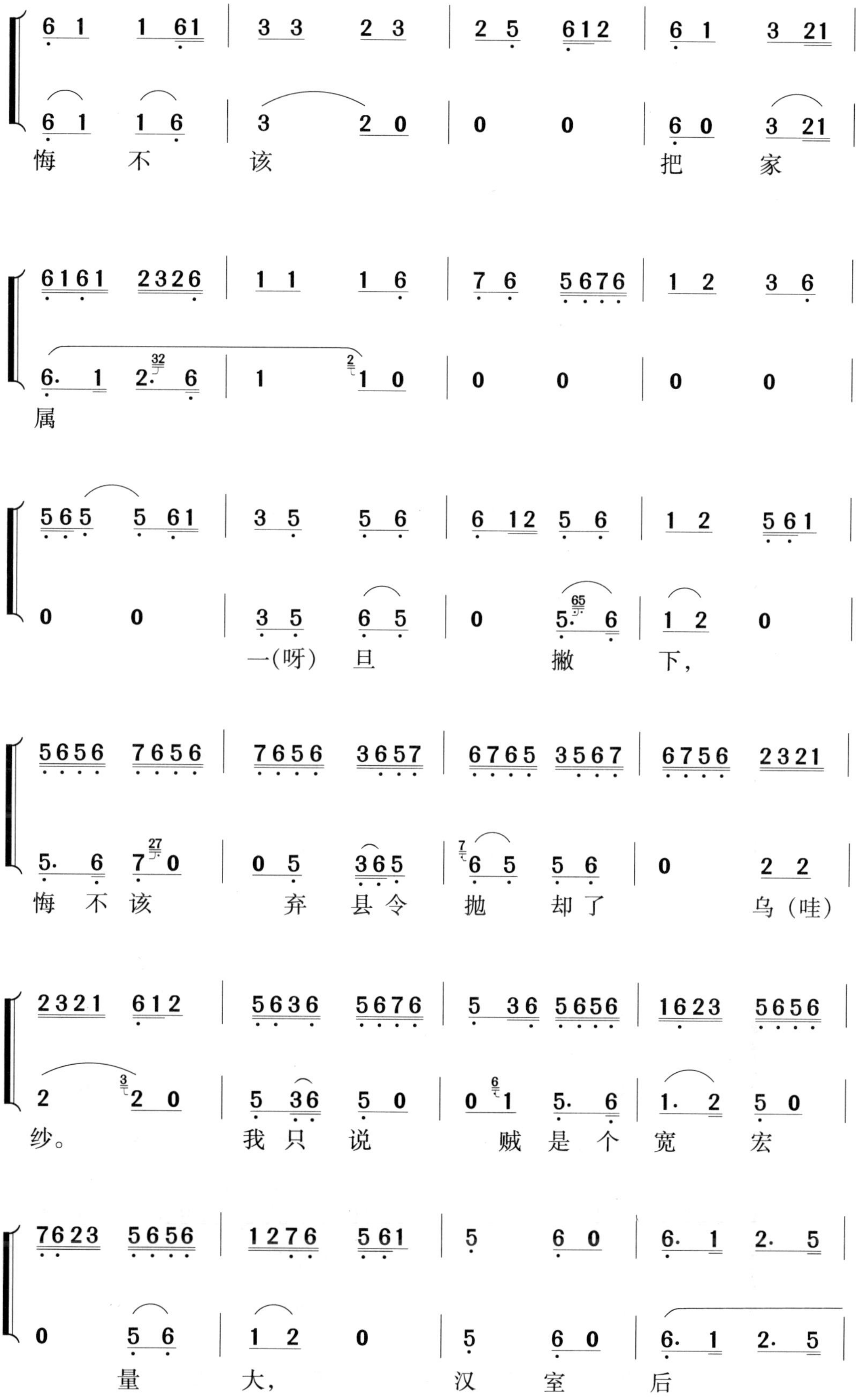
悔 不 该 把 家
属
一(呀) 旦 撇 下，
悔 不 该 弃 县令 抛 却了 乌(哇)
纱。 我只 说 贼是个 宽 宏
量 大， 汉 室 后

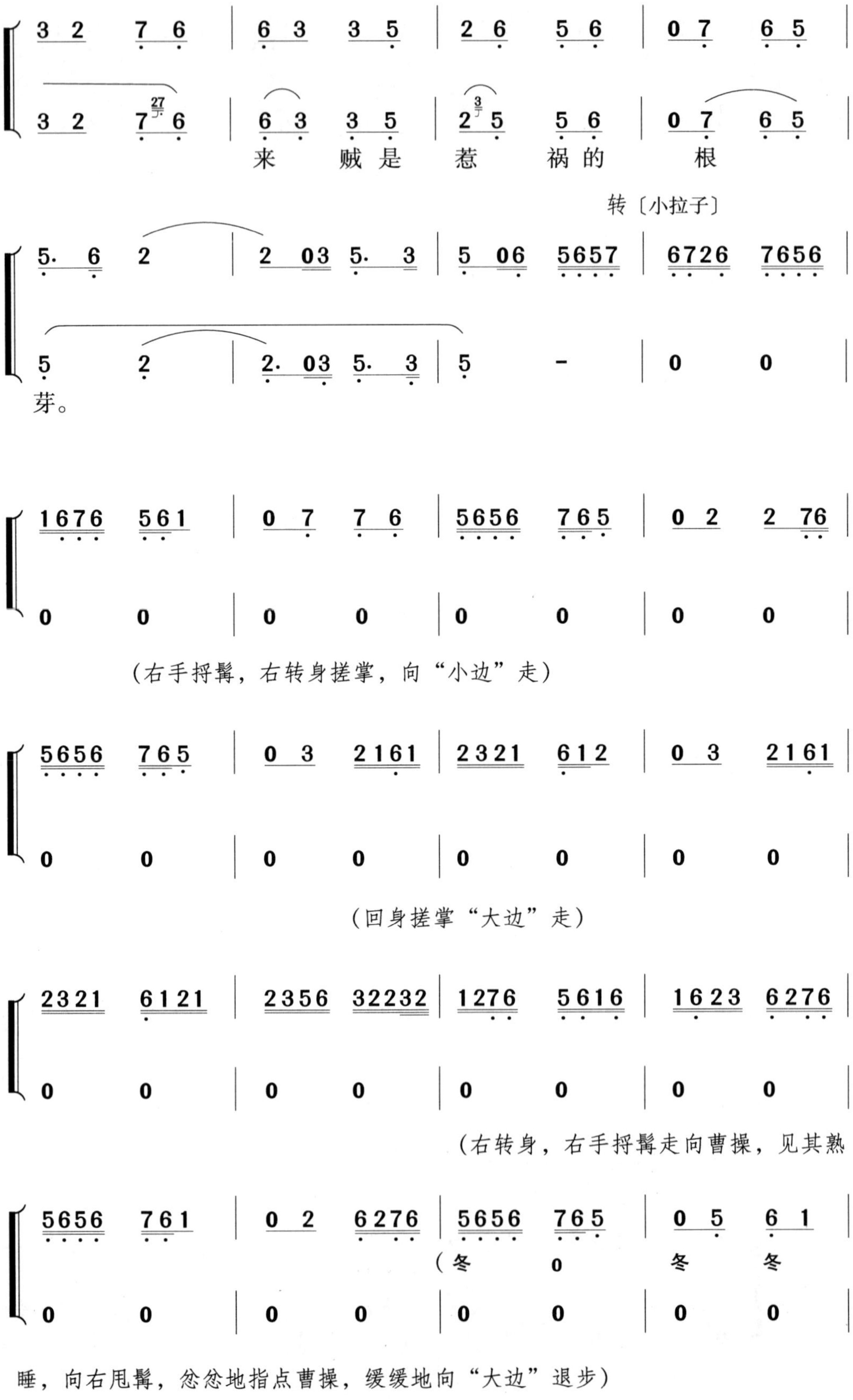
来 贼是 惹 祸的 根
转〔小拉子〕
芽。
（右手捋髯，右转身搓掌，向“小边”走）
（回身搓掌“大边”走）
（右转身，右手捋髯走向曹操，见其熟
（冬 0 冬 冬
睡，向右甩髯，忿忿地指点曹操，缓缓地向“大边”退步）

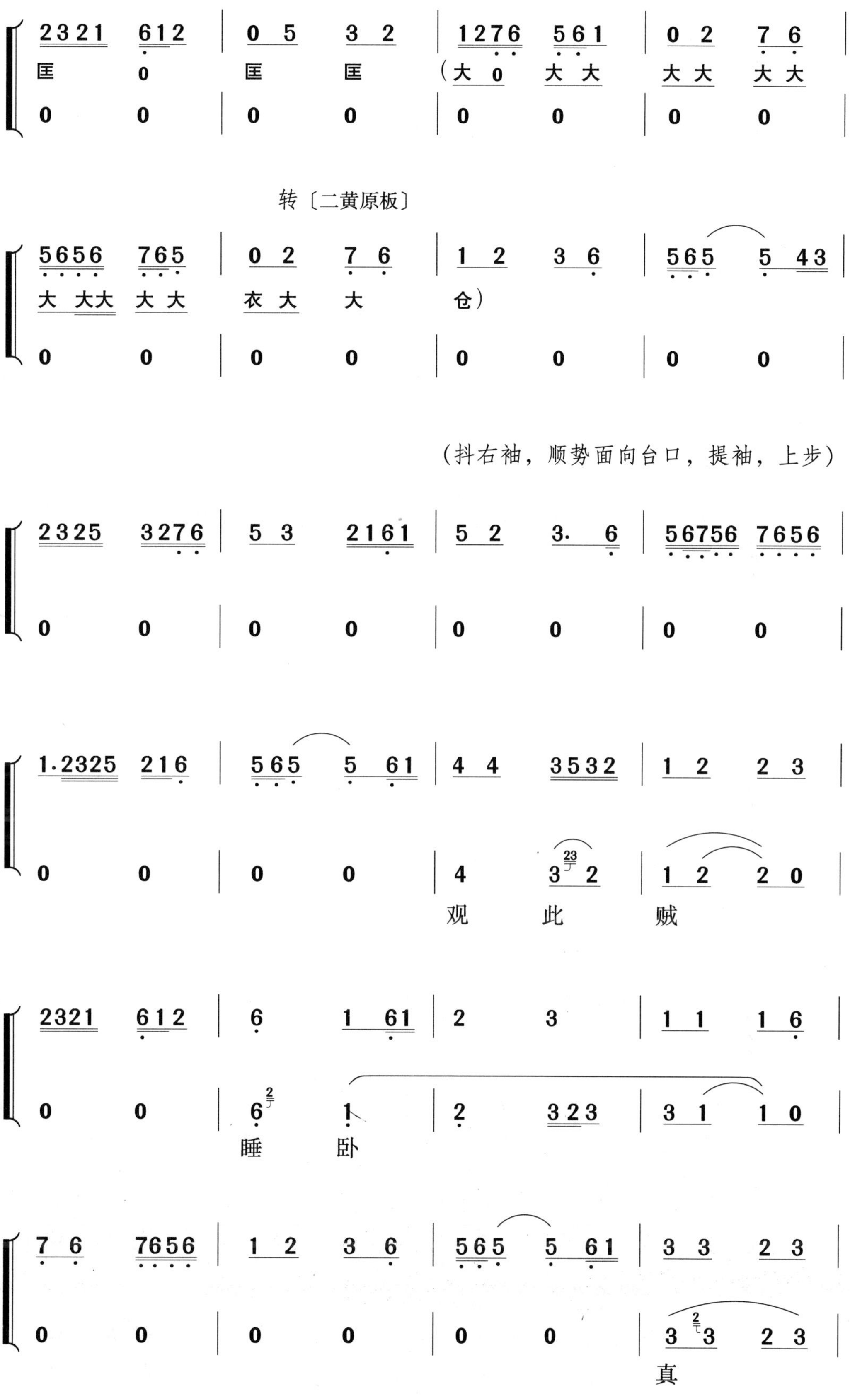
转〔二黄原板〕
（抖右袖，顺势面向台口，提袖，上步）
观 此 贼
睡 卧
真

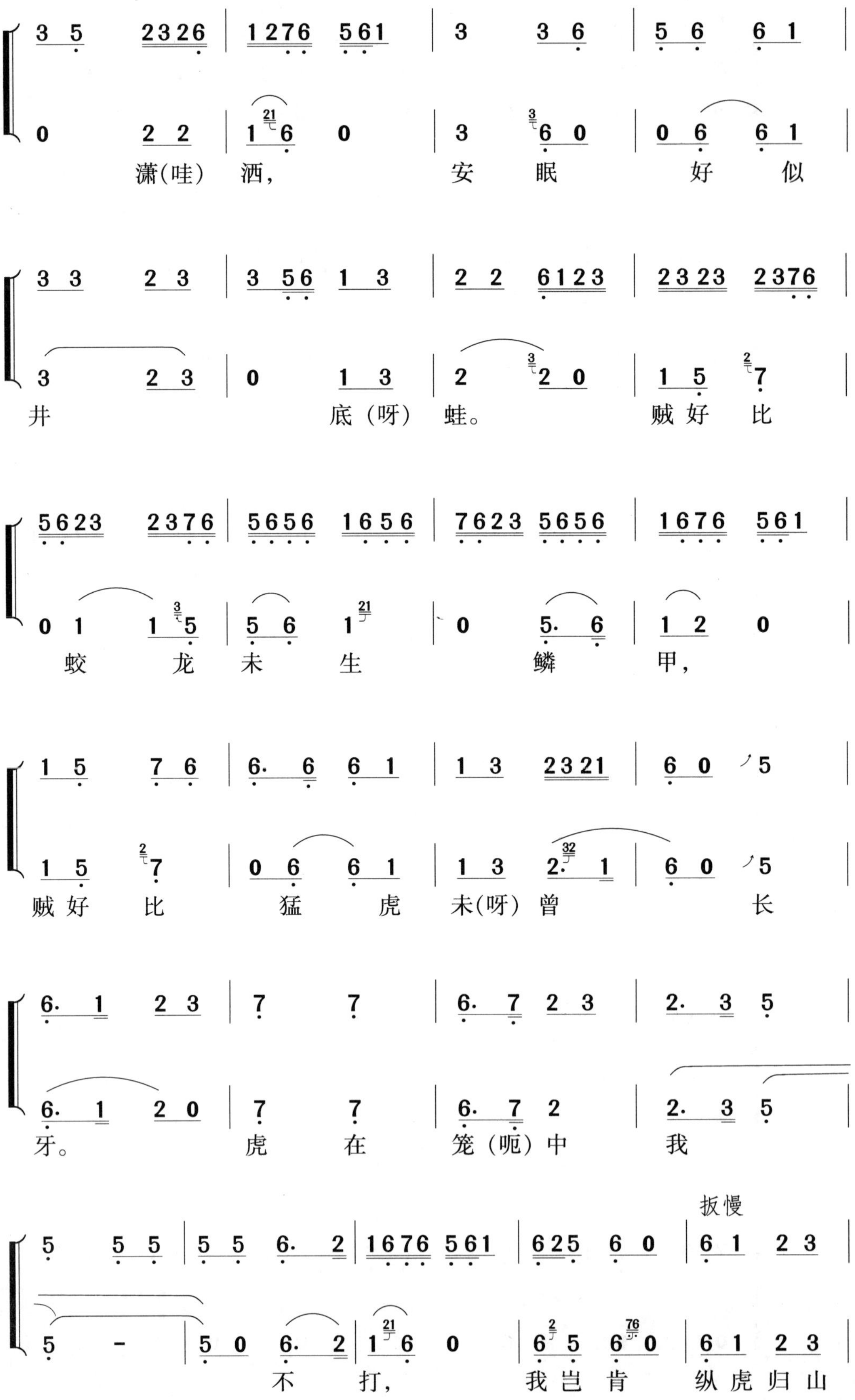
潇(哇) 洒, 安 眠 好 似
井 底（呀） 蛙。 贼 好 比
蛟 龙 未 生 鳞 甲，
贼 好 比 猛 虎 未(呀) 曾 长
牙。 虎 在 笼（呃） 中 我
扳慢
不 打， 我 岂 肯 纵 虎 归 山

サ 2 3 ↗5（顷 仓）6 1 3 - 2. 1 6 1 2
又(哇) 把 人 抓。
（左手搂髯，折右袖，右手托袖指出）

3 2 - - 1 2 1212 1 2 2 -
（抖右袖）

<小拉子>
渐快
（仓）（5 | 6 2 | 7 2 | 6723 762 | 6723 762 | 672 7 - ）‖
（提袖，右手撩袍，紧张地，一步一步地向桌旁移动。左手抽出宝剑） （仓）

〔陈宫左手执剑退至“大边”，向左甩髯，顺势左转面向台口，抖右袖，变成右手握剑成右手横剑。

〔二黄散板〕
陈 宫 【快纽丝】 サ（6 5 5 5 3 2 2 2 2. 1 6 6 6 5）2 2 1
执 宝

3 2 2 0（2 2 2 2 2 2）7 7 5 6 1 1 7 6 6 5 -
剑 将 贼 的(呀)

（6 5 5 5 5 5）2 2 1 2 - - - 3 4 4 3 -
头 割 下，

〔【撕边】陈宫急速左转身（崩登仓）用剑漫曹操头，曹操翻身，陈宫又急速右转身，向右甩髯，【撕边】右手将剑戳在地上，向右甩左袖盖住宝剑。回头见曹操酣睡，冷静下来，摇头觉得不妥。

陈 宫 【快纽丝】（过门同前）7 7 5 6（6 -）6 6 1
险 些 儿 把 事（啫）

7 7 6 6. 5 -（6 5 - 3 2 1 6 6

5 -）6 1 - - - 1 2 - - ‖【大锣收头】
又 做 （哇） 差。

〔陈宫至桌前将宝剑入鞘，（台）并仔细观察曹操，（台）左转身面向正场台口。

**陈　宫**　【小锣叫头】哎呀且住！我若将此贼杀死，岂不被旁人道我与董卓同谋。（回身看桌案）（台）案前现有文房四宝，不免题诗一首，点悟此贼。

〔陈宫右转身回到桌案左侧，拿起柬帖，取笔舔墨，转身面向台口，思考。【四更】右手捏左袖，举左手，数更鼓。

**陈　宫**　就以四更为题。（坐“大边”椅，边吟边写）

（念）鼓打四更月正浓，
　　心猿意马归旧宗；
　　误杀吕家人数口，
　　方知曹……

〔曹操翻身。陈宫急站起，用左袖盖住柬帖。（台）

**陈　宫**　明公，明公。（见曹操仍酣睡，继续写）方知曹操是奸雄。陈宫题。（放下笔，将柬帖放在桌案上靠近曹操一边）不免找寻行囊马匹，逃走了吧。

〔【阴锣】陈宫拿烛台交给左手，右手开门，出门。向“大边”一望。走至“大边”解马，攀鞭，拉马。圆场至“小边”，将烛台放在地上，扔下马鞭。双折袖，卸大门门栓，开大门门闩，开两扇大门。攀鞭拉马出大门，上马。锣切住。【五更】右手斜鞭，举起左手数更鼓。

**陈　宫**　唉！

〔二黄散板〕

【纽丝】（过门同前）

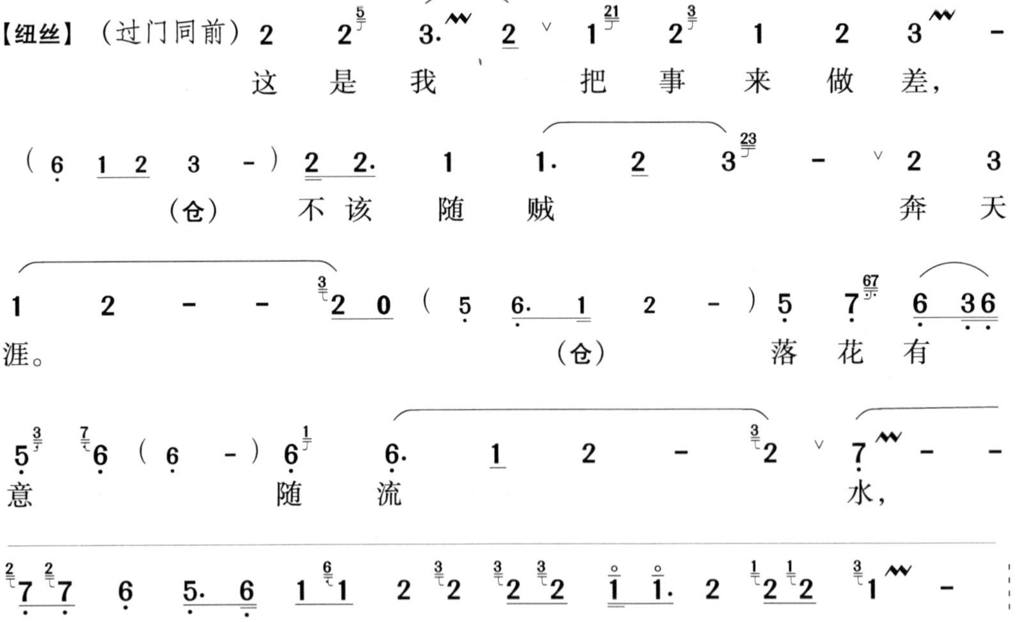


〔【纽丝】打马，左转身，举鞭走至“下场门”台口，右转身，面向“小边”台口，横鞭，上步。

**陈　宫**　（过门同前）

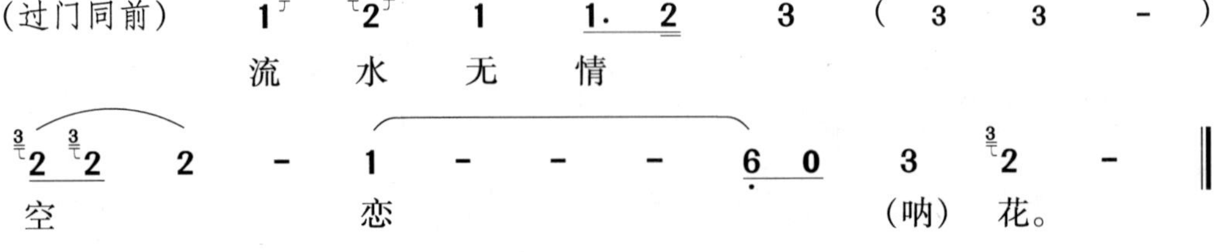

（右手托髯）我好悔也！

「【大锣原场】陈宫向“下场门”退步，左转身，打马，举鞭，“下场门”下。【收更】

〔二黄导板〕

曹 操 【导板头】（6 5 5 5 3 2 2 33 2·1 6

6 5 – ）33 2 4 4 3 32 3 –

睡卧 阳 台 到 我 家，

「曹操醒，发现陈宫不在，站起，走至“大边”。

曹 操 【撕边一锣】啊？

〔二黄散板〕

【快纽丝】（过门同前）22 13 3 2·1 6·1 2 【住头】

陈宫 不见 事 有 差。

陈宫不见，（侧身看桌旁）桌案之上，现有柬帖，待我看来！（【五锤】取过柬帖）

（念）鼓打四更月正浓，

心猿意马归旧宗；

误杀吕家人数口，

方知曹操是奸雄。陈宫题。

呸！陈宫啊，陈宫。日后我得济，不杀你誓不为人！店家！

「店家内白：“有！”

曹 操 店钱在此，俺去也！

「【大锣原场】曹操转身掏银放在桌旁上。左手抱剑，右手提大带出门，至“大边”解马，攀鞭拉马，出大门，上马。

「奏唢呐曲牌<尾声·合头>曹操“下场门”下。落大幕。

—— 剧 终

哈鸿儒 整理

# 击鼓骂曹

杨宝森演出本

《击鼓骂曹》又名《群臣宴》、《打鼓骂曹》。故事出自《三国演义》第二十三回。曹操欲招安刘表，孔融荐举祢衡出使下书。祢衡是个傲岸清高、怀才不遇、目空一切的狂士，曹操厌恶他傲慢少礼，便任其为元旦大宴群臣时的鼓吏，加以羞辱。祢衡裸体击鼓讽刺曹操，并当着满朝文武大臣之面将其痛骂。曹操忍下怒火，遣其往说刘表。刘表识破借刀杀人之计，遣祢衡至江夏守将黄祖帐下。后祢衡因狂傲为黄祖所杀，葬于鹦鹉洲边。通常此剧只演击鼓骂曹这一段。言菊朋演此剧后面带《闹长亭》(《东郊送衡》)，演曹操的谋士送祢衡，彼此轻慢，互相奚落的故事。高庆奎演此剧后带《鹦鹉洲》，演祢衡下书刘表，被黄祖杀害的故事。

《击鼓骂曹》是一出传统老戏。明代徐渭的《四声猿》杂剧中有一出《狂鼓吏渔阳三弄》，写祢衡死后，阴司判官把曹操鬼魂带到阎罗殿上，祢衡鬼魂击鼓骂曹。《三国演义》这段不起眼的小故事，能形成京剧《击鼓骂曹》，恐怕是受《四声猿》的影响。可考的是：道光九年（1829 年）楚调入京，王洪贵等楚调艺人带来了一批楚调剧目加入徽班，丰富了徽班的演出，实现了徽汉合流，促进了京剧的形成。王洪贵擅演《击鼓骂曹》，京剧舞台上保留了这个剧目。谭鑫培对《击鼓骂曹》老本做了全面的修改，增强了剧本的文学性，对祢衡、曹操、张辽等人物形象的刻画相当生动，人物对白和唱词简练，场次结构紧密，又使用了很多《三国演义》的原文，使剧本富有文采。老本引子是“天宽地阔海无边，成败兴亡梦里眠”，谭改为“天宽地阔论机谋，智广才多”，把引子归了长短句的正格，同时也概括了祢衡自恃才高的人生态度，有益于刻画人物。此外，谭鑫培还与梅雨田一起根据《思凡》中〔风吹荷叶煞〕编了〔夜深沉〕曲牌和击鼓的鼓套子，增强了该剧的艺术性。对全剧的声腔、表演也都做了细致的推敲。该剧受到了广大观众的欢迎，成为谭氏晚年经常演的剧目。其后，余、言、高、马、谭（富英）、杨、奚无一不演该剧。杨宝森根据自己的条件对《击鼓骂曹》做了若干改动，使之成为其代表作之一。总的来说，杨派与老谭、余叔岩的《击鼓骂曹》还是一脉相承的，并未脱其窠臼。

《击鼓骂曹》虽以唱为主，但念、做、表都很繁重。演祢衡要抓住“狂傲”二字，但不是“疯狂”，对曹操和张辽等是“横眉冷对”。杨宝森很好地把握住了这一点，准确地展现出了历史人物的名士风貌。杨演出时不用张辽吊场做铺垫，撤锣之后，祢衡就在小锣的击打声中上场，全凭演员的艺术感染力，一开始就把观众抓住。一出场，昂首漫步至“九龙口”，不整冠，不捋髯，只轻轻抖袖、提袖，旁若无人地归正场打引子，先声夺人。然后，再从念白和演唱对祢衡个性给予充实。自报家门没有丝毫的躁，气质上表现的是傲，但神态上始终是平和。念到“名为汉相，实为汉贼”时仍然是平平正正，没有骂曹的冲动。“必须要见机而行”是表明进曹府后的态度：如果道不同，则不相与谋。念到“有愧栋梁材”时，在技巧上是〔叫板〕，是祢衡怀才不遇的疾呼。

第三场仍是祢衡的独角戏，情绪则完全与头场不同了。祢衡的自尊心受到极大的冲击（指曹操委用他为鼓吏以当众羞辱)，内心感情澎湃起伏，外在则表现出异常愤激的情绪。【快冲头】出场，快步，一个踉跄，抖袖、翻袖也加大了力度和幅度。而后，两句〔散板〕不使大腔。“适才与贼一席话”后半句腔略拉长，“话”字使用一个提高半个音阶的拖腔。接下来的白口是全剧中节奏最快的一段，表达出他的愤慨和激动。〔叫板〕“虎山行”使用高昂的语调，一字一顿，给急速的〔快板〕节奏定了尺寸，同时给人物情绪也定了调子。祢衡决心鞭挞国贼曹操，愤然的情绪逐渐淡薄了，把生死置之度外，壮怀激烈。

杨派的〔快板〕节奏很快，流畅舒展，富于变化，很有特色。这不仅是技巧的工力，更能说明其刻画人物本领的高超。“昔日里韩信受胯下”一段腔虽不高，节奏急骤，犹如飞瀑直下，直到最后一句的回龙腔，情绪激昂，很有感染力。最后“扬天涯”才使用拖腔，再现出一种悲壮的自豪。“击鼓”一场对旗牌的唱，节奏有疾有徐，间或有拖腔的地方。总体上没有前一段快。这一段主要表现祢衡的孤傲和清高，所以情绪不需要像前段那么强烈。更难得的是杨派的〔快板〕摆字气口讲究，吐字归韵到位，深沉宽厚，饱满干净，字字清晰，声声入耳，耐人回味。

“谗臣当道谋汉朝”是全剧的核心唱段，杨派与谭、余的差异在这段唱中表现得最为明显。谭、余唱腔都走高腔，杨则多走低腔，是循老谭的腔而有所发展。“谗臣当道”和“楚汉相争”，老谭和余都以高腔制造舞台上的紧张激昂；杨走低腔，“谋汉朝”他用二起楼的腔表现出激昂，“动枪刀”的“枪”字暂短一停，“刀”腔出口两顿，用快节奏制造出了紧张的气氛，特别是杨宝忠的琴和杭子和的鼓所做的烘托，又加强了这种效果。从“高祖爷咸阳登大宝”至“主席坐定奸曹操”老谭多走低腔，符合杨的嗓音条件，而且腔很精彩，杨就直接继承了下来。“杀人的刀”腔调略高，因很符合人物情绪，杨卯足劲使了高腔，唱得灵巧饱满。“主席坐定”的“坐”字老谭是个平腔，杨则宗余，使了个上扬的腔，突出了对曹操的鄙视。“奸曹操”转〔快板〕，杨将“操”字出口即收，突破了谭、余正格转板的程式，唱得非常干净、紧凑。余这部分基本按老谭的腔，个别地方加了小腔，如“登大宝”老谭和杨都唱平腔，余则在“宝”字上使了个小腔并垫了个虚字“哇”。“我把这褴衫来脱掉”一句的回龙腔，老谭和余都是按固定节奏唱完，听起来似嫌呆板，而杨唱到中间把 $\underset{\cdot}{6}$ 这个音符拖长，像是没板，实则有板，貌似扳慢，实则节奏如旧，感情得到充分发挥。在一些细节上，杨确有胜过前辈的地方。

若从技巧上来看，《击鼓骂曹》的做工以击鼓最为吃重。它主要有两段：三通鼓和〔夜深沉〕。《霸王别姬》中的〔夜深沉〕是由此发展来的，用于舞剑的伴奏，它表现的是悲壮；而《击鼓骂曹》中则侧重骂曹，表现的是激昂。因此，两者曲牌旋律和鼓套子都有细微的差别。杨氏昆仲合作的〔夜深沉〕最为精彩，深受广大观众欢迎。若从表现人物的做工来说，无非是抖袖、翻袖、抓袖、撩袍、涮袍摆等，杨宝森用这些简单的身段表现人物的不同处境和感受，其力度和幅度都有区别。拿四次下场来说，第一场只抖袖、提袖，转身缓步下场；第二场因受到伤害愤愤不平，则端髯、左右摆髯、扔髯后，绕袖，背手，转身撩袍，快步下场；第三场表现悲壮，则抓袖、转身、撩袍，昂首，中速下场；第四场已明白曹操借刀杀人，既无奈，又傲慢，翻袖，转身，与四朝官斜身拱手，眼角微向上一挑，再转身下场，这些身段边式漂亮，而又有分寸和层次。

哈鸿儒

## 人物行当

| | | | |
|---|---|---|---|
| 祢　衡 | 老生 | 朝官丙 | 净 |
| 曹　操 | 净 | 朝官丁 | 丑 |
| 孔　融 | 老生 | 旗牌甲 | 生 |
| 张　辽 | 老生 | 旗牌乙 | 净 |
| 朝官甲 | 老生 | 四龙套 | 杂 |
| 朝官乙 | 老生 | | |

## 服装扮相

**祢　衡**　俊扮。高方巾、黑三，黑褶子、富贵衣、黑袴衣、小袖、腰包、黄大带，黑彩裤，厚底靴。

**曹　操**　勾水白脸。相纱、黑满，红蟒、玉带，红彩裤，厚底靴。

**孔　融**　俊扮。忠纱、黲三，蓝官衣、玉带，红彩裤，厚底靴。

**张　辽**　俊扮。荷叶盔、黑三，白开氅、黄大带，红彩裤，厚底靴。

**朝官甲**　俊扮。忠纱、白三，香色蟒、玉带，彩裤，厚底靴。

**朝官乙**　俊扮。忠纱、黑三，白蟒、玉带，彩裤，厚底靴。

**朝官丙**　勾白三块瓦。尖纱、黑满，黑蟒、玉带，彩裤，厚底靴。

**朝官丁**　丑扮。圆纱、吊搭，绿蟒、玉带，彩裤，朝方靴。

**旗牌甲**　俊扮。黑大板巾、黑三，蓝绣边箭衣、黑团花马褂、紫大带，黑彩裤，厚底靴。

**旗牌乙**　勾元宝脸。黑大板巾、黑满，蓝绣边箭衣、黑团花马褂、紫大带，黑彩裤，厚底靴。

**四龙套**　俊扮。红大板巾，红龙套服，彩裤，薄底靴。

## 道具

| | | | |
|---|---|---|---|
| 花盆鼓 | 一面 | 鼓　楗 | 一副 |
| 书　信 | 一封 | 酒　壶 | 两个 |
| 酒　斗 | 五个 | 宝　剑 | 一口 |
| 腰　刀 | 两把 | 桌　子 | 三张 |

| | | | |
|---|---|---|---|
| **椅　子** | 六把 | **烟色绣金团花桌围** | 一份 |
| **烟色绣金团花椅披** | 一份 | **红色绣金团花桌围（两张桌子）** | 一份 |
| **红色绣金团花桌围** | 一份 | **红色绣金团花椅披** | 六份 |

# 第一场

〔【冲头】【撤锣】场上置正场桌，“小座”，烟色绣金桌围椅披。

〔【撤锣】止，祢衡内白：“嗯啧！”

〔【小锣帽子头】祢衡“上场门”上，至“九龙口”抖右袖，提袖。【小锣原场】进至台口。【小锣归位】

祢　衡　（引子）天宽地（呀）阔，（多多）论机谋，（多罗.）

1. 2 3 5 1 2 - 2 2 6 7 - - 6 - ‖

智（呀）广　　才　　　　　　多。

〔【小锣归位】祢衡左转身，归“小座”。

祢　衡　（诗）口似悬河语似（呀）流，

全凭舌战运（呐）机谋；

男儿若得擎天手，

自然谈笑觅（呀）封侯。（右手赞美式）【小锣住头】

卑人，（右手端髯）姓祢名衡字正平。（扔髯）（扎）乃平原孝义村人（呐）氏。幼习经纶，深通战（呐）策。少游北海。偶遇孔融，将我荐与曹府门下。我想曹操，名为汉相，实为汉（呐）贼，未必有敬贤礼士之心。明日进得相府，必须要见机而行。正（呐）是：（抖右袖，提袖）（扎）未逢真名主，有愧栋（呃）梁材。（右手端髯，扔髯）

〔西皮快三眼〕

扎 多 大 6 5 5 | 4/4 1 2 5 3 216 1 1 |

（离座，前进

6 5 i 3 5 i 6 5 | 3 6 3 5 i 3 5 1 |

几步，出门。左转身，向里首走几步）

2 3 5 i 6 5 3 2 | 1. 2 3 5 6i36 5 1 |

2 3 5 3 216 1 2 | 7 72 6 4 3 2 126 |

（右转身，面向外）

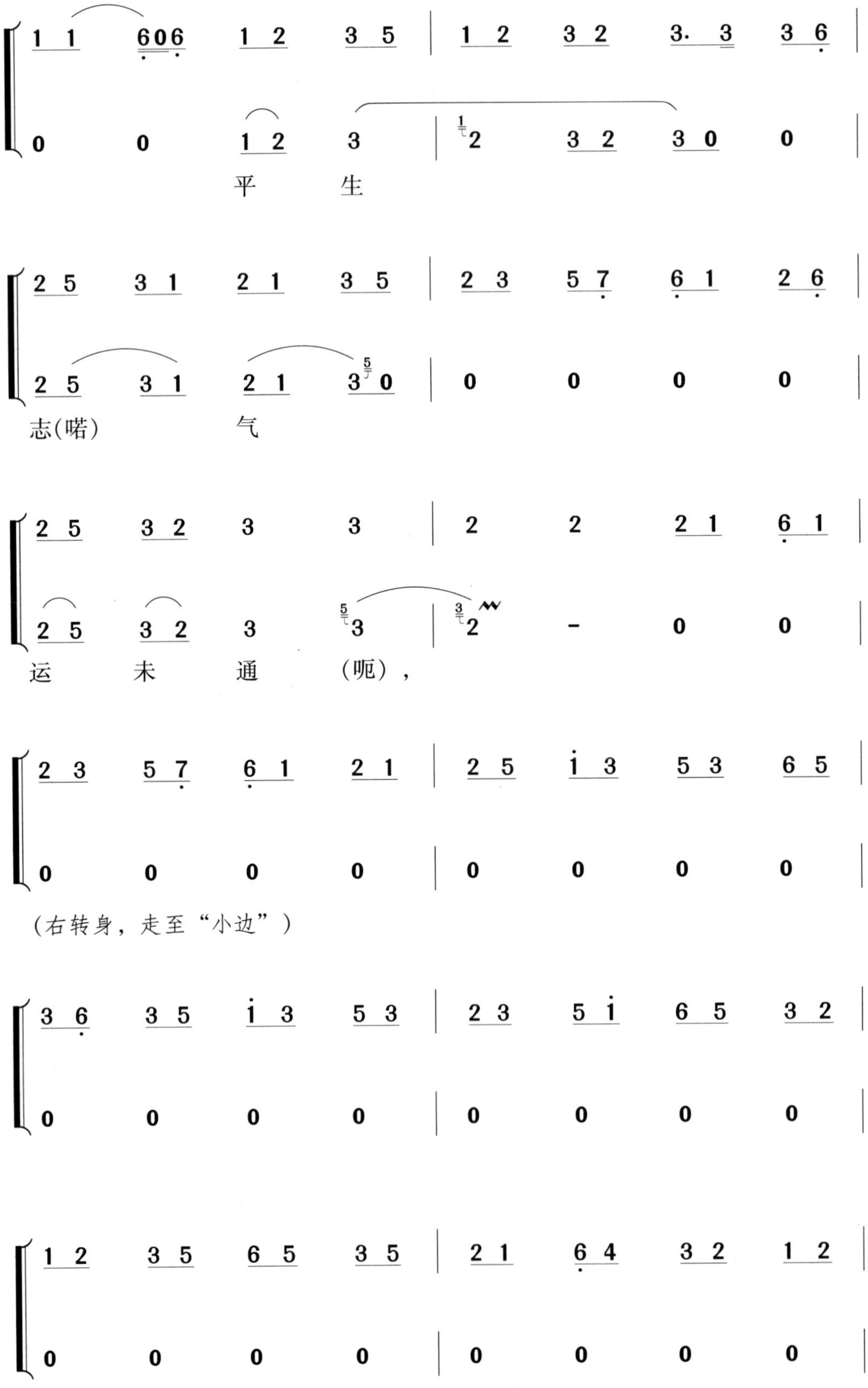
平 生
志(喏) 气
运 未 通 (呃)，
（右转身，走至“小边”）

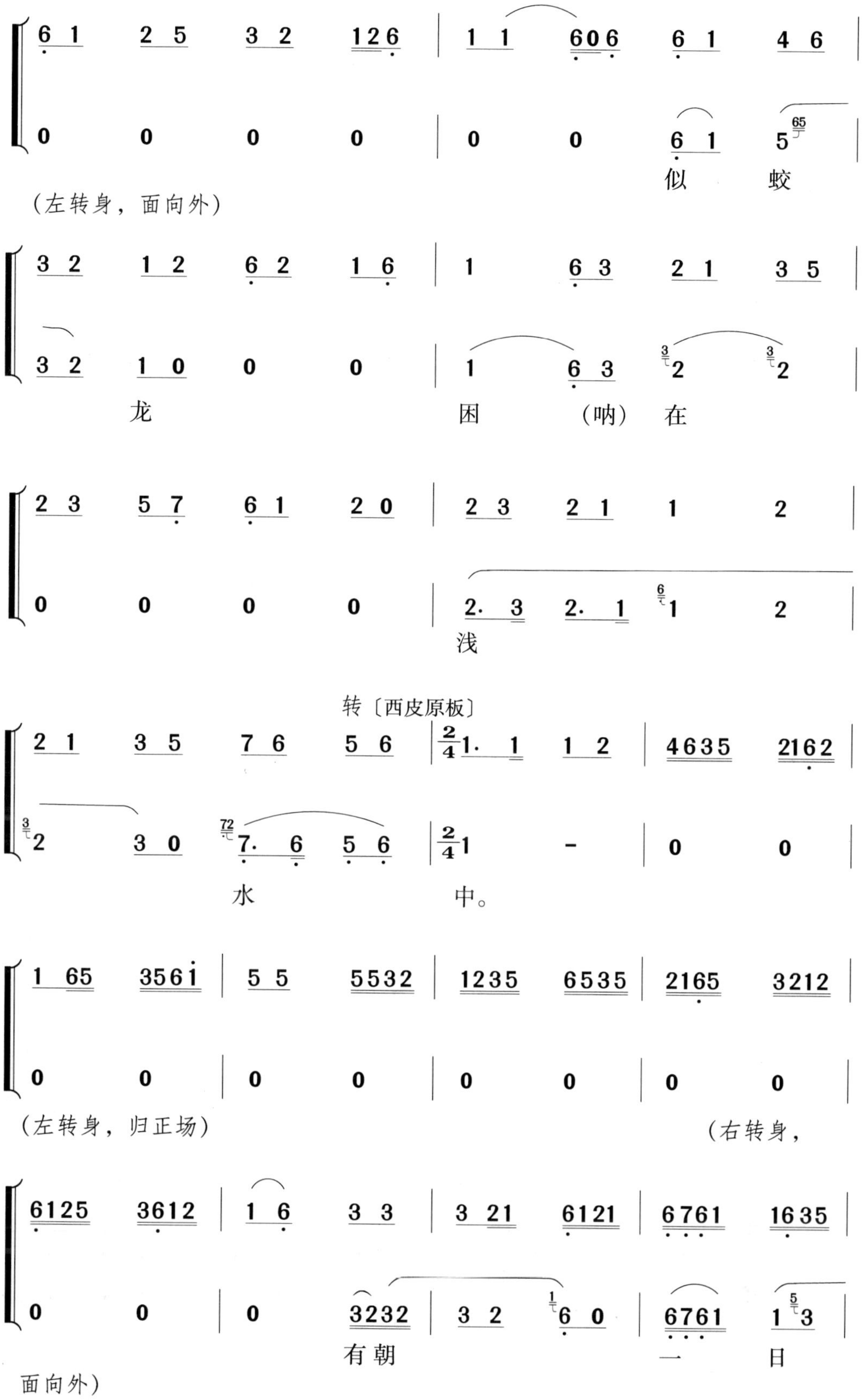
似 蛟
（左转身，面向外）
龙
困 （呐） 在
浅
转〔西皮原板〕
水 中。
（左转身，归正场）
（右转身，面向外）
有朝 一 日

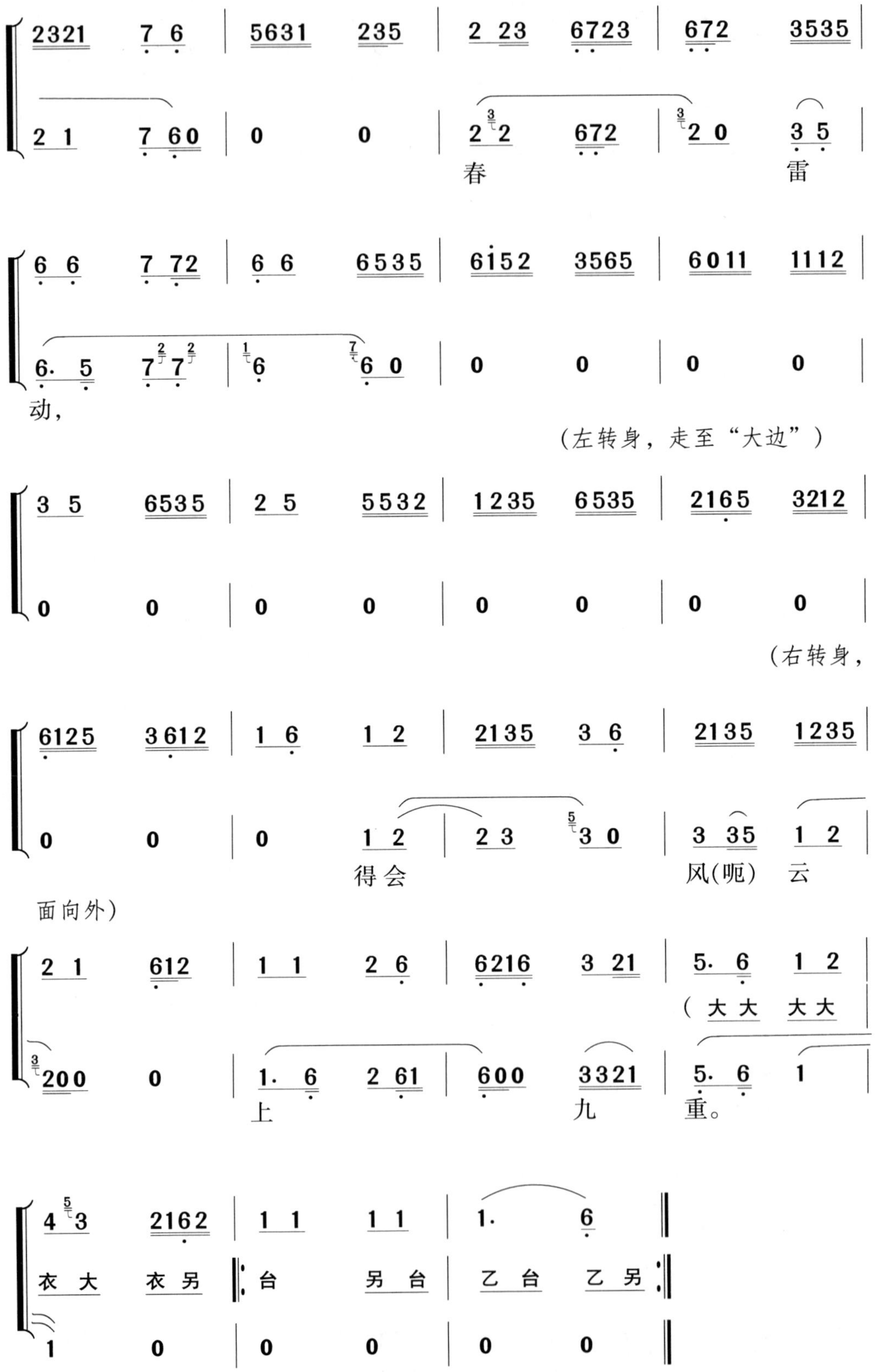
春
雷
动，
（左转身，走至“大边”）
（右转身，
面向外）
得会
风(呃)
云
（大大 大大
上
九
重。
衣 大
衣 另
台
另 台
乙 台
乙 另

「连奏【小锣抽头】祢衡抖右袖，提袖，左转身，“下场门”下。闭二幕。

## 第二场

「转【快长锤】开二幕。场上置正场桌，“小座”，红色绣金团花桌围椅披。四红龙套“上场门”上，“站门”。曹操右手提袍摆“上场门”随上，至“九龙口”。

〔西皮摇板〕

**曹 操**

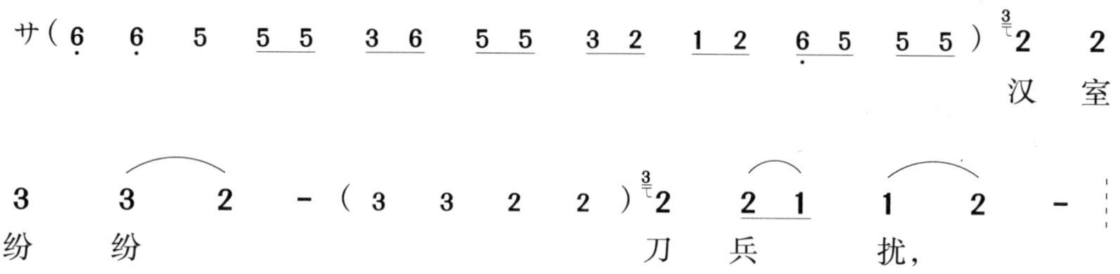


〔西皮流水〕

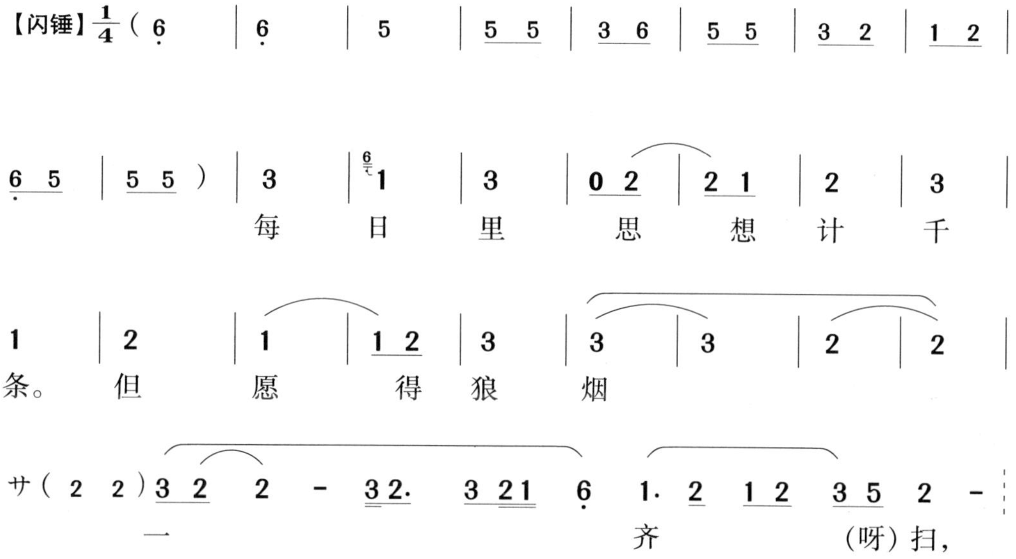


「【闪锤】曹操左转身归“小座”，四红龙套归“里八字”。

〔西皮摇板〕

**曹 操** （过门同前）

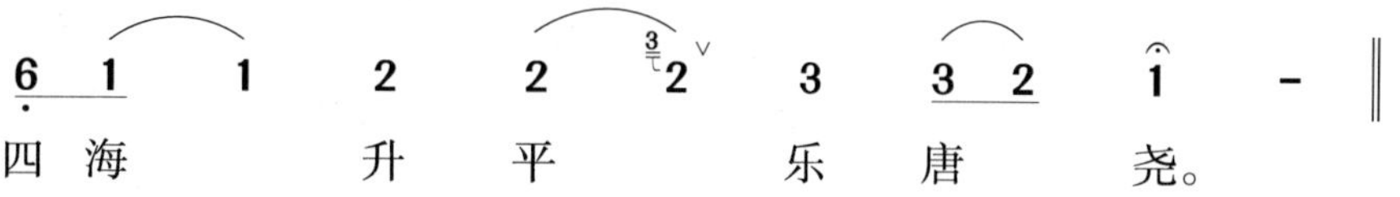


「【快长锤】张辽左手扶剑“上场门”上，至“小边”台口。

〔西皮摇板〕

**张 辽** （过门同前）

6 3　2　2 1　2　1 2　6　1　－　‖　【大锣住头】
见　　了　丞　　相　把　　令　交。

（张辽边唱边进门，站“大边”躬身施礼；一红龙套从“大边”侧幕搬一把椅子摆成“大边跨椅”）

**张　辽**　参见丞相。
**曹　操**　将军少礼，一旁坐下。
**张　辽**　谢座。（台）（坐“大边跨椅”）
**曹　操**　命你修书，可曾修讫？
**张　辽**　书信修讫，但不知命何人前往？
**曹　操**　孔融荐举祢衡，未见到来。
**张　辽**　想必来也。
　　〔【小锣抽头】孔融“上场门”上，至“小边”台口。

〔西皮摇板〕
**孔　融**　（过门同前）1　2　3　3　6. 1　1　2　－　6 2
祢　衡　先　生　我　　请　到，　见

1　1 3　2　3 32　6 1　1（1 1　6 2　1　－）‖
了　丞　　相　说 根　　苗。

（边唱边“挖门”进，站“小边”，施礼；一红龙套从“小边”侧幕搬一把椅子摆成“小边跨椅”）

**孔　融**　参见丞相。
**曹　操**　少礼，请坐。
**孔　融**　谢座。（坐“小边跨椅”）
**曹　操**　举荐祢衡，可曾唤到？
**孔　融**　现在府外。
**曹　操**　唤他进来！
**孔　融**　是。（离座至“小边”台口，拱手）有请祢先生。
　　〔【小锣抽头】孔融回原位。祢衡“上场门”上，至“小边”台口，锣鼓切住。祢衡左手“抓袖”，左转身，右手捋髯，往台里一望。

〔亮弦〕
（2. 3　4　3. 2　1　－）

**四龙套**　（喊威）哦！——
　　〔祢衡抖右袖，提袖，右转身，面向外。

# 击鼓骂曹

〔西皮流水板〕

祢　衡　【小锣凤点头】 1/4（ 6 | 6 | 5 5 | 3 6 | 5 5 | 3 2 | 1 1 |

6 2 | 1 1 | 6 5 | 5 5 ）| 1 2 | 5 3 | 0 1 | 6 6 |
相　府　门　前

（3212 | 3）
3 1 | 2 1 2 | 3 0 | 0 61 | 1 1 | 1 61 | 6 0 | 1 3 | 2 6 |
杀　气　高，　层　层　密　密　摆 枪

（1 62 | 1）
1 0 | 0 5 3 | 3 5 | 1 | 5 0 | 0 1 | 6 3 | 3 2 0 | 0 6 |
刀。　画　阁　雕　梁　双　凤　绕，　亚

（“挖门”进，站“大边”外首，面向外，右

扳慢
6 1 | 3 3 | 2 1 | 2 3 | 0 | 2 7 2 | 5 6 | 5. 6 | 1 ‖【小锣住头】
似 天　子　九　龙　朝。

手赞美式）　（右转身，面向孔融）

**孔　融**　祢先生，这就是丞相。

〔祢衡上步至正场，右转身，面向里，拱手。

**祢　衡**　丞相在上，卑人礼（呀）到。（回至原位，面向外）

**曹　操**　下站何人？

**祢　衡**　卑人姓祢名衡字正平，乃平原孝义村人（呐）氏。

〔祢衡右手捋髯，昂首。

**孔　融**　啊丞相，这就是祢先生。

**曹　操**　哼！怕老夫不知他叫祢衡。见了老夫，大模大样，只行常礼，其情可恼！（拂左袖）

**祢　衡**　（右手抬袖，背供）呜呼呼呀！（**大大　大大　台**）闻听曹操（左手暗指曹操）轻贤慢士，今日一见，果然话不虚传。（右手按掌）啊，（右转身，向孔融）孔大夫，你将我（左手端髯）错荐了哇！

〔祢衡左转身面外，同时抖右袖，提袖。

**孔　融**　忍耐了吧！

〔流水板〕

祢　衡　【小锣凤点头】（过门同前）6 1 | 1 0 | 0 6 | 6 1 | 3 2 |
人　言　曹　操　多

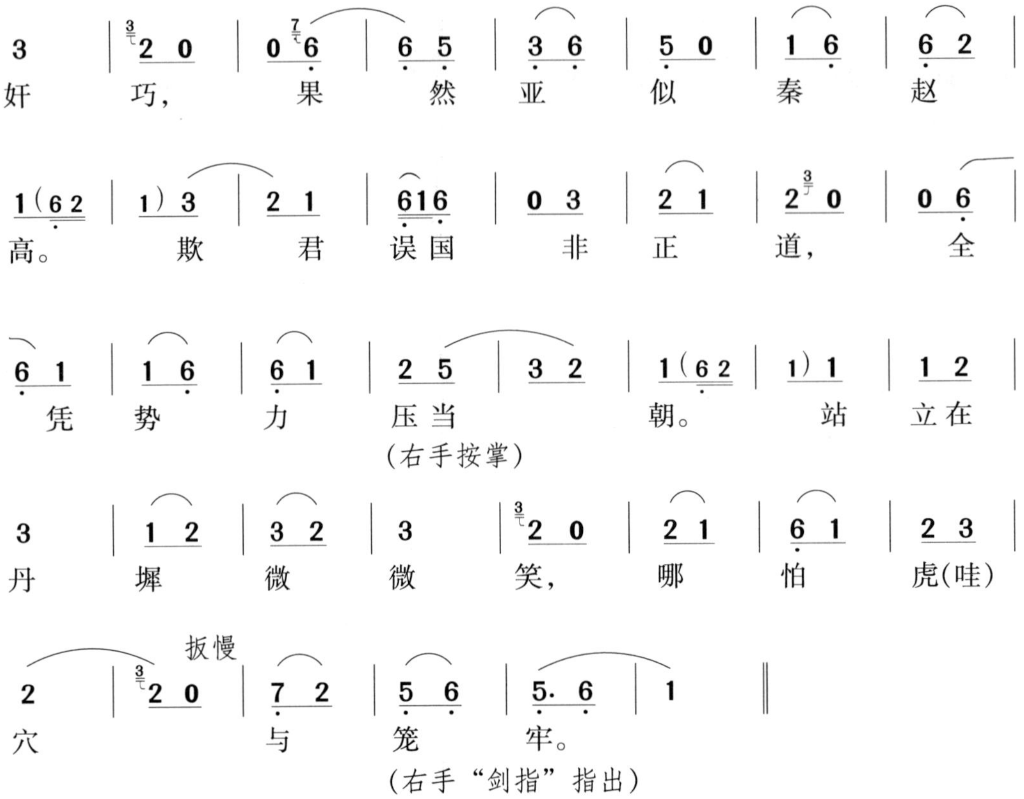


**祢　衡**　(冷笑)呵呵呵呵……　**(台)**　(面向外而立)

**曹　操**　你为何发笑?

**祢　衡**　我笑这天地宽阔，(右手撒开)并无一(呀)人。(右手伸出食指举起)

**曹　操**　老夫帐下，(左手端髯)文能安邦，武能定国，何言无人?(摊双掌)

**祢　衡**　道你帐下，(右手指出)文能安邦，武能定国。(按右掌)请教，(拱手)文者谁能，武者谁高?(左手捏右袖，右手赞美式)卑某(拱手)愿领(呐)教。

**曹　操**　听道：**【小锣住头】**老夫帐下，文有荀彧、荀攸、郭嘉、程昱，机深智远，虽萧何、陈平不可及也；武有李典、乐进、许褚、张辽，勇不可挡，不让当年岑彭、马武；曹子孝人称天下奇才；(左手捏右袖，右手赞美式)夏侯惇可算无敌将军。(右手捏左袖，左手赞美式)老夫兴兵以来，攻无不取，战无不胜。何言无人?(摊双掌)**(台)**

**祢　衡**　道你帐下，(右手指出)俱是英雄好汉，(按右掌)依卑某看来，(端右掌)尽是些无用(呃)之辈。(摆右掌，掌心朝外举起，不屑一顾)

**曹　操**　怎见得?

**祢　衡**　听道：**【小锣归位】**(右手用“剑指”指曹操)

**曹　操**　讲!(扔左袖)

**祢　衡**　荀彧、荀攸，可使(拱手)吊丧问疾；郭嘉、程昱，(边说边向“小边”走)可使看墓守坟；李典、乐进，只可使牧羊放马；许褚、张(呃)辽……　(右手指出)

**张　辽**　嗯啧!(**大　大　大大　乙　台**)

**祢　衡**　(面向前，昂首傲视)也只好是击鼓鸣金；(左转身，走向“大边”)曹子孝呼为要钱太守；夏侯惇可称完体将军。（左手捏袖，按右掌）其余者尽是些（右手点数左手手指）衣架、饭囊、酒桶、肉袋，碌碌之辈，（摊双掌）何足道哉？（掂双掌）

**曹　操**　啊？你出此狂言，有何德能？

**祢　衡**　卑某不才，幼习经纶，深通战策。天文地理之书，（右手食指上指）无一不读；（走向“小边”）三教九流之事，无一不晓。上（拱手敬天）可以致君为尧舜，下（按右掌，左转身走向“大边”）配德于孔、颜。我乃天下名士，（走回“大边”，右转身，右手指曹操）岂与你这奸贼同党。（对孔融）啊，孔大夫，你将我（右手端髯）错荐了哇！（抖右袖，提袖）

**孔　融**　忍耐了吧！

〔流水板〕

**祢　衡**　【小锣凤点头】（过门同前）

1 2 | 3 | 0 61 | 1 | 1 | 3 |
平 生 志 气 与 天
（右手端掌）

2（61 | 2）1 | 1 | 3 | 61 | 11 | 61 | 6（6 |
高， 不 把 经 纶 结 富 豪。

1）1 | 61 | 36 | 5（56 | 1）1 | 63 | 2（61 | 2）6 |
我 本 是 堂 堂 青 史（呀） 表， 岂
（左手端掌）

扳慢
61 | 32 | 30 | 2 | 20 | 35 | 56 | 5·6 | 1 ‖
与 犬 马 共 同 槽。
（左手捏右袖口，右手指曹操）（右手按掌，走向“大边”）

**张　辽**　住了！

〔西皮散板〕

【快纽丝】サ（6 6 － 6 5 － 3·1 2 7 62 1 －）3 3
（离座，上步）　祢 衡

3 3 32 12 3（6 1 2 3）1 32 1 2 1 3
说 话 真 可 恼，（仓） 敢 在 相 府 絮 叨

1 －（7 6 2 1）2 1 3 2 2 1 3 2 － |
叨。（仓） 三 尺 龙 泉 出 了（哇） 鞘，

「【撕边】张辽拔剑威胁祢衡，祢衡左手推髯，右手搂髯，伸头引颈，左手指头，

蔑视张辽。（仓）孔融离座劝阻张辽。

〔散板〕

**孔　融**　【大锣凤点头】（过门同前）3　2　3　2ˇ　1　3　21　1　‖【住头】

将　军　息　怒　将　他　　饶。（张辽将宝剑入鞘，转身，面向曹操）

**曹　操**　张将军。

**张　辽**　丞相。

**曹　操**　不要污了老夫的宝剑。

**张　辽**　遵命。（转身对祢衡拂右袖）哼，便宜了你呀！

**祢　衡**　哼，（左手指张辽）谅你也不敢哪！（台）

［祢衡归“大边”；张辽、孔融归座。

**曹　操**　祢衡，明日元旦佳节，老夫大宴群臣，缺一鼓吏，你可愿当否？

**祢　衡**　这个……（右手捋髯，犹豫）（台）

**孔　融**　祢先生，暂且忍耐了吧！

**祢　衡**　（点头应允）好，愿当鼓吏。（上步至正场）

**曹　操**　嗯，明日来早便罢，如若来迟，按军法从事。张将军！

**张　辽**　（离座）丞相。

**曹　操**　叉了出去！

**张　辽**　出去！

［（大　大　大　大　大　大　大衣　仓）张辽拂右袖做推祢衡状，然后归座；祢衡做小踉跄步，站稳后，右手捋髯，轻蔑地往台里一瞟，冷笑。

**祢　衡**　（冷笑）呵呵呵呵……

［【大锣夺头】左转身，右手顺势挑髯，水袖也随之抛落，提袖，上步至“大边”，右转身面外开唱。

〔西皮二六〕

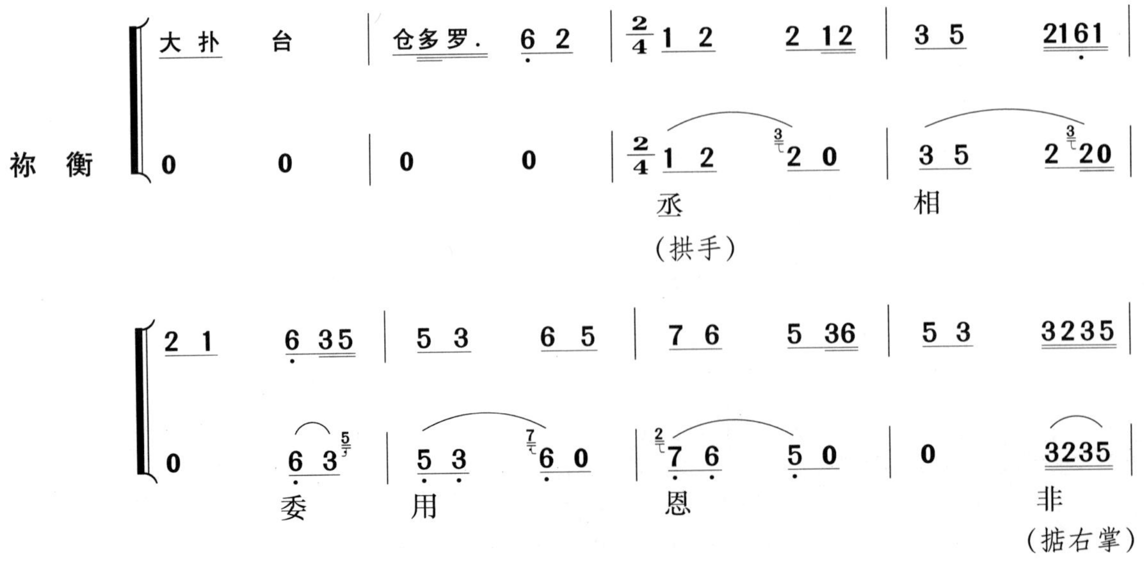

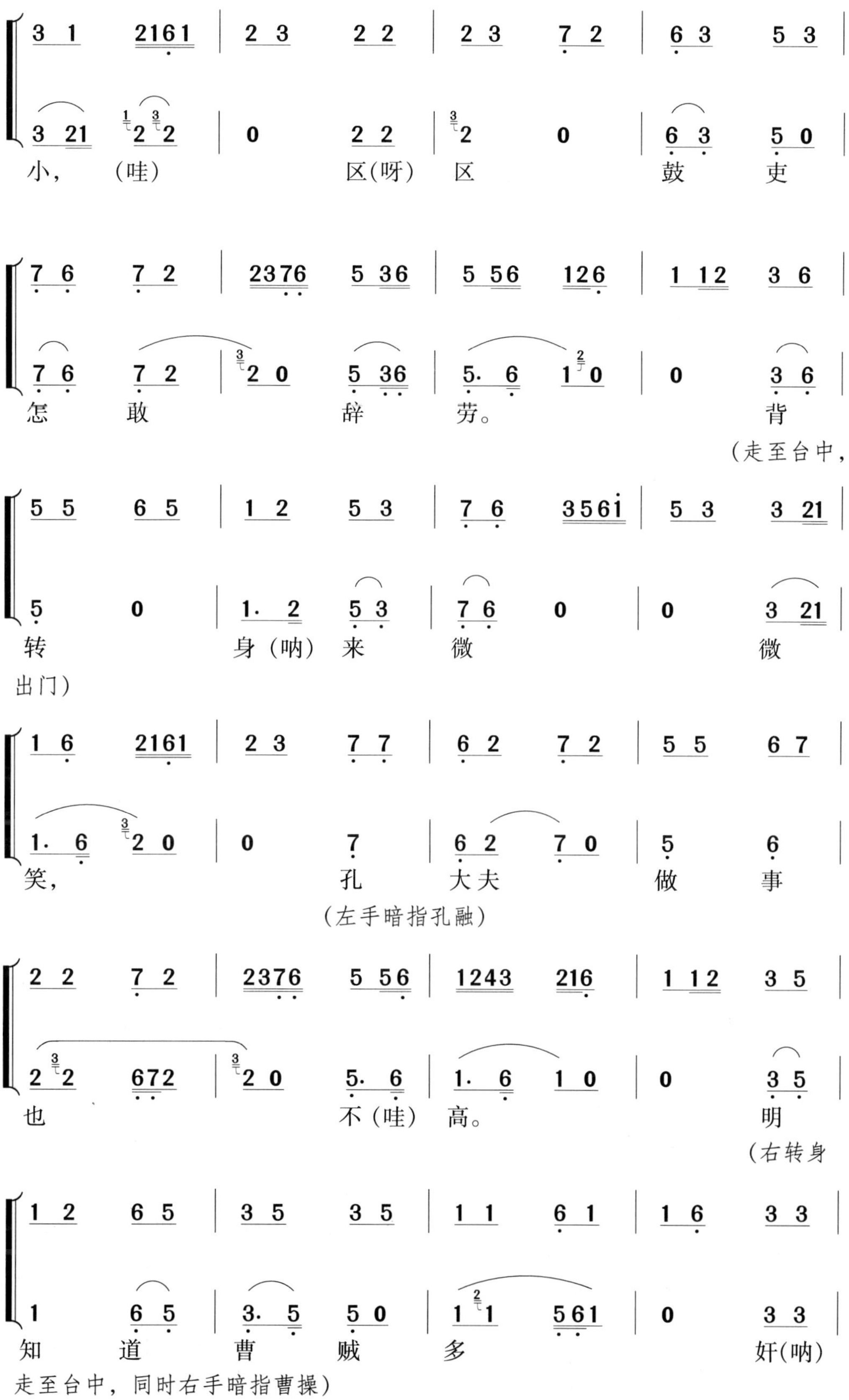
小， （哇） 区(呀) 区 鼓 吏
怎 敢 辞 劳。 背
（走至台中，
转 身（呐） 来 微 微
出门）
笑， 孔 大夫 做 事
（左手暗指孔融）
也 不（哇） 高。 明
（右转身
知 道 曹 贼 多 奸(呐)
走至台中，同时右手暗指曹操）

2 0　3 6 | 5 3　6 5 | 3 6　5 6 | 5 0　5 |

2 ˇ　3 6 | 5 3　6 5 | 3 6　5 0 | 0　5 |
巧，　全　凭　势(喏)　力　压
(右手自左从胸前向右撤出)

慢转【快板】

1/4 0 1 | 6ˇ1 | 6 1 | 6 5 | 3 2 | 0 3 | 6 1 | 2 0 |
当　朝。我　越思　越　想　心　头　恼，
(端右掌)

0 6 | 6 1 | 6 1 | 1 | 2 5 | 3 2 | 1 | 6 5 |
明　日　进　府　骂奸　曹。　罢，
(大)
(右手向台口指去)　(左转身，

3 2 | 3 5 | 5ˇ6 | 1 1 | 1 6 | 6 3 | 3/4 2 0 | 0 6 | 1 1 |
罢，　罢，　暂　且　忍　下　了，　明　天
(大)　(大)
右掌随节奏按动三次，同时进至“大边”)　(右转身面向

扳慢
2 5 | 3 5 | 2 0 | 6 1 | 5 | 1 65 | 1 (1 | 1 | 1 6/7) ||
自　(喏)有　我的　巧　妙　高。　【快长锤】原速
(大.大　大 大　大　大　大　大大大 | 衣 | 衣 |: 仓七 | 台七 ) :||

台口，同时撤右脚，右手端髯向左摆，再撤左脚，端髯向右摆，右手将髯向左扔出，顺势向左抛右水袖，将右水袖反绕臂二周，右手后背，同时左转身面向“下场门”，跨抬左腿，左手撩袍，亮背相，“下场门”下)

〔西皮摇板〕

孔　融　【快长锤】(过门同前) 5　3　3　2　1　3　2　－
辞　别　丞　相　下　当　朝，
(离座)　(拱手，躬身告辞)

〔【闪锤】孔融转身出门,面外站“小边”台口。

(过门同前) 1　2　1　2　1 2　1 6　1　－ || (右转身“上场门”下)
祢　衡　险　些　吃　一　刀。

〔西皮摇板〕

**张　辽**　【闪锤】(过门同前) 1　2　1　3 2　2　3　1　6 1　2 －　(躬身告辞)
祢　衡　小　儿　真　可　恼，
(离座)

〔【闪锤】张辽转身出门，站"大边"台口。

(过门同前) 2　3　1　2　3　3　2 6　1 －　(左转身"下场门"下)
丞　相　不　杀　为　哪　条?

〔西皮摇板〕

**曹　操**　【闪锤】(过门同前) 1　2　3　3 －　2 0　2　1　2 3　2 －
袖　内　机　关　他　怎　晓，
(离座，龙套前移至台口)

〔【闪锤】四红龙套"插门"领下。曹操至台口。

(过门同前) 3 2　3　2 1　1　2 0　5 6　1 － －　2 0　2　1 －
杀　鸡　何　用　宰　牛　刀。

〔【一锤锣】曹操"下场门"下。闭二幕。撤桌椅。

## 第三场

〔【快冲头】开二幕，祢衡右手撩袍"上场门"上，激动地一个踉跄，至"九龙口"。锣鼓切住。

〔亮弦〕

( 7　6　2　1 － )

〔【快纽丝】祢衡双手翻水袖，抖双袖，提袖。

〔西皮散板〕

**祢　衡**　サ( 7　6　6　5 5　3. 1　2 7　6　2　1 ) 3 3　3 3　3 －　2
适　才　与　贼

$^{5}$3 2 1 (3 3 2 1 - ) $^{5}$3 3 3 4 - $^{3}$4 $^{4}$3 -

一 席 话，

（左手伸出食指举至齐肩）

〔【快纽丝】祢衡抖右袖，提袖，进至正场台口。

（过门同前） $^{2}$5 3 3 2 1 1 2 0 3 5 2 1 1 6 1 1 - ‖【住头】

不 由 我 正 平 乱 如 麻。

（右手端髯） （扔髯）

酒逢知己千杯少，（右手伸出食指一点）话不投机半句（啃）多。【住头】（右手按掌，同时向左侧身，头歪向右侧）适才进得相府，与那贼深施一礼。（拱手）他坐在上面，昂然不动，倒也罢了，反道我的礼貌不周。明日大宴群臣，将我用为鼓吏，（左手捏右袖）明明是羞辱于我。（右手掂掌）等到明天，当着文武大臣，（右手自左从胸前向右撒开）辱骂奸贼一番。（右手以“剑指”指出）纵然将我斩首，（左手搂髯，右手做刀切状）（嘟……大仓）也落得个青史名标。（右手赞美式）正是（啃）：（左手扔髯）【住头】明知山有虎，（右手指向“小边”台口）偏向（呃）（嘟……大仓）（右手扔袖，左手搂髯，面向“小边”台口翻右袖指出）虎山（呐）行。

〔【大锣紧锤】撤右步，两抖袖，上左步，提袖，面向“大边”台口。

〔西皮快板〕

祢 衡 （过门同前） 3 5 | 3 2 | 3 (5 | 3) 6 | 2 1 | 1 | 6 1 |

昔 日 里 韩 信 受 胯

$^{3}$2 0 | 0 3 | 3 1 | 6 1 | 6 | 1 | 2 | $^{2}$6 0 |

下， 英 雄 落 魄 走 天 涯。

（右手抚胸）

0 1 | 6 1 | $^{2}$6 0 | 0 2 | 2 1 | 1 | 6 1 | $^{3}$2 0 |

到 后 来 登 台 把 帅 挂，

0 1 | 1 | 1 | 2 | 1 2 | 3 | 1 | 1 |

扶 保 汉 室 锦 邦 家。 明

（双手拱请式）

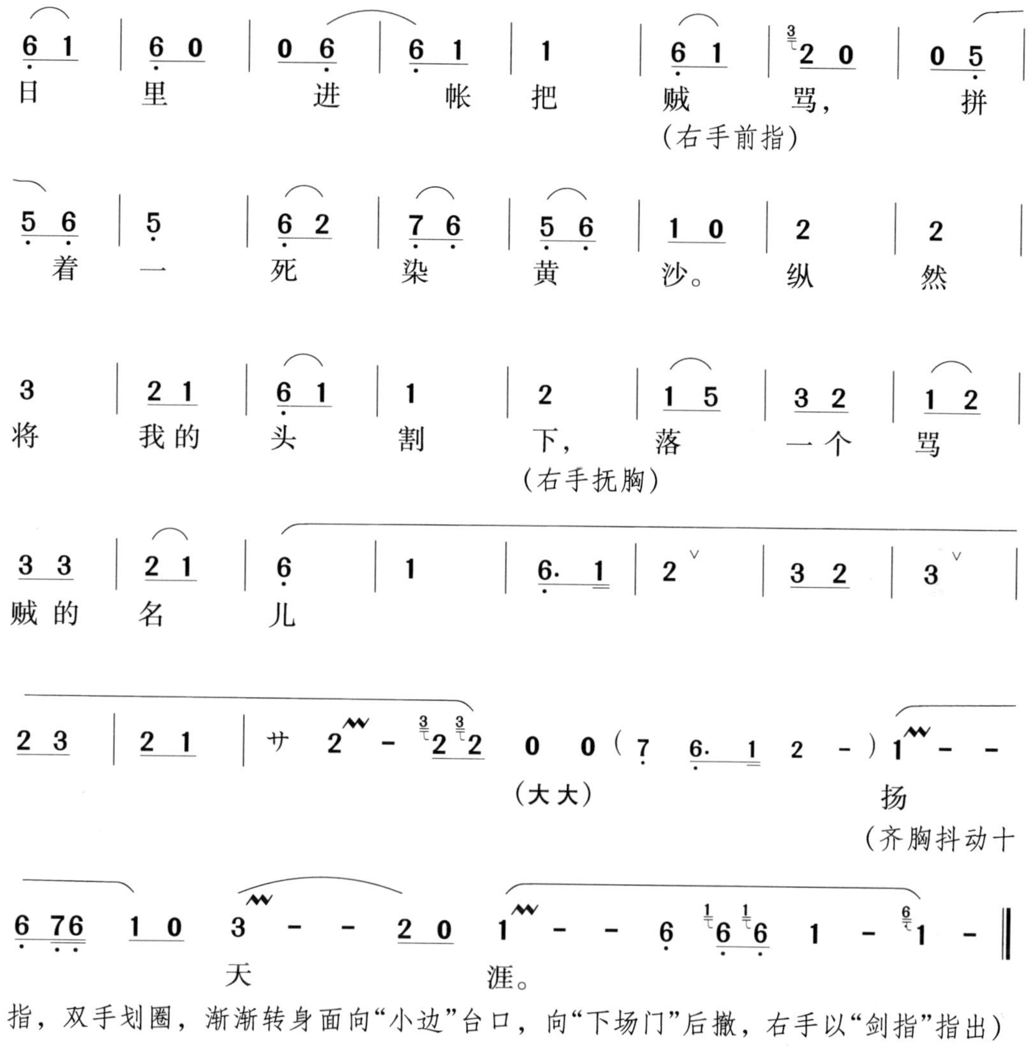


〔【一锤锣】祢衡抓右袖背手，左转身，抬左腿，左手撩褶，亮背相，“下场门”下。闭二幕。

## 第四场

〔紧接前一场，锣鼓转【撤锣】打住。

〔四朝官内白：“嗯喷！”

〔【小锣原场】四朝官“小边”侧幕“搭轿”上，至正场台口，横一排站。

**朝官甲** 日观三千策，

**朝官乙** 夜吟七篇诗；

**朝官丙** 要知今古事，

**朝官丁** 须读五车书。

**朝官甲** 列位大人请了！

众　请了！
朝官甲　丞相相约我等，不知为了何事，你我一同前往。
众　请。正是：（扎）五凤楼前朝金阙，相府门前拜元戎。
〔朝官甲领起乙、丙、丁三人转，边念边走半个小圆场，至“小边”左转身站成“一条鞭”。
〔同时，开二幕。正场里首并列二张桌，内场摆四把椅，“小边”斜置一桌，摆内场椅，红色团花绣金桌围椅披。
众朝官　来此已是。门上哪位将军在？
〔张辽内白：“嗯喷！”
〔**【小锣住头】**张辽“下场门”上，出门。
张　辽　是哪位？
众　原来是张将军。
张　辽　列位大人到此何事？
众　烦劳通禀，我等求见丞相。
张　辽　候着。（面向“下场门”）有请丞相。
〔曹操内白：“嗯哼！”
〔**【大锣五锤】**曹操“下场门”上。
曹　操　何事？
张　辽　列位大人到。（“下场门”先暗下）
曹　操　动乐相迎。
二旗牌　动乐相迎。
〔唢呐吹奏曲牌<小傍妆台>。曹操出门相迎。
曹　操　列位大人。
众　丞相。
曹　操　请。
众　请。
〔四朝官“挖门”进，站两边。曹操进门站中间。曲牌止。
众　丞相请上，我等大礼参拜。
曹　操　老夫也有一拜。
〔唢呐吹奏曲牌<小傍妆台>。四朝官“合扇”成“横一字”，面里，与曹操对拜。曲牌止。
众　相邀我等，为了何事？
曹　操　今当元旦佳节，请列公到此，畅饮几杯。
众　到此就要叨扰。
曹　操　酒宴摆下。
二旗牌　酒宴摆下。
〔唢呐吹奏曲牌<小傍妆台>。“小边”处斜放一桌，桌后一椅，曹操归“小边”“内场椅”入座，众朝官入正场桌“内场椅”。二旗牌两边暗上，摆酒、斟酒，分站两边。曲牌止。
曹　操　列位大人请！

**众**　请！

「唢呐吹奏曲牌〈园林好〉[①] 曹操与众朝官相互举杯共饮。

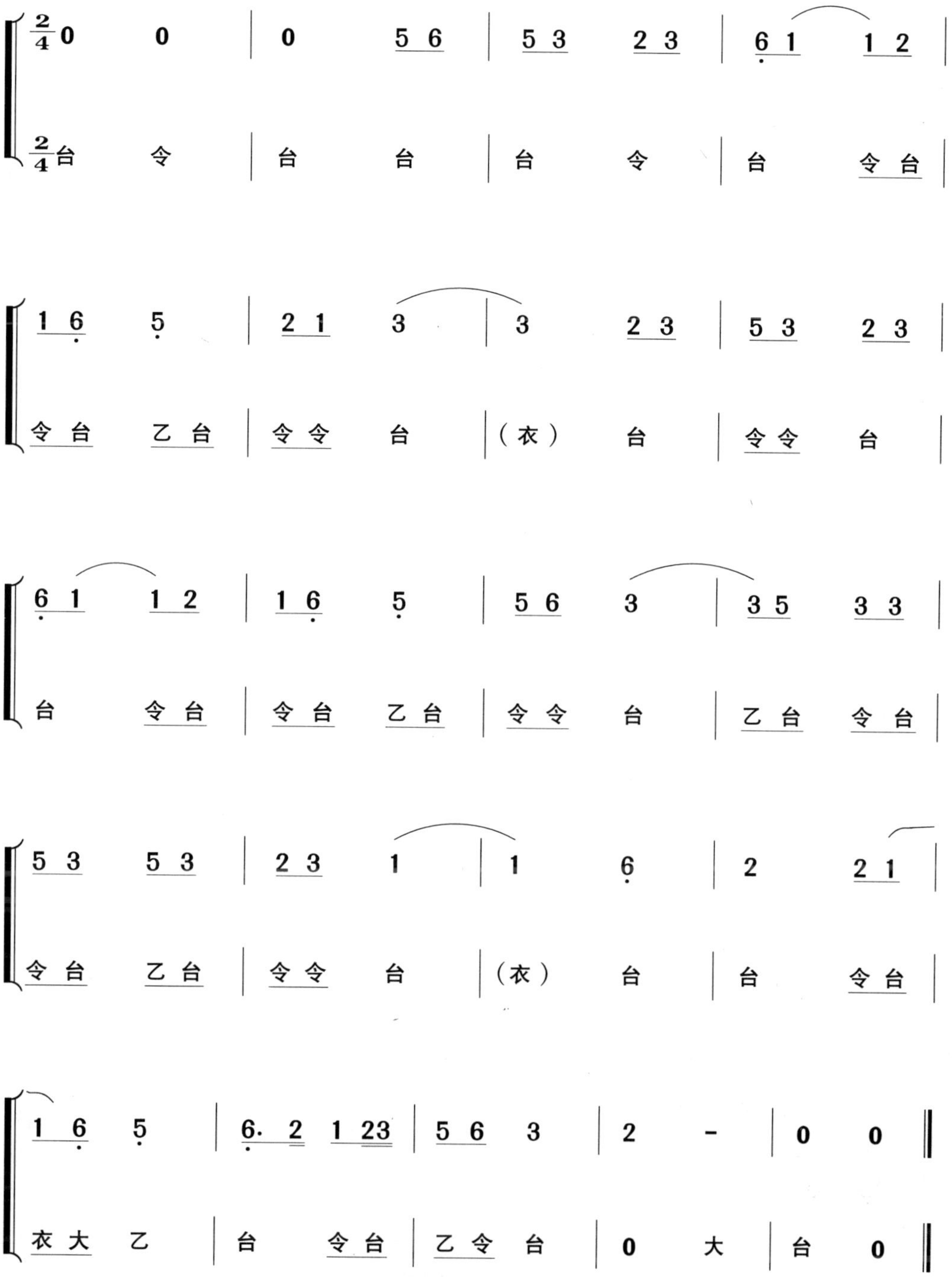

**曹　操**　列位大人。

---

① 杨宝森先生演出，乐队有时也改用唢呐吹奏〈急三枪〉牌子。

**众** 丞相。
**曹 操** 老夫帐下，新收一名鼓吏，命他廊下擂鼓，你我畅饮几杯。
**众** 我等瞻仰。
**曹 操** 来。
**二旗牌** 有。
**曹 操** 唤鼓吏进帐！
**二旗牌** （出门）鼓吏进帐！

〔二旗牌“下场门”暗下，抬花盆鼓上，置于“大边”台口稍后处，鼓后放一把椅子(并放置一副鼓棰），二旗牌分站两边。

〔祢衡内白：“来也！”内唱。

〔西皮导板〕

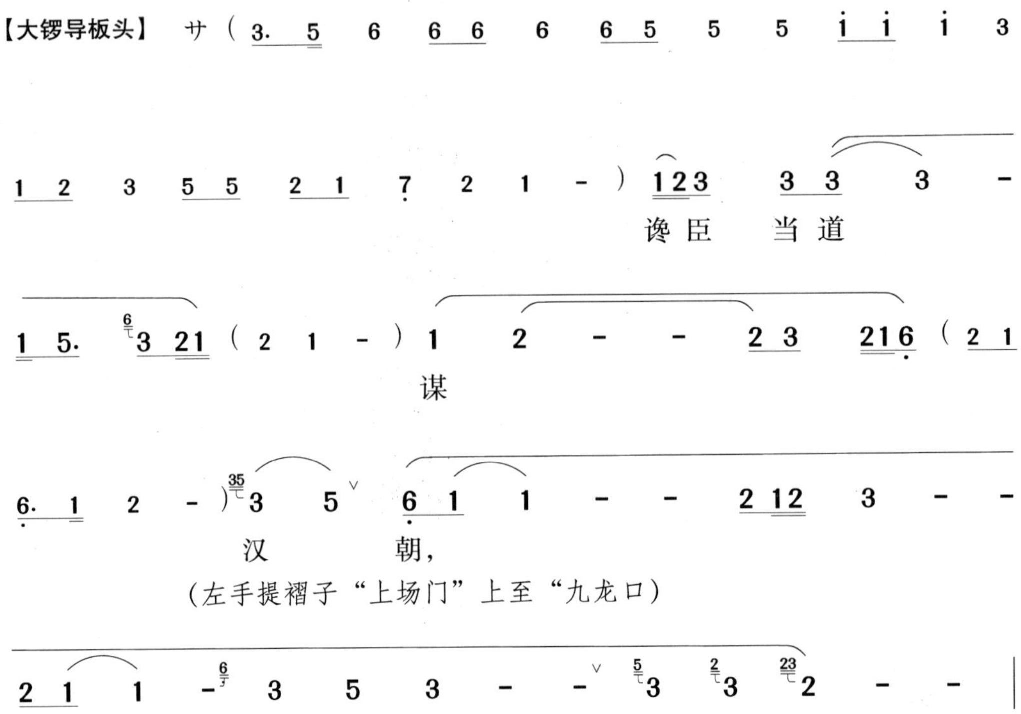


〔**【一锤锣】**祢衡左手放袍摆，抖右袖，提袖，进至“小边”台口。**【四击头】**右手抓袖，背右手，左手捋髯，左转身往台里一望，二旗牌在祢衡演唱的〔原板〕过门中斟酒。

**曹 操** 请！
**众** 干！

〔西皮原板〕

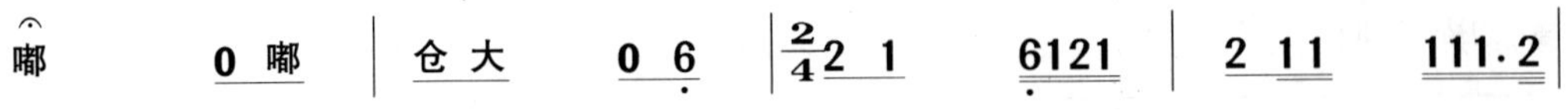


（祢衡抖右袖，提袖，反圆场走至上场台口）

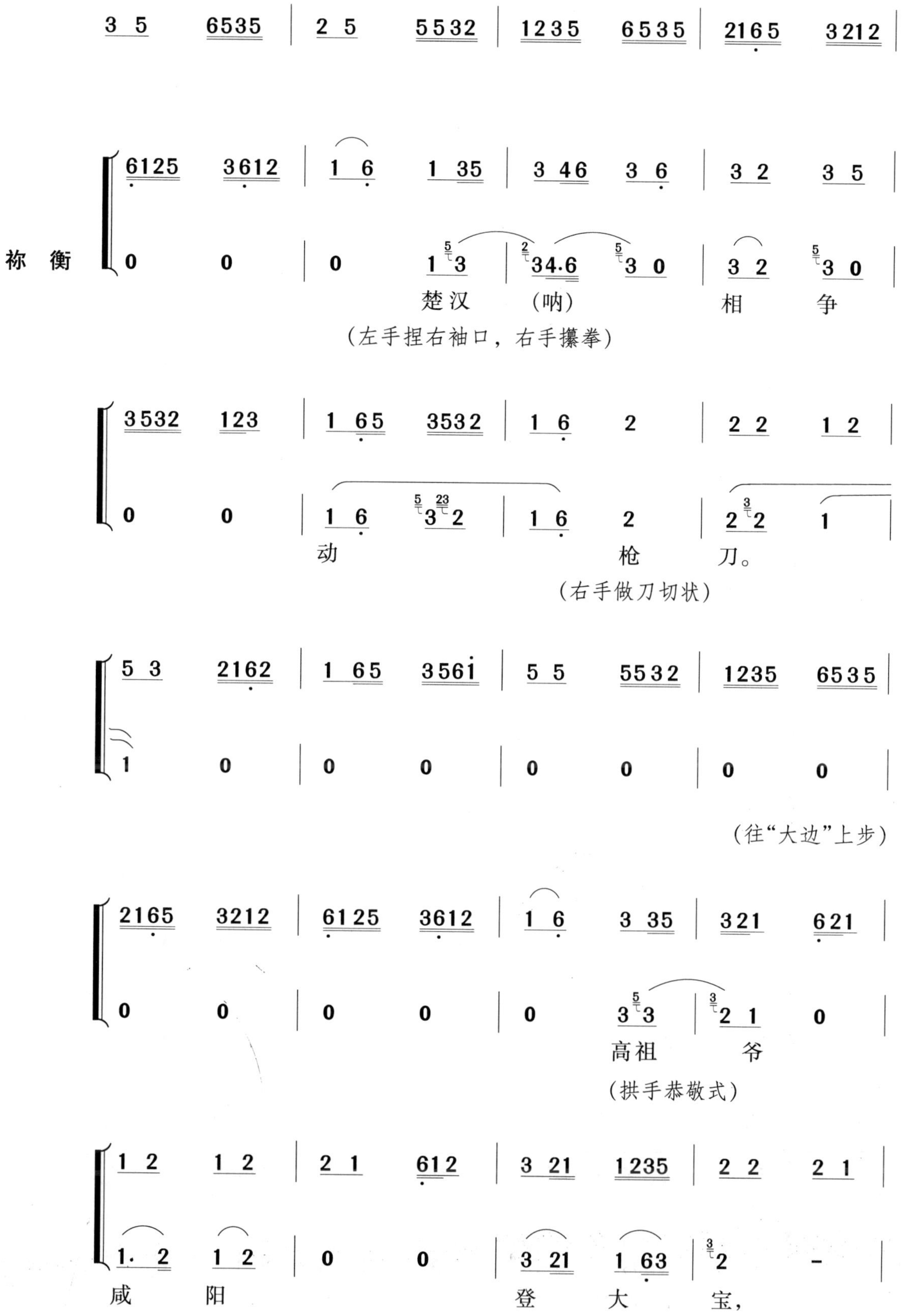
祢衡
楚汉
（呐）
相
争
（左手捏右袖口，右手攥拳）
动
枪
刀。
（右手做刀切状）
（往“大边”上步）
高祖
爷
（拱手恭敬式）
咸
阳
登
大
宝，

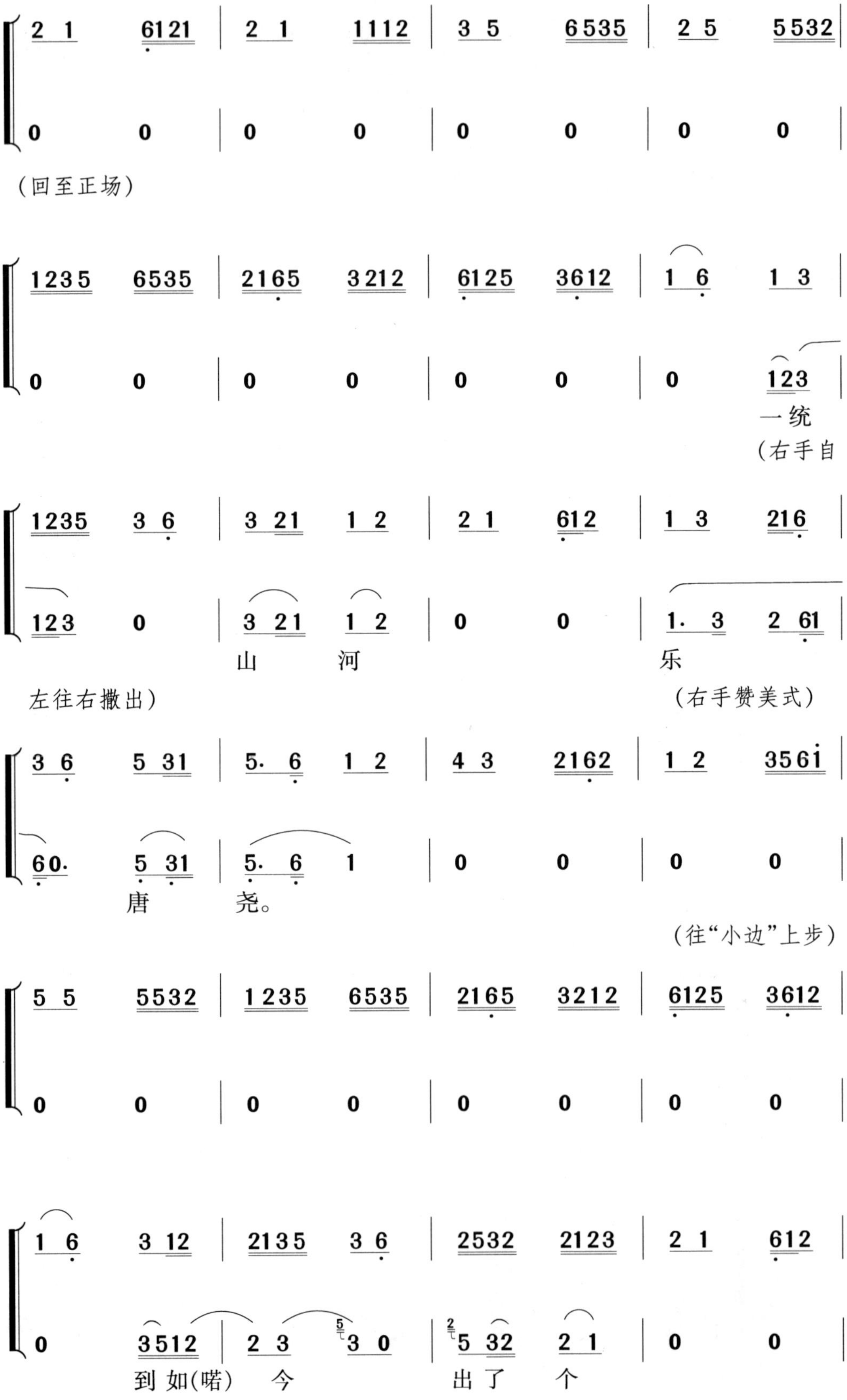
（回至正场）
一统
（右手自
山 河 乐
左往右撒出）
（右手赞美式）
唐 尧。
（往“小边”上步）
到 如(喏) 今 出 了 个

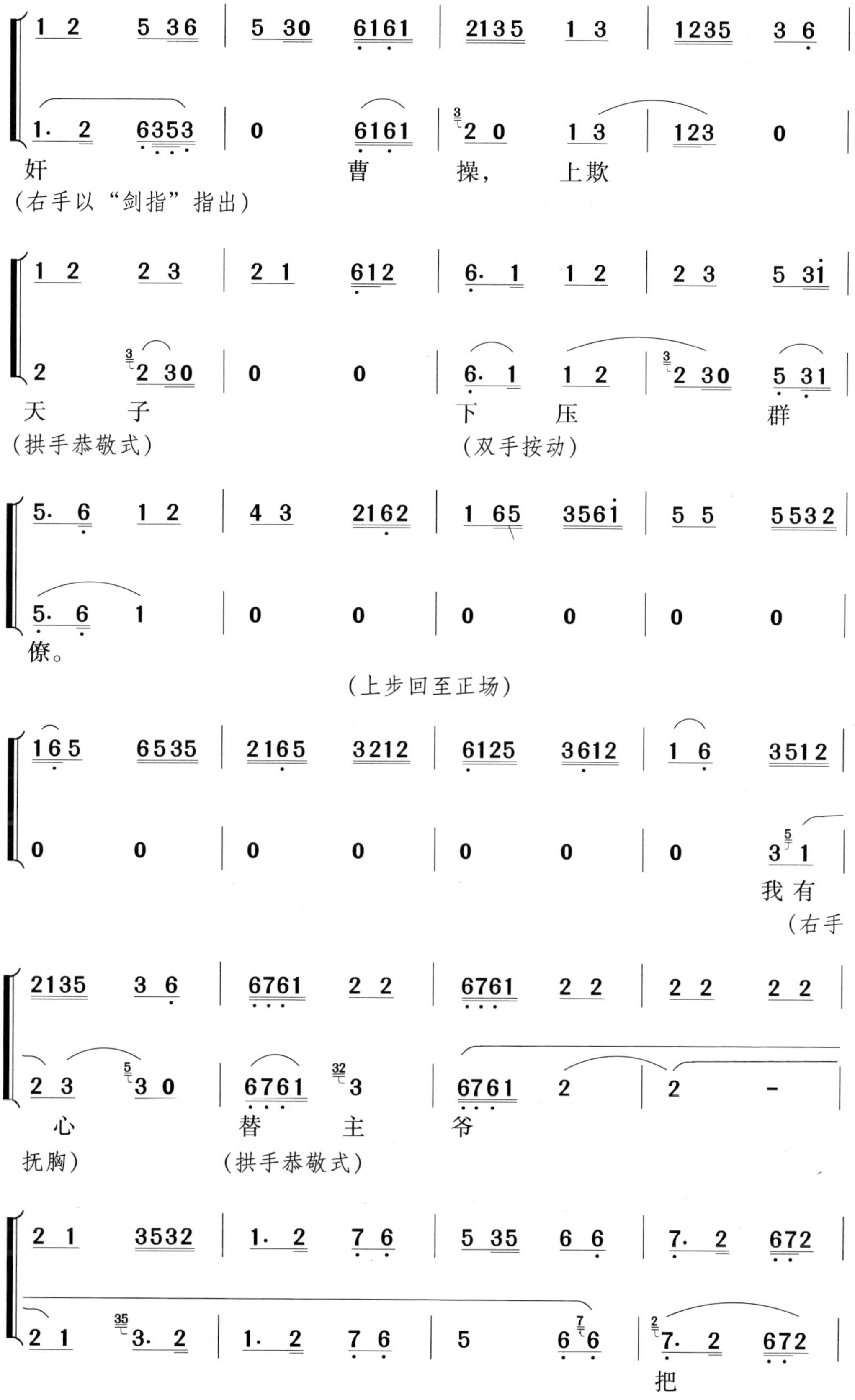
奸 曹 操，上欺
（右手以“剑指”指出）
天 子 下 压 群
（拱手恭敬式） （双手按动）
僚。
（上步回至正场）
我 有
（右手
心 替 主 爷
抚胸） （拱手恭敬式）
把

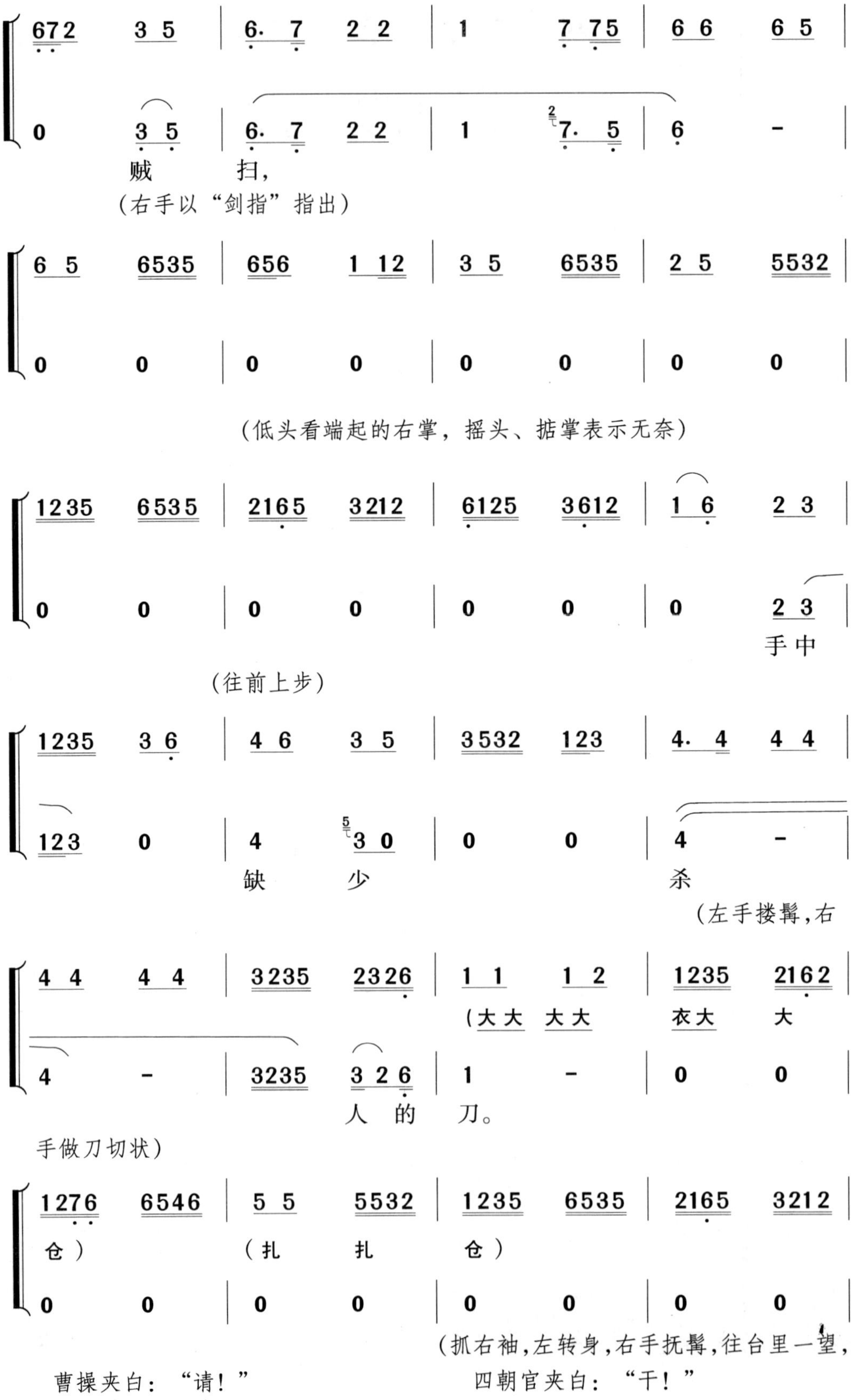
贼 扫，
（右手以“剑指”指出）
（低头看端起的右掌，摇头、掂掌表示无奈）
手中
（往前上步）
缺 少 杀
（左手搂髯，右
（大大 大大 衣大 大
人 的 刀。
手做刀切状）
仓）
（扎 扎 仓）
（抓右袖，左转身，右手抚髯，往台里一望，
曹操夹白：“请！”
四朝官夹白：“干！”

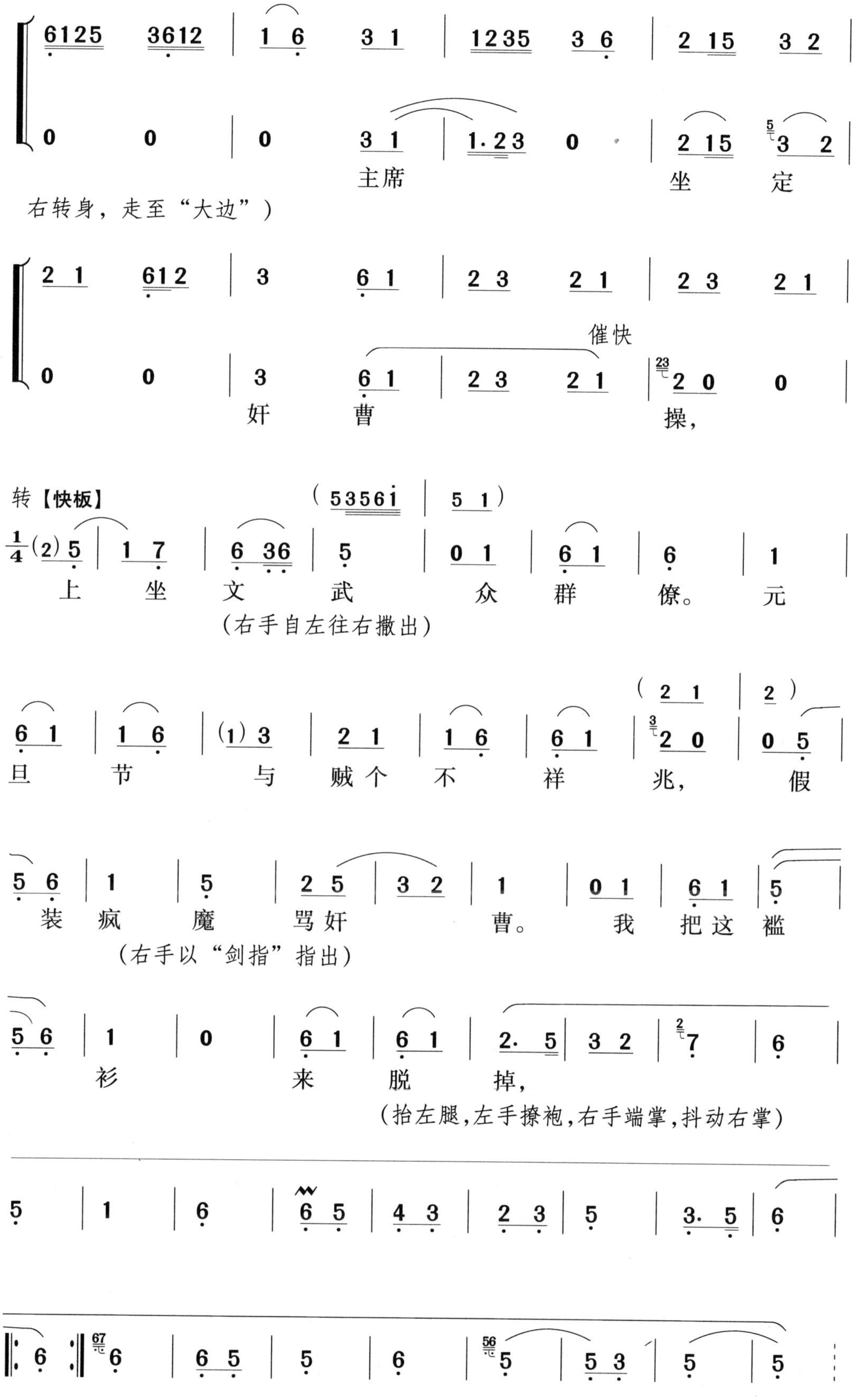
主席 坐 定
右转身，走至“大边”）
催快
奸 曹 操，
转【快板】
上 坐 文 武 众 群 僚。元
（右手自左往右撒出）
旦 节 与 贼个 不 祥 兆，假
装 疯 魔 骂奸 曹。我 把这 褴
（右手以“剑指”指出）
衫 来 脱 掉，
（抬左腿，左手撩袍，右手端掌，抖动右掌）

〔【快长锤】祢衡双手涮袍摆，右转身，跨左脚，“上场门”下。脱黑褶子，换富贵衣，双手端袍摆，“上场门”复上，涮袍摆，跨左脚，垫步，放袍摆，至“小边”台口。

〔西皮快板〕

祢 衡 【闪锤】（过门同前） 1 | 2 | 0 1 | 2 | 3 | 1 2 | 1 | 3 |
破 衣 褴 衫 摆 摆 摇。大
（抖右袖，提袖）

3 | 3 | 4 | 4/4 3 0 | (4 5 | 3 2 | 1 2 | 3 0) | 3 |
着 胆 （呐） 儿 往
（大 | 乙 | 大 |
（端右掌，抓右袖，上右步，跨左脚，

3 | 2 | 2 4 | 4/4 3 | （大 大 | 大 大 | 衣 大 | 大 | 仓）|
上 （呃） 跑，
乙 | 大 大 | 大 大 | 大 大）|
左手撩袍，二旗牌拦阻）

<小拉子>

‖: 3 | 1 2 | 3 | 4 | 3 2 | 1 2 | 3 | 0 :‖ 3 2 |

二旗牌夹白：“呔！我家丞相大宴群臣，破衣褴衫，成何体统？”

1 2 | 3 | 4 | 3 2 | 1 2 | 3 | （在乐曲进行中起奏锣鼓）

祢 衡 【闪锤】（过门同前） 6 1 | 1 1 | 1 | 6 1 | 6 | 0 | 6 |
帐 下的 儿 郎 闹

<小拉子>

1 0 | 2 | 6 0 | 1 | 0 ‖: (1 | 6 2 | 1 |
吵 吵。
二旗牌夹白：“叫我等好笑

3 | 2 1 | 6 2 | 1 | 0) :‖ （在乐曲进行中起奏锣鼓）

哇，啊哈哈哈……”

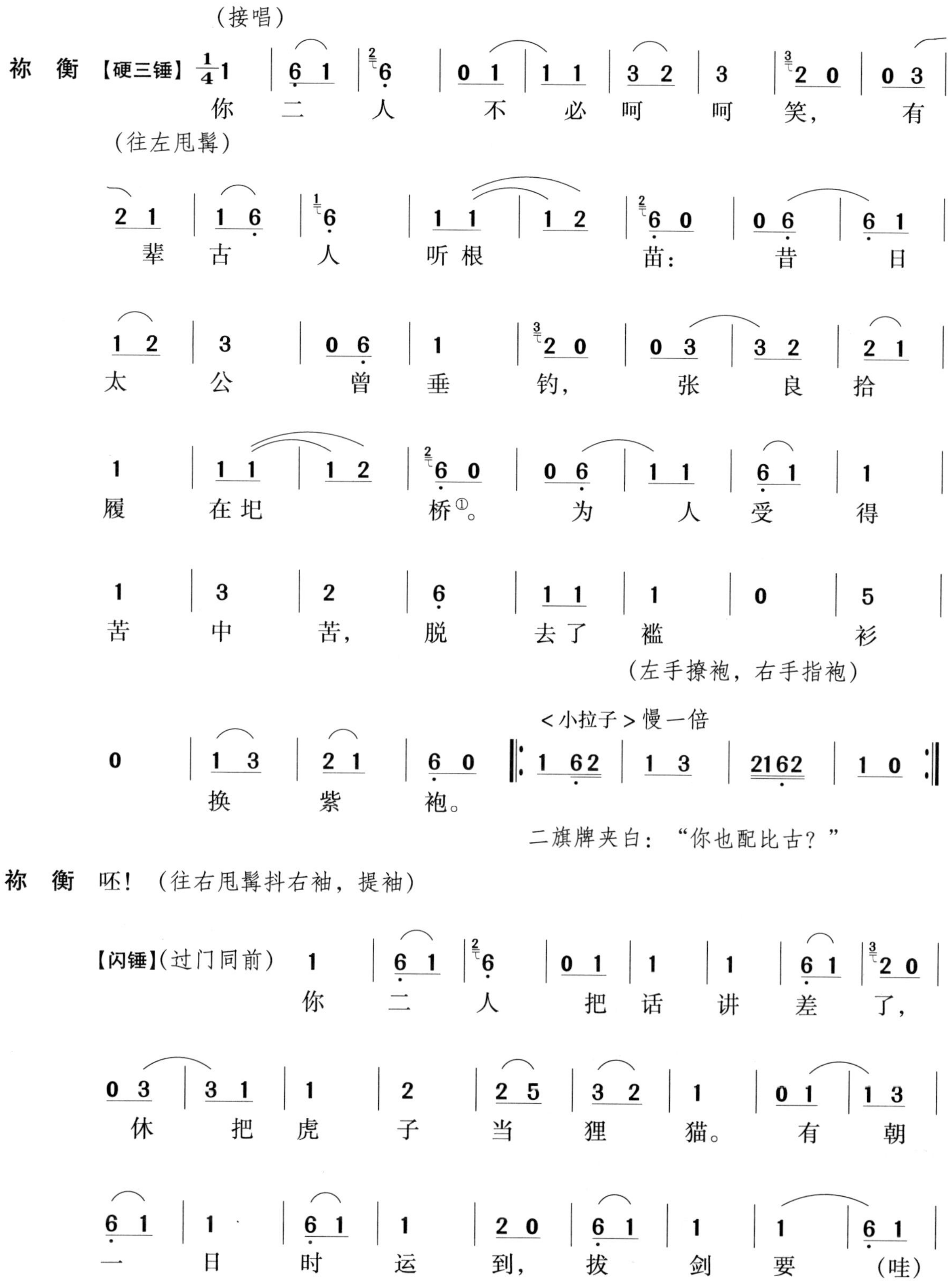


① 圯（yí）桥：即沂（yí）水桥，在今江苏邳县南，相传黄石公授张良《太公兵法》之所。圯、沂二字音同，然录音资料多唱成 jī，文字资料又把“圯”多写作“圮（pǐ）”，都是不对的。

<小拉子>慢一倍

5 | 0 | 6 1 | 6 | 1 0 ‖: 1 62 | 1 3 | 2162 | 1 0 :‖
斩 海 底 蛟。

(左手搂髯，右手做刀切状)

二旗牌夹白：“青天白日，在此做梦!”

**祢　衡**　呸!（抖双袖，提袖)

【闪锤】(过门同前) 3 | 2 1 | 1 | 0 1 | 1 | 1 | 3 |
休 道 我 白 日 梦 颠

2 0 | 0 1 | 2 | 1 | 2 | 2 | 3 | 1 |
倒， 时 来 就 要 上 青 霄。

2 | 2 | 1. 2 | 3 | 2 0 |（大 0 大 7 サ 6. 1
身 上 破 衣

(跨左脚，左手撩袍，右手端掌，抖动右掌)

2 2）2 - - 3 3 2 - 2 2 1 1 2 -
俱 脱 掉，
（大 大 大大 大大 大大 大大 大)

〔【快长锤】祢衡双手涮袍摆，右转身，跨左脚，走向“上场门”下。【快长锤阴打】脱下富贵衣，换袴衣，小袖、腰包，黄大带。同时，二旗牌斟酒。

**曹　操**　列位大人请!

**众**　干!

〔【快长锤】祢衡右手提大带“上场门”复上，至“小边”台口。

**祢　衡**　(过门同前) 1 | 2 | (1) 2 | 2 2 | 2 | 3 | 1 | 3 | 3 |
赤 身 露 体 逞 英 豪。怒 气

(端右掌)

3 2 | 4 | 3 0 |(4 6 | 3 2 | 1 2 | 3 ) | 3 | 3 |
不 (哇) 息 往

(右手往台里指，欲进大

2 | 2 4 | $^{4}$3 | 3 0 |
上 （呃） 跑 （大 大 | 大 大 | 衣 大 | 大 | 仓）
厅，被二旗牌拦住）二旗牌夹白：“呔！”

<小拉子>

‖: 3 | 1 2 | 3 | 4 | 3 2 | 1 2 | 3 | 0 :‖

二旗牌夹白：“你赤身露体，丞相降罪，何人担待？”

**祢 衡** 【闪锤】（过门同前）| 2 | 1 | 2 | 1 | 2 3 | 2 1 | 6̣ | 1 |
你 丞 相 降 罪 我 承 招。
（双手偏左侧拱手）

慢

2 | 2 | 1 2 | 3 5 | $^{3}$2 | 0 | 2 | 6̣ 1 | 2 0 |
将 身 来 在 东 廊（呃） 道，
（衣 大 衣 仓 仓 仓）
（左手搂髯，右手按掌）

〔西皮摇板〕

**祢 衡** 【闪锤】（过门同前）2 3. 2 1 2 5 $^{5}$3. 2 1 2 – $^{3}$2 0（0 7̣
看 奸 贼 把 我
（扔髯，至“大边”台口） （右手托髯）

6̣. 1 6̣. 1 2 2）2 1 2. 2 $^{2}$1 – – ‖【住头】（祢衡走至花盆鼓后的“大边椅”，归座）
怎 开（呀）销。
（双手摊掌）

**二旗牌** 鼓吏唤到！

**曹 操** 命他擂鼓三通！

**二旗牌** 命你擂鼓三通！

〔二旗牌分站两边。祢衡两手各握鼓棰，击“三通鼓”（见下列鼓谱）。

<渔阳三挝>鼓套谱

八[①] 0 | 八八 0 | 龙冬.[②] 0 | 龙冬. 0 |

---

① 八：表示双鼓棰同时击鼓帮。

② 龙冬.：左、右手先后击鼓心。

由慢而快逐渐过渡到轮奏

龙冬 . 0 | 冬冬冬冬[①] 冬冬冬冬 | 冬冬冬冬 冬冬冬冬 | 冬冬冬冬 冬冬冬冬 |

冬冬冬冬 冬冬冬冬 | 冬冬冬冬 冬冬冬冬 | 冬/// -[②] | 冬/// - |

由慢渐快

冬/// - | 冬/// - | 0 0 | 卜[③]龙 冬 |

冬 冬 | 卜龙 冬 | 冬 冬 | 卜龙 冬 |

冬 冬 | 卜龙 冬 | 冬 冬 | 卜龙 冬 |

冬 冬 | 卜龙 冬 | 冬 冬 | 卜龙 冬 |

冬 冬 | 卜龙 冬 | 冬 冬 | 卜龙 冬 |

冬 冬 | 卜龙 冬 | 冬 冬 | 冬 冬 |

冬 冬 | 冬 冬 | 冬 冬 | 嘟 龙冬 0冬冬 |

卜龙 冬 冬 冬 | 冬 冬 冬 冬 | 冬 冬 冬 冬 | 嘟 龙冬 0冬冬 |

卜龙 冬 冬 冬 | 冬 冬 冬 冬 | 冬 冬 冬 冬 | 嘟 龙冬 0冬冬 |

---

① 冬冬冬冬：表示左右分别击鼓心。

② 冬/// - ：渐快加速后即为轮击。

③ 卜：单槌附挂音。

## 击鼓骂曹

渐快过渡到轮奏

嘟 龙冬 嘟 龙冬 | 卜弋龙 冬 | 冬 冬 | 冬冬 冬冬冬冬 |

冬冬 冬冬冬冬 | 冬冬 冬冬冬冬 | 冬冬 冬冬冬冬 | 冬冬 冬冬冬冬 |

冬冬 冬冬冬冬 | 冬冬 冬冬冬冬 | 冬冬 冬冬冬冬 | 冬冬 冬冬冬冬 |

冬冬 冬冬冬冬 | 冬冬 冬冬冬冬 | 冬冬冬冬 冬冬冬冬 | 冬冬冬冬 冬冬冬冬 |

冬冬冬冬 冬冬冬冬 | 冬冬冬冬 冬冬冬冬 | 卜弋龙 冬 冬 冬 | 卜弋龙 冬 冬 卜弋龙 |

卜弋龙冬冬冬 冬冬冬冬 | 冬冬冬冬 冬冬冬冬 | 冬冬冬冬 冬冬冬冬 | 冬冬冬冬 冬冬冬冬 |

冬冬冬冬 冬冬冬冬 | 冬冬冬冬 冬冬冬冬 | 冬冬冬冬 冬冬冬冬 | 冬冬冬冬 冬冬冬冬 |

突然慢

冬冬冬冬 冬冬冬冬 | 卜弋龙 冬 冬 冬 | 卜弋龙 冬 冬 卜弋龙 | 龙冬. 0 |

龙冬. 0 | 龙冬. 0 | 八 0 | 八八 0 ‖

〔祢衡击完鼓，坐“大边”椅。

**朝官甲** 列位大人！

**众** 大人！

**朝官甲** 鼓吏擂鼓，犹如金声玉振一般，我等畅饮三杯，庆贺丞相。（旗牌先斟酒）

**众朝官** （举杯）请！

**曹　操** （举杯）请！

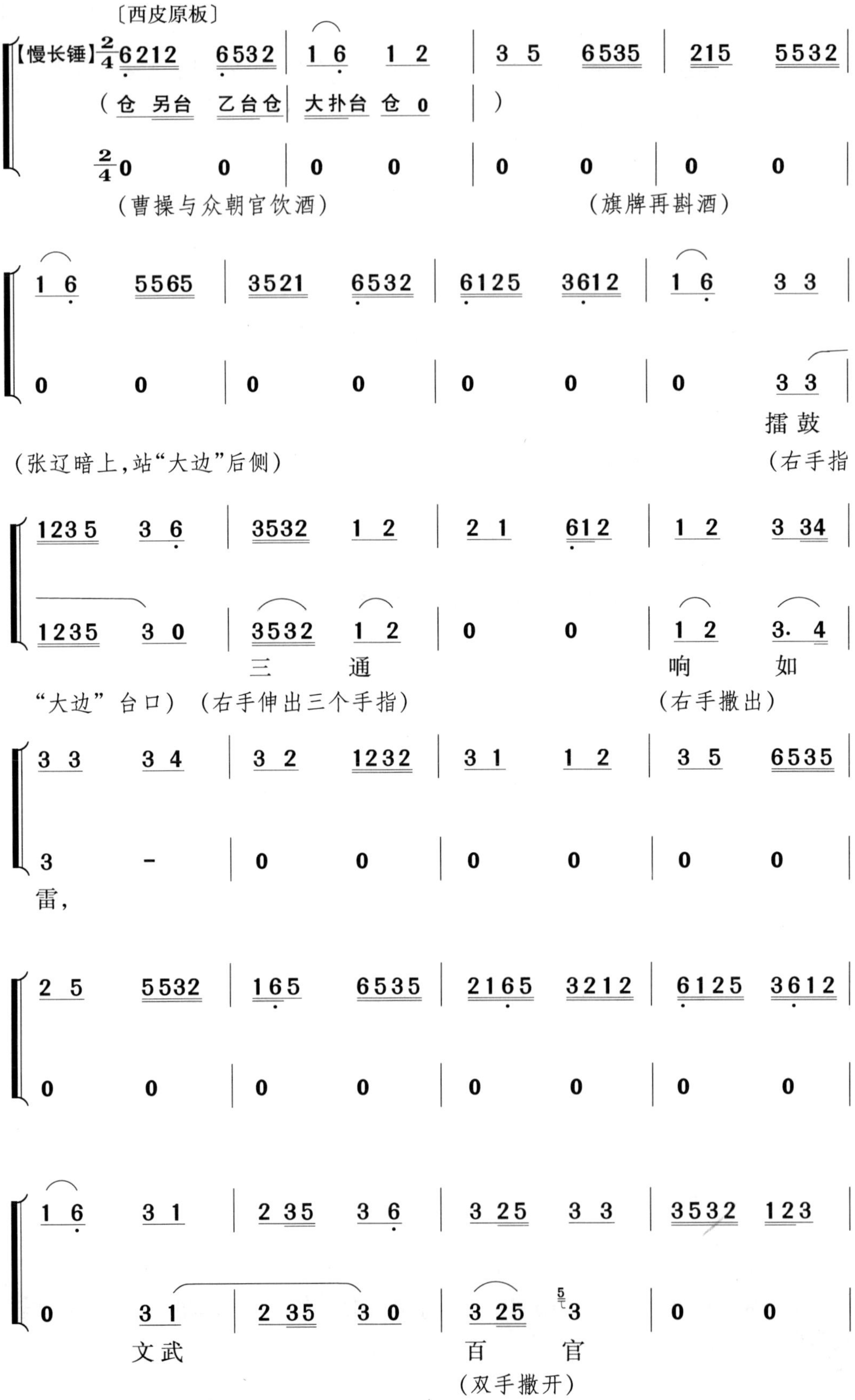
〔西皮原板〕
【慢长锤】
（仓 另台 乙台仓 大扑台 仓 0 ）
（曹操与众朝官饮酒）
（旗牌再斟酒）
擂鼓
（张辽暗上，站“大边”后侧）
（右手指
三 通
响 如
“大边” 台口）（右手伸出三个手指）
（右手撒出）
雷，
文武
百 官
（双手撒开）

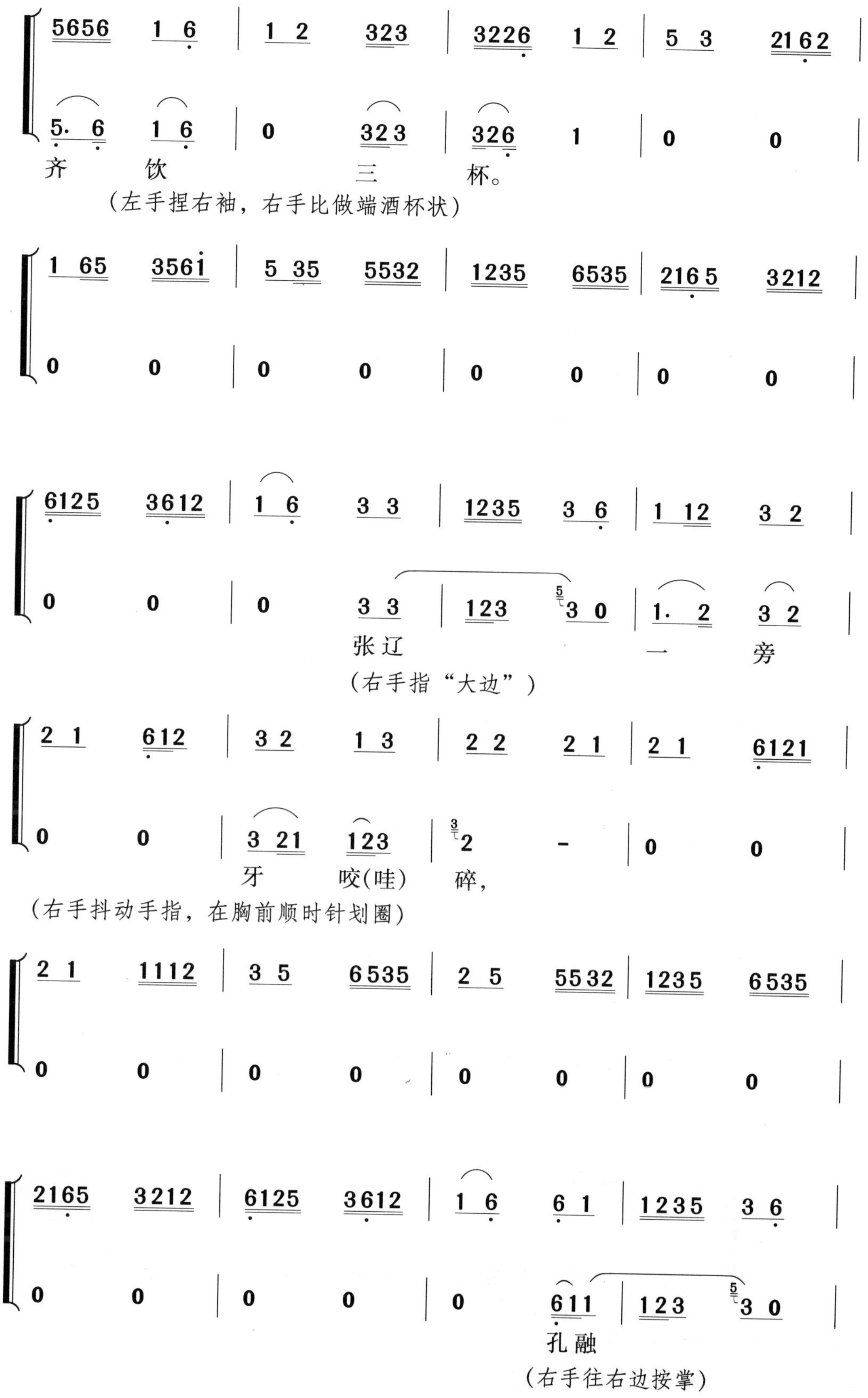

齐 饮 三 杯。
(左手捏右袖，右手比做端酒杯状)
张辽 一 旁
(右手指“大边”)
牙 咬(哇) 碎，
(右手抖动手指，在胸前顺时针划圈)
孔融
(右手往右边按掌)

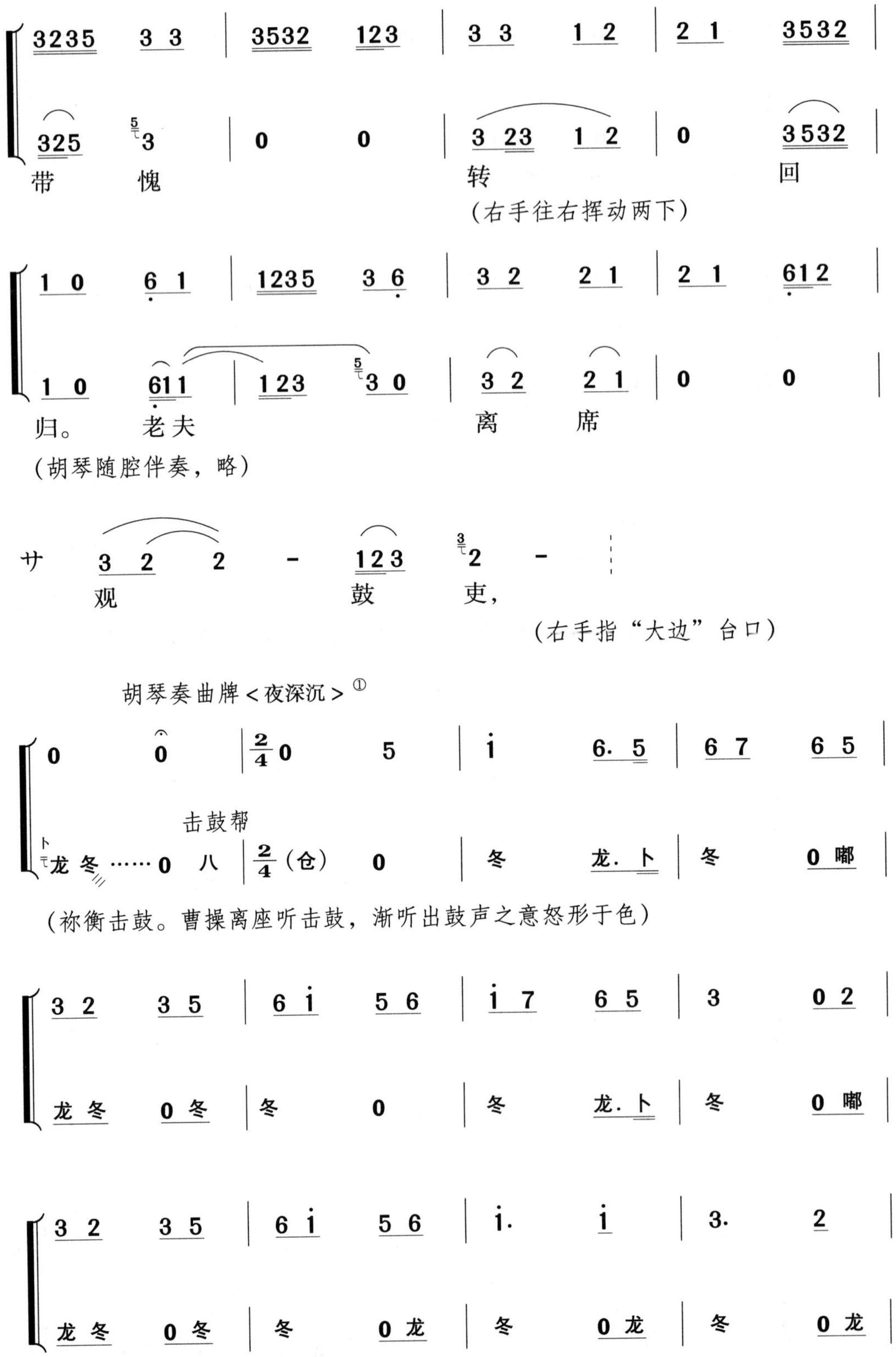


① <夜深沉>曲牌可按$\frac{1}{4}$拍记谱演奏。

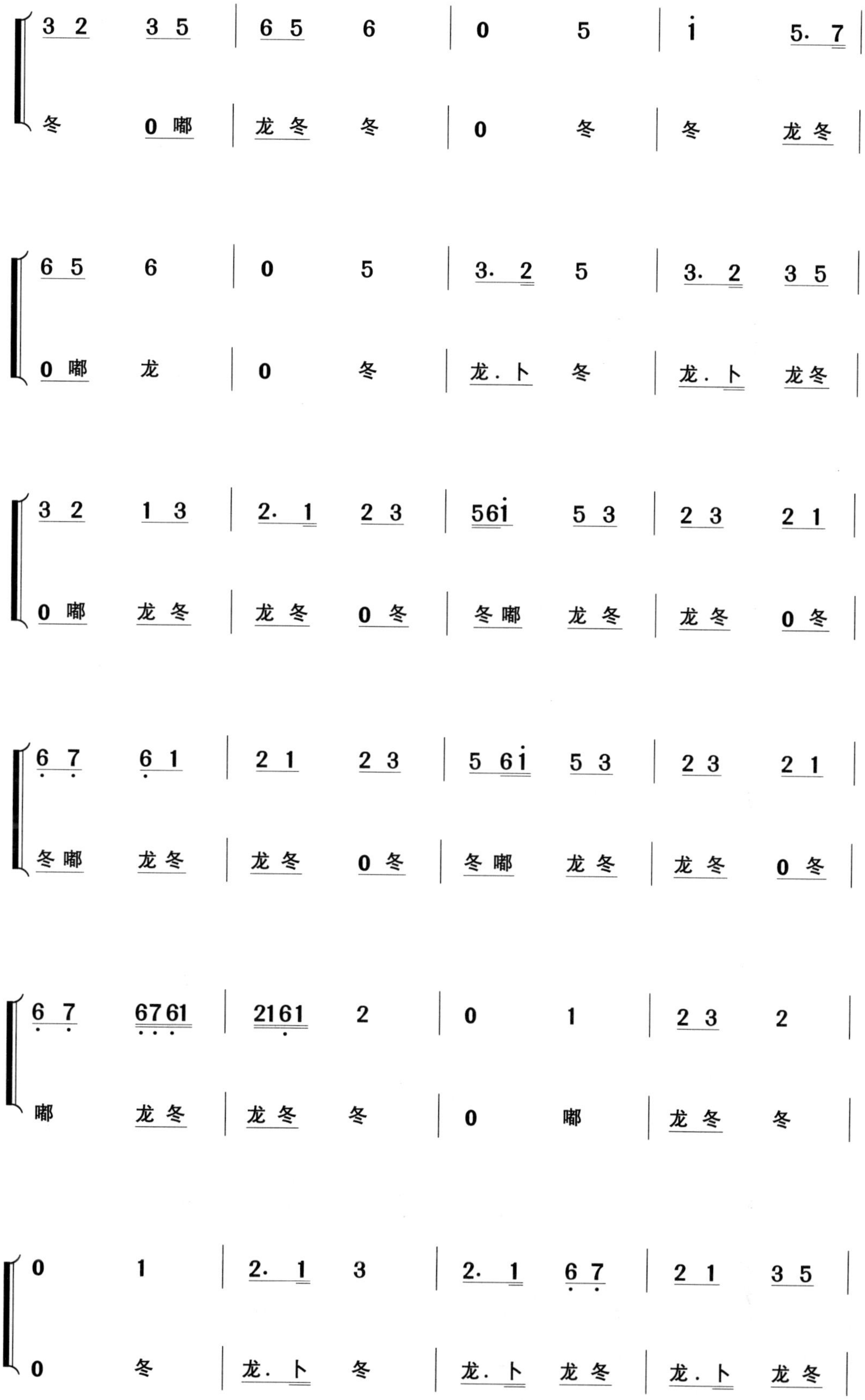
冬 0 嘟 龙 冬 冬 0 冬 冬 龙 冬
0 嘟 龙 0 冬 龙.卜 冬 龙.卜 龙冬
0 嘟 龙 冬 龙 冬 0 冬 冬嘟 龙 冬 龙 冬 0 冬
冬嘟 龙冬 龙 冬 0 冬 冬 嘟 龙 冬 龙 冬 0 冬
嘟 龙 冬 龙 冬 冬 0 嘟 龙 冬 冬
0 冬 龙.卜 冬 龙.卜 龙 冬 龙.卜 龙 冬

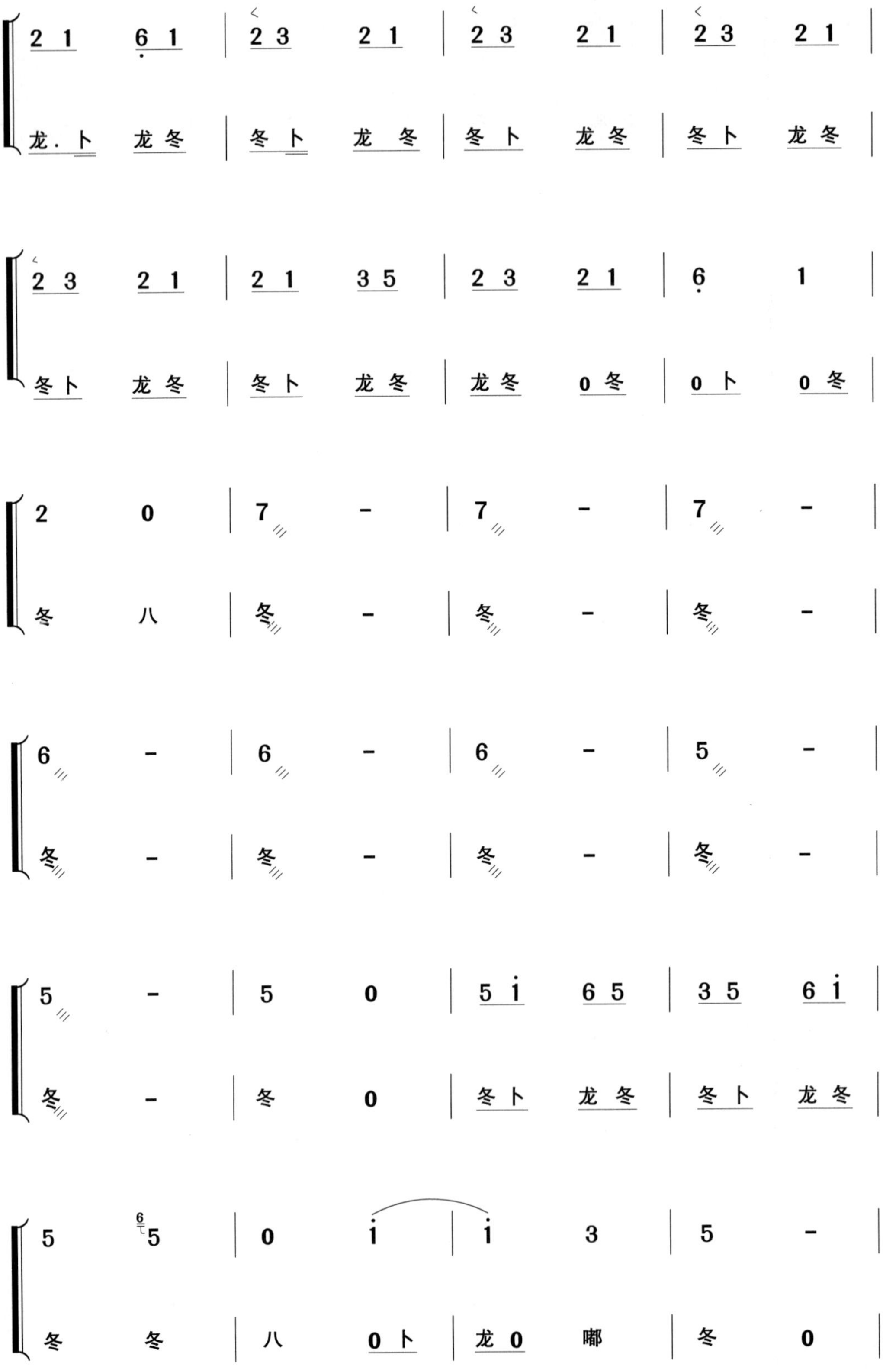
龙.卜 龙冬 冬卜 龙冬 冬卜 龙冬 冬卜 龙冬
冬卜 龙冬 冬卜 龙冬 龙冬 0冬 0卜 0冬
冬 八 冬 冬 冬
冬 冬 冬 冬
冬 冬 0 冬卜 龙冬 冬卜 龙冬
冬 冬 八 0卜 龙0 嘟 冬 0

# 击鼓骂曹

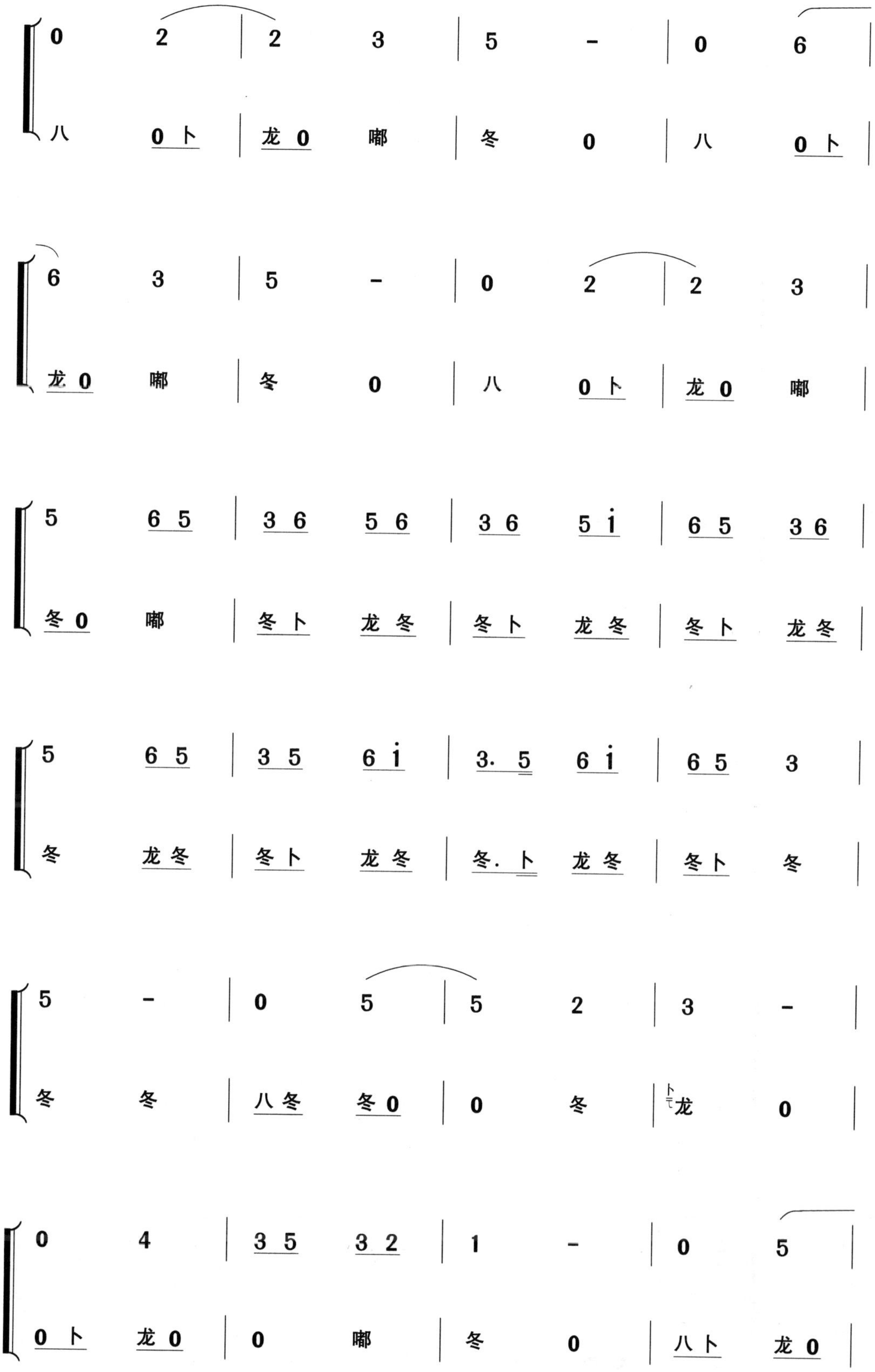

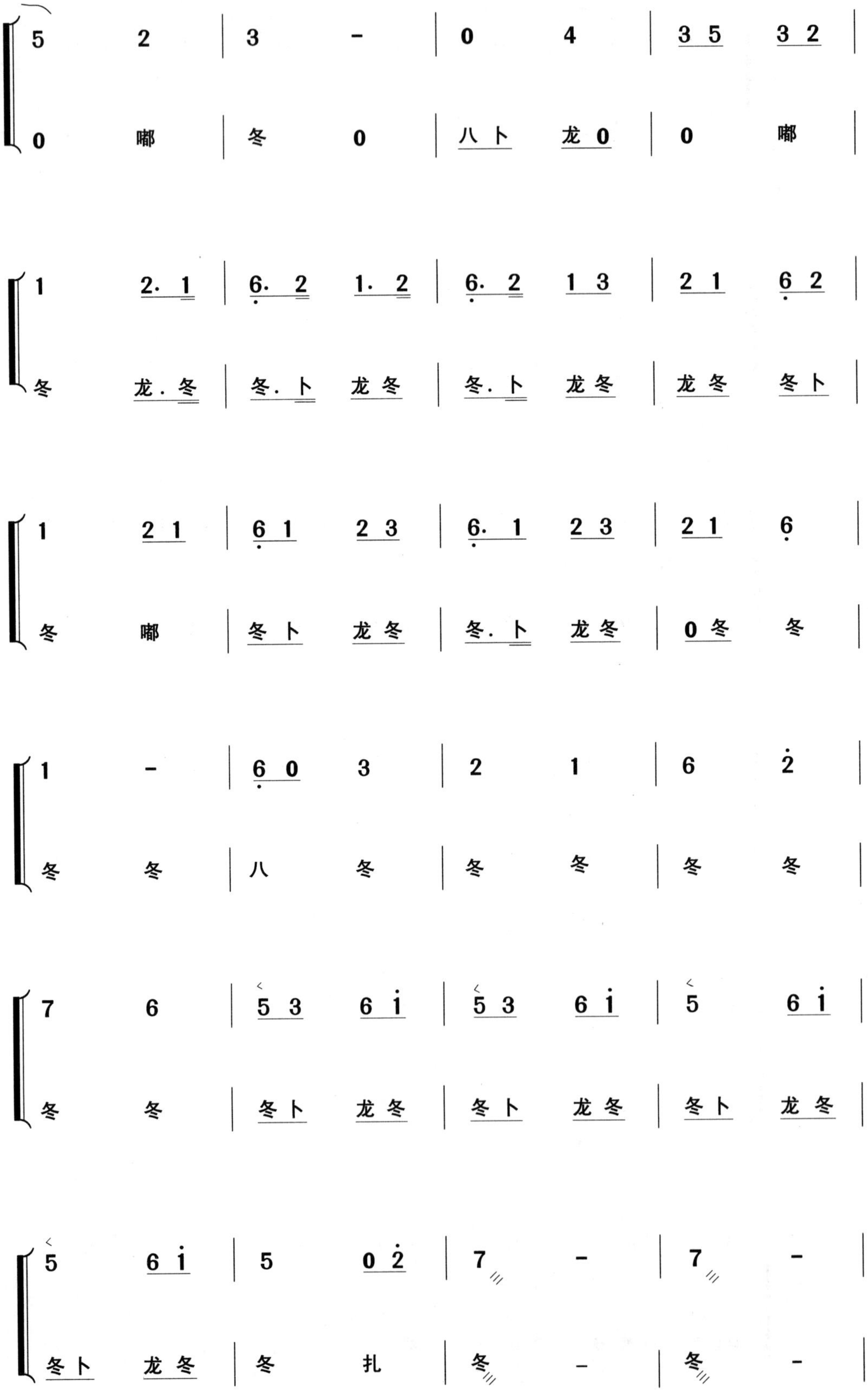

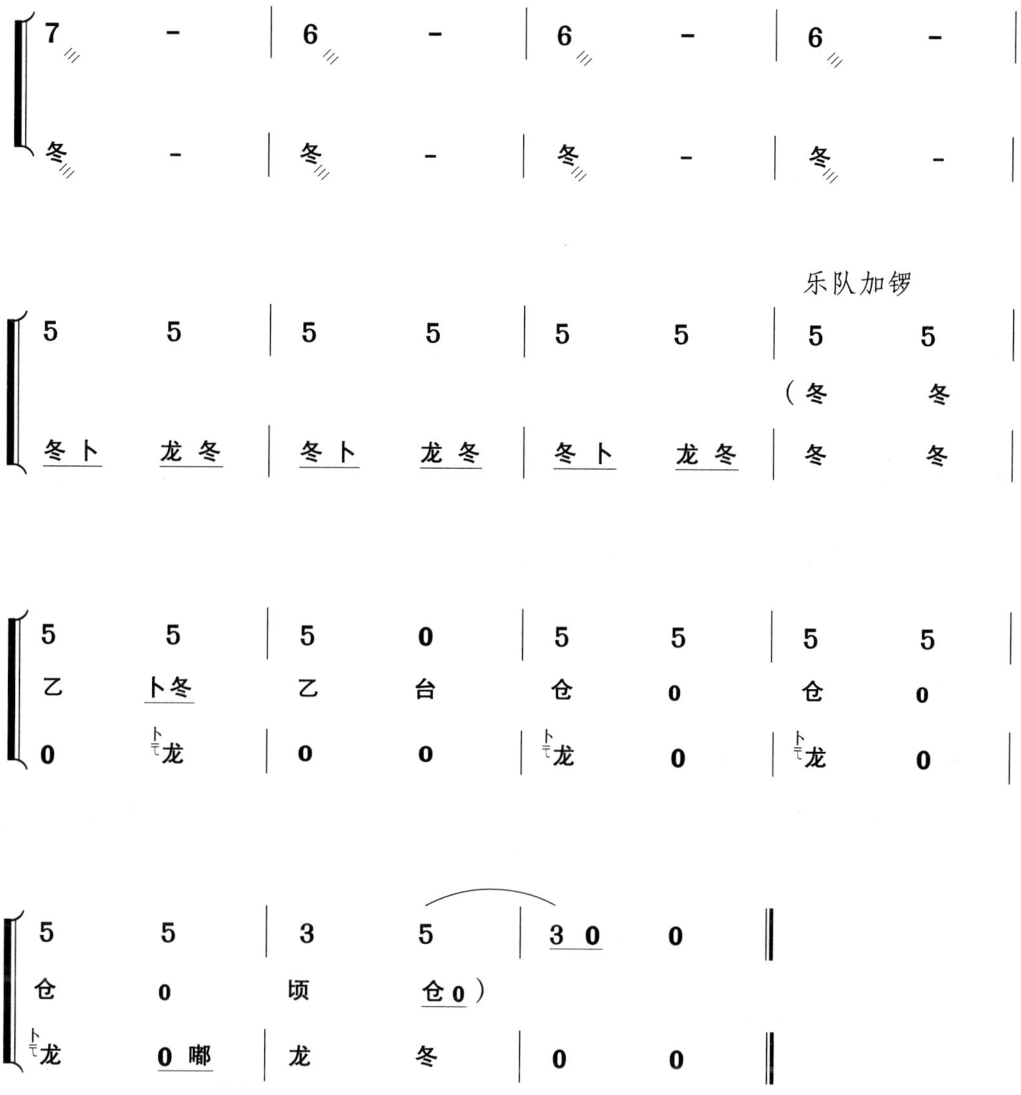


〔曹操两扔袖，提袖；祢衡左手握双槌，右手插腰，站立鼓侧，面向“大边”台角。

**曹　操**　（右手暗指祢衡）啊？

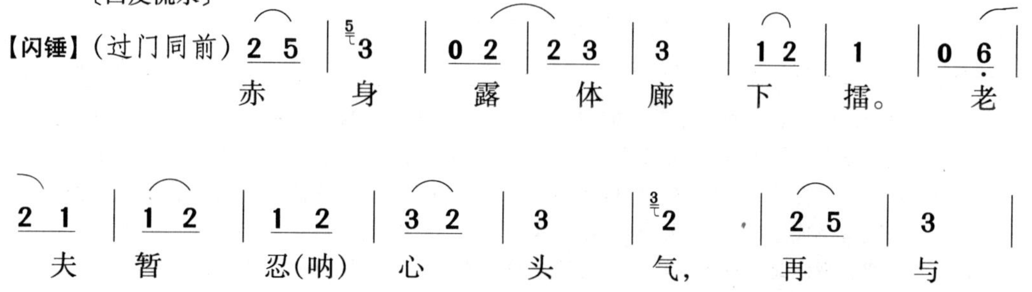

3 | 3 | 2 | 0 | 0 | サ 4 - 3 21 1. 2 1 - ‖

祢　　衡　　　说　　端(呐)的。

(大　　大)

(右手指祢衡)　　　(摊双掌，掂掌)

〔【住头】退步，右手往“大边”台口挥动两下，表示欲与祢衡搭话。

**曹　操**　(上步，指祢衡)祢衡!

**祢　衡**　(右转身，上步，左手握鼓楗，右手针锋相对地指曹操)曹操!

**曹　操**　嗯!(仓)你为何叫老夫曹操?

**祢　衡**　你叫得我是祢衡，(右手抚胸)我就叫得你是曹操。(指曹操)

**曹　操**　老夫也不计较于你。今日大宴群臣，(右手指点祢衡)你是这样赤身露体，成何体统?(摊双掌)

**祢　衡**　我露父母之遗体，(拱手式)方显我是清洁的君子。(右手赞美式)

**曹　操**　你是清洁君子，哪个是混浊的小人?(掂右掌)

**祢　衡**　(上一步，指曹操)你就是混浊的小人!

**曹　操**　嗯!(左手按髯)(仓)老夫当朝首相，何言“混浊”二字?(左手伸出二指)

**祢　衡**　听道:(右手指曹操)

**曹　操**　讲!【小锣住头】

**祢　衡**　(右手捋髯，上步)你不识贤愚，眼浊也;(右手齐肩端掌)不纳忠言，耳浊也;(右手齐胸端掌)不读诗书，口浊也;(端掌指口)常怀篡位，乃是你的心浊也。(指曹操)我乃天下名士，(右手抚胸)将我用为鼓吏，(右手指鼓)犹如臧仓毁孟子[①]，(按右掌)阳货轻仲尼[②]。(按右掌)曹操哇，(仓)曹(哇)操!(右手指曹操)【快五锤】真乃是匹夫(仓)之辈也!(上步，指曹操)

〔一旗牌将曹操座椅移至“小边”。曹操抬左臂遮面做羞状，归座。

〔西皮快板〕

**祢　衡**　【闪锤】(过门同前)3 | 6 | 0 1 | 1 2 | 3 2 | 3 | 2 |

开　言　怒　发　三　千　丈，

(端右掌)

0 1 | 1 | 1 | 2 3 | 2 1 | 6 | 1 | 0 3 |

大　骂　曹　贼　气　如　钢。　昔

(右手以“剑指”指向台口)

---

① 臧仓，鲁平公宠幸的小人。据《孟子·梁惠王下》，鲁平公欲去见孟子，车驾都备好，臧仓却以孟子先葬父简约，后葬母奢华，不合礼仪为由加以阻拦。平公因此没去成。所谓诋毁孟子即指此。

② 孔子，名孔丘，字仲尼，春秋鲁国人。鲁国国政一直由季氏家族把持，阳货是季氏家臣，当时又控制着季氏家族的权柄。他一心想拉拢孔子为己所用，孔子极力避之，阳货遂当面批评孔子不仁不智。因此此处有“阳货轻仲尼”之说。可参阅《论语·阳货篇》。

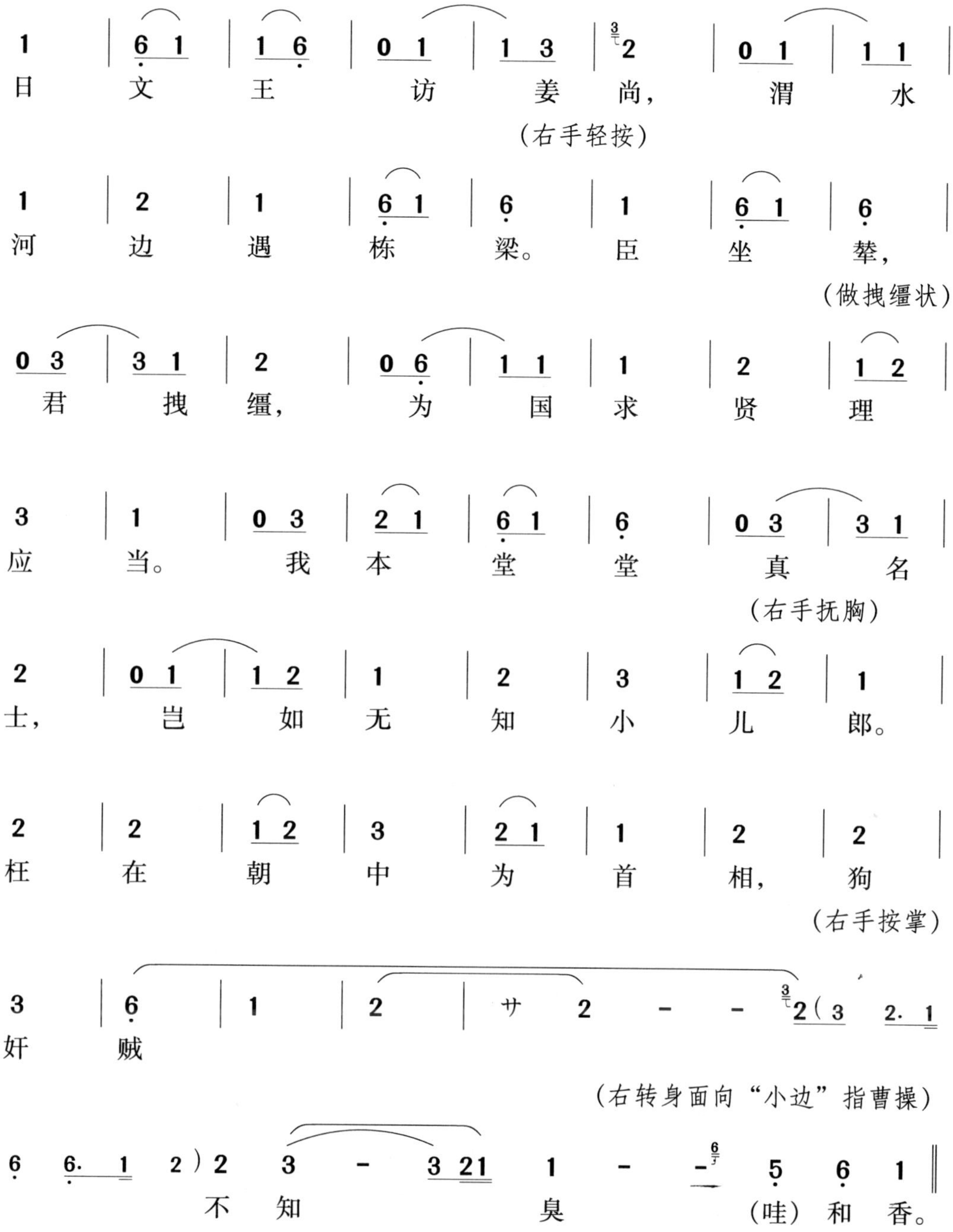


〔曹操抬左臂，遮面；祢衡面向“大边”台口，傲立。

**曹　操**　住了！（拂左袖，提双袖）

〔西皮散板〕

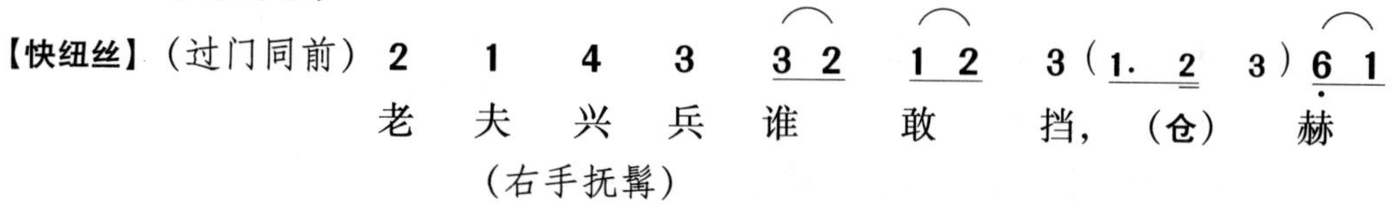

1 2 2 3 1 2 1（7 6 2 1）6 1 1 1 6
赫 威 名 天 下 扬。（仓）论 机 谋 胜
（右手撒出） （左手捏袖，右

1 3 1 2（6. 1 2）6 2 1 2 2 1 6 2 1 1 – ‖
似 姜 吕 望，（仓）岂 如 无 知 小 儿 郎。
手向前指） （左手指祢衡）

**祢 衡** 住口！

〔西皮散板〕

**【快纽丝】**（过门同前）15 3 3 3 1 12 3（1. 2 3）611 1 3 2 1
曹 贼 把 话 错 来 讲，（仓）祢 衡 言 来
（右手指曹操） （右手掂掌）

1 3 2 – 1 0（7 6 2 1）3 3 2 1 6 1
听 端 详：（仓）鼓 打 一
（右手伸出一指，左手将鼓楗

1 3 1 2 0（7 6. 1 2）3 2 1 1 2 2
通 天 地 响，（仓）鼓 打 二 通 国
交右手） （右手击鼓） （左手伸出二指）

3 1（7 6 2 1）2 2 3. 2 2 3
安 康，（仓）鼓 打 三 通 扫 奸
（右手击鼓） （左手伸出三指）

2（7 6. 1 2）2 2 1. 3 2 – –
党，（仓）鼓 打 四（喏）通
（右手击鼓） （左手伸出四指）

2 2 6 – 6 6 5 6 7 7 5 6 1（7 6 2 1）4
振 朝 纲。（仓）鼓
（右手击鼓）（交至左

3. 3 3 3 – 2 3 2 1 –（7 6 2
发 一 阵
手一楗，轻摆髯让搭在右臂上，右手握楗前指）

渐快

1 ）1 2 － － 3 2 16（2 1）3 3 2 4 －

（仓）连 声 响 （呃），

双手轮击（鼓尾穗） 渐快

3 － 3 3 2 －（冬冬 冬冬 冬冬 冬冬 ……0 冬冬冬）

（八大台 仓 仓 仓）

**【快纽丝】**（过门同前）2 1 3. 2 2 3 1 2 3 21 1 － 61 1 ‖

管 叫 你 这 狗 奸 贼 死 无 下 场。

（右手指曹操） （按动右掌）

「**【快纽丝】**曹操垂双袖闷坐“小边椅”。二旗牌抬鼓“下场门”下，复上，分站两边。祢衡面里站“大边”。四朝官离座。

〔西皮散板〕

**众朝官** （过门同前） 2. 1 6 1 3 1 2 （7 6. 1

下 得 位 来 把 话 讲， （仓）

（在台中成

2 ） 6 1 6 1 3 21 61 1 ‖ **【住头】**

丞 相 为 何 坐 一 旁？

“斜一字”面对曹操）

**众朝官** 丞相为何怒坐一旁？

**曹　操** 与鼓吏争论几句，故而怒坐一旁。

**众朝官** 待我等向前。

**曹　操** 有劳了！（离座）

「一旗牌将“小边椅”改置为“正场外场椅”。祢衡转身面向四朝官。

**众朝官** （对祢衡）啊，这一鼓吏，家住哪里，姓字名谁，慢慢讲来。

**祢　衡** 列公啊！

「**【大锣夺头】**祢衡归下场，四朝官分站两边成“八字”。曹操坐“正场外场椅”。

〔西皮二六〕

| 大扑 台 | 仓多罗. 6 2 | 2/4 1 2 2 12 | 3 3 2161 |

| 0 0 | 0 0 | 2/4 1 2 2 0 | 3 2 0 |

未 曾

（右手插腰，左手端掌）

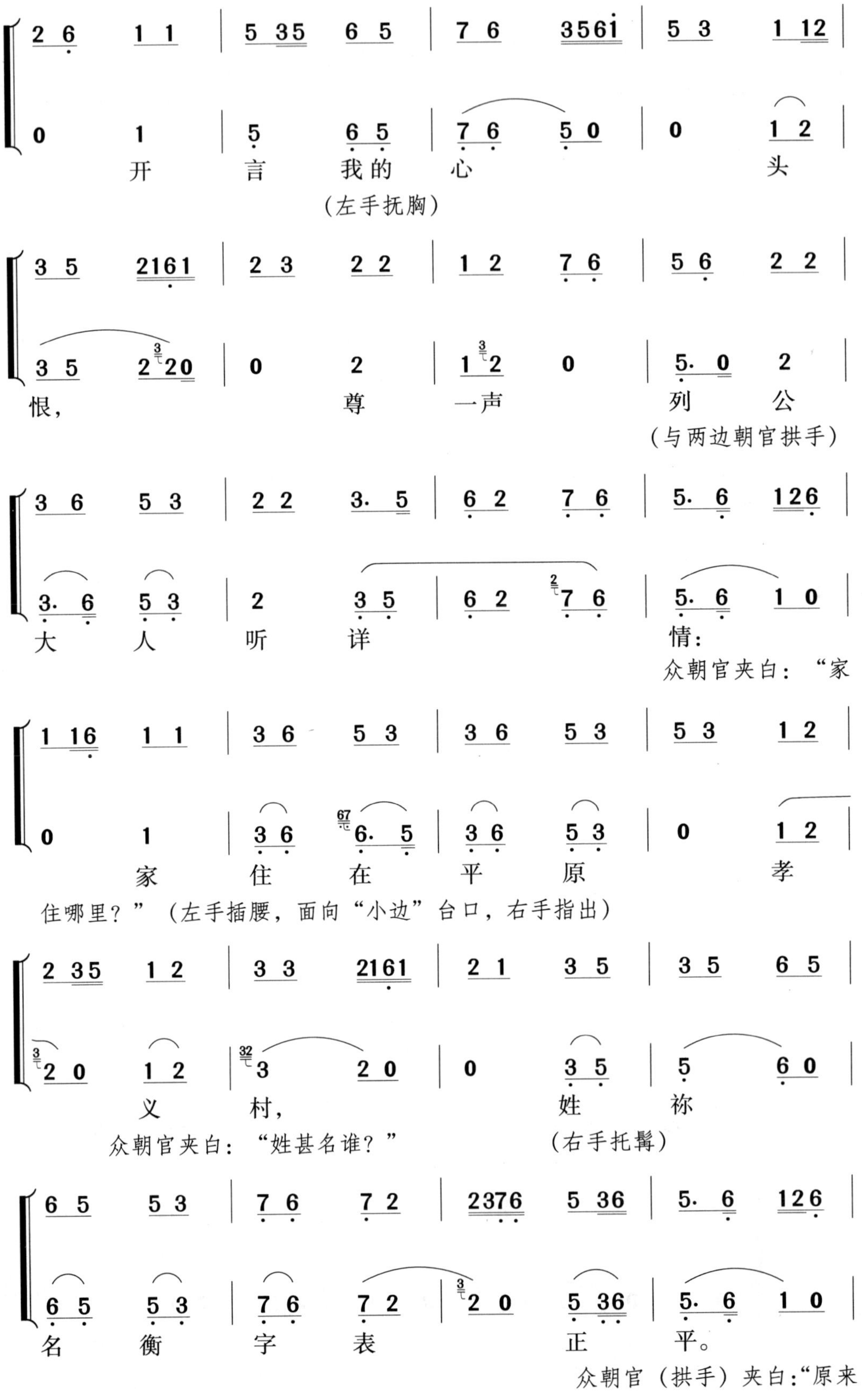

开 言 我的 心 头
(左手抚胸)
恨, 尊 一声 列 公
(与两边朝官拱手)
大 人 听 详 情:
众朝官夹白:“家
家 住 在 平 原 孝
住哪里?”(左手插腰,面向“小边”台口,右手指出)
义 村, 姓 称
众朝官夹白:“姓甚名谁?”
(右手托髯)
名 衡 字 表 正 平。
众朝官(拱手)夹白:“原来

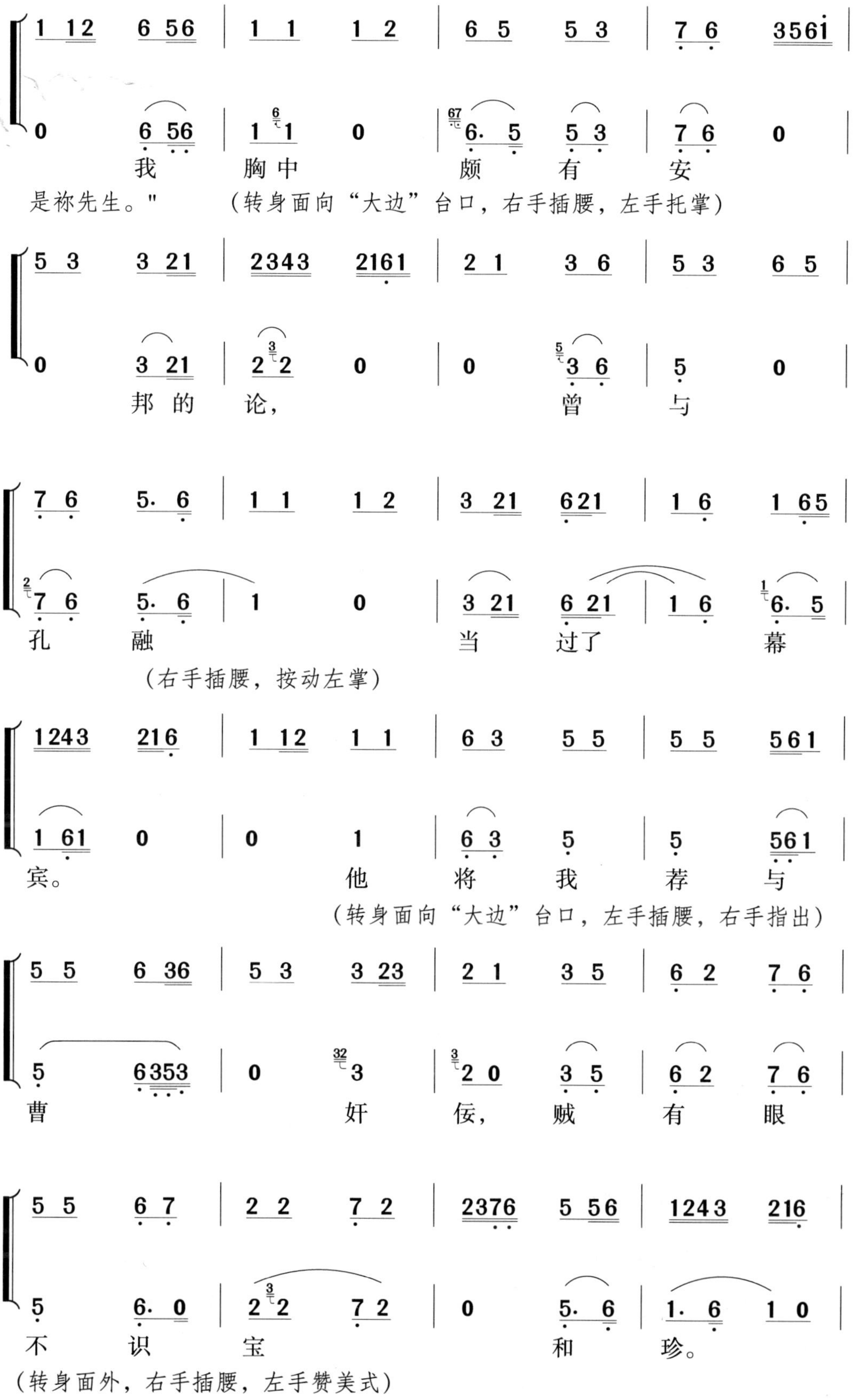
我胸中颇有安
是祢先生。" （转身面向“大边”台口，右手插腰，左手托掌）
邦的论，曾与
孔融当过了幕
（右手插腰，按动左掌）
宾。他将我荐与
（转身面向“大边”台口，左手插腰，右手指出）
曹奸佞，贼有眼
不识宝和珍。
（转身面外，右手插腰，左手赞美式）

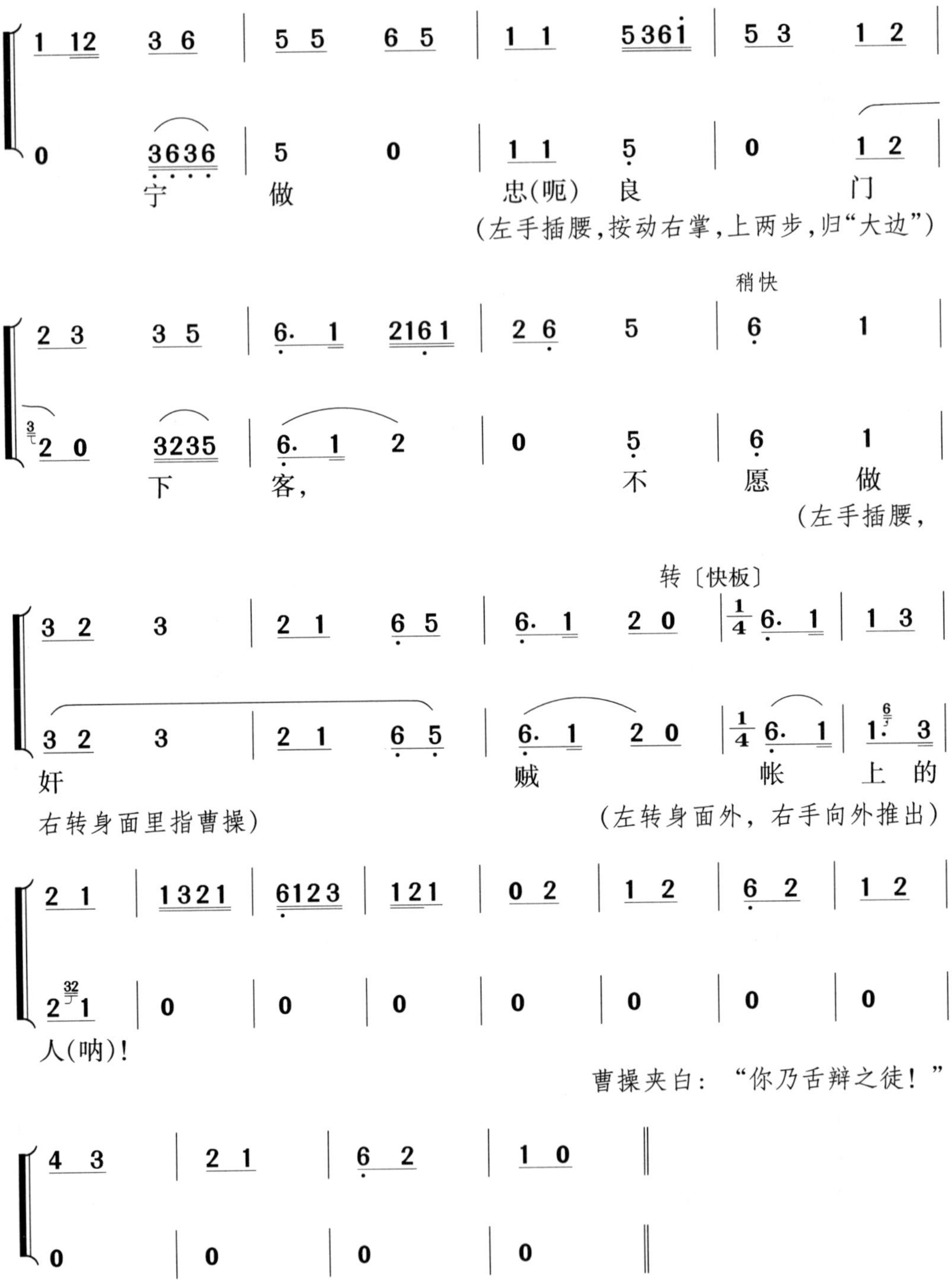
宁 做 忠(呃) 良 门
(左手插腰,按动右掌,上两步,归"大边")
稍快
下 客, 不 愿 做
(左手插腰,
转〔快板〕
奸 贼 帐 上 的
右转身面里指曹操)
(左转身面外,右手向外推出)
人(呐)!
曹操夹白:"你乃舌辩之徒!"

**祢 衡** (向右甩髯)呸!

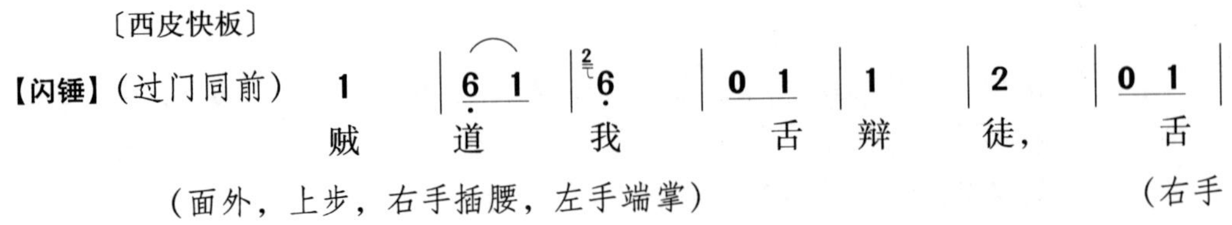
〔西皮快板〕
【闪锤】(过门同前)
贼 道 我 舌 辩 徒, 舌
(面外,上步,右手插腰,左手端掌)
(右手

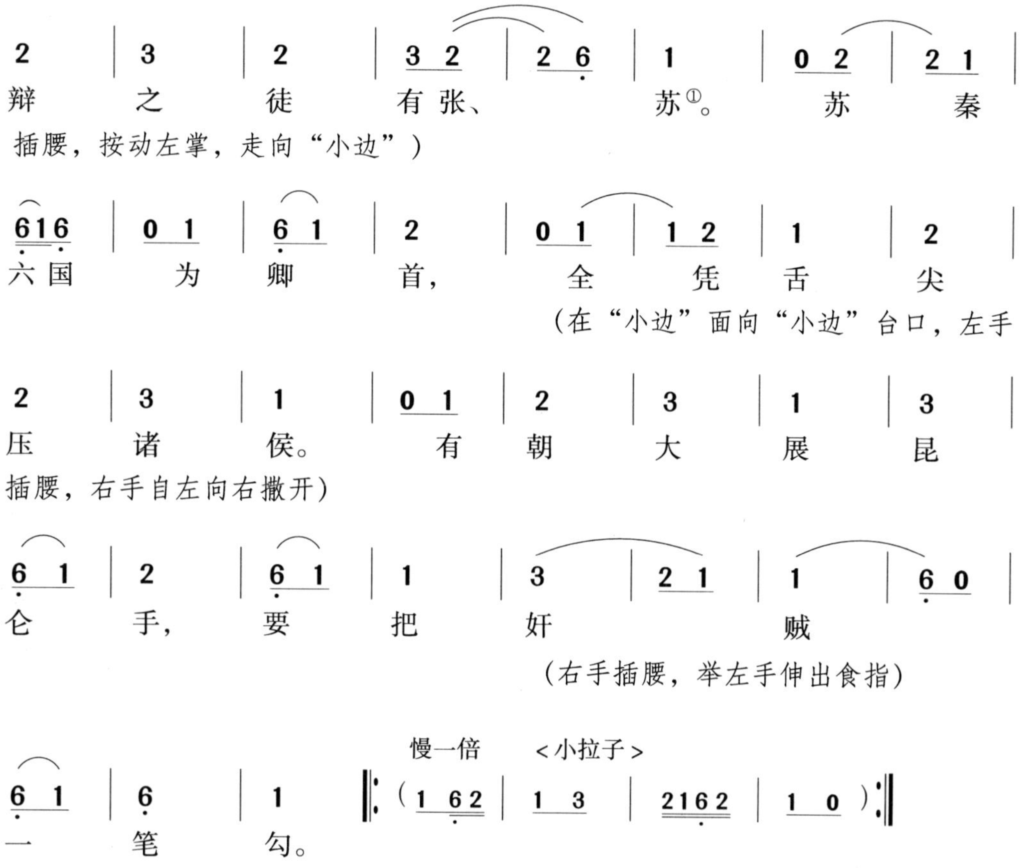


**曹　操**　井底之哇，能起多大的风浪！

**祢　衡**　（向左甩髯）呸！

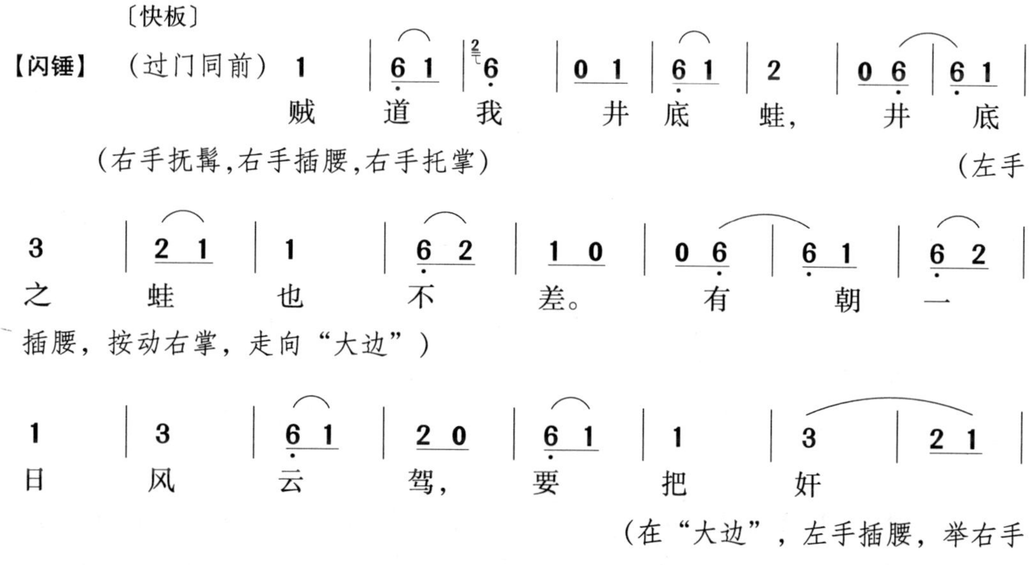


① 张、苏：指战国纵横家张仪、苏秦。

<小拉子>慢一倍

1 | 6 0 | 6 1 | 6 | 1 ‖: (1 6 2 | 1 3 | 2162 | 1 0) :‖
贼 一 把 抓。
做抓状）

**曹　操**　列位大人。

**众朝官**　丞相。

**曹　操**　老夫奸在何处？（摊双掌）

**众朝官**　我家丞相奸在何处？（摊双掌）

〔张辽“下场门”暗上，站曹操左侧。

**祢　衡**　列位呀！（走至正场，面外）

〔西皮散板〕

【散板凤点头】（过门同前） 1 3 2 2 2 1 6 1 3 2 61 2
狗 奸 贼 出 此 言 故 意 问 道，
（左手插腰，右手掌心朝上指“大边”）

(7 6· 1 2) 2 1 3 1 3 21 6 6 1 1
（仓） 尊 一 声 列 公 侯 细 听
（做“罗圈揖”）

3 2 6 1 (7 6 2 1) 3 1 6 2 6 2326 6 2
根 苗： （仓） 他 自 幼 儿 举 孝
（左手插腰，右手掌心朝上指“大边”，翻掌成按

1 3 2 2 1 2 (7 6· 1 2) 3 2 1 1
廉 官 卑 职 小， （仓） 他 本 是
掌） （上步，右手插腰，左手掌

6 1 1 2 6 1 1 1 2 1 (7 6 2 1) 6 1
夏 侯 子 过 继 姓 曹。 （仓） 到
心朝上指“大边”，翻掌成按掌）众朝官夹白：“言重了！”

1 3 2 2 3 2 1 6 1 1 2 2 (7 6· 1 2) 1 3 2 1
如 今 做 高 官 忘 了 宗 祧， （仓） 全 不
（上步，左手插腰，按动右掌） （左手插腰，抬右

1 1 3 2 1 6. 1 2 - ˅ 7 6 7 2 5 6 1 - ‖
怕 骂 名 儿 在 万 古 留 标。
（臂齐肩端右掌，右转身，按动右掌，走至“小边”，面向“小边”台口）

**张 辽** （上步至前场“大边”）住了！（祢衡暗指张辽）

〔西皮散板〕

**【快纽丝】**（过门同前） 1 2 3 3 3 2 1 2 3（6 1 2
祢 衡 小 儿 真 可 恼，（仓）

3） 3 2 3 1 2 1 3 2 1 -（7 6 2 1） 3
三 番 两 次 骂 当 朝。（仓） 三
（拱手）

1 2 3 2 2 3 - 2 6 1 2 - |
尺 龙 泉 出 了 （哇）鞘，
（拔剑出鞘，祢衡右手暗指张辽，然后搂髯，傲立，左手指自己头，暗意：“你来杀吧！”）

**众朝官** （拦阻）且慢！

**【大锣凤点头】**（过门同前） 3 2 3 2 1 2 3 2 1 6 1 ‖**【大锣住头】**
将 军 息 怒 将 他 饶。

**曹 操** 张将军。
**张 辽** （面向曹操，躬身）丞相。
**曹 操** 将宝剑入鞘。
**张 辽** （宝剑入鞘，左转身拂袖）哼，便宜了你呀！（右转身，欲归原位）
**祢 衡** 走过来！
**张 辽** （右转身，面外，上步）做什么？
**祢 衡** 啊，（做“罗圈揖”）列位，待我表表他的历史呀！他叫张辽，乃是吕布帐下的一名偏将（呃）。只因白门楼吕布势败，他又归顺了曹操。似这样忘恩负义，贪生怕死，可称是三姓的家奴，狐假虎威，狗仗人势，真真是无（哇）耻的东西！
**曹 操** （对张辽）请到后帐。（张辽“下场门”下，祢衡归正场。曹操对祢衡）祢衡，老夫有书信一封，命你去往荆州，顺说刘表来降，保你官职不小。
**祢 衡** 住了！（右转身，面里指曹操）

〔西皮散板〕

**【快纽丝】**（过门同前） 1 2 3 2 1 1 2（7 6. 1 2）
要 往 荆 州 不 能 够，（仓）
（左转身，面向“小边”台口）

1 1　3　2 16　6 3　2　2 1　1 - 1 ‖
岂与　奸　贼　　做　　马　　　牛。
（出门）

**众朝官**　丞相！

【凤点头】（过门同前）6 1　1　3　2　1 2　2　2（7　6　2
丞　　相　　暂　　息　　雷　　霆　怒，　（仓）
（祢衡归"下场门"台口，面里；四朝官出门归"小边"，朝官甲出列）

1）1　2　1　2　1　2 6　1 ‖【住头】
顺　说　祢　衡　往　荆　　州。

**曹　操**　有劳列位大人。
**朝官甲**　啊，祢先生，（祢衡右转身，听朝官讲话）我家丞相有书信一封，命你去往荆州，顺说刘表来降。你若不去将你斩首，家中遗下妻儿老小，倚靠何人？
**众朝官**　你要再思呀，再想！（大　大　大　大　乙大　大　仓 0）
**祢　衡**　（跨右腿上步，端右掌，心有所动）噢！

〔西皮二六〕
【大锣夺头】仓多罗. 6 2 | 2/4 1　6 2 | 1 6　1 2 | 5 6　1 |
（右手捋髯，归正场，四朝官分站两边成"八字"）

0　4 | 3 4　3 2 | 5 i　3 2 | 1 5　6 i |

5 6　4 3 | 2 3　5 6 | 1多罗.　6 2 | 1 2　2 12 |
0　0 | 0　0 | 0　0 | 1 2　2 0 |
列
（向四朝官拱手，四

3 3　2161 | 2 1　3 1 | 5 3　6 5 | 3 6　5 36 |
3. 3　2 0 | 0　3 1 | 5 3　6 0 | 3 1　5 0 |
公（呃）　大　人　齐（呀）来
朝官还礼）

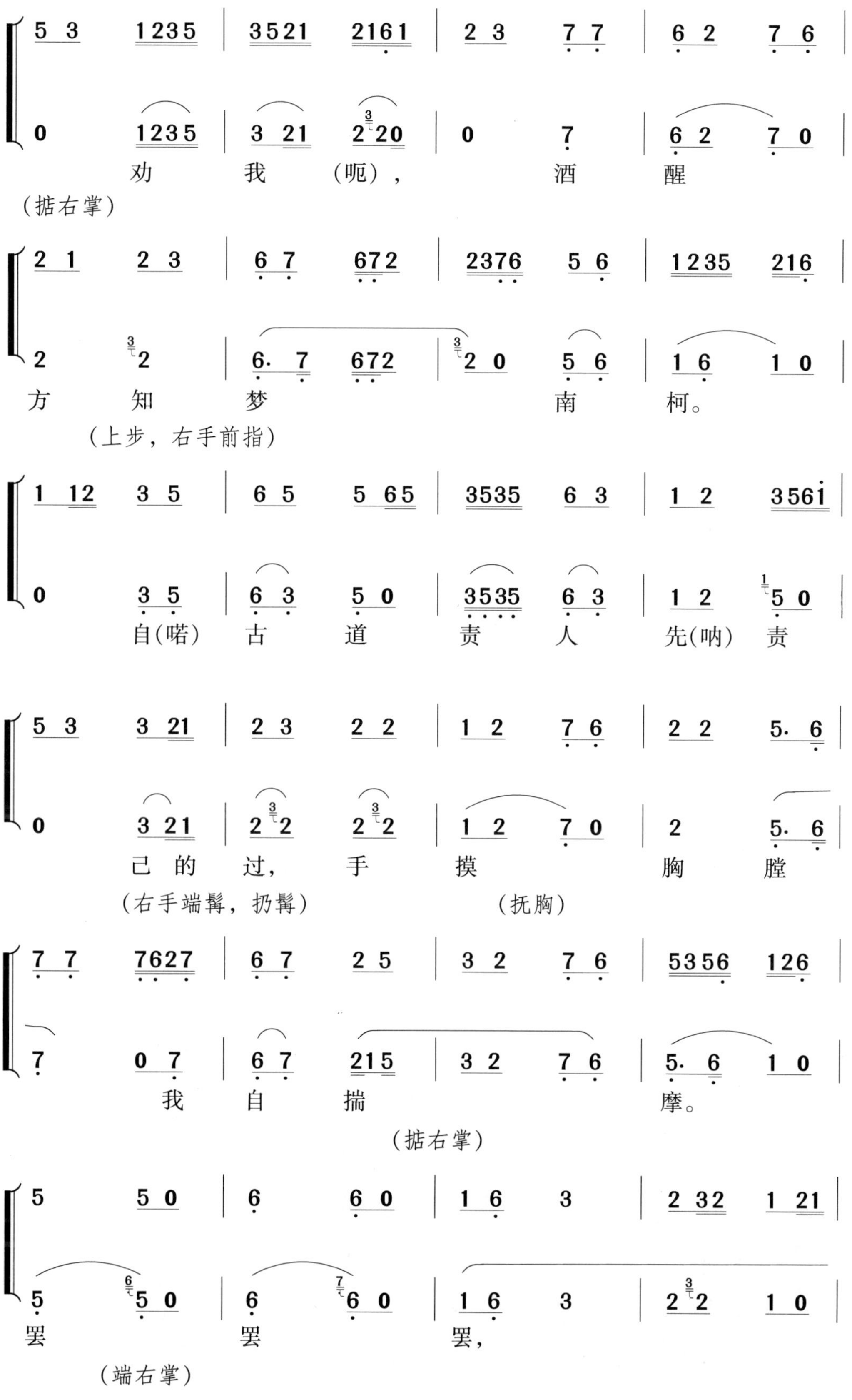
劝 我 (呃)， 酒 醒
(掂右掌)
方 知 梦 南 柯。
(上步，右手前指)
自(喏) 古 道 责 人 先(呐) 责
己 的 过， 手 摸 胸 膛
(右手端髯，扔髯) (抚胸)
我 自 揣 摩。
(掂右掌)
罢 罢 罢，
(端右掌)

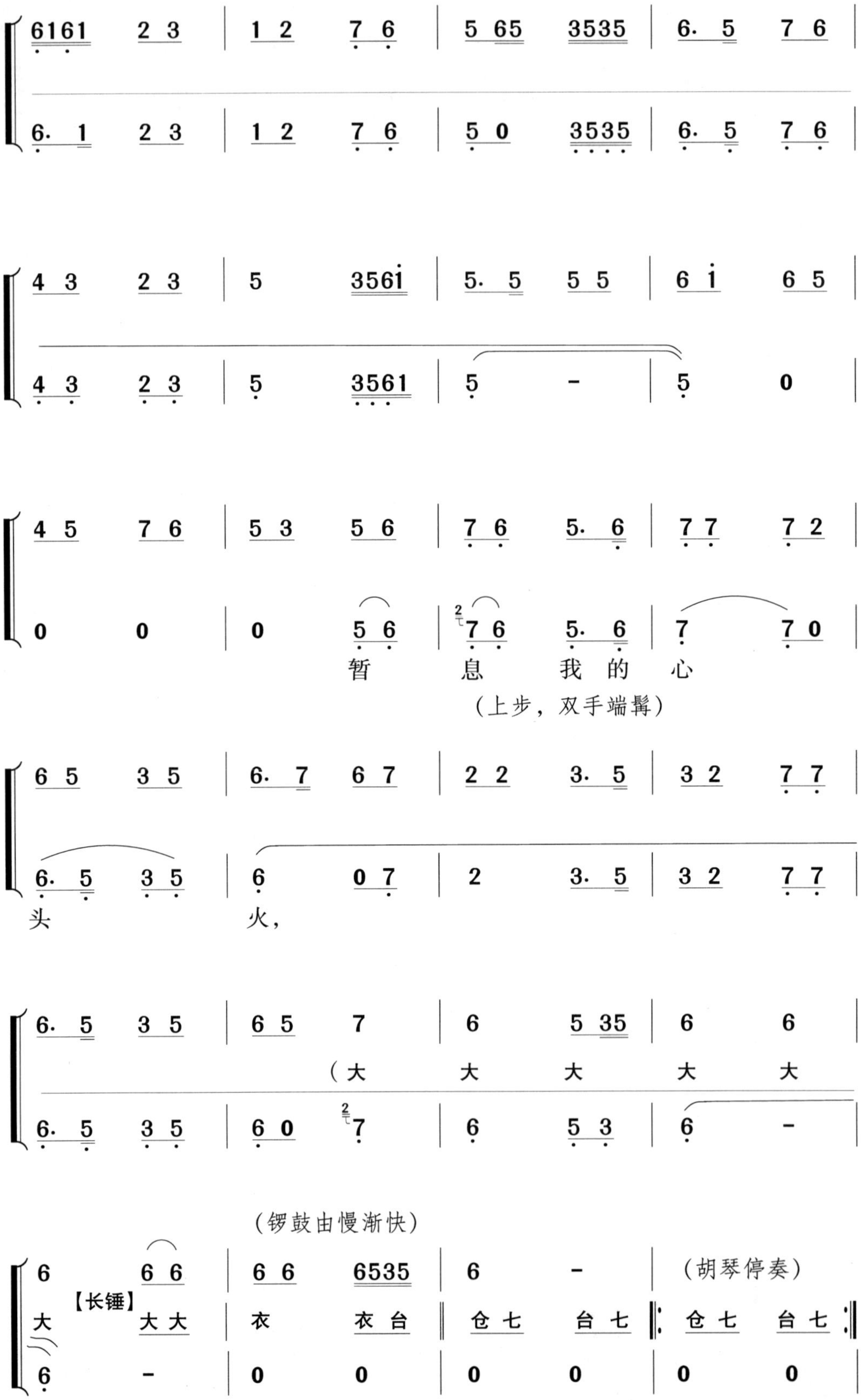
暂 息 我 的 心
(上步，双手端髯)
头 火，
(大 大 大 大 大
(锣鼓由慢渐快)
【长锤】
大 大大 衣 衣 台 仓 七 台 七 仓 七 台 七
(胡琴停奏)

## 击鼓骂曹

〔【慢长锤轻打】祢衡右手抄大带欲出门，又有些不甘心，左转身面里，双手端带欲与曹操理论，众朝官拦阻。

**众朝官** 忍耐了吧！

**祢　衡** 唉！

〔祢衡后退两步，右转身，右手扔大带，出门，"上场门"下。（后台改装）

**曹　操** 列位大人，那祢衡道老夫奸，老夫奸在何处？（摊双掌）

**众朝官** 丞相乃是大大的忠臣！（左手捏袖，右手赞美式）

**曹　操** 老夫乃是大大的忠臣。（左手捏袖，右手赞美式）

**众朝官** 忠臣！

**曹　操** 哼哼，哼哼，啊哈哈哈……

〔【慢长锤】渐快、渐强转【快长锤】祢衡穿黑褶子，戴高方巾，"上场门"上至"小边"台口，抖右袖，提袖。

〔西皮快板〕

**祢　衡** （过门同前）

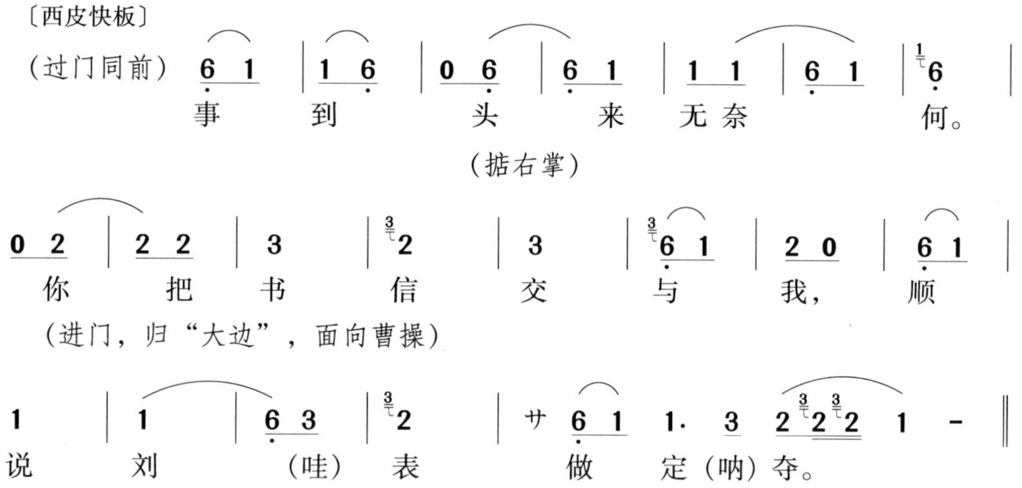


〔西皮摇板〕

**曹　操** 【闪锤】（过门同前）

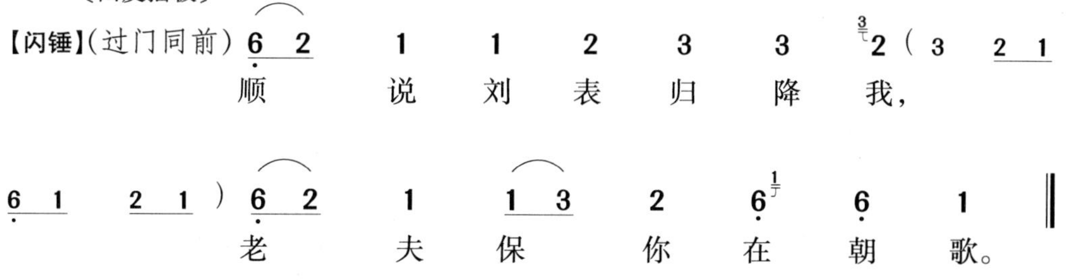


〔曹操将书信交给祢衡。

〔西皮摇板〕

**祢　衡** 【闪锤】（过门同前）

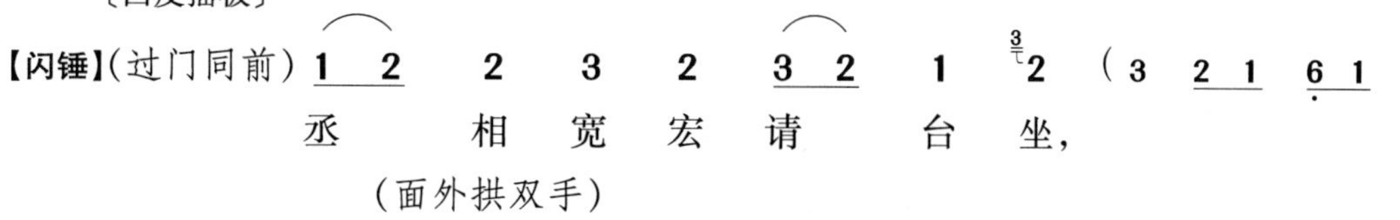

2 1 6 5 5 5 ) 3 2 1 6 1 1 - - 2 0 0 2 3 2
披 星 戴 月 奔 江
（掂右掌）

1 ( 3 5 2 1 6 2 1 1 ) 1 2 1. 2 3 2 0 ( 2
河。 顺 说 刘 （哇） 表

2 6. 1 2 ) 2 - - - 2 3 5 2 2 1 2 -
若 不 （哇） 妥，
（按动右掌）

〔【快长锤】祢衡上步，右转身向曹操施礼，左转身出门，向“下场门”走。四朝官送出。锣鼓切住。

〔亮弦〕

( 4 3. 1 2 - )

**众朝官** 早去早回。

〔祢衡摇头叹气，轻抖右袖，提袖，右转身面向台口。

〔摇板〕

**祢 衡** 【闪锤】(过门同前) 3 2 2 1 1 2 - - 2 0 ( 7 6
我 愿 死 在 他 乡

6. 1 2 - ) 6 2 2 2 7. 6 5 3 5 - -
作 鬼 魔。

6 1 6 7 6 1 6. 1 2 2 2 1 - -

〔（**大 大 大 大 乙大 大 仓 0**）祢衡撤左脚，抖右袖，折右袖，躬身，拱手，左转身“下场门”下。

**众朝官** 我等告退。

**曹 操** 有劳列位大人！

〔唢呐吹奏曲牌<尾声·合头>众分下。大幕落。

—— 剧 终

# 附 录

### <渔阳三挝>打法念法参考谱（林金培先生口述）

（打鼓边）　　　　　　　　　　　　　　　　（左右手先后击鼓）

八 0 | 八 0 | 八 八 0 | 卜 冬. 0 |

（左右手先后轮击加快）

卜 冬. 0 | 卜 冬. 0 | 冬 – | 冬 – |

慢起渐加速

冬 冬 | 冬 卜 冬. | 冬 冬 | 冬 卜 冬. |

冬 冬 | 冬 卜 冬. | 冬 冬 | 冬 卜 冬. |

（左右手先后慢击）

冬 冬 | 冬 卜 冬. | 冬 卜 | 龙 冬 |

以下每一个此乐句都比上一个加快

冬 卜 | 龙 冬 | 冬 卜 | 龙 冬 |

冬 卜 | 龙 冬 | 冬 冬 | 嘟 龙 冬 |

龙 冬 一 个 | 冬 冬 | 冬 卜 | 龙 冬 |

冬 卜 | 龙 冬 | 冬 卜 | 龙 冬 |

冬 冬 | 嘟 龙 冬 | 龙 冬 一 个 | 冬 冬 |

冬 卜 | 龙 冬 | 冬 卜 | 龙 冬 |

冬 卜 | 龙 冬 | 冬 冬 | 嘟 龙冬 |

龙冬 一个 | 冬 冬 | 冬 卜 | 龙 冬 |

冬 卜 | 龙 冬 | 冬 卜 | 龙 冬 |

嘟 龙冬 | 龙冬 一个 | 冬 冬 | 冬 卜 |

龙 冬 | 冬 卜 | 龙 冬 | 冬 卜 |

龙 冬 | 嘟 龙冬 | 龙冬 一个 | 冬 冬 |

加速

嘟龙 0 | 嘟龙 0 | 嘟龙 0 | 冬卜 龙冬 |

过渡到

冬卜 龙冬 | 冬卜 龙冬 | 冬卜龙冬 冬卜龙冬 | 冬卜龙冬 冬卜龙冬 |

过渡到 左手保持

冬卜龙冬 冬卜龙冬 | 嘟 - | 嘟 - | 嘟 - |

撕边节奏击鼓右手按下谱 得彩即收 渐慢

冬冬 龙冬龙冬 | 冬冬 龙冬龙冬 | 冬冬 龙冬龙冬 | 嘟 - |

过渡到… 慢

嘟 - | 嘟 - | 冬卜龙冬 冬卜龙冬 | 冬卜龙冬 冬卜龙冬 |

冬卜. 龙 冬 | 冬卜. 龙 冬 | 冬卜. 龙 冬 | 冬 卜 |

## 击鼓骂曹

龙 冬 | 冬 卜 | 龙 冬 | 冬 冬 |

冬 冬 | 冬 冬 | 冬 0 | 卜 冬. 0 | 嘟 - |

嘟 - | 嘟 - | 嘟 - | 冬 冬 | 冬 冬 |

0 0 | 卜 冬. 0 | 八 0 | 八 0 | 八 八 0 ‖

### 胡琴奏曲牌<夜深沉>（奏法、读法参考谱）

| 0 5 | i 6. 5 | 6 7 6 5 |

（击鼓帮）（仓）

卜七龙 冬……八 | 0 0 | 冬 龙. 卜 | 冬 0 嘟 |

3 2 3 5 | 6 i 5 6 | i 7 6 5 | 3 0 2 |

龙 冬 0 的 | 冬 0 | 冬 龙. 卜 | 冬 0 嘟 |

3 2 3 5 | 6 i 5 6 | i. i | 3. 2 |

龙 冬 0 的 | 冬 0 | 冬 冬. | 冬 冬. |

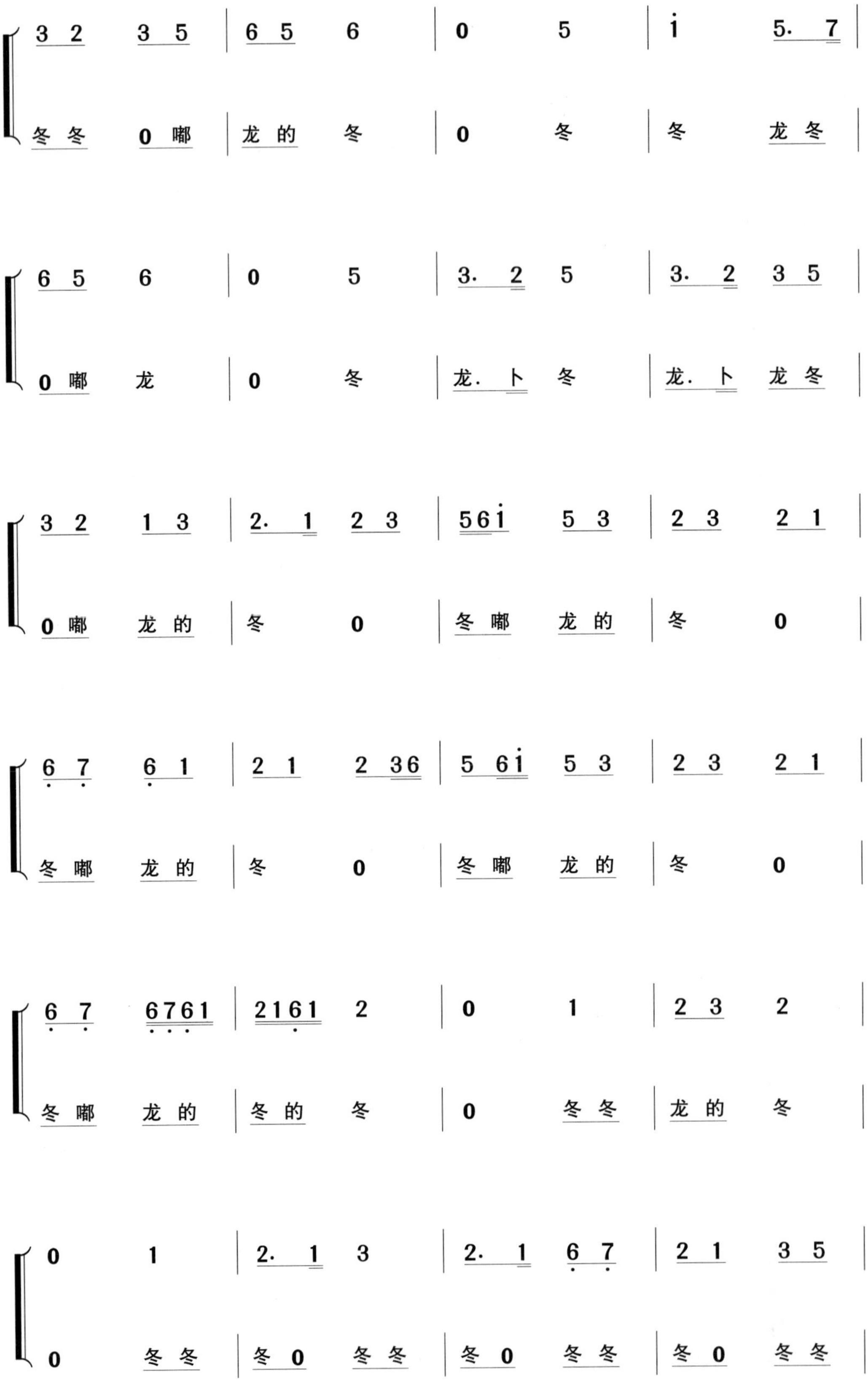
冬冬 0嘟 | 龙的 冬 | 0 冬 | 冬 龙冬
0嘟 龙 | 0 冬 | 龙.卜 冬 | 龙.卜 龙冬
0嘟 龙的 | 冬 0 | 冬嘟 龙的 | 冬 0
冬嘟 龙的 | 冬 0 | 冬嘟 龙的 | 冬 0
冬嘟 龙的 | 冬的 冬 | 0 冬冬 | 龙的 冬
0 冬冬 | 冬0 冬冬 | 冬0 冬冬 | 冬0 冬冬

## 击鼓骂曹

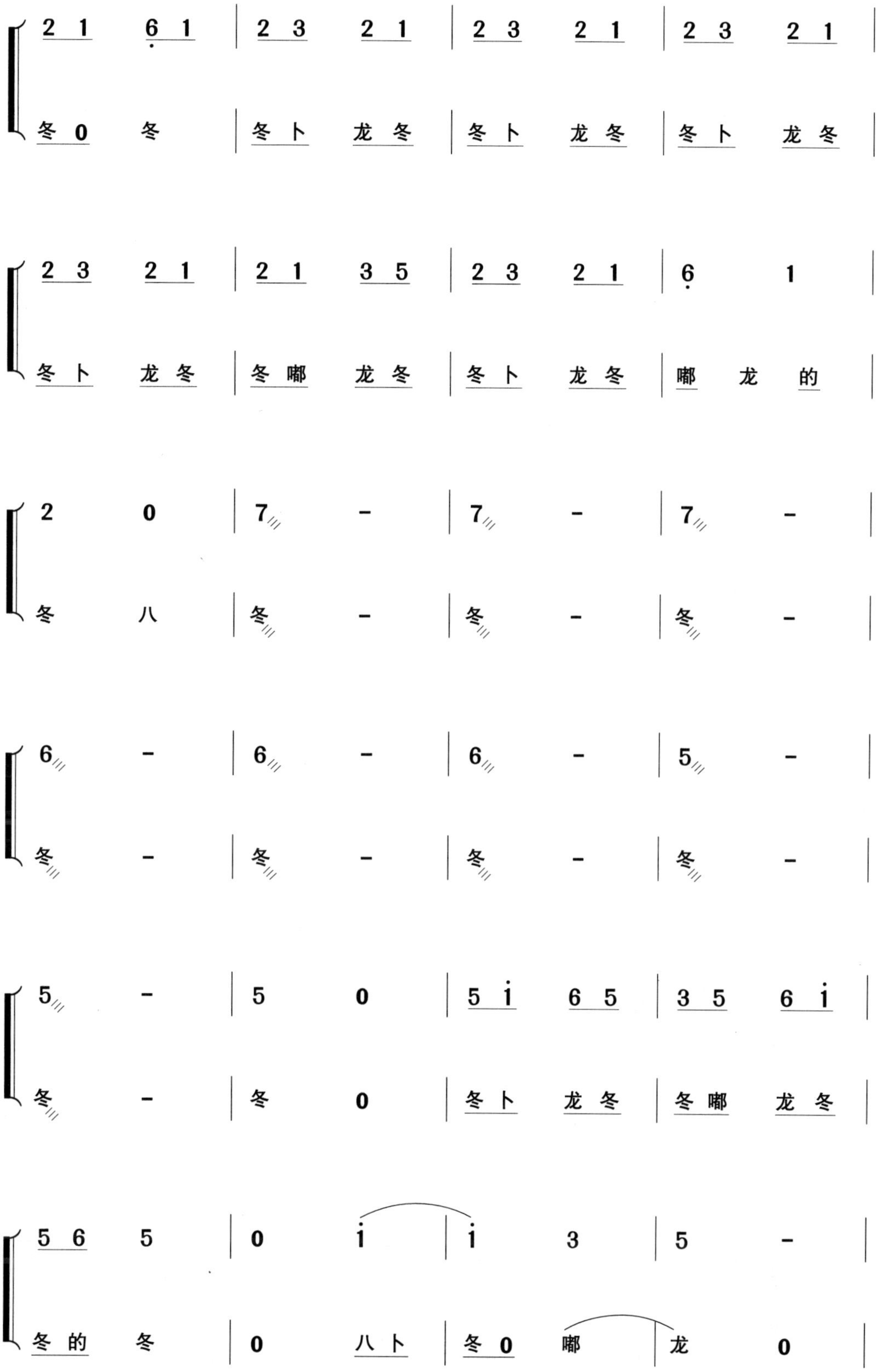
冬 0 冬 冬 卜 龙 冬 冬 卜 龙 冬 冬 卜 龙 冬
冬 卜 龙 冬 冬 嘟 龙 冬 冬 卜 龙 冬 嘟 龙 的
冬 八 冬 - 冬 - 冬 -
冬 - 冬 - 冬 - 冬 -
冬 - 冬 0 冬 卜 龙 冬 冬 嘟 龙 冬
冬 的 冬 0 八 卜 冬 0 嘟 龙 0

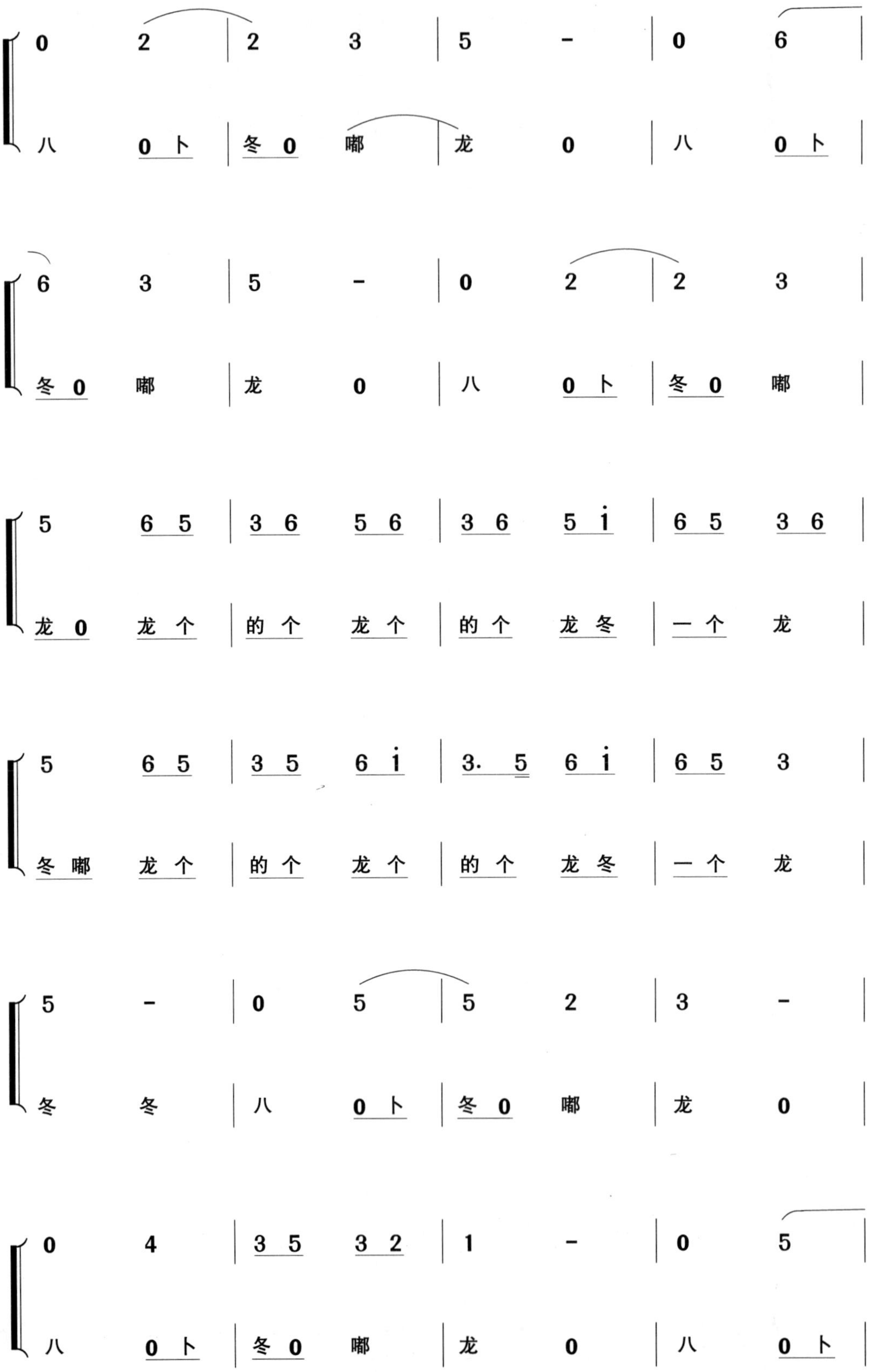
八 0卜 冬0 嘟 龙 0 八 0卜
冬0 嘟 龙 0 八 0卜 冬0 嘟
龙0 龙个 的个 龙个 的个 龙冬 一个 龙
冬嘟 龙个 的个 龙个 的个 龙冬 一个 龙
冬 冬 八 0卜 冬0 嘟 龙 0
八 0卜 冬0 嘟 龙 0 八 0卜

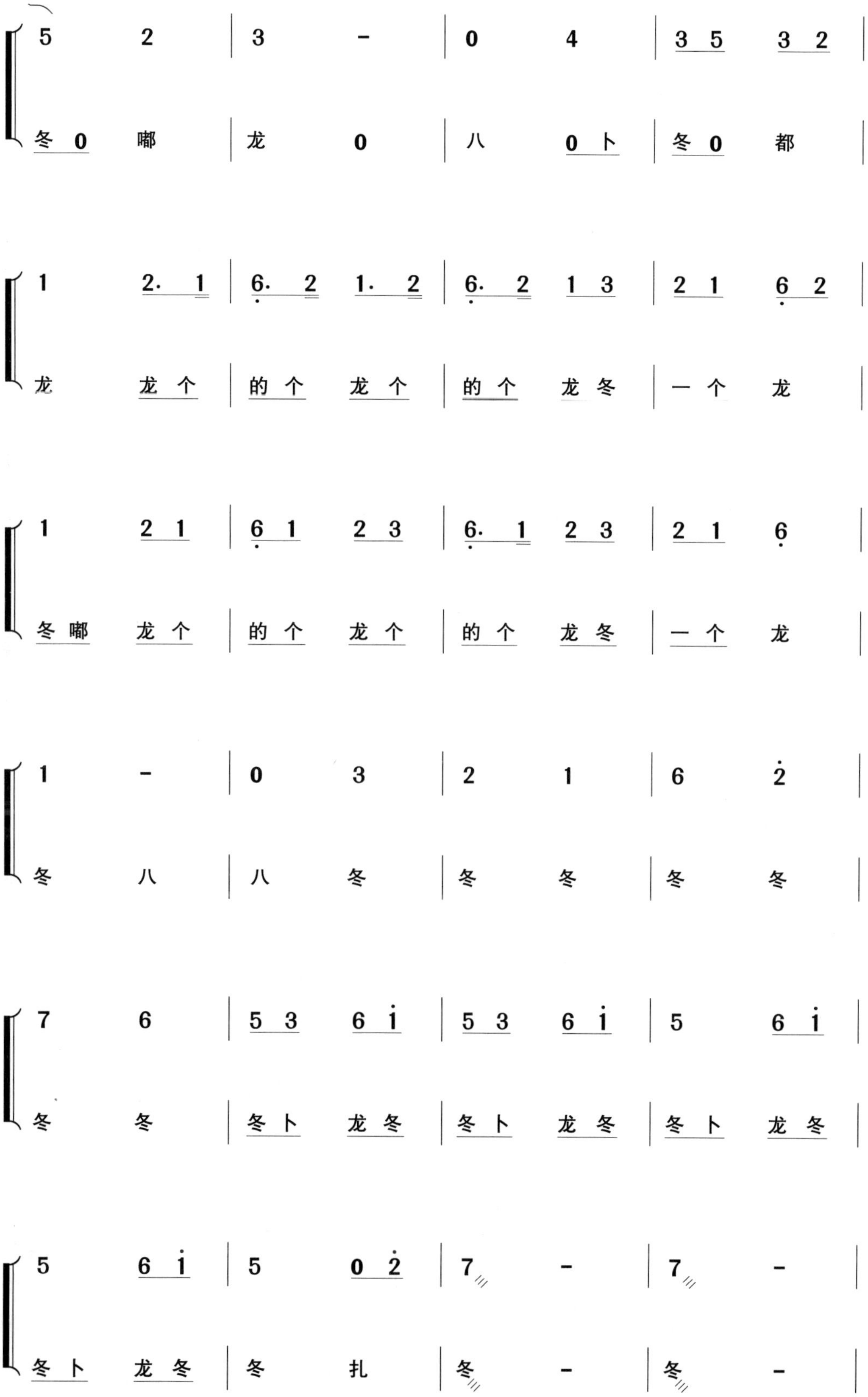
冬 0 嘟 龙 0 八 0 卜 冬 0 都
龙 龙个 的个 龙个 的个 龙冬 一个 龙
冬嘟 龙个 的个 龙个 的个 龙冬 一个 龙
冬 八 八 冬 冬 冬 冬 冬
冬 冬 冬卜 龙冬 冬卜 龙冬 冬卜 龙冬
冬卜 龙冬 冬 扎 冬 - 冬 -

冬 - 冬 - 冬 - 冬 -
冬 - 冬 - 冬 0 冬卜 龙冬
(乙 大 衣
冬卜 龙冬 冬卜 龙冬 龙 冬 0 冬 0 0
仓 仓 仓 大 顷 仓)
龙 0 龙 0 龙 冬 龙个 冬 0 0

万凤姝　万如泉　整理

# 失街亭·空城计·斩马谡

杨宝森演出本

京剧《失街亭》、《空城计》、《斩马谡》（以下简称《失 · 空 · 斩》），取材于《三国演义》第九十五、九十六回。街亭失守、处置马谡等情节大致与史实相符，而诸葛亮使用空城之计吓退司马懿故事则纯属杜撰。此剧表现的是魏、蜀之战，曹操起用司马懿为帅，诸葛亮闻知魏兵已至祁山，街亭正当其冲，料其定来夺取，拟派能将防守。马谡请令前往，并立下军令状。诸葛亮叮嘱再三，要他“靠山近水安营扎寨”，并命王平同往相助。马谡刚愎自用，不听王平谏言，违军令扎营在山顶。结果被魏将张郃击败，致使街亭失守，魏兵乃乘胜直取西城。面对兵将尽皆派遣在外，西城空虚的景况，诸葛亮用空城计，令老军大开城门佯作打扫街道，自己则故作稳坐城楼饮酒抚琴之态。司马懿大兵到此，见状生疑，不敢贸然进城，于是率军暂退。待探实西城是空城再来攻城时，被诸葛亮火速调回的赵云兵马惊退。马谡贻误战机，失守街亭，与王平回营请罪。诸葛亮为了严明军纪，虽惜马谡之才，最终还是挥泪斩之。诸葛亮自责用人不当，上表自贬。

《失 · 空 · 斩》是京剧老生的重头戏，其他兄弟剧种如川剧、秦腔、滇剧、徽剧、同州梆子、汉剧、河北梆子等剧种均有此剧目。就京剧而言，一代宗师谭鑫培，对原来京剧的老本《失 · 空 · 斩》从内容到表演都进行了改编，如将诸葛亮的头次上场锣鼓【四击头】亮相改为【一锤锣】上场，这对于烘托诸葛亮这位军事家的风度、稳重沉着的性格，起到了深化作用。老本第十场原有十二句原板，与马谡交代军务的唱腔板式大同小异，让人感到冗长重复，谭鑫培将其删掉，只念两句对儿：“兵扎祁山地，要擒司马懿。”这样一来，剧情紧凑了，主题鲜明了。再有老本没有赵云这个人物，而有杨仪。与谭氏同时的名角汪笑侬的演出本有蒋琬、魏延，同样也没有赵云。谭本取消了不必要的人物，增添了赵云，在司马懿再次攻城时赵云的出现成为一支威摄力量，吓退了司马懿。还有诸葛亮见王平、马谡怒气填胸、眼含杀机的神色，迎请赵云亲自敬酒、笑容可掬的表情，以及赵云欲想替马谡求情，诸葛亮挥扇的冷峻眼神，这些精彩之处都是谭本的创造。

杨宝森所演的《失 · 空 · 斩》，承继了谭派艺术精髓，经过多年不断地研究、加工，又有了新的创造和提高，使之成为风格独具的杨派代表剧目。

1924 年 5 月，杨宝森首次赴上海，在更新舞台演出全部《失 · 空 · 斩》。梅花馆主观后评论说：“扮相极似小余（指谭派传人余叔岩）”，“唱音苍老圆润，使腔运调全宗英秀（谭鑫培）”，“自始至终毫无声嘶力竭之苦，做派老到，手脚干净无疵”。那时的杨宝森才十五岁，就显露出自己的才华和学谭的功力。

杨宝森在悉心研究谭（鑫培）、余（叔岩）唱腔基础上，按照个人特具的厚而不浊、宽而不左，略带苍凉沙音的嗓子条件，另辟新径，苦下功夫，终成一家。有人云：“听杨有谭韵，品腔酷似余，玩味有奥秘。”杨派行腔之妙在细微之处独具匠心，尤其〔摇板〕、〔散板〕确有特色。如《斩马谡》中诸葛亮见王平时的唱腔，杨与谭、余就各有风韵，一个“恨”字，谭派用嘎调，而杨派运低腔。腔虽走低，但它具有丰富的内涵，在深沉低唱中蕴藏着一种军事家所特有的威慑力量。又如“斩谡”之后的哭腔，余派“啊”字的落音自高而低，先重后轻，先实后虚，像是人物吐出的沉重的叹息。杨派的“啊”字的落音像是声音凝咽。还有“常”后面的行腔，余派用的是擞音，听起来凄婉、悲凉，而杨派“常”后面的拖腔痛切沉重，让人伤感。

一个好演员，唱“散板不散”（不松散），“摇板不摇”（有尺寸），是很见功夫的。杨宝森行腔细腻、流畅，有声有情，具有浓郁的韵味，就像陈封的老酒，浓香醇厚，愈品味愈浓，真是一种享受。

万凤姝

## 人物行当

| | | | |
|---|---|---|---|
| 赵　云 | 老生 | 蜀报子 | 杂 |
| 马　岱 | 武生 | 二琴童 | 生或旦（老戏班习惯） |
| 王　平 | 老生 | 四白龙套 | 杂 |
| 马　谡 | 净 | 司马师 | 净 |
| 四蜀兵 | 杂 | 司马昭 | 小生 |
| 四红龙套 | 杂 | 司马懿 | 净 |
| 诸葛亮 | 老生 | 张　郃 | 净 |
| 二刀斧手 | 杂 | 四魏兵 | 杂 |
| 二老军 | 丑 | 魏探子 | 杂 |
| 旗　牌 | 生 | | |

## 服装扮相

**赵　云**　俊扮。白夫子盔、白三，白硬靠、苫肩，红彩裤，厚底靴。（末场换白开氅、黄绸条）

**马　岱**　俊扮。银荷叶盔、黪三，黄硬靠、苫肩，红彩裤，厚底靴。

**王　平**　俊扮。金荷叶盔、黑三，红硬靠、苫肩，红彩裤，厚底靴。（“斩谡”时甩发、面牌，红龙箭衣、苫肩、大带、下甲）

**马　谡**　勾白三块瓦。绿扎巾、头发黑满，绿硬靠、苫肩，红彩裤，厚底。（“斩谡”时甩发、面牌，绿龙箭衣、苫肩、下甲、大带）

**四蜀兵**　俊扮。马童巾，抱衣裤、绦子、大带，薄底靴。

**四红龙套**　俊扮。红大板巾，红龙套服，红彩裤，薄底靴。

**诸葛亮**　俊扮。八卦巾、黪三，八卦衣、朝珠，青彩裤，厚底靴。

**二刀斧手**　俊扮。上手衣帽，薄底靴。

**二老军**　勾老丑脸。梢子帽、白五嘴（或白四喜），蓝布箭衣、红卒坎、大带，青彩裤，白布袜、皂鞋。

**旗　牌**　俊扮。大板巾、黑三，蓝花箭衣、青马褂、苫肩、大带，红彩裤，厚底靴。

**蜀报子**　丑扮。梢子帽，蓝布箭衣、红卒坎、大带，青彩裤，薄底靴或皂鞋。

**二琴童**　俊扮。孩儿发，青褶子，青彩裤，薄底靴。

**四白龙套**　俊扮。白大板巾，白龙套服，红彩库，薄底靴。

**司马师**　勾白十字门脸。扎巾盔、黑一字，黄硬靠、苫肩，红彩裤，厚底靴。

**司马昭**　俊扮。扎巾盔，绿硬靠、苫肩，红彩裤，厚底靴。

**司马懿**　勾水白脸。金踏镫、白满，白蟒、苫肩、玉带，红彩裤，厚底靴。

**张　郃**　勾紫三块瓦老眉子。扎巾盔、黪满、翎子、狐狸尾，紫硬靠、苫肩、披紫蟒、玉带，红彩裤，厚底靴。

**四魏兵**　俊扮。头巾，穿下手衣裤，薄底靴。

**魏探子**　丑扮。梢子帽，蓝布箭衣、红卒坎、大带，青彩裤，薄底靴。

## 道具

| | | | |
|---|---|---|---|
| **桌　子** | 一张 | **椅　子** | 两把 |
| **酒　具** | 一份 | **笤　帚** | 两把 |
| **羽毛扇** | 一把 | **地理图** | 一份 |
| **报子旗** | 一面 | **瑶　琴** | 一张 |
| **宝　剑** | 两口 | **单　刀** | 四把 |
| **鸭子棍** | 两根 | **马　鞭** | 五根 |
| **单　枪** | 十杆 | **书　信** | 一封 |
| **令　箭** | 四枝 | **手　杻** | 两副 |
| **锁　链** | 两根 | **红、白标帜** | 各一堂 |
| **三军司命大帐** | 一份 | **红桌围椅披** | 一堂 |
| **古　书** | 一本 | **城　片** | 一张（三张桌高台、一椅） |
| **文房四宝** | 一份 | | |

# 第一场

〔场上设“三军司命”大帐，堂桌，桌上令箭盒、文房四宝，“大座”。

〔【大锣原场】【大锣四击头】，赵云“起霸”，从“上场门”上，双手提甲走至“九龙口”，亮左丁步、双手提甲式相。【长尖】三跨腿向前先迈左步斜线行进，顺势上右步垫步，再上左步亮住相。【冲头】，双手放甲，起“云手”亮“山膀”按掌式。随即斜线后退，退至“九龙口”双手拉开“山膀”。（嘟 大大大大 仓）右手整左袖，左手整右袖。（嘟 大大大大 仓）【大锣四击头】双手整冠，右手抛右靠绸，左手抛左靠绸，双手胸前绕动，紧甲，扣腕握拳亮相。【大锣原场】跨抬左腿、左手栽拳；右手向上撑掌一亮即向左转身，变左手提甲、右手“单山膀”式，从“九龙口”经右台口向前台口跑圆场至前台口，变双手提甲；双手向里翻腕，将下甲反搭在臂上，走一小圆场，仍回前台口。【大锣归位】双手拉开“山膀”，亮左提甲右握拳式。

**赵　云**　（念）忆昔当年挂铁衣[①]，（右手指出后变右“山膀”）

〔赵云向左转身归到后台口，面向后台口。

〔【大锣四击头】马岱从“上场门”上，走“起霸”。（动作同前）【大锣归位】

**马　岱**　（念）文韬武略盖世奇。（右赞美指）

〔马岱向左转身，右手单“山膀”，归到后台口，面向后台口，站在赵云左侧。

〔【大锣四击头】，王平从“上场门”上，走“起霸”。（动作同前）【大锣归位】

**王　平**　（念）斩将擒王扶社稷，（拱手）

〔王平右手挑髯，左转身右手拉开“单山膀”，归到后台口，站在赵云右侧。

〔【大锣四击头】马谡从“上场门”上，亮双手提甲式。【长尖】三跨腿迈步斜线前行，到台中垫右步，上左步亮相。双手放甲。（嘟 大大大大 仓）左腿跨抬起、左手栽锤、右手撑掌亮相。（嘟 大大大大 仓）双手向左外方推掌；双腿蹲裆骑马式。【大锣四击头】向左甩髯，双手胸前向里绕动束甲亮相。【大锣原场】左手提甲，向左转身时右手拉开“山膀”。【冲头】疾步走至前台口，双手提甲亮住。小圆场仍归前台口。【大锣归位】双手拉开“山膀”，亮左提甲、右握拳式。

**马　谡**　（念）协力同心（向左甩髯）保华裔。（拱手）

〔【大锣归位】赵云、马岱、王平同时直线退至前台口，向左转身。四人同时拉开“山膀”后，拱手亮住。

**四　将**　俺——【大锣一击】

**赵　云**　赵云。

**马　岱**　马岱。

**王　平**　王平。

**马　谡**　马谡。

---

① 铁衣：指盔甲。

〔【大锣住头】四人左手提甲、右手握拳亮住。

**赵　云**　众位将军请了。（拱手）

**众　将**　请了。（拱手）

**赵　云**　丞相升帐，两厢伺候。

**众　将**　请。（相互拱手）

〔奏唢呐曲牌 <水龙吟> 四人同时整左袖、整右袖、紧甲亮相。赵云、王平从“大边”下，同时马岱、马谡从“小边”下。二红龙套执标从“上场门”走，走至前台口，左右分开“站门”。又二红龙套从“上场门”上，重复以上动作。二蜀兵左手抱刀从“上场门”上，走至前台口，右手拉开“山膀”亮相。左右分开“站门”。从“上场门”再继上二蜀兵，重复以上动作。

〔【一锤锣】诸葛亮右手持扇从“上场门”上，走至“九龙口”，众人喊军威。诸葛亮左右一望，走至前台口，左手抖袖。【大锣归位】

**诸葛亮**　（念引子）羽扇纶巾①，（台台）

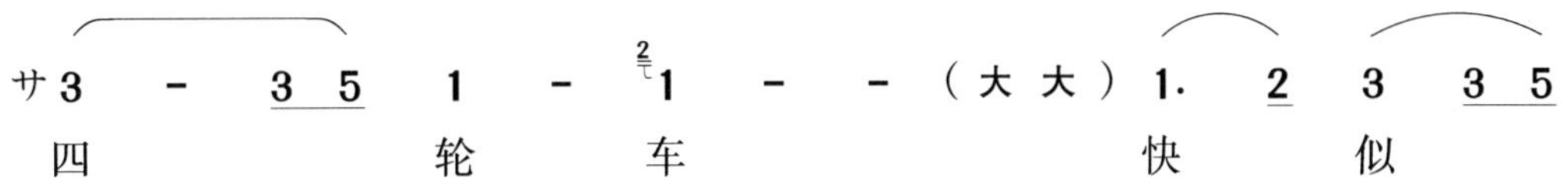


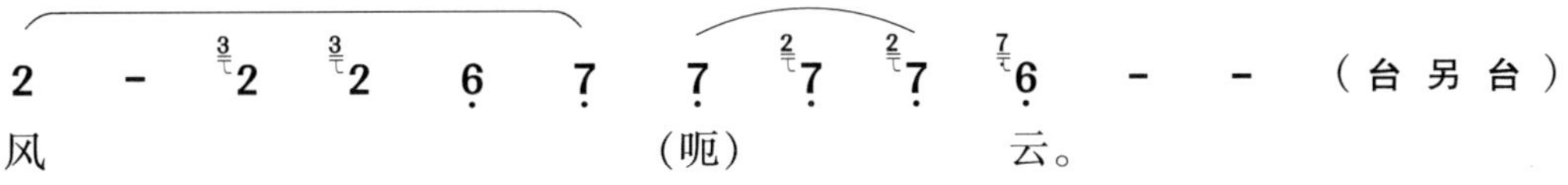


阴阳反掌② 定乾坤，（台大台）

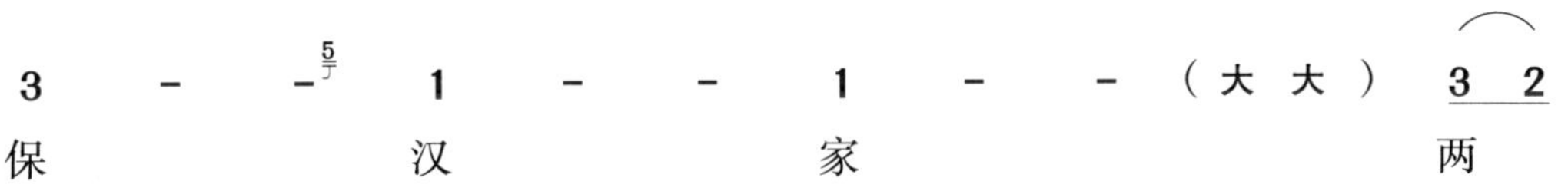


（双手拱请式）

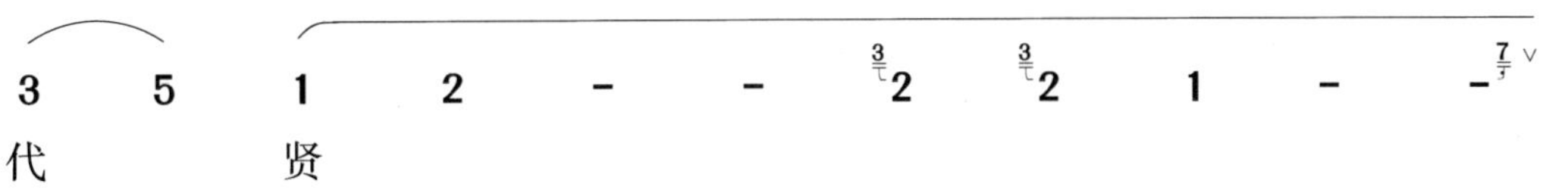


---

① 羽扇纶巾：是用来显示飘逸潇洒、儒雅风流的汉末名士的打扮。除羽扇外，又戴上八卦巾，穿上八卦衣，则是戏曲舞台上诸葛亮的特有的服饰。

② 阴阳反掌：从《三国演义》小说到三国戏曲，对诸葛亮的神化逐步升级，正如鲁迅批评《三国演义》“状诸葛之多智而近妖”（《中国小说史略》）。而到了三国戏中，诸葛亮更成了明阴阳、晓八卦的先知先觉的人物。尤其夸张的是，一生未近道教的诸葛亮，在本剧中竟有“道号卧龙”的自我表白。其实，在《三国演义》中，徐庶向刘备荐诸葛亮时，有“所居之地有一冈，名卧龙冈，因自号为‘卧龙先生’”。《三国志》卷三五中，徐庶对刘备有“诸葛孔明者，卧龙也”的赞辞。而“道号”云云，纯属虚构。

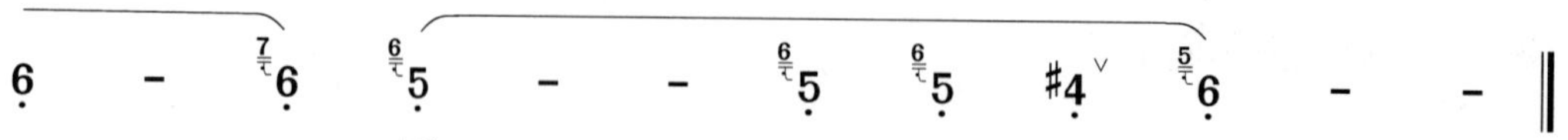

臣。

（右扇稍向外指）

〔【冲头】奏唢呐曲牌＜水龙吟·合头＞。众人喊军威，诸葛亮向左右两厢一看，向右转身，朝“三军司命”军帐走去，向左转身，归“大座”。赵云、王平、马岱、马谡分别从两边双手提甲上场，走至台中，四人面向“三军司命”军帐，归成“横一字”站。

**赵　云**
**马　岱**
**王　平**
**马　谡**　（同）参见丞相。（躬身施礼）

**诸葛亮**　众位将军少礼。

**赵　云**
**马　岱**
**王　平**
**马　谡**　（同）啊。

〔【大锣归位】四将归“八字站”两厢；双手提甲。

**诸葛亮**　（念）忆昔当年在卧龙，
　　万里乾坤掌握中。【小锣二击】
　　扫尽狼烟归汉统，
　　人曰男儿大英雄。

〔【大锣归位】四将同时双手放甲站立。

**诸葛亮**　老夫【撕边一击】复姓诸葛名亮，字孔明，道号卧龙。【大锣住头】先帝白帝城托孤以来，扫荡中原，扭转汉室。闻得司马懿兵发祁山，必然夺取街亭，必须调遣能将来防守，方保无虞。啊，列位将军。

**众　将**　丞相。【大锣一击】

**诸葛亮**　哪位将军愿领一哨人马，镇守街亭，当此重任？（右手持扇外指）

〔【撕边一击】诸葛亮左右观看，无人应声。

〔【撕边一击】马谡面朝外亮顺风旗式，一望。【冲头】马谡看孔明，【大锣叫头】马谡向前一步，举右掌。

**马　谡**　且住。丞相传下将令，并无一人应声（右手摆动），待俺马谡（右手托髯）进帐讨令。【大锣五击】（进帐）启禀丞相，末将不才，愿带一哨人马（右手单指）镇守街亭。【撕边一击】（左手搂髯、右手指出）

**诸葛亮**　哦，马将军愿往？

**马　谡**　当报国恩。

**诸葛亮**　那司马懿虽然年迈，用兵如神，将军你不可轻敌。（右扇略摆两下）

**马　谡**　【大锣叫头】（拱手）丞相！末将跟随先帝（拱手）出兵多年，战无不胜，（摆动右

手）攻无不取，何况那小小街亭。【撕边一击】（左手提甲，右手指出）

**诸葛亮** 街亭虽小（轻轻摇头），干系甚重啊！（看马谡）

**马　谡** 末将此去，若有疏虞，甘当军令施行！（右手做刀砍状）

**诸葛亮** （看马谡）军无戏言。

**马　谡** 愿立军状。（左手向左前方托掌，右手成剑指，指左掌心）

**诸葛亮** 好，（点头）当帐立来！

**马　谡** 遵命！（躬身施礼）

〔【大锣五锤】走向“大边”桌角，提笔。

**马　谡** 马谡呵——

〔奏唢呐曲牌<急三枪>马谡伏案提笔写军令状，写毕落款，再看一看有无遗漏，放笔。

**诸葛亮** 后营听令！

**马　谡** 嗻！

〔【大锣原场】马谡出帐，右手“单山膀”，从“下场门”随众人下。

**诸葛亮** 哪位将军，愿协同马谡镇守街亭，以为副帅，当帐请令。

**王　平** 王平愿往。（躬身拱手）

**诸葛亮** 好。此番到了街亭，必须靠山近水，安营扎寨。安营之后，将山势营盘，画一图形，速报我知，不得有误！（将令箭交王平，王平接令）

**王　平** 得令！

〔【大锣长尖】王平出帐，左手搂髯，看右手令箭若有所思。【冲头】从“下场门”下。

**诸葛亮** 赵老将军听令！

**赵　云** 在。【大锣一击】（躬身施礼）

**诸葛亮** 带领三千人马，镇守列柳城。（以左手拿扇，右手拿令箭向外指出）

**赵　云** （向前接令）得令！

〔【大锣五击】赵云出帐，从“下场门”下。

**诸葛亮** 马岱听令！

**马　岱** 在。【大锣一击】（躬身施礼）

**诸葛亮** 解押粮草，军中听用，不得有误！（将令箭递交马岱）

**马　岱** （向前接令）得令！

〔【冲头】马岱出帐，举令箭从“下场门”下。

**诸葛亮** 马谡进帐。

**众　人** 马谡进帐。

〔【大锣长尖】马谡从“下场门”上，进帐后，站立“大边”向诸葛亮施礼。

**马　谡** 末将正在后帐披挂，丞相（拱手）有何密令？

**诸葛亮** 今逢大敌，非比寻常，（右扇略摆动）我有一言，将军听了。（用扇指马谡）

〔【慢长锤】马谡躬身点头，诸葛亮示意让马谡坐下，马谡施礼，坐在“大边跨椅”上。

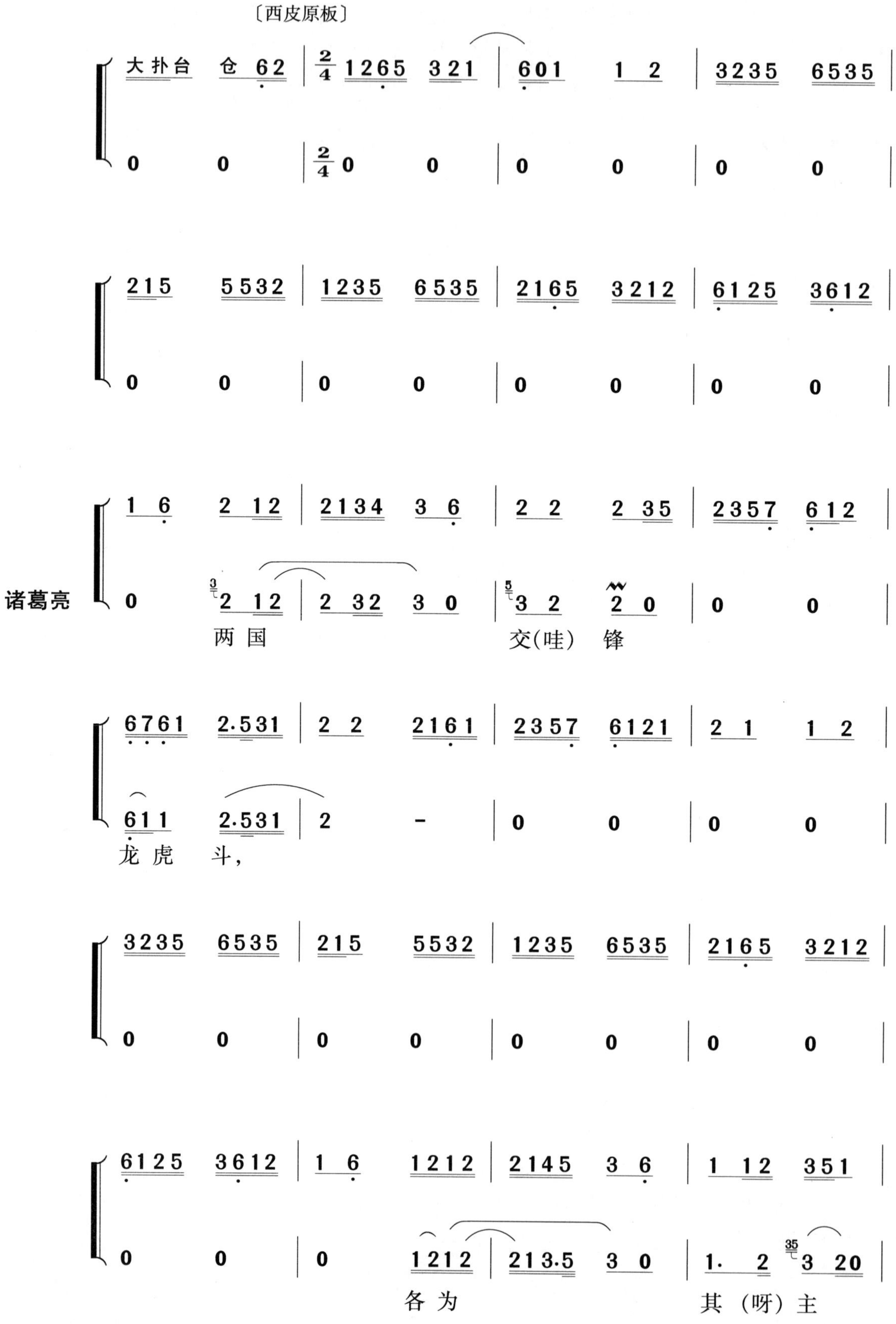
〔西皮原板〕
大扑台 仓
诸葛亮
两国 交(哇) 锋
龙虎 斗，
各为 其（呀）主

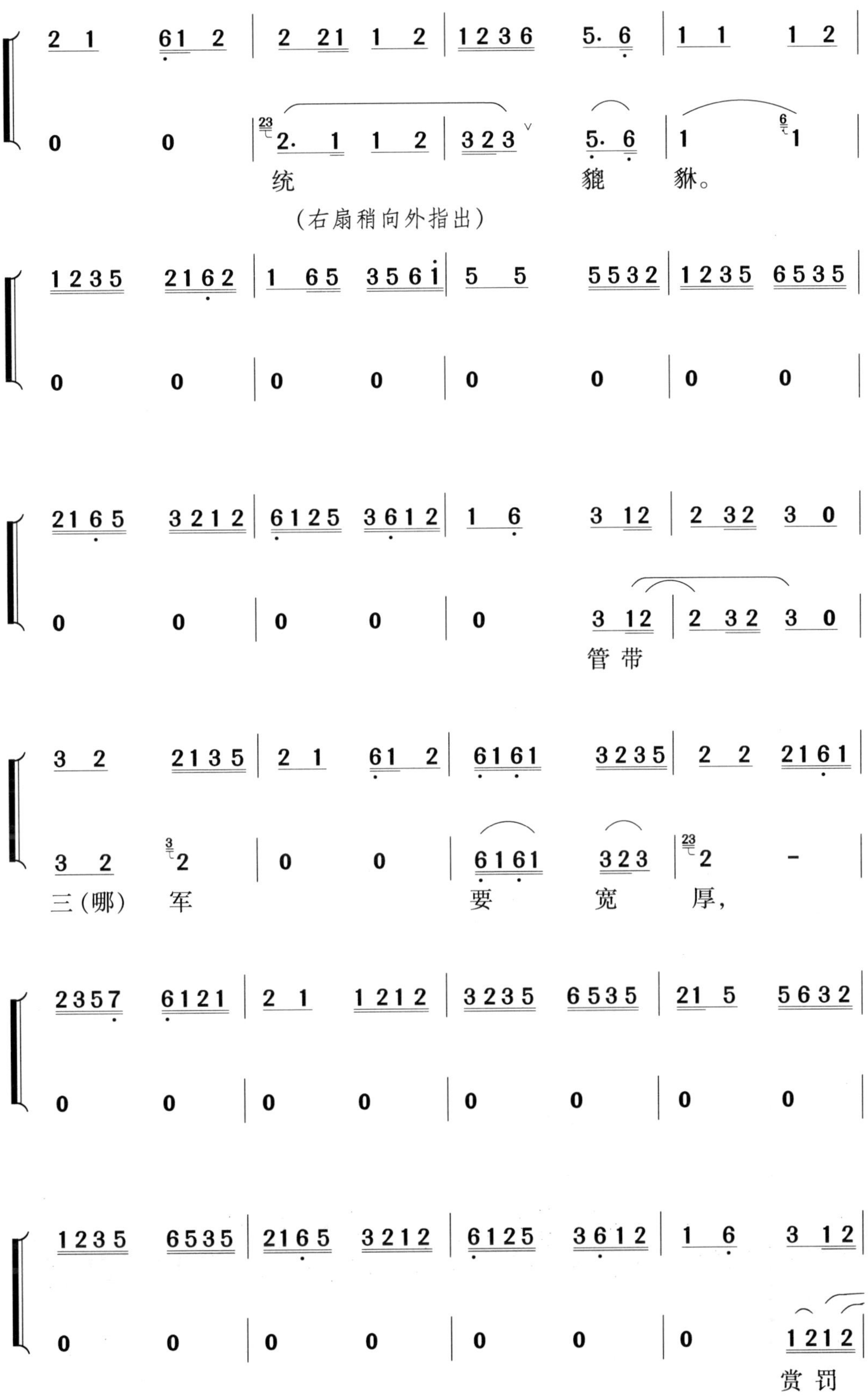
统 貔 貅。
（右扇稍向外指出）
管 带
三（哪） 军 要 宽 厚，
赏 罚

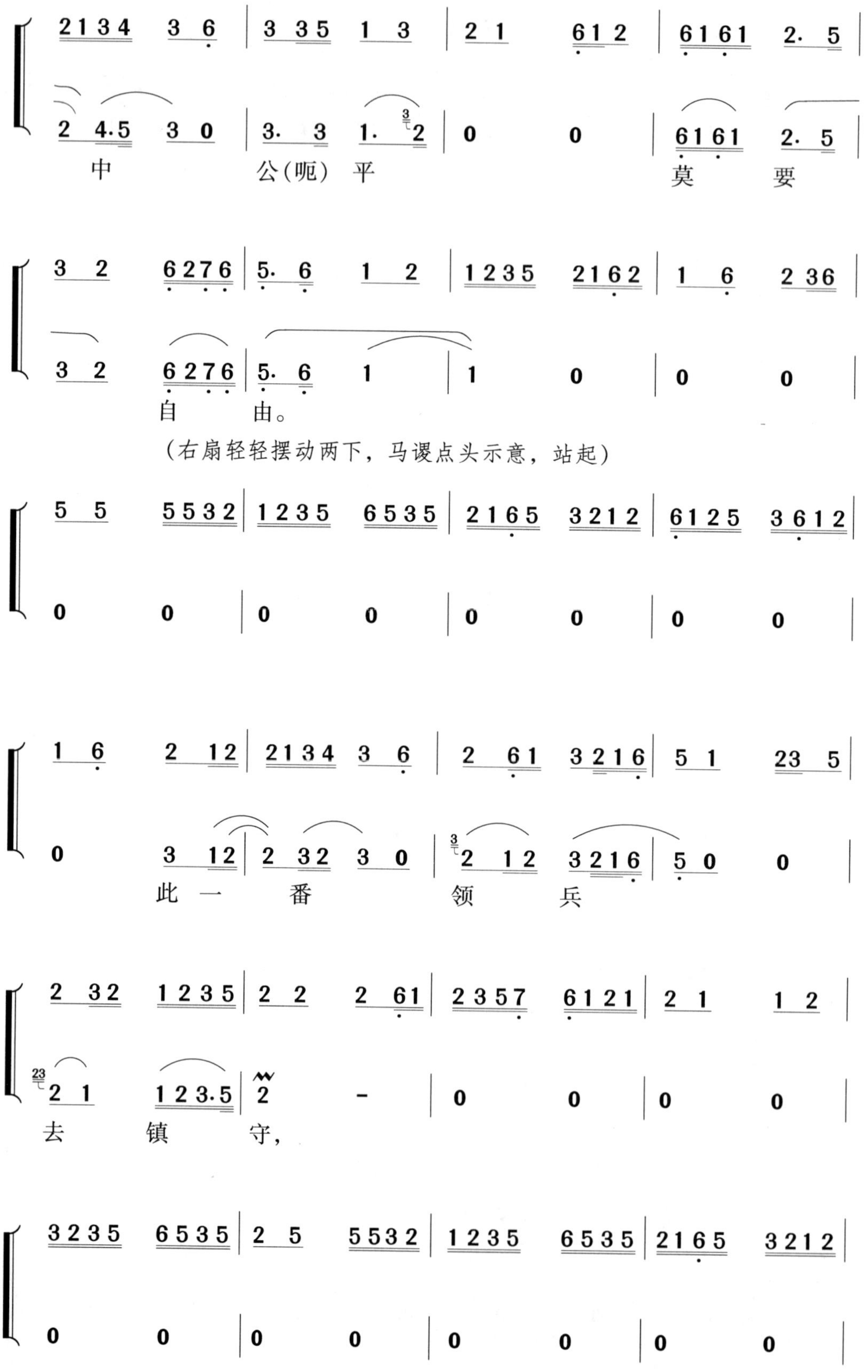
中 公(呃) 平 莫 要
自 由。
(右扇轻轻摆动两下，马谡点头示意，站起)
此 一 番 领 兵
去 镇 守，

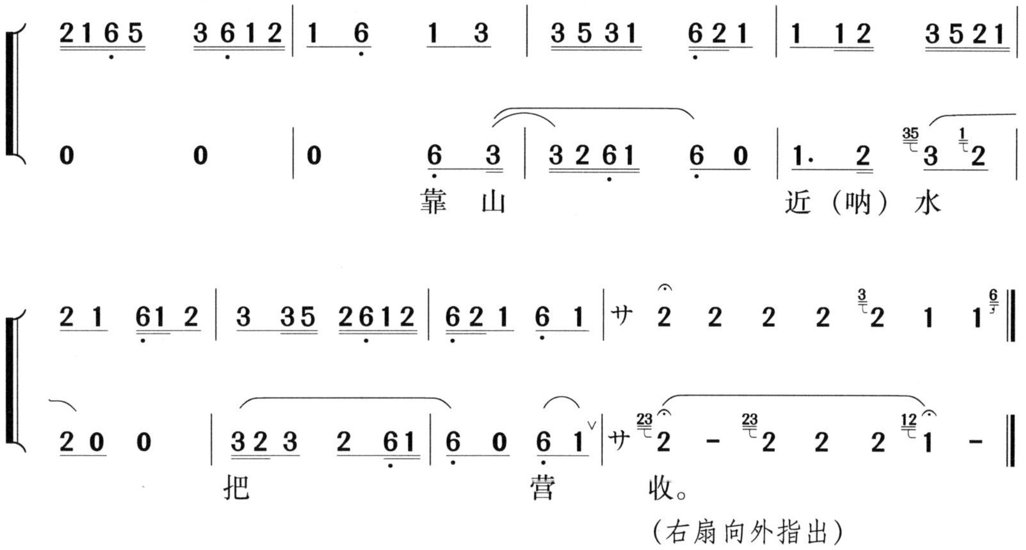


马　谡　丞相。（拱手）

〔【闪锤】双手拉开“山膀”后，亮右握拳、左提甲式。

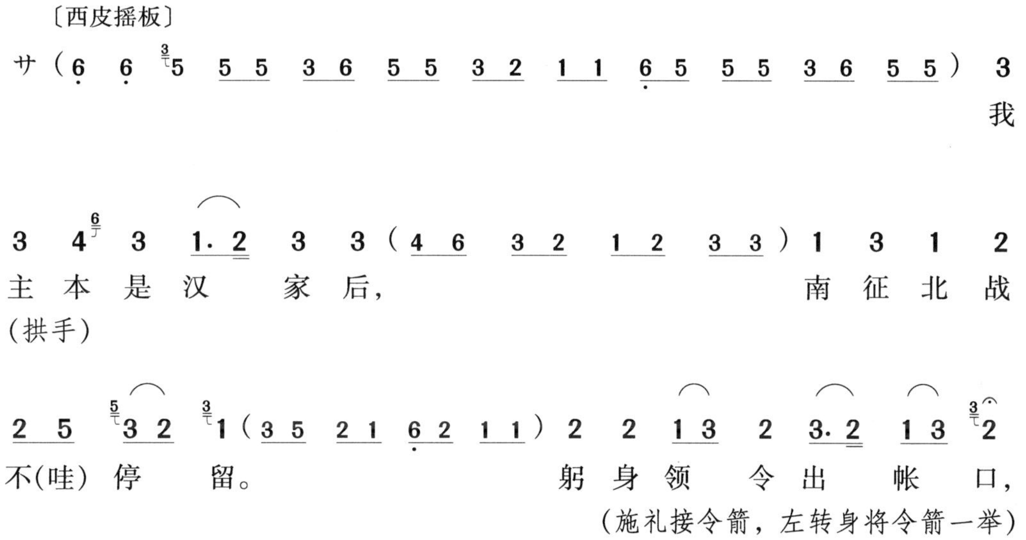


〔【快长锤】出帐走至左台口，向右转身，令箭在胸前横放。

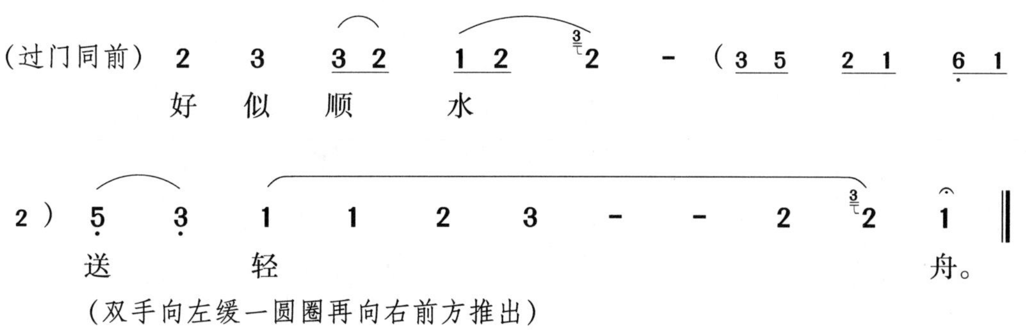

〔【大锣一击】马谡将令箭交左手，右手“单山膀”，从“下场门”下。
〔【闪锤】诸葛亮出帐，走至台中。

〔西皮摇板〕

诸葛亮 （过门同前） 2 1·2 1 2 3 3 2 1（1 1 2 1 7
先 帝 爷 白 帝 城
（右手持扇拱请式）

7 2 1 1）3 3· 2 1 2 2 2（3 2 1 6 1
叮 咛 就，

2 1 6 5 5 5）5 1 5 5 5 3·1 6 6 5 6 6
汉 诸 葛 扶 幼 主 （呃）

5 –（5 5 6 5 3 5 6 i 5 5）6·2 7 6 5 6
岂 能 无（哇）

1 –（1 1 2 1 6 2 1 2 6 5 5 5 3 6 5 5 3 2 1 1
忧。

6 2 1 1）3 5 5 36 5 – 6 6 35 5 – – 3
但 愿 得 此 一 去

6 3 0（6 5 3 5 6 i 5 5）3 2 3 2· 2 2 21 1 2 –
扫 平 贼 寇，
（右扇向右外方指出）

〔【闪锤】双手向上稍抬起，示意众人退下。众人两边分下。诸葛亮走至左台口右转身。

〔摇板〕

（过门同前）3 2 21 1 3· 3 2 2（2 3 5
免 得 我 亲（呐）自

2 1 6 1 2 2 2 2）2 5 3532 1 1 –
去（呀）把 贼

5 - - ∨ 6 61 ¹6 ∨ 1̇ - ⁶1̇ - - ‖

收。

（右扇轻点而下）

〔【大锣原场】左转身缓步从“下场门”下。

## 第二场

〔【大锣长尖】【冲头】【水底鱼】四蜀兵从“上场门”上，“站门”。马谡举马鞭从“上场门”上，走至台中，左手勒缰亮住。

**马　谡**　（念）高山插宝剑，

斩断饮马泉。

（【大锣住头】向后打马勒马亮住）

俺马谡。（**仓匝**）奉了丞相将令，镇守街亭，不知何人以为副帅？来——

**四蜀兵**　有！

**马　谡**　伺候了。（下马）

〔【大锣水底鱼】四红龙套从“上场门”门上，站“一条鞭”。王平举马鞭从“上场门”上。【大锣原场】王平在右台口下马。四红龙套“挖门”，“站门”。马谡、王平“站八字”。

**王　平**　参见元帅。（施礼）【**撕边一击**】

**马　谡**　原来是王将军挂了副帅。（右手捋髯看王平）

**王　平**　伺候元帅。

**马　谡**　王将军，此番到了街亭，必须协力同心（右手按掌），奋勇杀贼！（右手做刀砍状）

**王　平**　全仗元帅。（拱手）

**马　谡**　王将军请来传令。

**王　平**　不敢（摆手），元帅（拱手）请来传令。

**马　谡**　你我一同传令。

**马　谡**
**王　平**　（同）众将官！

〔【大锣一击】二人同时右手拉开“山膀”亮相。

**众　人**　有！

**马　谡**
**王　平**　（同）带马街亭去者！

**众　人**　啊！

〔【大锣长尖、冲头】二蜀兵为马谡、王平带马，二人上马。起【大锣水底鱼】，四红龙套、四蜀兵“插门”，从“下场门”下。【大锣原场】王平打马从“下场门”下。马谡走至右台口，向右缓马鞭亮横鞭、提甲式。左转身向台中走去，至台中，右手向身后背马鞭，从“下场门”下。

## 第 三 场

〔【一锤锣】四白龙套从“上场门”上，“站门”，喊军威。【大锣四击头】司马懿双端带从“上场门”上。【大锣原场】双手抖袖、整冠、理髯。双手端带从“九龙口”走至前台口。抖左袖以后，将水袖翻折掩脸。

<点绛唇>

司马懿 サ 6 5 4 3 5 2 – –（台 大 台）2 2 1 2
将 士 英 雄， 军 威 压

6̣ 1 5̣ –（台 另 台）5 5 4 3 2（台 台）3 2 1 2
众， 强 兵 勇， 战 马

5 6 5 –（台 另 台）6 5 6 i 5（八 仓）2 2 1 6 i 5 ‖
如 龙， 令 出 山 摇 动。
（左手向下抖袖向翻折成举袖） （右手向外指出）

〔【大锣原场】双手抖袖、提袖、右转身双手端带向里走，左转身归内场坐。【大锣归位】

（念）白发苍苍须似银，
要学孙武显才能。【小锣二击】
我今挂了元戎印，
各国儿郎胆战惊！

〔【大锣归位】众人向里归“八字站”。

**司马懿** 老夫，【撕边一击】司马懿。【大锣住头】奉了魏王（拱手）之命，带领人马，夺取街亭。来！

**四白龙套** 有！

**司马懿** 张郃进帐。

**四白龙套** 张郃进帐。

〔张郃内白：“来也！”

〔【大锣五击】，张郃从“上场门”上，走至台口。

**张 郃** （念）豪杰标名姓，
三国久有名。

〔【大锣住头】进帐，站“大边”。

**张 郃** 参见都督。（施礼）有何将令？

**司马懿** 命你带领三千人马，夺取街亭，不得有误！

**张　部**　得令！

**司马懿**　掩门！

〖**【一锤锣】**张部出帐，从“下场门”下。四白龙套从两边分下。司马懿从“下场门”下。

## 第四场

〖**【大锣冲头】**接**【水底鱼】**四红龙套、四蜀兵从“上场门”上“挖门”。马谡、王平举马鞭从“上场门”上。归台中“八字站”。

**众　人**　来到街亭。

**马　谡**　来此街亭，下马山头一观。

**王　平**　请。

〖**【一锤锣】**马谡、王平二人同下马，“上山”马谡站高台中间，王平站“小边”的椅子上；四龙套、四蜀兵“一翻两翻”后，归“八字站”。**【撕边一击】**马谡右“山膀”亮相。

**马　谡**　啊，王将军，你来看，街亭的形势，挟山带水（双手按掌），你我将营扎在山顶之上，魏军到此，瞭望四方，或战（右手握拳）或守（双手成抱状），岂不是自便（双手摊掌）。

〖**【撕边一击】**王平右手捋髯看马谡。

**王　平**　啊元帅，你我临行之际，丞相再三叮咛，此番出兵，必须靠山近水（右手按掌），安营扎寨。如今元帅（拱手），要在山上扎寨，如若魏兵到此，那时何策挫敌？

**马　谡**　将军说哪里话来，我在高山，敌在低处（右手下指），多备滚木擂石，从上打下，（右手成剑指指上指下）势如破竹，岂不是一战成功！（摇头晃脑，得意地伸出右手做赞美指状）

〖**【撕边一击】**王平摇头摆手。

**王　平**　元帅此言差矣！今观此山，乃绝地也。就此五路总口，安营下寨，筑起城垣，谅魏兵纵有数万，亦难偷过。（摆右手）想俺王平（右手托髯）跟随丞相（拱手）多年，每逢重要之处，何处安营，何处扎寨（右手食指直伸，左掌张开，用右食指扳左大拇指），何处伏兵（用右食指扳左食指），何处助战（用右食指扳左中指），皆蒙丞相（拱手）指教。今若屯军于山上，倘魏军到来，断去水道（右手按掌点动四下），我军不战自乱矣！

〖**【撕边一击】**马谡摇头不以为然。

**马　谡**　昔日韩信，背水一战，（右手直伸食指）置之死地而后生。俺马谡（右手托髯）幼读兵书，深通战策。丞相诸事，尚问于我，汝何故相阻也？

〖**【撕边一击】**王平思索。

**王　平**　啊，元帅，一定要在这山顶扎营，可将人马拨与俺王平一半，在山西扎一小寨，以为犄角之势，不知元帅心意为何？（双手摊掌）

〖**【撕边一击】**马谡捋髯一想。

**马　谡**　嗯！好便好，只是一件。（直伸右食指）

**王　平**　哪一件？
**马　谡**　成功之日，你不要抢俺的功劳。
　　〔【大锣一击】王平冷眼看马谡。
**王　平**　（冷笑）呵呵呵……末将不敢。【大锣一击】（躬身施礼）
**马　谡**　哼，谅你也不敢！——众将官！
　　〔【大锣一击】马谡右手“单山膀”亮相。
**众　人**　有！
**马　谡**　将人马拨与王平一半。
**王　平**　谢元帅。
　　〔【大锣原场】王平上马，四红龙套“插门”从“下场门”下。【冲头】，王平从“下场门”急下。【撕边一击】马谡向山下一望。
**马　谡**　嘿！【大锣一击】看王平年幼无才，（连连摇头）哪里晓得用兵之法。（双手摊掌）——众将官！
**四蜀兵**　有。
**马　谡**　小心防守。（右手向外指出）
**四蜀兵**　啊。
　　〔【大锣打下】四蜀兵、马谡，从“下场门”下。

## 第五场

　　〔【大锣水底鱼】四红龙套从“上场门”上“站门”。王平右手举马鞭从“上场门”上。下马，进帐。【冲头】【叫头】
**王　平**　且住！（举右掌）马谡不听俺之言，倘若有失，如何是好？（嘟）（思索）【叫头】有了！（举右掌，向前走一步）【大锣住头】俺不免画一地理图形，（左掌托起，右手指左掌）去往西城投来。来！
**四龙套**　有。
**王　平**　笔墨伺候。
　　〔【冲头】王平入“大座”。旗牌从“下场门”暗上，站“大边”。
**王　平**　王平呵——
　　〔奏唢呐曲牌<急三枪>王平提笔，稍思疾笔画地形图，画好后，仔细看后折好，走出位来。
**王　平**　（面向旗牌）连夜送往西城投递，面递丞相，不得违误！
**旗　牌**　得令！（接图【冲头】出帐，从“下场门”下）
**王　平**　众将官！
**四龙套**　有。
**王　平**　迎敌者！
　　〔【急急风】一龙套带枪，王平上马。众龙套“插门”领起来，王平举枪。【急急风】四魏兵引张郃举枪从“上场门”上。两军“二龙出水”会阵，四魏军从“上场门”下，四红龙套从“上场门”下。王平、张郃“一扯两扯”，捋枪“一过合，两过合”。张郃在“小边”往里一盖王平扎过来的枪头，二人“合扇”转身。张郃用枪头扎王平胸，王平用枪杆接上、下。【撕边一击】王平右手放枪杆，亮左手枪头贴小臂、枪镈向上斜举，右手胸前握拳式。【急急风】王平从“下场门”败下。四魏军从“上场门”上追过场。张郃向右台口出枪，向右转身，左手接枪镈以上部位向背后背枪，右手胸前握拳亮相。急从“下场门”追下。

## 第六场

〔【大锣原场】四蜀兵引马谡从“上场门”上。四蜀兵“挖门”、“站门”，马谡至台中，【大锣归位】亮左提甲、右握拳相。

**马　谡**　（念）刀枪遮日月，

旌旗满山头。

〔【乱锤】四红龙套引王平举枪从“上场门”上，同时马谡归“大边”站。【长尖】【冲头】王平至右台口下马，归到“大边”；马谡站至台中。

**王　平**　参见元帅。（施礼）

**马　谡**　胜负如何？（右手摊掌）

**王　平**　大败而回。

**马　谡**　无用之将！带马！

〔【急急风】王平“下场门”下，马谡持枪上马。四蜀军“插门”，领起来归“下场门”。四魏兵引张郃举枪从“上场门”上，两军“二龙出水”会阵后分两边下。马谡、张郃“一扯两扯”，“一过合，两过合”，二人用枪头“搭”、“兜”，二人位置互换，马谡归“小边”，张郃归“大边”。张郃用枪勾马谡的“走马腰封”，二人边走边打又互换位置。张郃归“小边”，马谡归“大边”。【急急风】马谡用枪头刺张郃，张郃向左转身，往里一盖马谡枪头。马谡向右转身，张郃用枪刺马谡，马谡用枪杆接上、下，【撕边一击】马谡右手将枪斜提，枪头朝下，左手“单山膀”亮相。【急急风】马谡从“下场门”败下。四魏兵从“上场门”上，追过场。【四击头】张郃向右台口出枪，右转身左手接枪背枪，右手向外挑髯后握拳在胸前，右腿跨抬亮住相。【急急风】张郃向“下场门”追下。

## 第七场

〔【乱锤】【冲头】四蜀兵引马谡举枪从“上场门”上，同时四红龙套引王平从“下场门”上。

**王　平**　元帅胜负如何？

**马　谡**　哪有许多言语，将人马退至山顶。

〔【急急风】四红龙套、四蜀兵上山（站于桌上），从“下场门”下，王平随下。马谡横枪站立山头。【急急风】四魏兵引张郃从“上场门”上。二人见面提枪互刺。（八大仓）二人左手互攥对方枪头下部，互视亮相。【乱锤】二人彼此拉枪不放，互相扯住下山（张郃面朝里、马谡面朝外），从“下场门”互扯枪双下。四魏兵过山，从“下场门”追下。

〔【乱锤】马谡、张郃从“上场门”互相拉枪上，走至台中。（八大仓）二人双手持枪，一手平举过顶，另一手将枪平端胸前亮住相。【乱锤】二人较力。（八大仓仓仓）二人用力扯枪，彼此松开左手。【急急风】二人拧枪“半个过合”，马谡归到“小边”，张郃用枪头勾王平从“上场门”上。王平、马谡同时用枪头压张郃枪头，张郃用力挑起二人枪头。王平用枪“刺肚”张郃，张郃右转身归到“大边”。【急急风】王平、马谡在“小边”，张郃在“大边”，三人拧枪走“半个过合”，张 郃归到“小边”。张郃用枪打王平“封头”,王平用枪杆接“封头”“下场门”下。马谡拧枪向前。张郃见状用枪刺马谡，马谡横枪急挡走“上、下”。（八大仓）二人亮败相从“下场门”下。【冲头】四魏兵分两边上，张郃归到台中站。

**四魏兵** 街亭已得。

**张 郃** 报与都督知道。（左手持枪拱请式）

〔【大锣打下】四魏兵从“下场门”下，张郃拧枪紧随从“下场门”下。

## 第八场

〔【乱锤】【大锣长尖】王平举枪从“上场门”上，站在“大边”，马谡紧随王平举枪从“上场门”上，站在“小边”。

**马 谡** 嘿！【大锣一击】悔不听将军之言，将街亭失守，如何是好？

**王 平** 哼！事到为今，只有到丞相（拱请式）台前请罪。

**马 谡** 事到如今，也只好是走哇！

**王 平** （点头）走哇！

**马 谡** 走哇！（扬起右手、左手拖枪）

**王 平** 走哇！

**马 谡** 走哇！

**王 平** （怒忿地）走哇！【撕边一击】（左枪斜掖左腰旁，右手指马谡）

**马 谡** （愧疚地）走，走，走！

〔【大锣原场】二人缓缓向“下场门”走去，王平想着马谡所为，心中怒起，回身双目怒视马谡。

**王 平** 俺王平的性命断送你手！

〔（八大仓）王平拧枪亮相。【冲头】从“下场门”下。

〔（八大仓）马谡拧枪斜掖在腰旁，右手握拳亮相。【撕边一击】右手拉开“山膀”望王平下场的方向。【撕边一击】马谡疾步至台中，持枪拱请式，想如何回去请罪。【撕边一击】经右手托髯梢处，不知所措。（八大仓）想到立下的军令状，心中害怕，向左甩髯。左手横握枪杆不停颤抖，右手举起抚头。【大锣原场】马谡后怕双腿打软，禁不住向下蹲身，悔惧心情流露面部，【冲头】心神不宁地从“下场门”下。

## 第九场

〔【大锣原场】四白龙套从“上场门”上，“站门”。司马师、司马昭引司马懿从“上场门”上。【大锣归位】司马师、司马昭两厢“站门”，司马懿走至台中。

**司马懿** （念）眼观旌旗起，
耳听好消息。

〔【冲头】左转身归“小座”。

〔魏探子内白：“报！”

〔【冲头】魏探子从“上场门”上，进帐，右腿单跪。

**魏探子** 张郃得了街亭。

**司马懿** 再探！

**魏探子** 啊！

〔【大锣五击】魏探子从“上场门”下。

**司马懿** 张郃得了街亭，乃我主洪福也！（拱手）

〔魏探子内白：“报！”

〔【冲头】魏探子从“上场门”上，进帐，右腿单跪。

**魏探子** 西城乃是空城！

**司马懿** 再探！（右手指）

**魏探子** 啊！

〔【冲头】魏探子从“上场门”下。【大锣叫头】

**司马懿** 且住！（站起）方才探子报道，西城乃是空城。——众将官！

**四白龙套** 有！

**司马懿** 兵发西城！

〔【大锣长尖】众人“合龙口”，司马师、司马昭、司马懿出帐。【冲头】龙套给带马，司马师、司马昭持枪上马，司马懿跨鞍上马。【水底鱼】众人“插门”从“下场门”下。【大锣打下】司马师、司马昭引司马懿从“下场门”下。

## 第十场

〔【撤锣】【小锣原场】二琴童从“上场门”上，“站门”。

〔【单上场】诸葛亮右手持扇从“上场门”上，走至台中。【小锣归位】

**诸葛亮** （念）兵扎祁山地，
要擒司马懿。（右扇指出）

〔【小锣五击】向右转身归“大座”；旗牌左手持图、右手举马鞭从“上场门”上，走至右台口。

**旗　牌** （念）人行千里路，
马过万重山。

来此已是，门上哪位在？

**琴童甲** （出门）什么人？

**旗　牌** 王将军差人，求见丞相。

**琴童甲** 候着。（进门）启丞相，王将军差人求见。

**诸葛亮** 传。

**琴童甲** 是。（出门向旗牌）丞相传你，小心了。

**旗　牌** 是。（下马，进帐，站“小边”）

**旗　牌** 参见丞相。（躬身施礼）

**诸葛亮** 罢了。奉何人所差。

**旗　牌** 王将军所差，有地理图呈上。

**诸葛亮** 展开！

〔奏唢呐曲牌<双三枪>（先小锣后大锣）二琴童将地理图展开，诸葛亮仔细看图，大惊失色。诸葛亮焦急地挥扇示意，命二琴童收图。诸葛亮凝神沉思。

**诸葛亮** （向旗牌）快快去到列柳城，调赵老将军回来。快去！快去！（挥扇示意）

**旗　牌** 得令！【冲头】（从“下场门”下）

**诸葛亮** 啊！【撕边一击】好个大胆的马谡哇！【大锣一击】临行之时，怎样嘱咐与你，靠山近水，安营扎寨，怎么你偏偏在山上扎营（右扇指出）？（嘟）（定神思）哎呀！（仓）只恐街亭难保哇！

〔蜀探子内白：“报！”

〔【冲头】蜀探子从“上场门”上，进帐跪。

**蜀探子** 马谡失守街亭！

**诸葛亮** 再探！

**蜀探子** 啊！

〔【大锣五击】蜀探子出帐，从“上场门”下。

**诸葛亮** 如何？【撕边一击】果然把街亭失守了！（仓）虽然马谡失守街亭，乃诸葛（左手托髯）之罪也！

〔蜀探子内白：“报！”

〔【长尖】蜀探子从“上场门”上，进帐跪。

**蜀探子** 司马懿领兵夺取西城。

**诸葛亮** 再探！

**蜀探子** 啊！

〔【大锣五击】蜀探子出帐，从“上场门”下；诸葛亮冷静思考。

**诸葛亮** （嘟）呜呼呀！（仓）司马懿居然带兵夺取西城来了！【撕边一击】咳！【大锣五击】（诸葛亮站起，向前走三步，愧疚地）曾记得先帝白帝城托孤之时说道：马谡言过其实，终无大用。（右扇轻摇）悔不听先帝之言，错用马谡，失守街亭，如今，唉！悔之晚矣！（归座）

〔蜀探子内白：“报！”

〔【冲头】蜀探子从“上场门”上，进帐跪。

**蜀探子** 司马懿大兵离西城不远！

**诸葛亮** 再、再、再探！

〔【冲头】蜀探子出帐，从“上场门”下。

诸葛亮　（嘟）啊！（仓）司马懿的兵马来得好快呀！（仓）（站起）唔！【撕边一击】人言司马用兵如神，今日一见，令人可敬哪！（赞美指）（仓）令人可服！（坐下）【撕边一击】（向左一看）【撕边一击】（向右一望，感到事态的严峻）哎呀且住！（【大锣五击】同时起立）想这西城的兵将，俱被老夫调遣在外所剩者，尽是些老弱残军，倘若司马兵临城下，难道叫我束手被擒不成？（仓）（左手扶右腕右手立扇沉思）这，这束手（仓）（定神、吸气，【乱锤】左手轻颤向下捋髯，右手用扇轻击右额头，认真冷静思考踱步绕一小圈仍归台中。【撕边一击】向大边看。【撕边一击】双手抱扇凝神沉思，【小锣一击】胸有决策地点点头）

诸葛亮　来！

二琴童　有！

诸葛亮　老军们进见。（归座）

二琴童　老军们进见。

〔【小锣五击】二老军从“上场门”上，走至右台口。

老军甲　司马兵到，（右手按掌）

老军乙　心惊肉跳。（右手抚胸）

二老军　（进帐）参见丞相。（同时下跪）

诸葛亮　尔等可是西城的老军？

老军甲
老军乙　（同）正是。

诸葛亮　命尔等将四门大开，每门上二十名老军，打扫街道。大兵到此，不可惊慌浮躁，违令者斩！（用扇示刀砍状）

老军甲
老军乙　（同）嗻！（站起）

〔二老军出帐。

老军甲　丞相吩咐我，（右手抚胸）

老军乙　准死不能活。（摆动右手）

〔【小锣一击】二老军从“下场门”下。

诸葛亮　来！

二琴童　有！

诸葛亮　带了瑶琴、宝剑，敌楼去者！（右扇稍指）

〔二琴童转身拿瑶琴、宝剑。

诸葛亮　【小锣叫头】天哪！天！【大锣五击】（站起，至台中）汉室兴败，就在此空城（仓）（亮相）一计了！

（大 大 大 大 …… サ 7 2 1 － －）

〔西皮摇板〕

【闪锤】サ（6 6 5 5 5 3 6 5 5 3 2 1 1 6 2 1 1）2 2 12
我 用

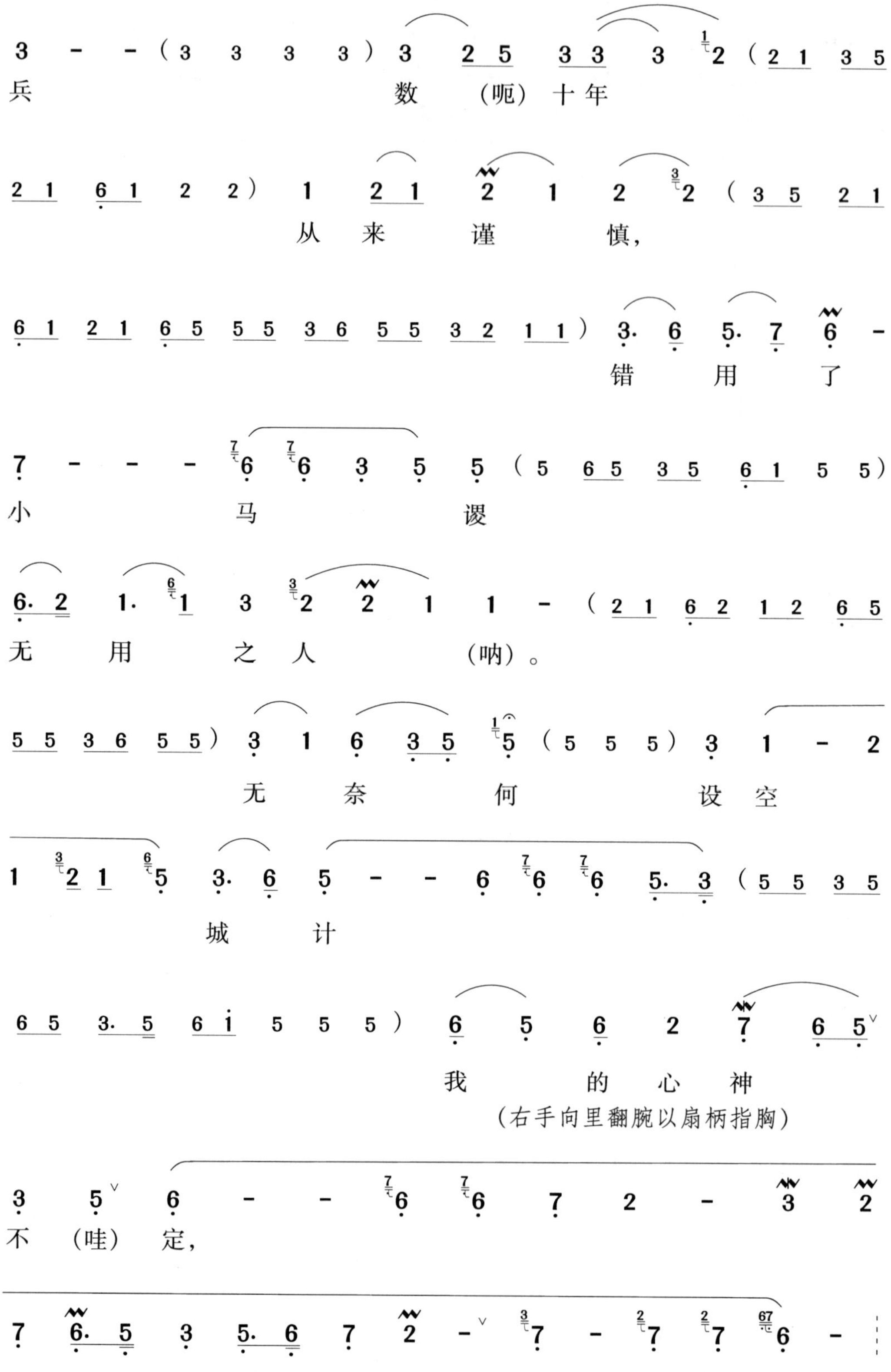


〔【闪锤】二琴童抱琴、抱剑从“下场门”下。诸葛亮走至左台口，向右转身。

〔【大锣抽头】向左转身，右手向身后背扇，心情沉重地微微摇头，边唱边踱步从“下场门”下。

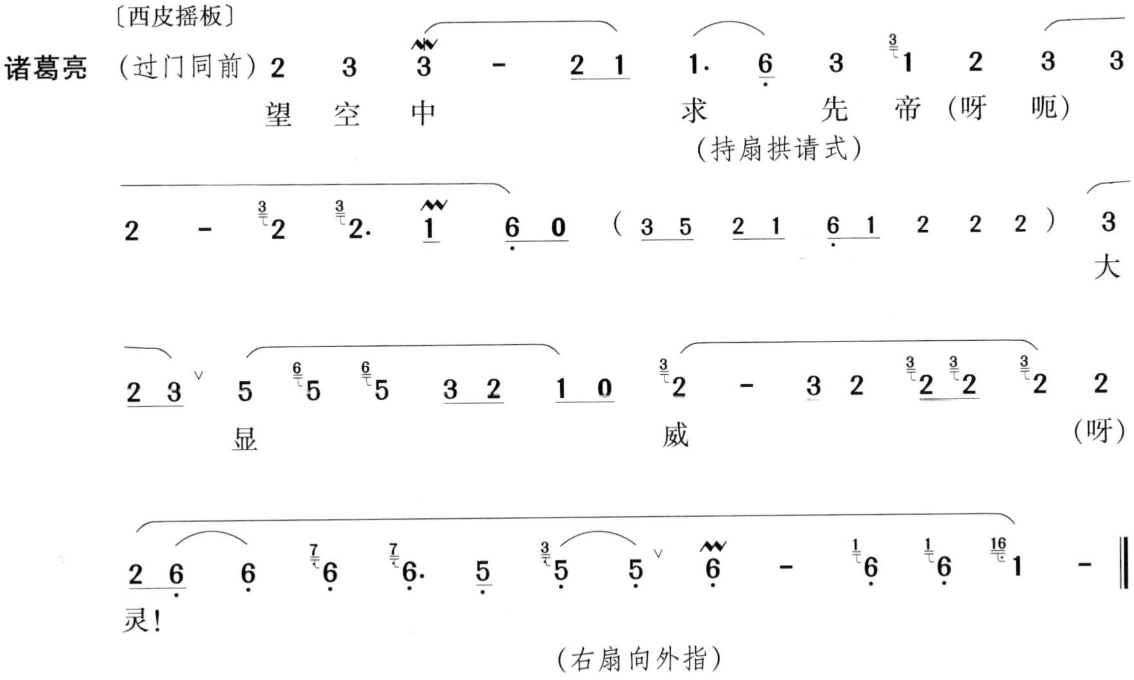


## 第十一场

〔【急急风】四白龙套、四魏军从“上场门”上，跑“过场”。司马师、司马昭引司马懿从“上场门”上，走“过场”。

〔【急急风】四蜀兵引赵云从“上场门”上，走“过场”。

## 第十二场

〔【撤锣】奏胡琴曲牌<西皮小开门>。

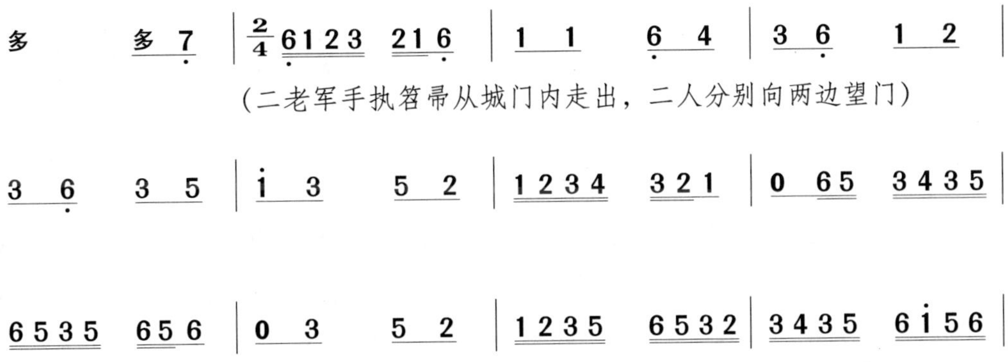

3432 3645 | 356i 56i5 | 6i5i 6532 | 1235 2321 |

（二老军互相对望，感到战事严峻，心事重

6123 2162 | 1262 1612 | 3432 1612 | 3521 3235 |

重欲说无语，二人对看摊开双手，又摇摇头。稍作停顿，二人示意赶快打扫街道，

6535 6532 | 1235 3212 | 6165 3235 | 1235 6532 |

于是拿起笤帚不紧不慢地扫起街道来）

3435 6i56 | 3432 3645 | 356i 56i5 | 6i5i 6532 |

6123 216 | 1. 6 1 2 | 3. 2 1 2 | 3 2 3 5 |

6 3 5 2 | 1234 321 | 0 5 6i57 | 6. 7 67 6 |

0 3 5 6 | i 5 6532 | 3 5 6 5 | 3 2 3 4 | 3 - ‖

（二人打扫完毕）

**老军甲**
**老军乙** （同）有请丞相。

〖**【快长锤】**二老军站在城门口旁。琴童甲、琴童乙捧琴、剑从城内走出，二人分站城门口。诸葛亮右手持扇从城内稳步走出站台中，**【长锤】**切住。

〔行弦〕

仓 大 2 | 2/4 1 2 6 2 | 1 2 3 5 | 2 1 6 2 |

（大 大 大 大 衣 大 大 0

（向“上场门”望门）

1 0 2 | 1 2 6 2 | 1 2 3 5 | 2 1 6 2 |

仓 ）（大 大 大 大 衣 大 大 0

（向“下场门”望门）

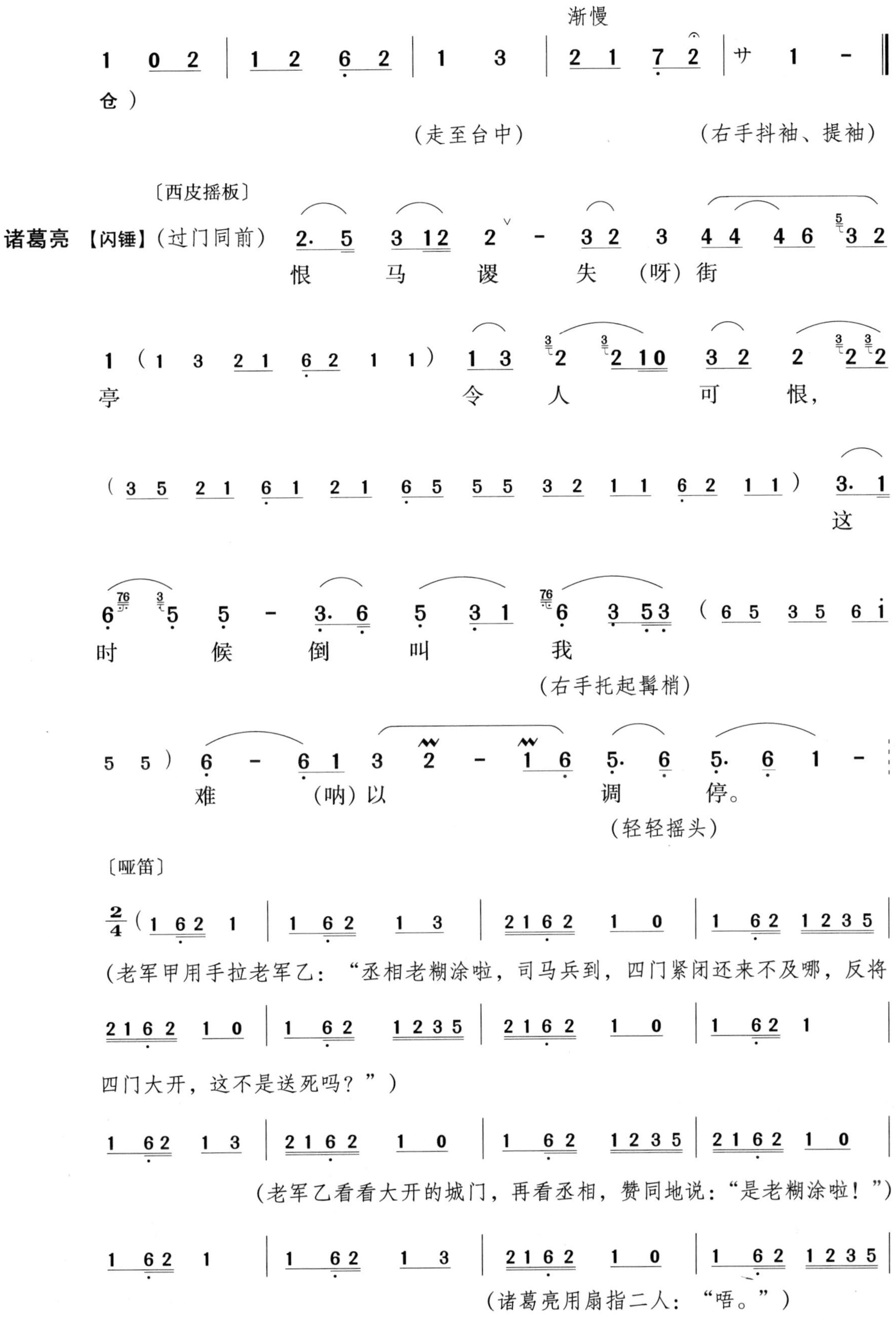
渐慢
仓）
（走至台中）
（右手抖袖、提袖）
〔西皮摇板〕
诸葛亮 【闪锤】（过门同前）
恨 马 谡 失 （呀）街
亭 令 人 可 恨，
这
时 候 倒 叫 我
（右手托起髯梢）
难 （呐）以 调 停。
（轻轻摇头）
〔哑笛〕
（老军甲用手拉老军乙："丞相老糊涂啦，司马兵到，四门紧闭还来不及哪，反将
四门大开，这不是送死吗？"）
（老军乙看看大开的城门，再看丞相，赞同地说："是老糊涂啦！"）
（诸葛亮用扇指二人："唔。"）

2162 1 0 | 1 62 1 | 1 62 1 3 | 2162 1 0 |

（二老军赶紧半跪，互相指责对方。二人同：“丞相，不是我，是他说的！”）

1 62 1235 | 2162 1 0 | 1 62 1 | 1 62 1 3 | 2162 1）‖

「诸葛亮看二老军轻轻摇摇头。

〔西皮摇板〕

**诸葛亮** 【闪锤】（过门同前）2. 5 3 2 3 － 3 6. 2 1. 6（2 1
问 老（哇）军 因 何 故

7 7 2 1 1 1 1 6. 1 2 2 2） 2 － － －
纷

2 1. 6 1. 2 3 2 － ┊ 2/4（2 6 1 | 2 3 5 |
（呐）纷 议 论？ 〔哑笛〕

（老军甲：“小人们不敢纷纷

2 1 6 1 | 2 0 | 2 6 1 | 2 3 5 |

议论哪！”摆右手。“司马懿兵到，应当四门紧闭才是，丞相为何反将四门大开，

2 1 6 1 | 2 0 | 2 6 1 | 2 0 |

这是会么缘故哇？”摊右手） （老军乙：“小人

2 6 1 | 2 3 5 | 2 1 6 1 | 2 －）‖

有点担惊害怕呀！”用手拍胸）

**诸葛亮** 【大锣单楗凤点头】（过门同前） 6 1 6 6 3. 1 6 3
国 家 事 用 不

5 －（6 5 3 5 6 i 5 5 5 5） 6 1 6 1
着 尔 （呃）

（用扇指二老军后

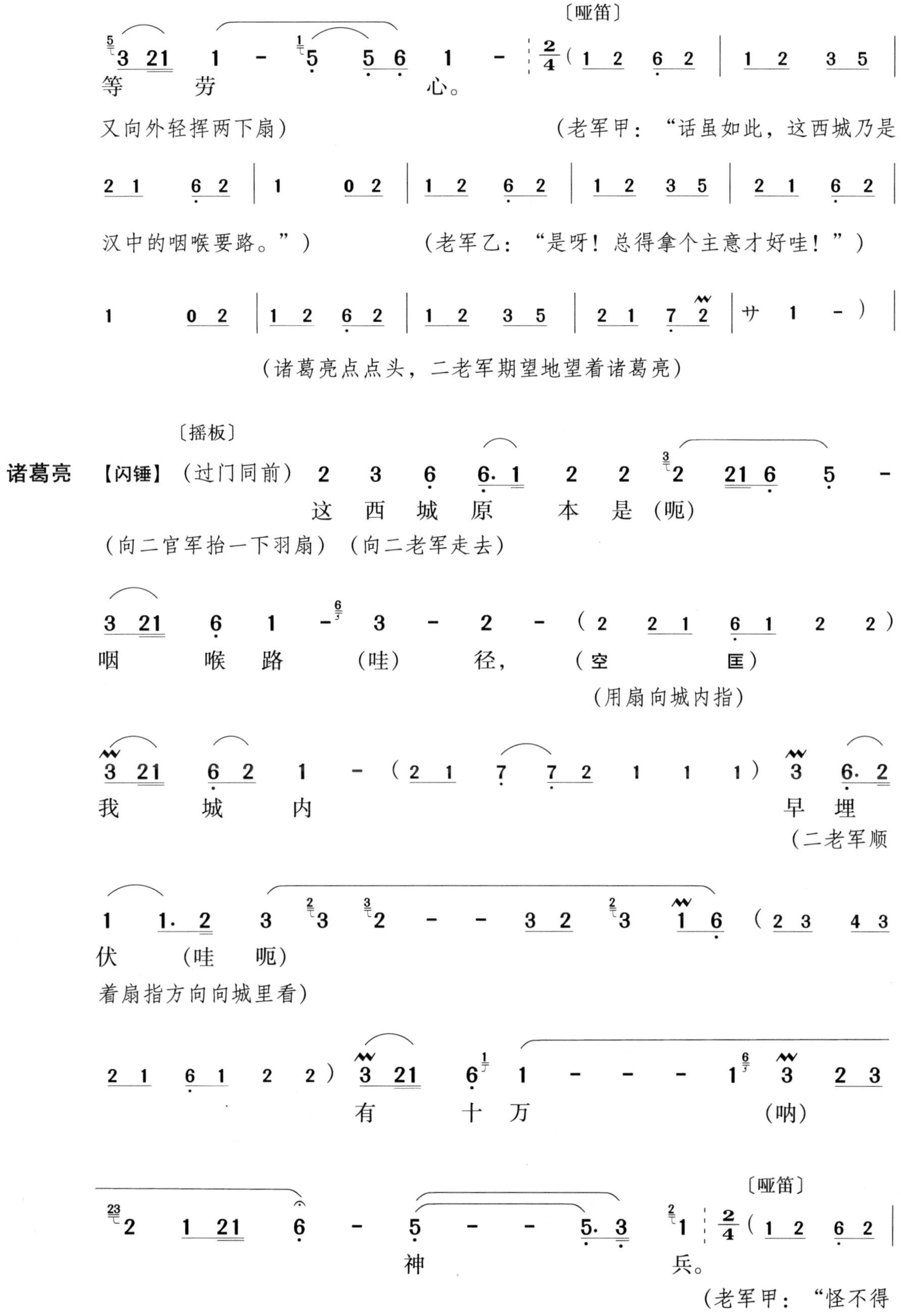
〔哑笛〕
等 劳 心。
又向外轻挥两下扇）
（老军甲：“话虽如此，这西城乃是
汉中的咽喉要路。”）
（老军乙：“是呀！总得拿个主意才好哇！”）
（诸葛亮点点头，二老军期望地望着诸葛亮）
〔摇板〕
诸葛亮
【闪锤】（过门同前）
这 西 城 原 本 是（呃）
（向二官军抬一下羽扇）（向二老军走去）
咽 喉 路 （哇） 径，（空 匡）
（用扇向城内指）
我 城 内 早 埋
（二老军顺
伏 （哇 呃）
着扇指方向向城里看）
有 十 万 （呐）
〔哑笛〕
神 兵。
（老军甲：“怪不得

1 2　3 5 | 2 1　6 2 | 1　0 2 | 1　0 2 |

丞相不慌不忙的，原来城里有十万神兵哪！伙计，你瞧瞧。”老军乙：“哎，

1 2　6 2 | 1 2　3 5 | 2 1　6 2 | 1　0 2 |

我瞧瞧。”向城里看“一个没有哇！”老军甲：“你是肉眼凡胎，我看看去。”

1 2　6 2 | 1 2　3 5 | 2 1　6 2 | 1　0 2 |

向城里看老军乙：“伙计看到了吗?”老军甲：“还是一个没有。”）

1 2　6 2 | 1 2　3 5 | 2 1　6 2 | サ 1　－） |

（二人看诸葛亮）

〔西皮摇板〕

**诸葛亮**　【闪锤】（过门同前）2. 5　3 53　2　3　－　2　3　3　1　1 6

叫　老　（哇）军　扫　街　道

（向二老军走去）

3　2　2　2　0 3　4　－　3. 2　1　－　1　2

232　1　1　2　7. 6　5　5　5. 6　7　－　6

7. 2　7 6　6　6　6　5　－　（6 5　3 5　6 i

5　5）　5　2　2　2　－　（6. 1　2　2）　3　5

把　宽　（呐）心　拿

6　－　－　6 6　6. 7　2　3　2　7　6　3 0

稳，

（右扇在胸前抚动两下）

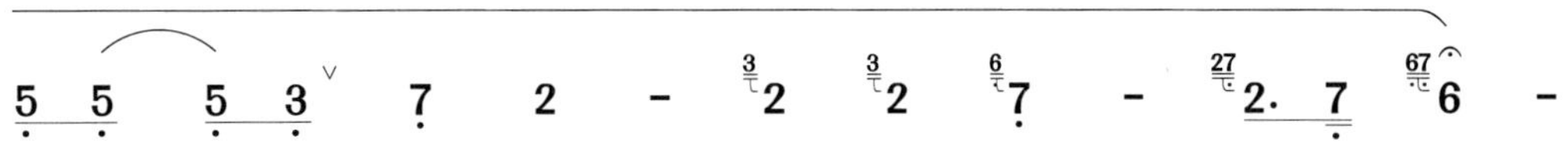

（用扇点指二老军，示意让他们放心）

〔【纽丝】二老军点头，去扫街道。二琴童引路进城，诸葛亮随后紧跟进城，登上城楼，端坐中间，二琴童分立两边。【纽丝】切住。【鼓架子】诸葛亮向远方一望。二老军盘膝分别坐在城门口。

〔西皮散板〕

**诸葛亮** 【大锣凤点头】

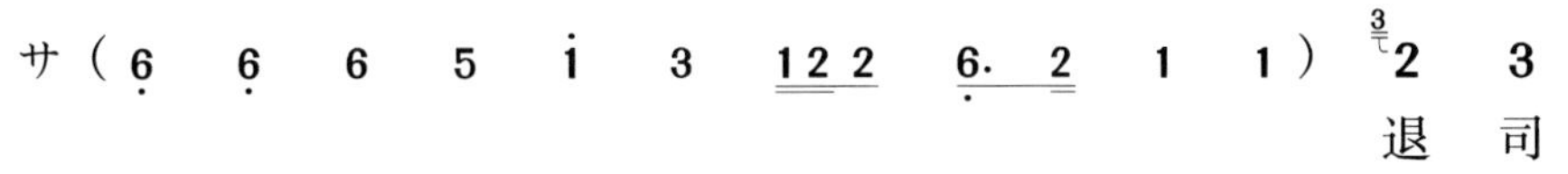


（目光镇定）

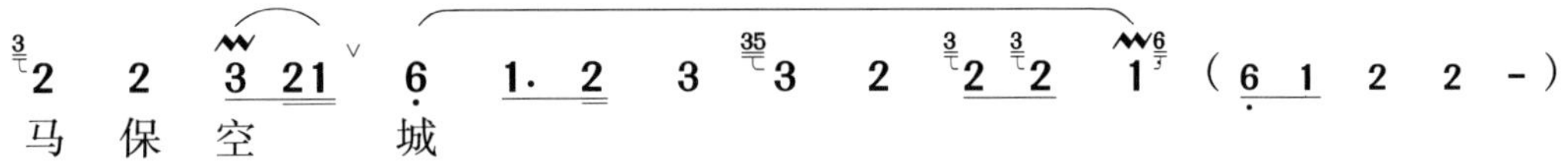

（左手将琴头缓缓托起，用扇柄指瑶琴，随即将琴放下）

〔司马懿内唱。

〔西皮导板〕

【大锣导板头】

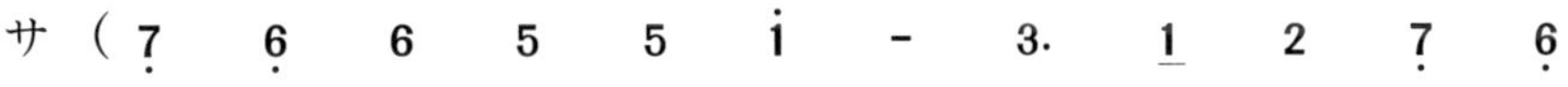

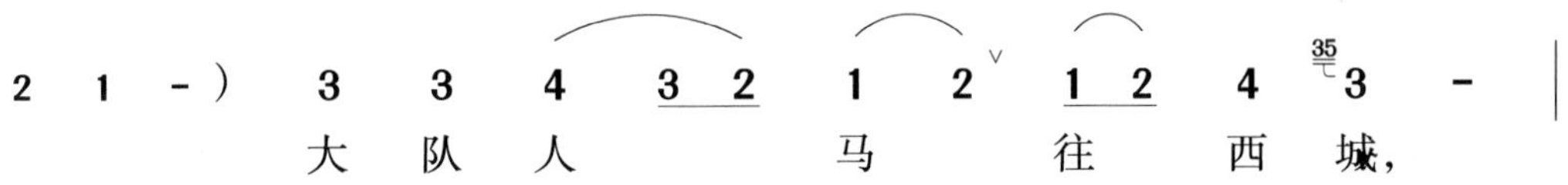


〔【急急风】四白龙套、四魏兵从“上场门”上，站“一条鞭”，司马师、司马昭举枪从“上场门”上，站兵士前面。【急急风】司马懿举马鞭从“上场门”上，走至右台口勒缰向城门上望，右转身面向前方。

〔西皮散板〕

**司马懿** 【快纽丝】（过门同前）

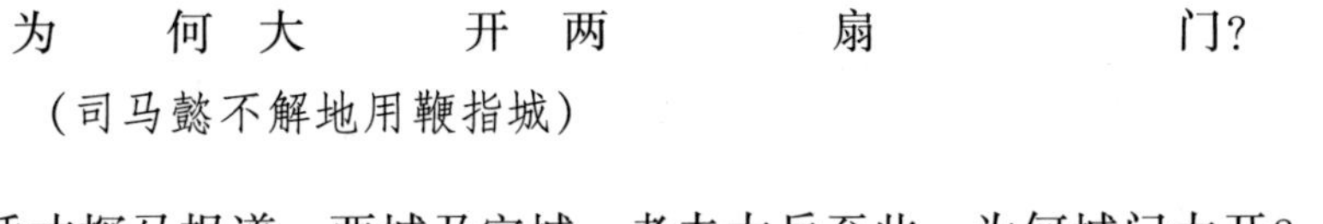


（司马懿不解地用鞭指城）

【大锣叫头】且住！适才探马报道，西城乃空城。老夫大兵至此，为何城门大开？

（向城上望）（嘟）呜呼呀！【大锣一击】看诸葛亮又在那里弄鬼，（稍思）不要中了他人之计。（用马鞭指城）待我先传一令。众将官！（仓）（勒缰亮住）听老夫令（啊）下。（左手抖袖）

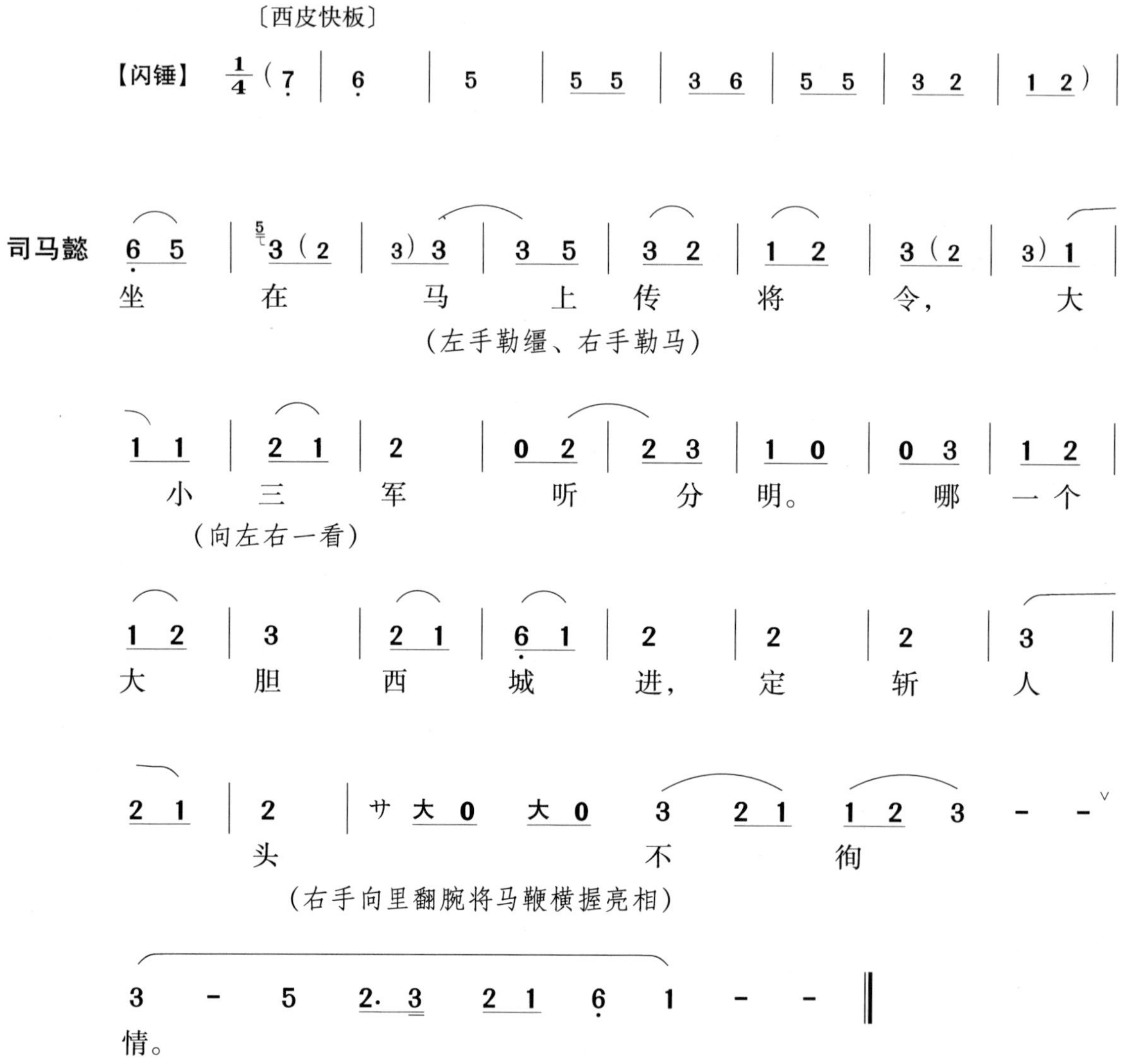


【慢长锤】诸葛亮聚精会神在看书；司马懿勒马看坐在城楼上的诸葛亮，然后左转身，面朝后、背向前台。

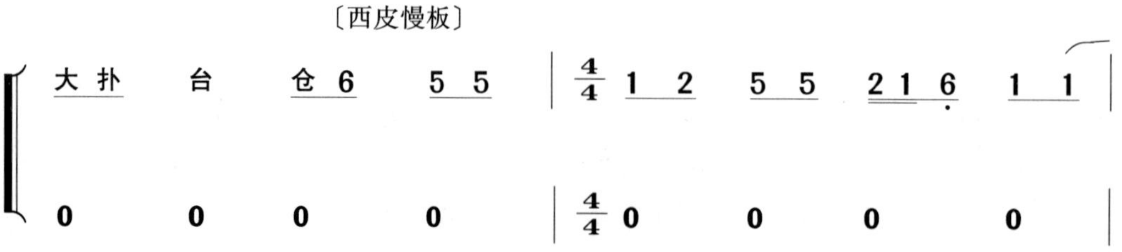


（诸葛亮将书本放下）

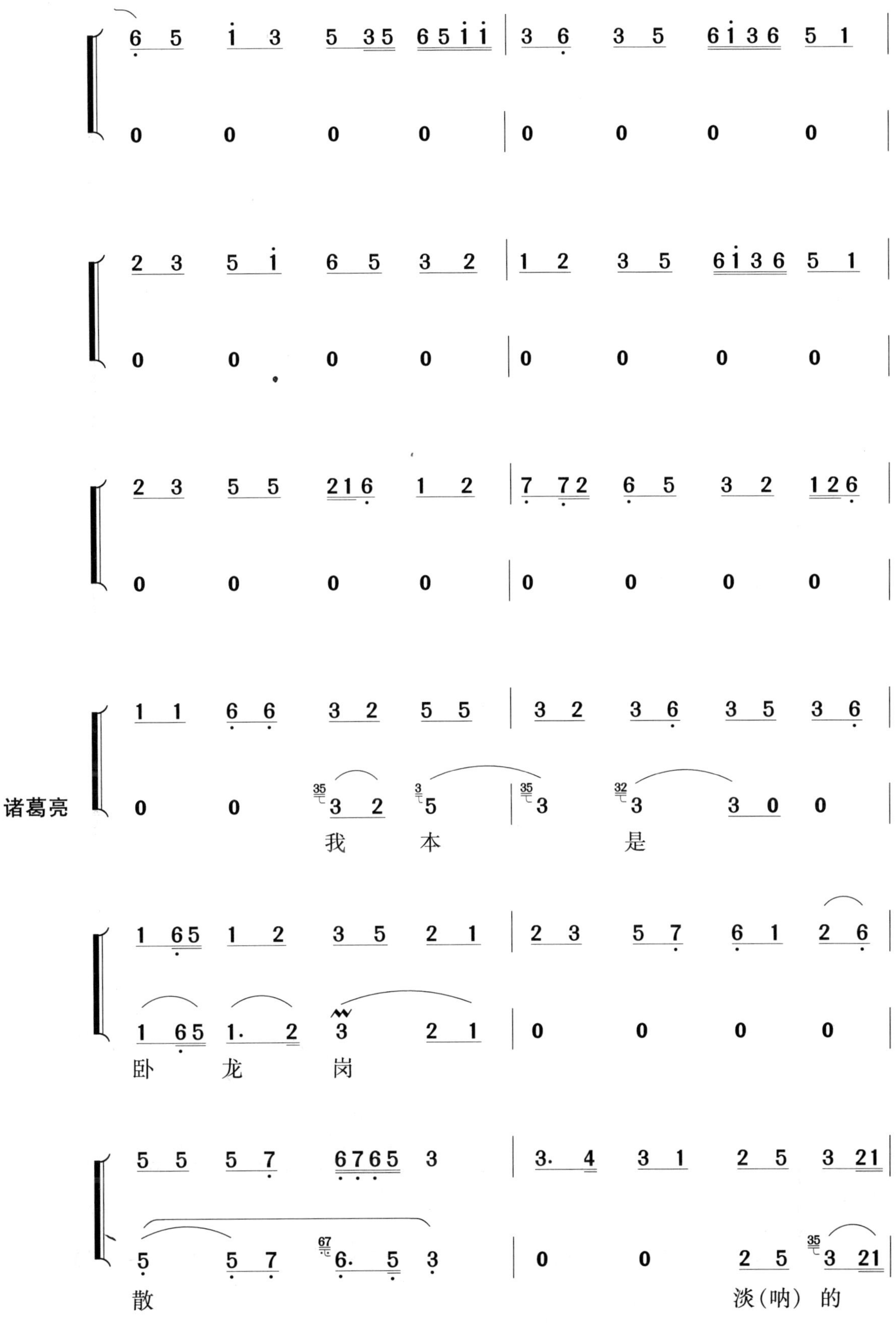
诸葛亮
我 本 是
卧 龙 岗
散
淡(呐) 的

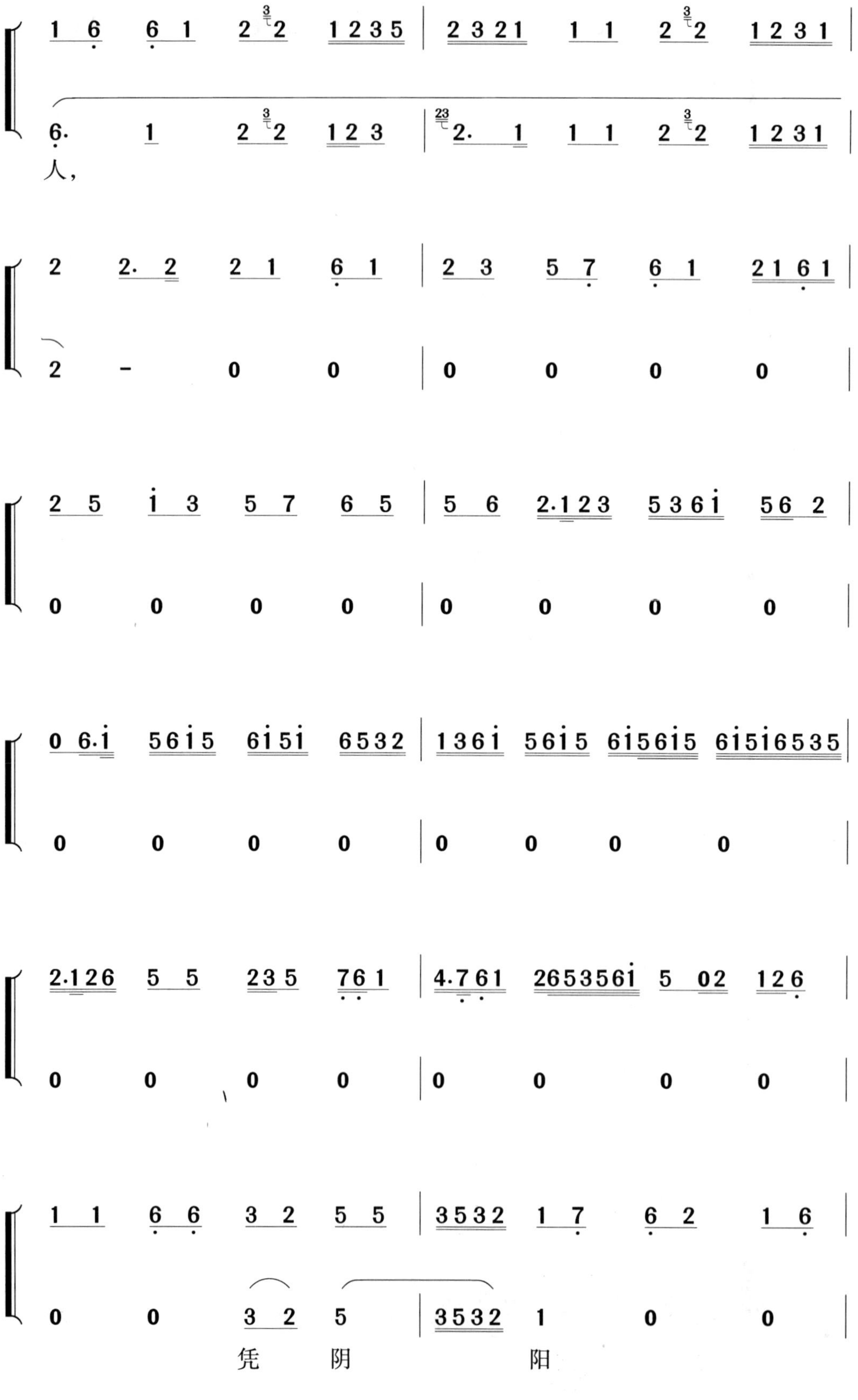
人，
凭 阴 阳

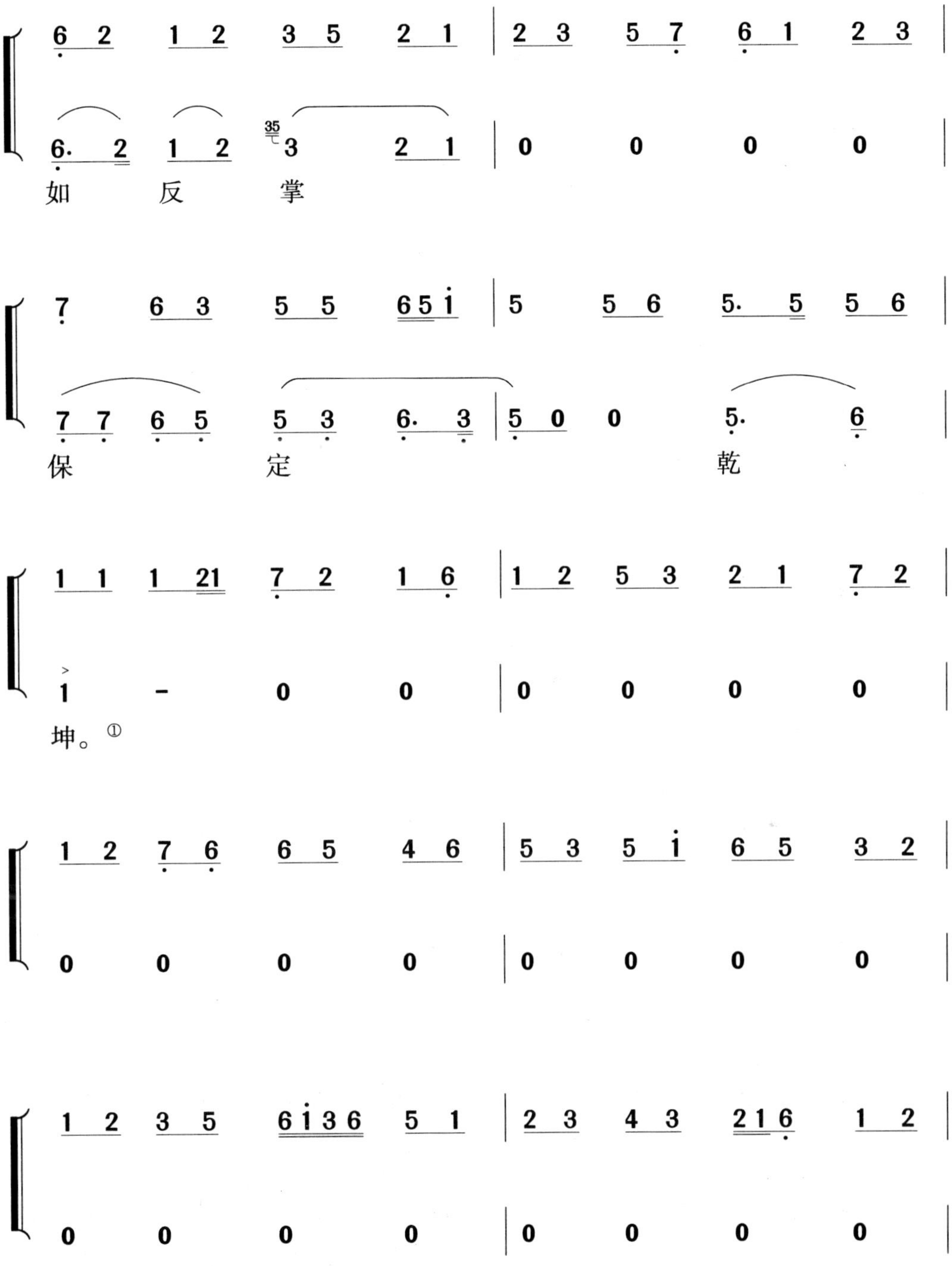


① 凭阴阳如反掌保定乾坤：近百年来，多有人指出此句与后面的“东西征南北剿博古通今”一句应进行部分词组调换，即调整为“凭阴阳如反掌博古通今”、“东西征南北剿保定乾坤”更为通顺。由于演唱习惯，同时也因为词组的调换将引来四声的变化，进而牵涉到唱腔的变化，故多年来少有变动者。马连良在20世纪60年代初录音，对这两句唱词进行了上述调换。

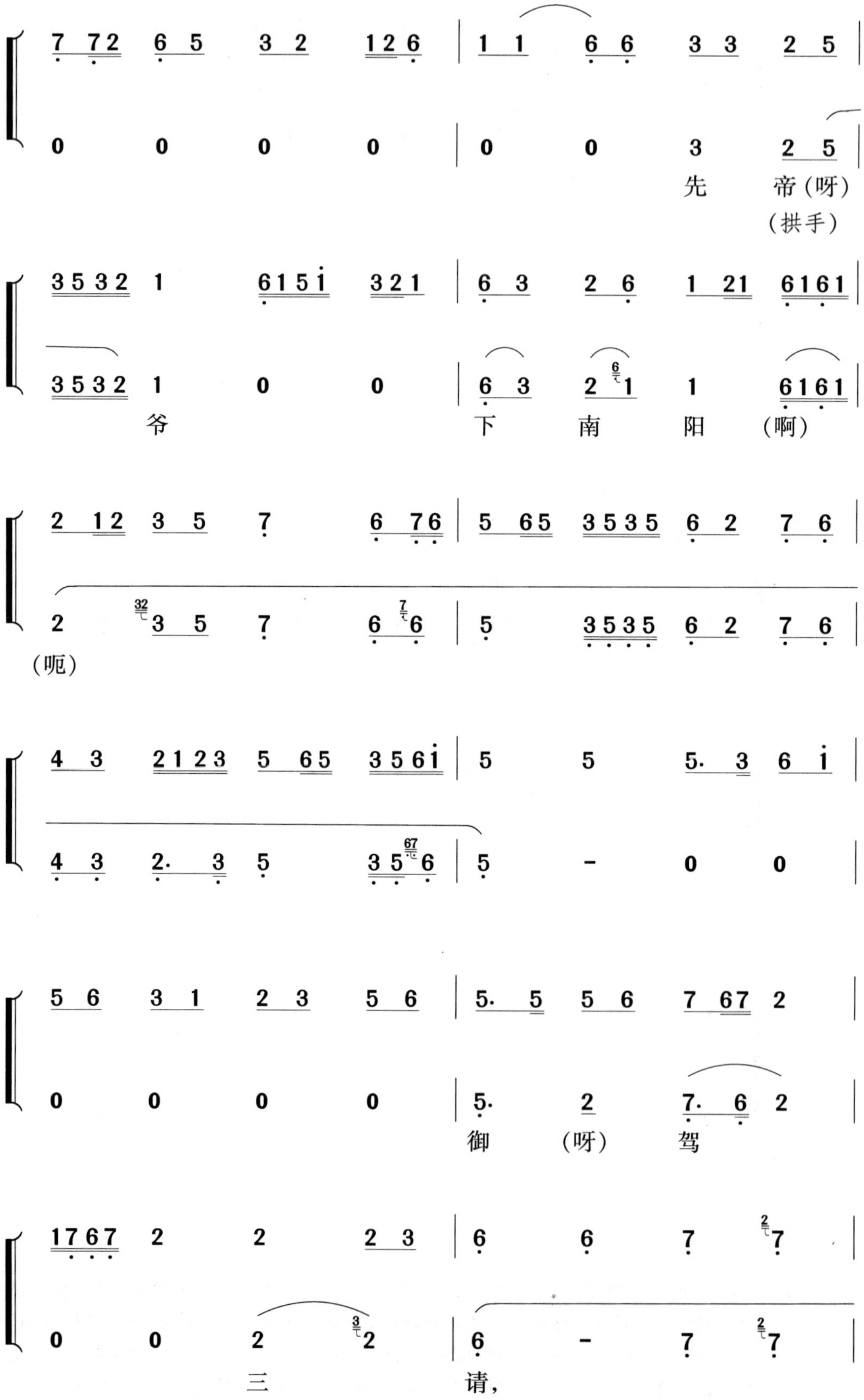
先 帝(呀)
(拱手)
爷
下 南 阳 (啊)
(呃)
御 (呀) 驾
三 请,

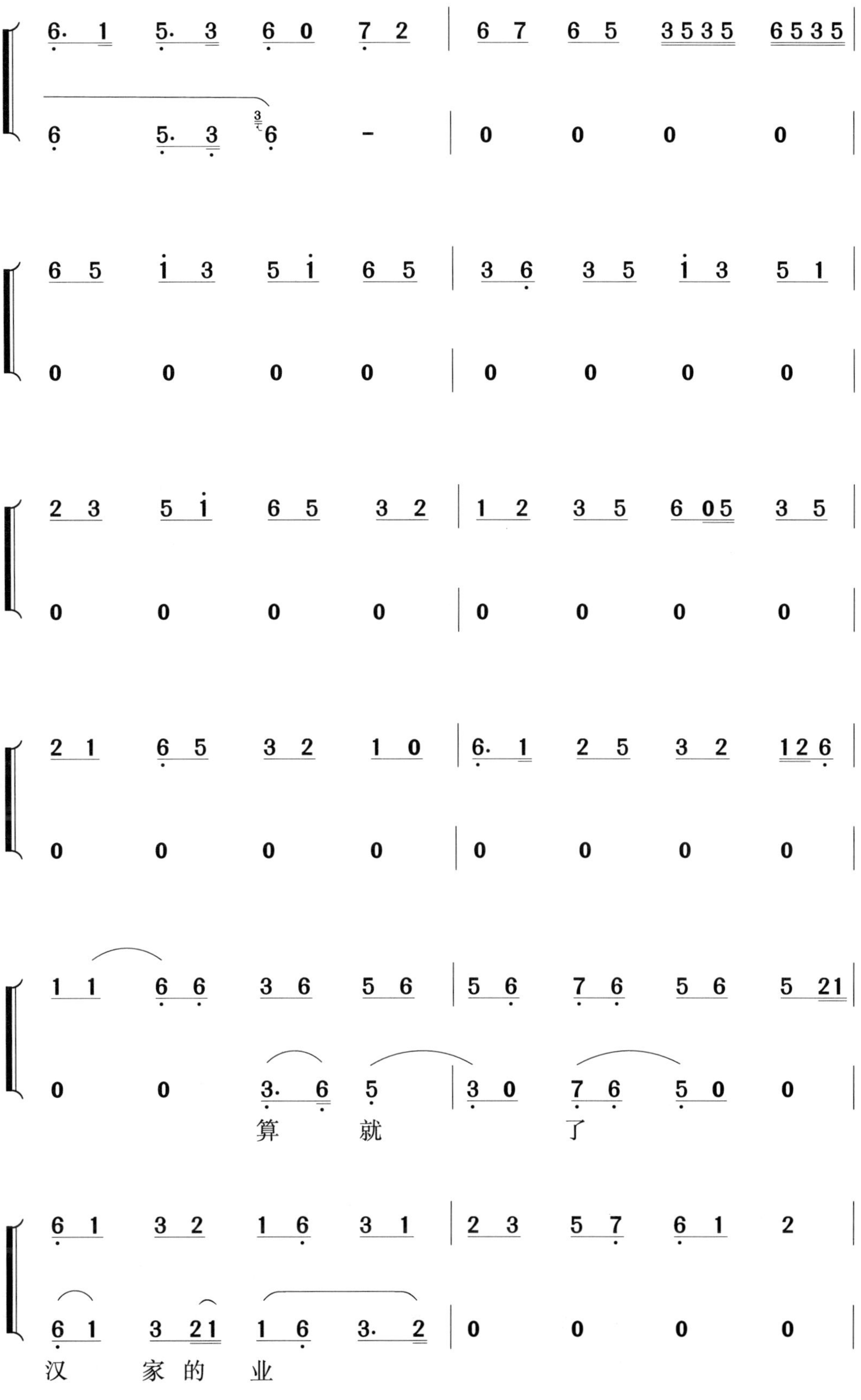
算 就 了
汉 家 的 业

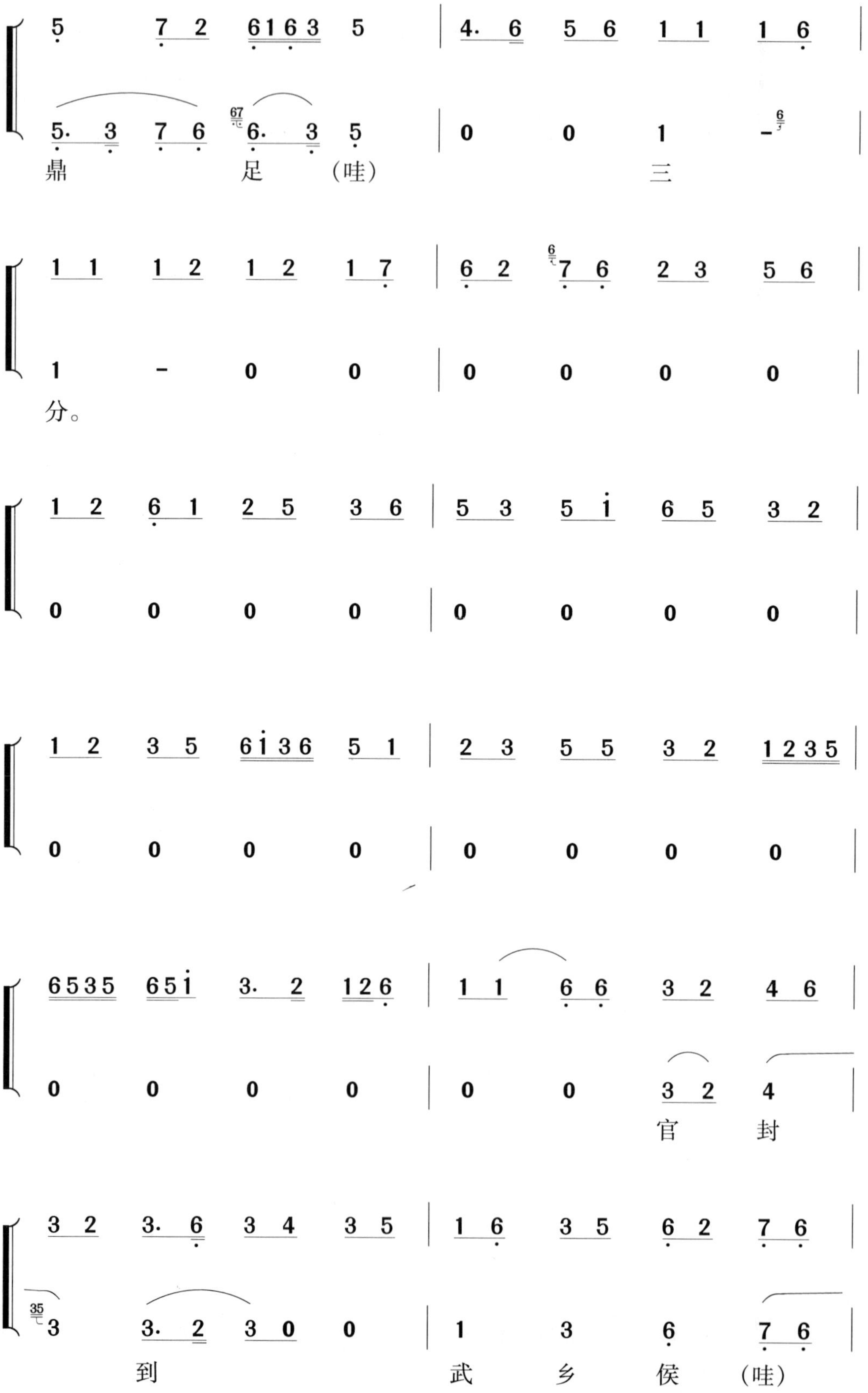
鼎 足 (哇) 三
分。
官 封
到 武 乡 侯 (哇)

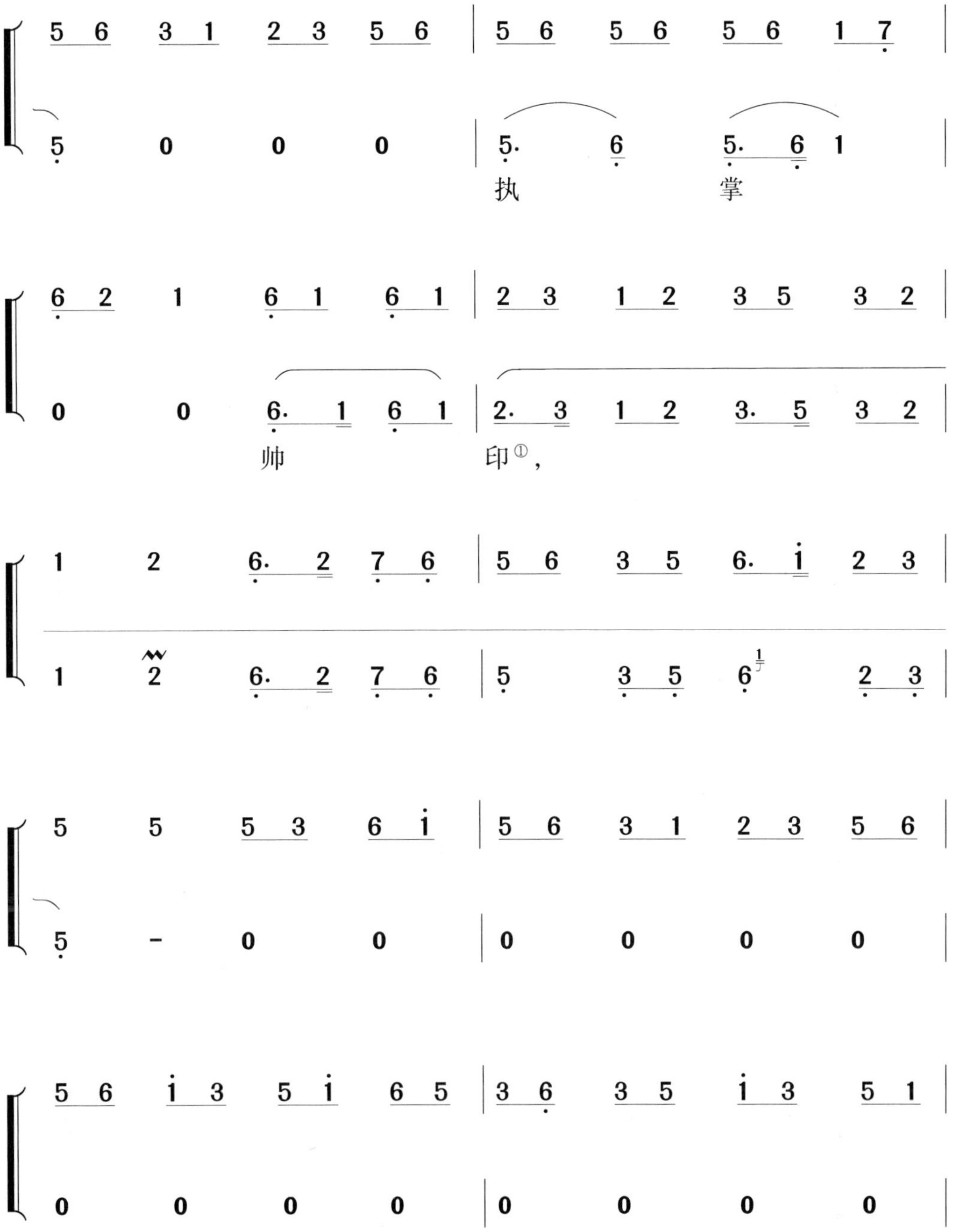


① 官封到武乡侯执掌帅印：武乡侯不是官名，而是封号。建兴元年亦即蜀后主刘禅继位之后，为抚慰托孤老臣，给了诸葛亮武乡侯的封号。“武乡”是县名，是给诸葛亮的封邑，址在今陕西勉县，“侯”是爵位的等级，排列在“公”之下，“伯”以上。爵位与官是两码事，有爵位不一定就当官，更不一定能“执掌帅印”。诸葛亮在晋封武乡侯后，又受命“领益州牧”，即益州地方最高行政长官。史载，这一时期，事无巨细，刘禅都取诸葛亮之决断。所以诸葛亮丢失街亭后，愧疚不已，自请处罚。

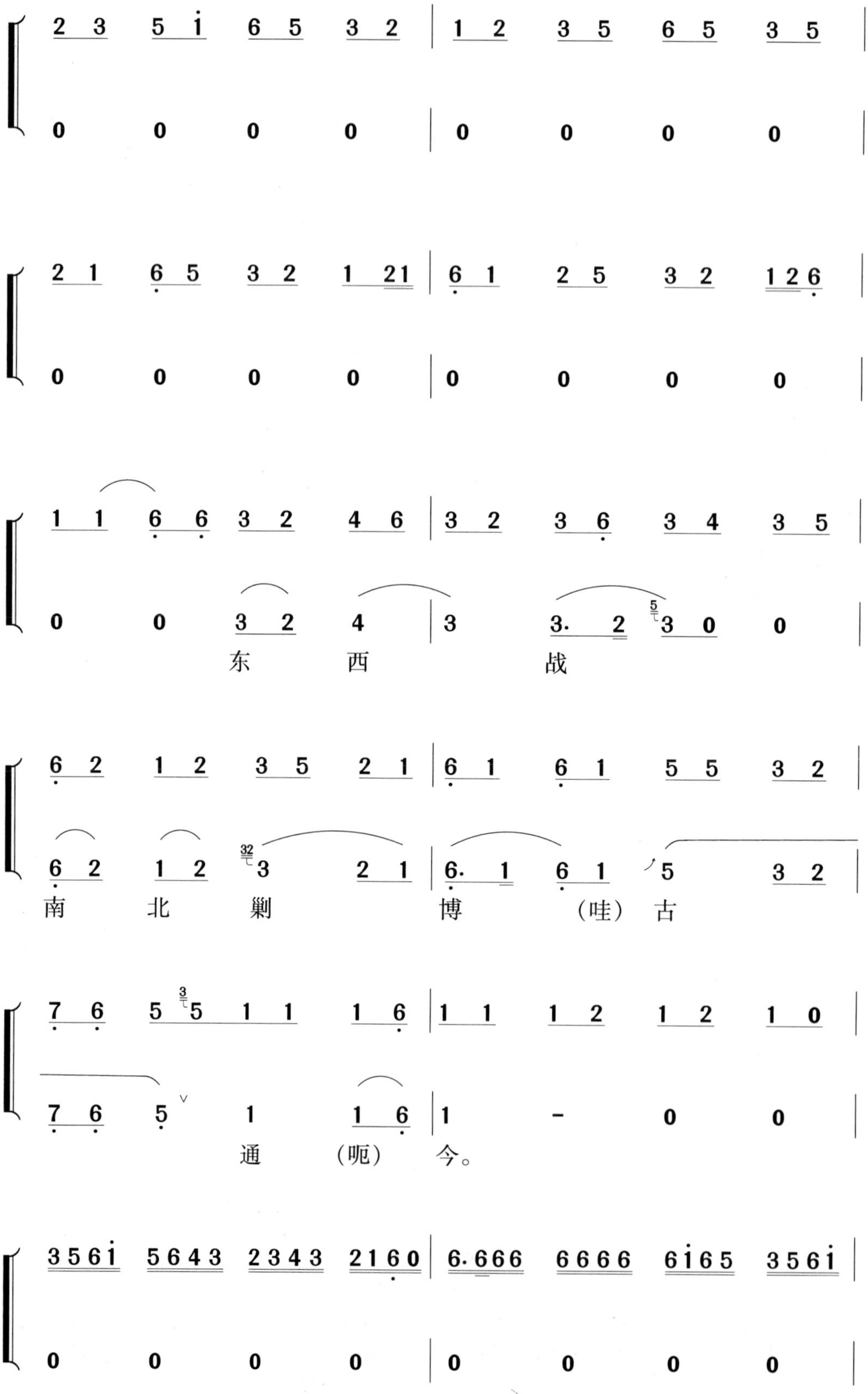
东 西 战
南 北 剿 博 (哇) 古
通 (呃) 今。

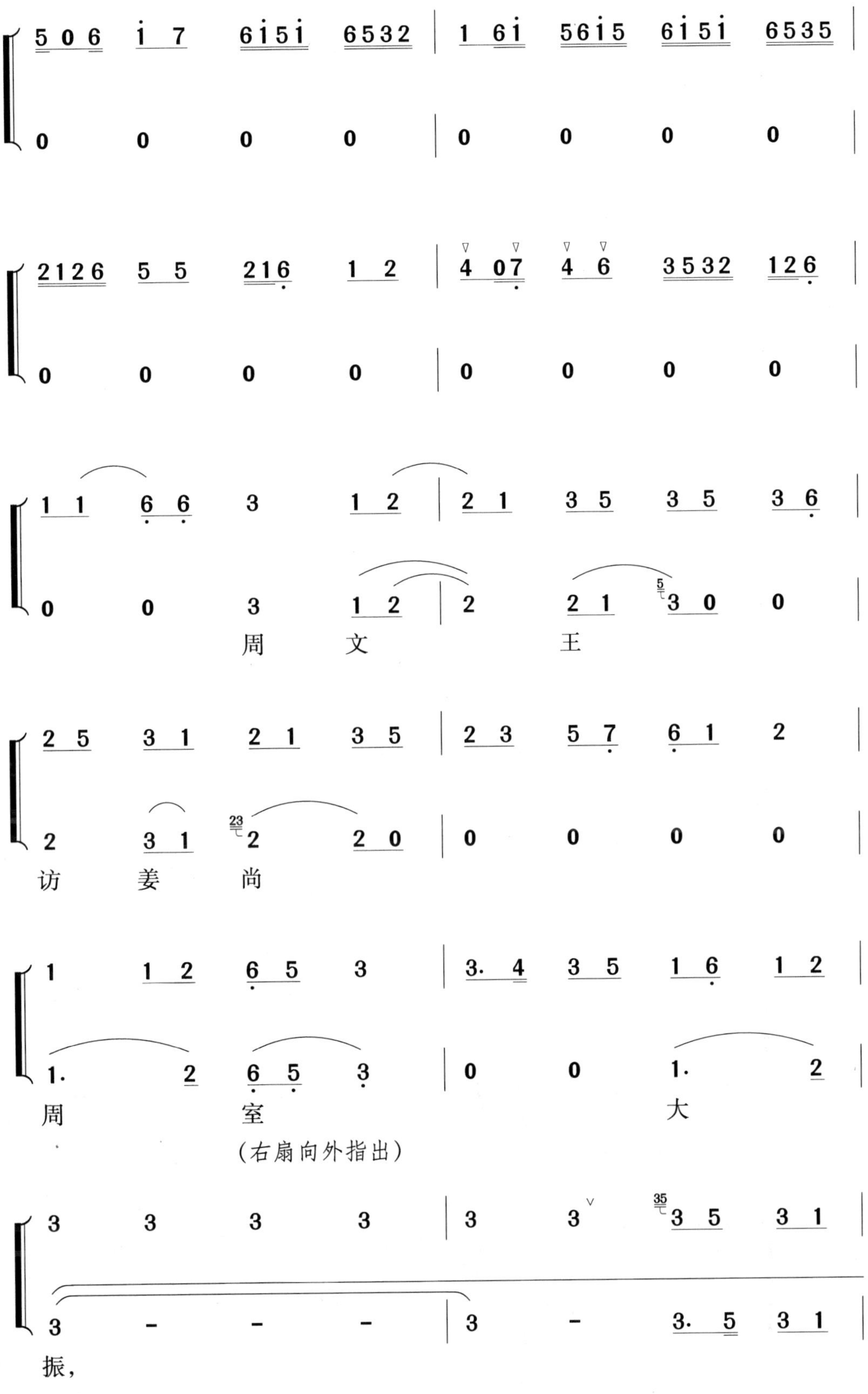
周 文 王
访 姜 尚
周 室 大
(右扇向外指出)
振，

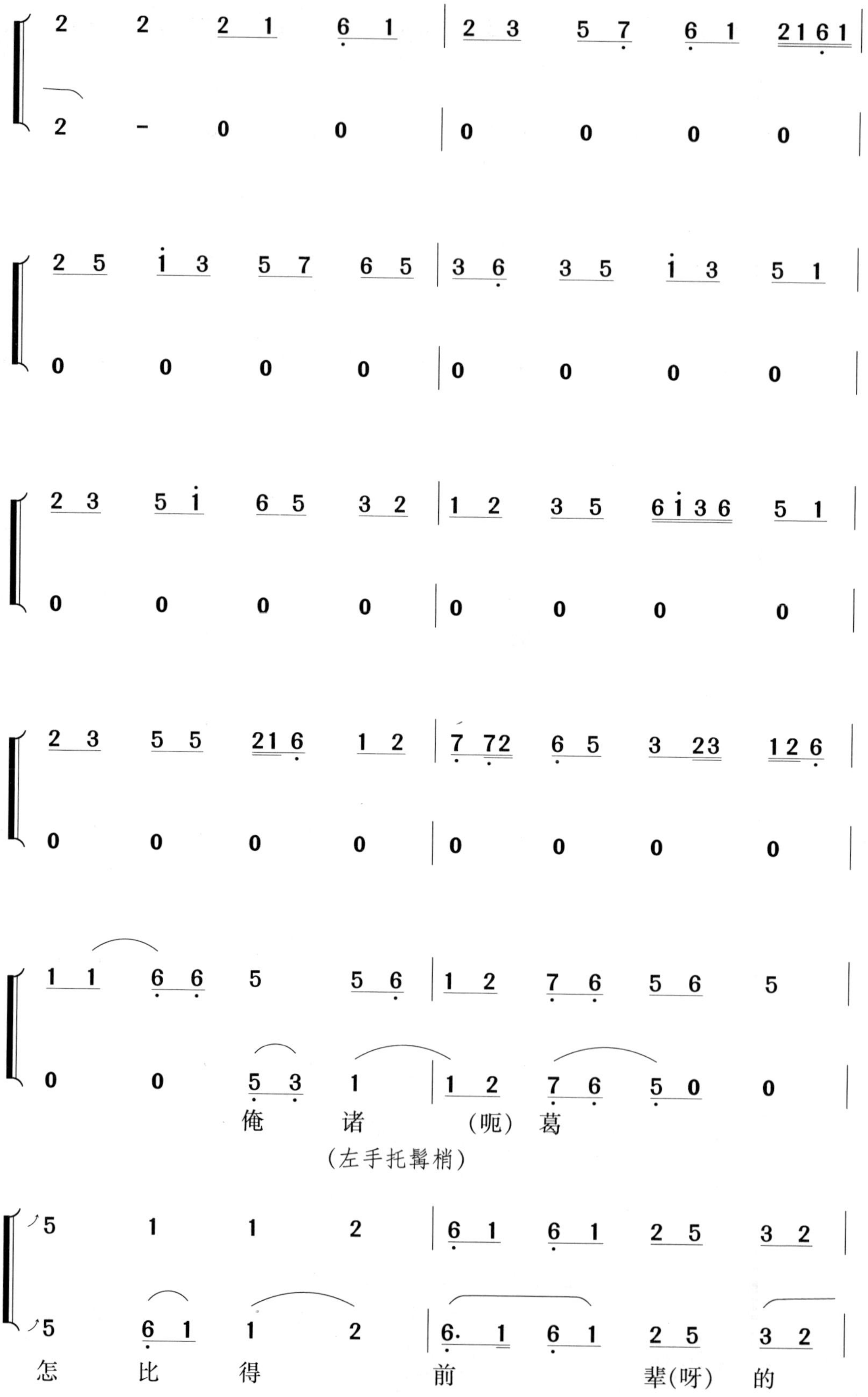
俺 诸 (呃) 葛
(左手托髯梢)
怎 比 得 前 辈(呀) 的

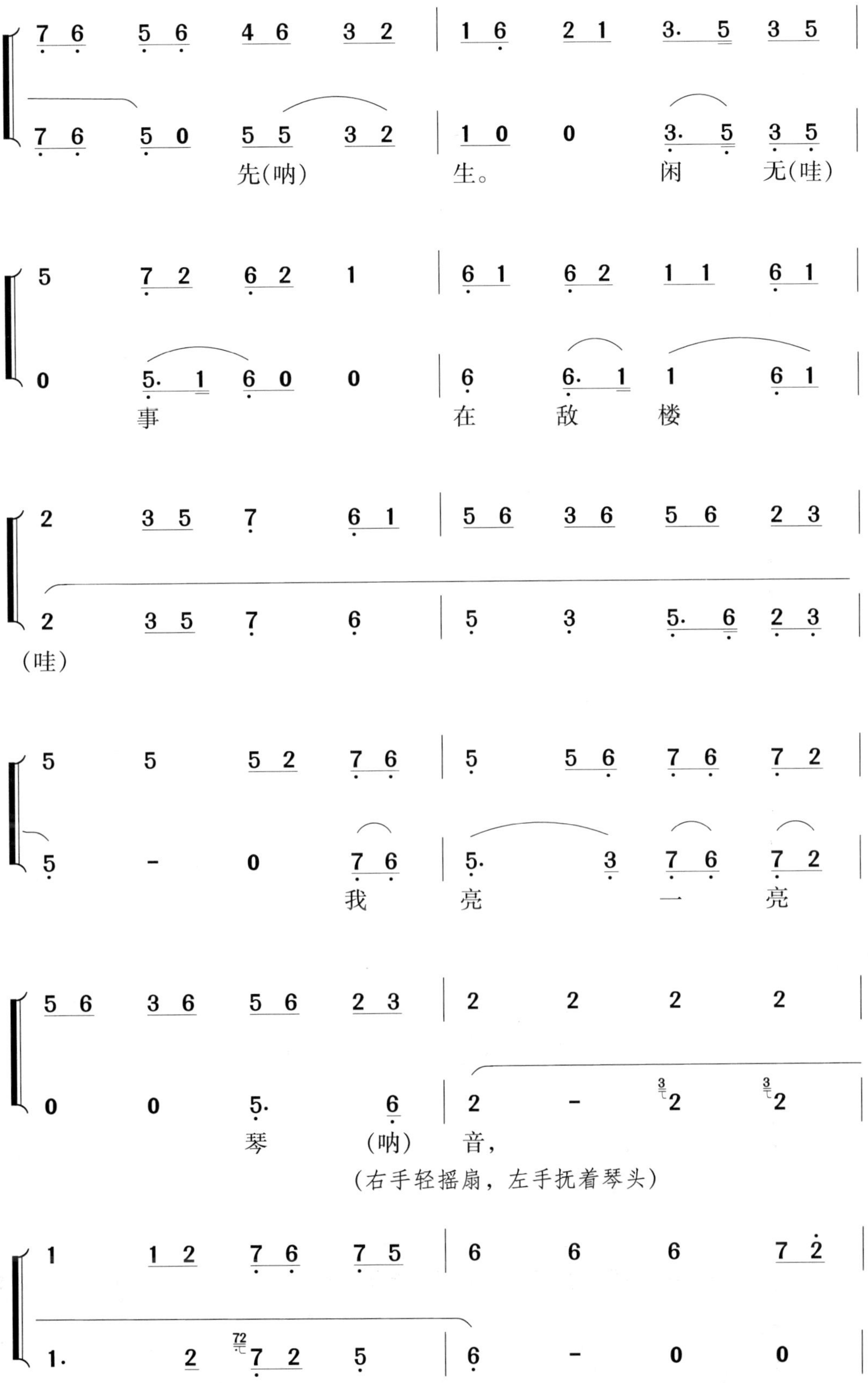
先(呐)
生。
闲
无(哇)
事
在
敌
楼
(哇)
我
亮
一
亮
琴
(呐)
音，
(右手轻摇扇，左手抚着琴头)

月琴奏〔琴歌〕$\frac{2}{4}$

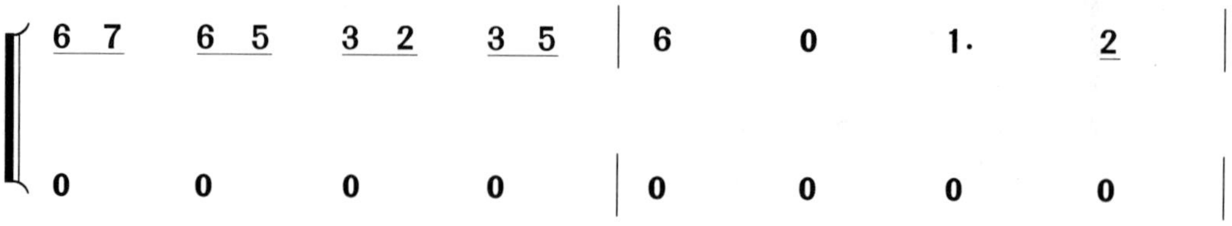

（放羽扇，双

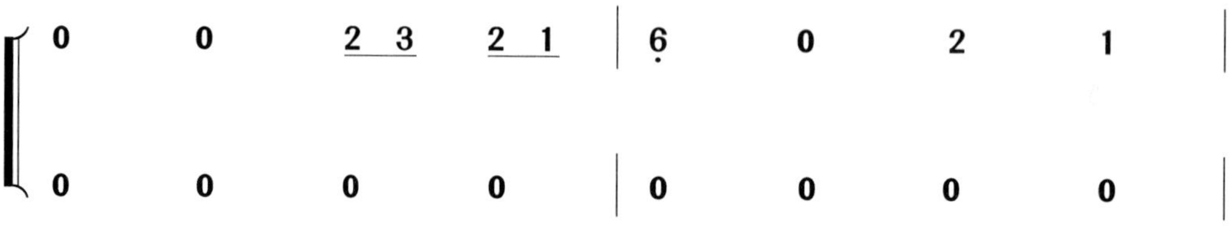

手抚琴；司马懿慢慢转过来）

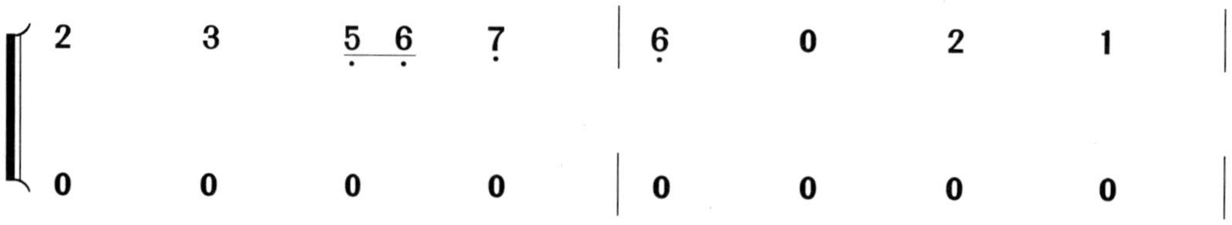

（司马

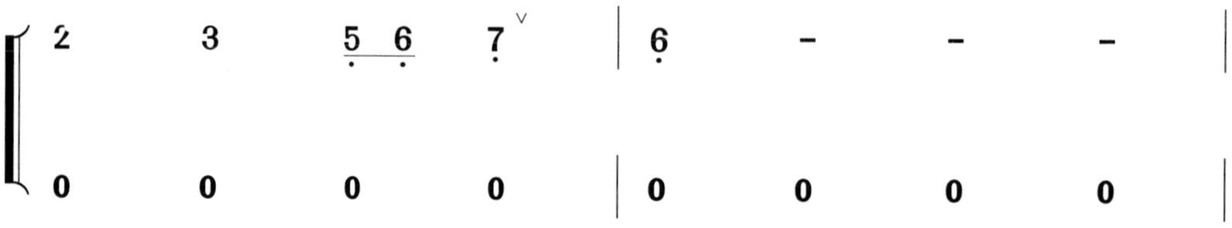

懿细心听琴音）

**诸葛亮** （笑）哈哈哈……

〔西皮原板〕

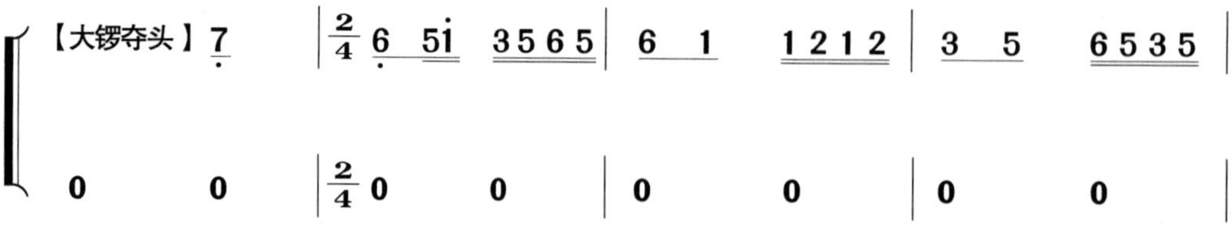


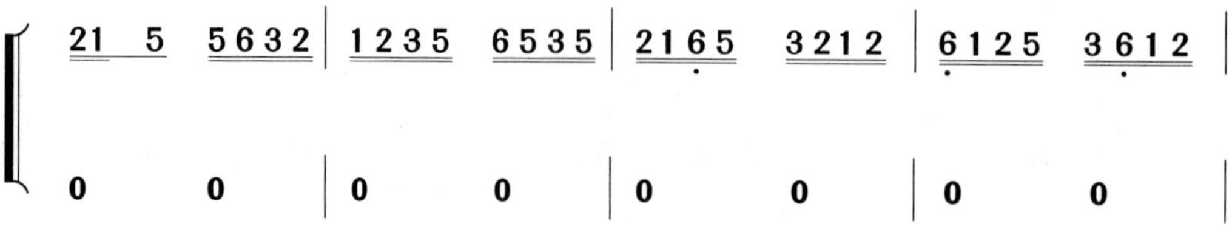

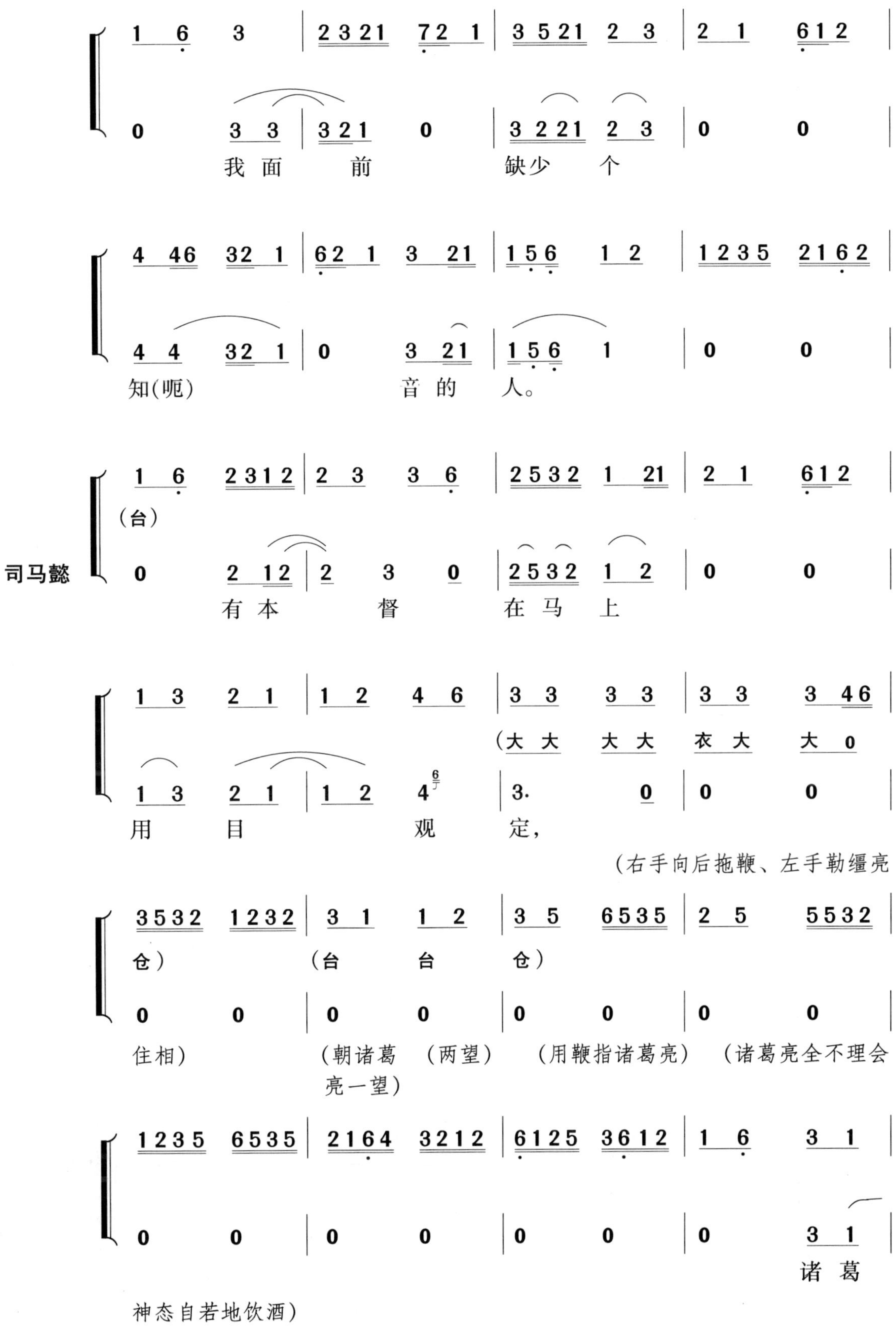
我 面 前 缺少 个
知(呃) 音 的 人。
(台)
司马懿
有 本 督 在 马 上
(大 大 大 大 衣 大 大 0
用 目 观 定,
(右手向后拖鞭、左手勒缰亮
仓) (台 台 仓)
住相) (朝诸葛亮一望) (两望) (用鞭指诸葛亮) (诸葛亮全不理会
诸 葛
神态自若地饮酒)

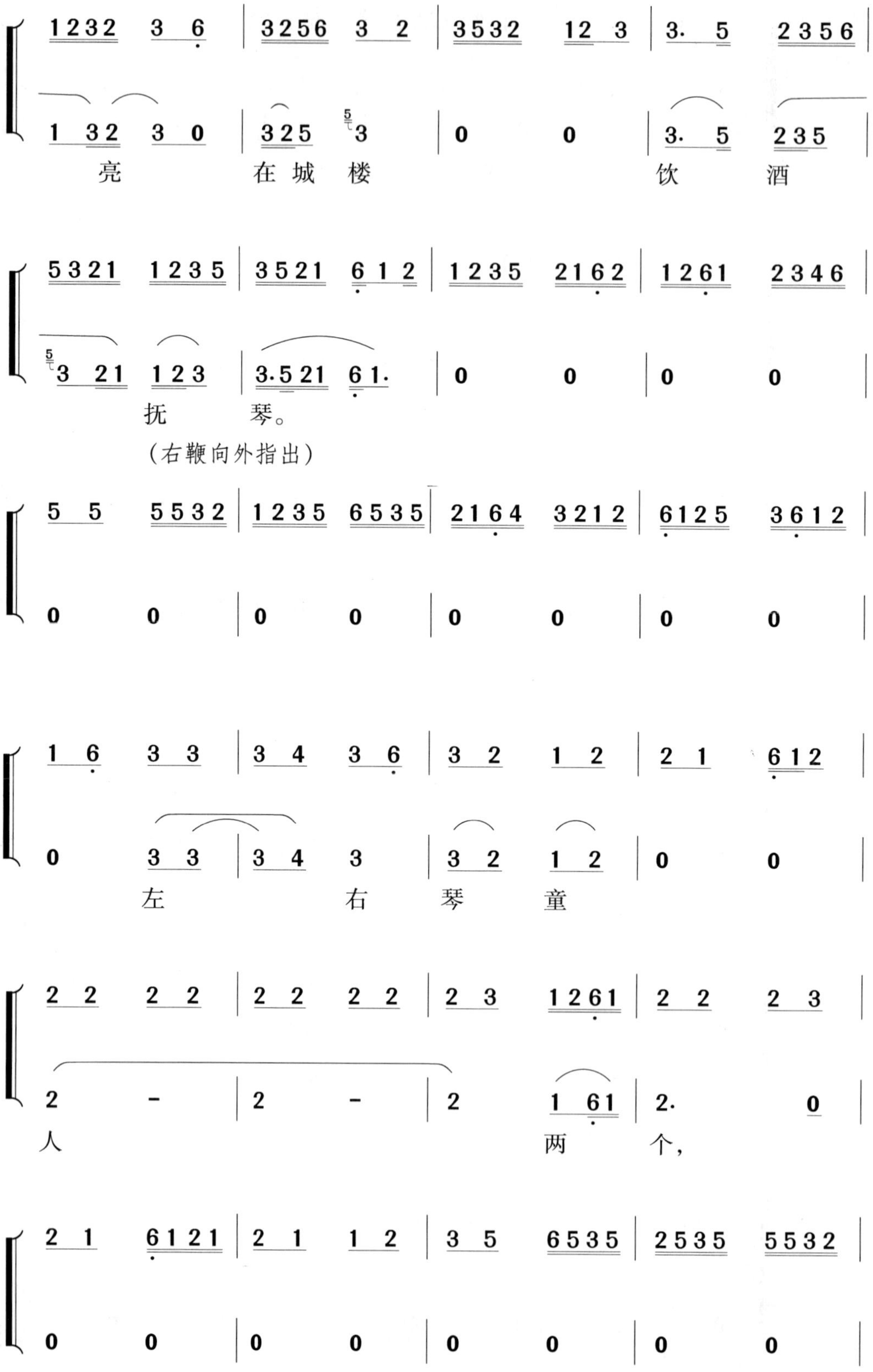


（从看二琴童目光移到正坐在城口的老军身上）

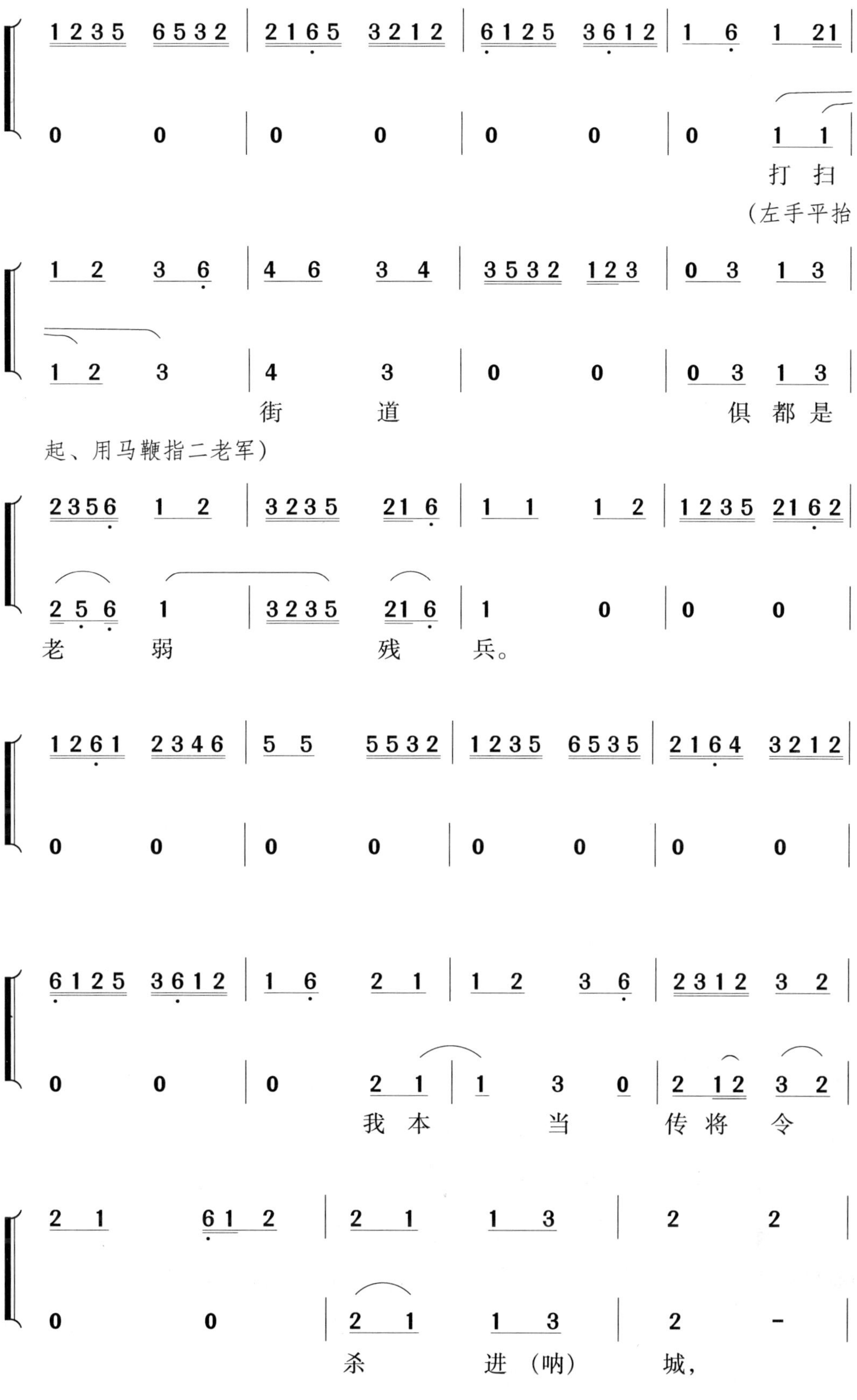
打 扫
（左手平抬
街 道 俱 都 是
起、用马鞭指二老军）
老 弱 残 兵。
我 本 当 传 将 令
杀 进（呐） 城，

〔【大锣一击】用鞭指城，众人举械喊："杀！"司马懿此时看诸葛亮在安然自在地饮酒，倒吸一口冷气。【大锣一击】

**司马懿** 杀，杀不得！（连连摇头）

〔亮弦〕

サ（ 7. 6 1 2 - ）

〔西皮摇板〕

【闪锤】 1/4（7 | 6 | 5 | 5 5 | 3 6 | 5 5 | 3 2 | 1 2）|

2 | 1 | 2 | 0 1 | 1 2 | 3 2 | 1 2 | 1 |
又 恐 怕 中 了 巧 计 行。

0 1 | 1 2 | 1 | 2（1 | 2）3 | 3 1 | 2（1 | 2）6 |
本 督 马 上 把 话 论， 叫

6 1 | 2 | 1（2 | 1）2 | 2 3 | 1（2 | 1）1 | 1 2 |
声 诸 葛 听 分 明。 任 你 的

6 2 | 1 | 3. 2 | 3 | 2 3 | 2 1 | 1 2 | 1 3 | 2 1 |
巧 计 安 排 定，我 与 你 棋 逢 对

（左手赞美指，

2 | サ（大 大）5 1 - - 3 5. 5 2 3 2 1 6 1 ‖
手 一 般 平。

右手勒马得意地亮相）

〔西皮二六〕

【大锣夺头】 多罗. 6 2 | 2/4 1 2 | 1. 2 3 5 | 1 2 1 2 |

**诸葛亮** ）0（ | 0 0 | 2/4 0 2 | 1. 2 3 5 | 1 2 1 2 |
我 正 在 城 楼

（神态自若，正襟危坐）

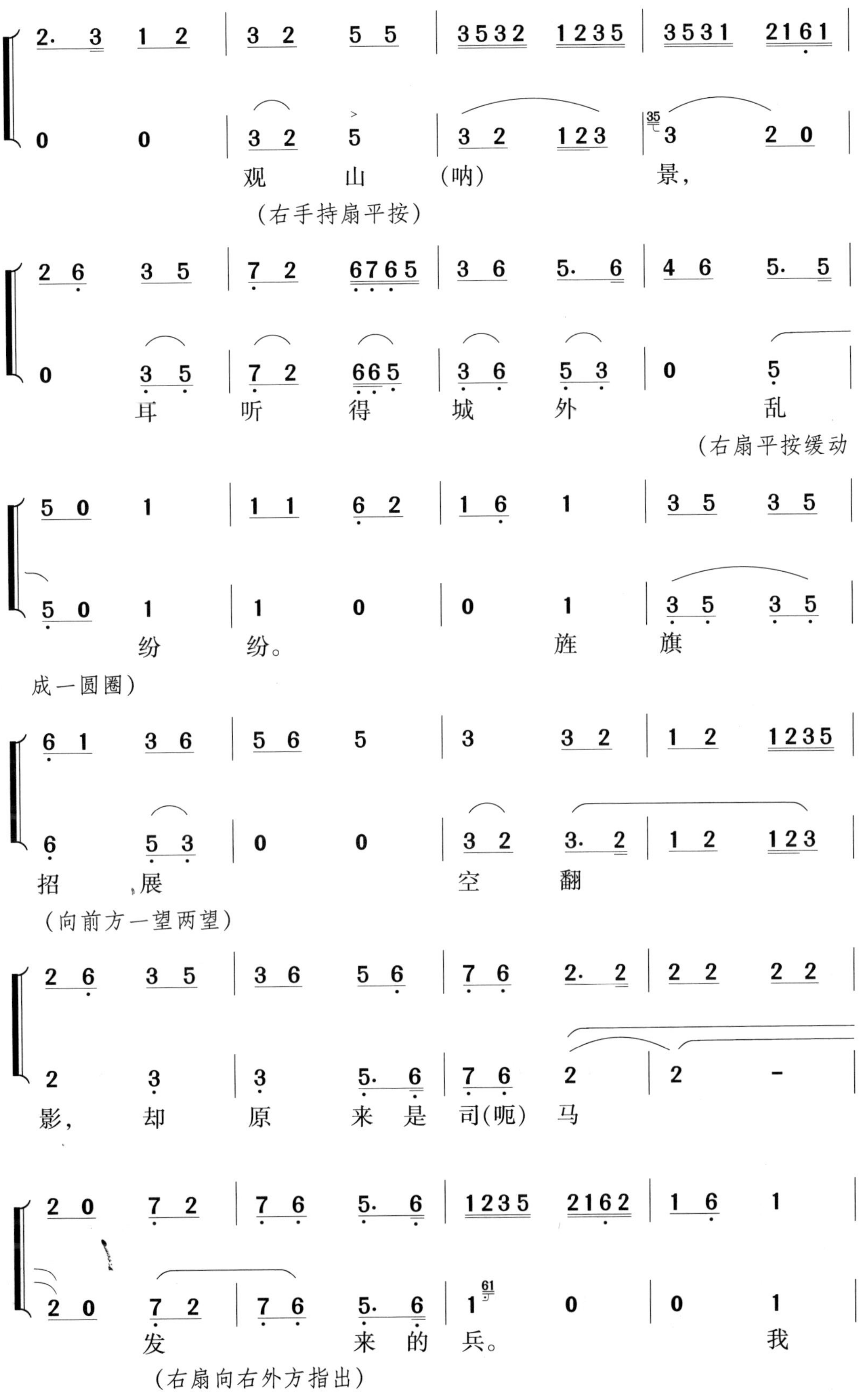
观 山 (呐) 景，
(右手持扇平按)
耳 听 得 城 外 乱
(右扇平按缓动
纷 纷。 旌 旗
成一圆圈)
招 ，展 空 翻
(向前方一望两望)
影， 却 原 来 是 司(呃) 马
发 来 的 兵。 我
(右扇向右外方指出)

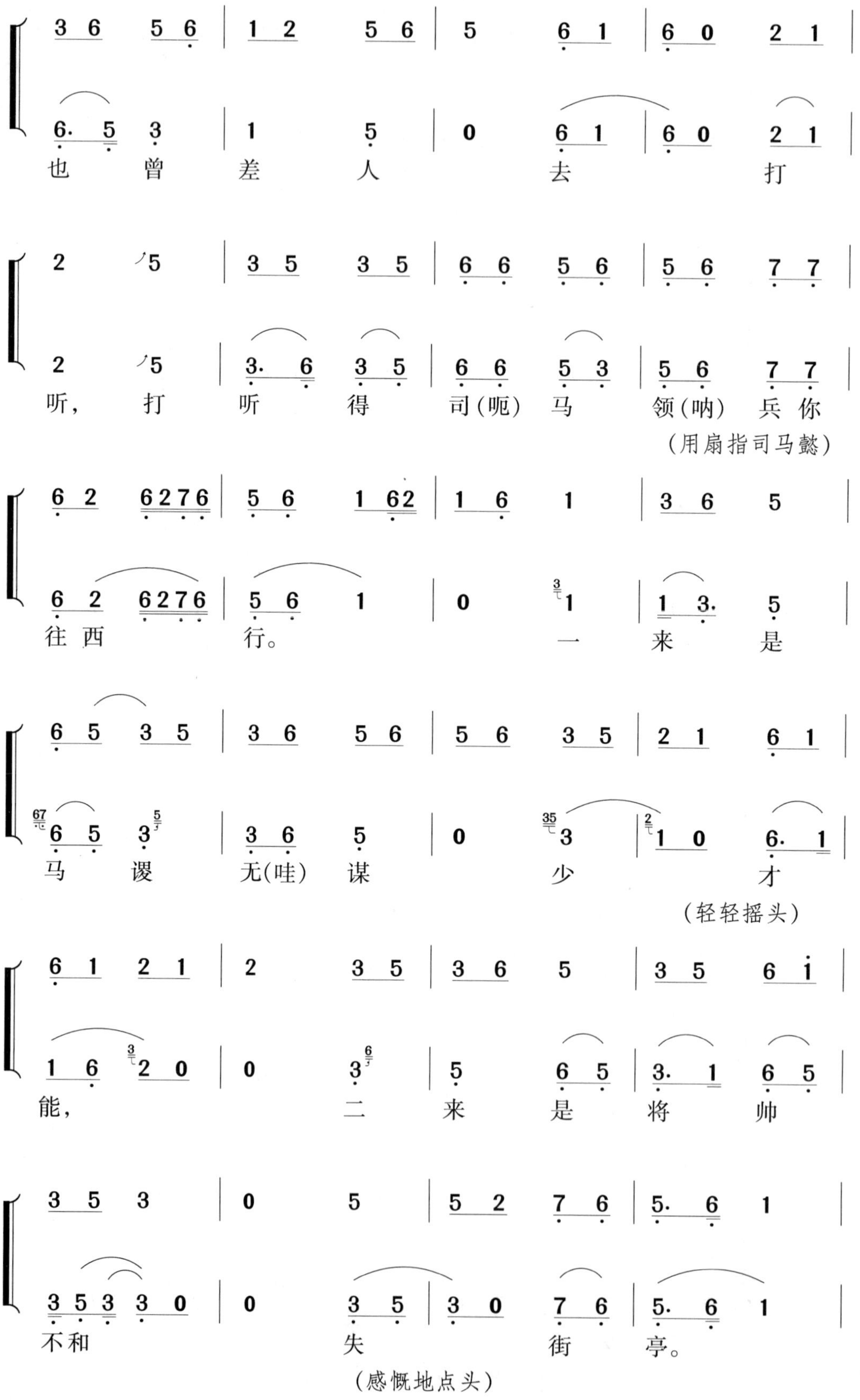
也曾差人去打
听，打听得司(呃)马领(呐)兵你
(用扇指司马懿)
往西行。一来是
马谡无(哇)谋少才
(轻轻摇头)
能，二来是将帅
不和失街亭。
(感慨地点头)

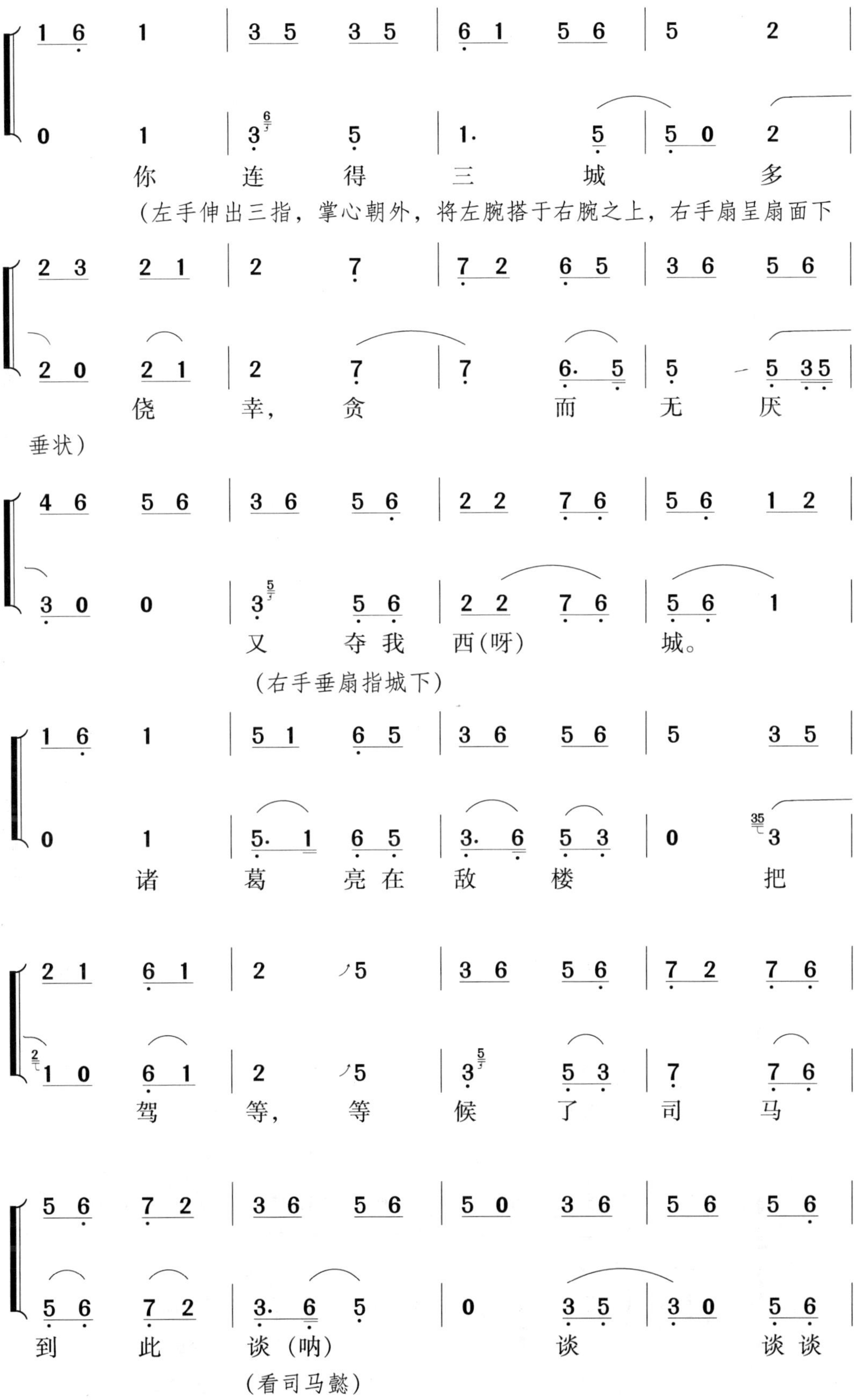
你 连 得 三 城 多
（左手伸出三指，掌心朝外，将左腕搭于右腕之上，右手扇呈扇面下
饶 幸，贪 而 无 厌
垂状）
又 夺 我 西（呀） 城。
（右手垂扇指城下）
诸 葛 亮 在 敌 楼 把
驾 等，等 候 了 司 马
到 此 谈（呐） 谈 谈 谈
（看司马懿）

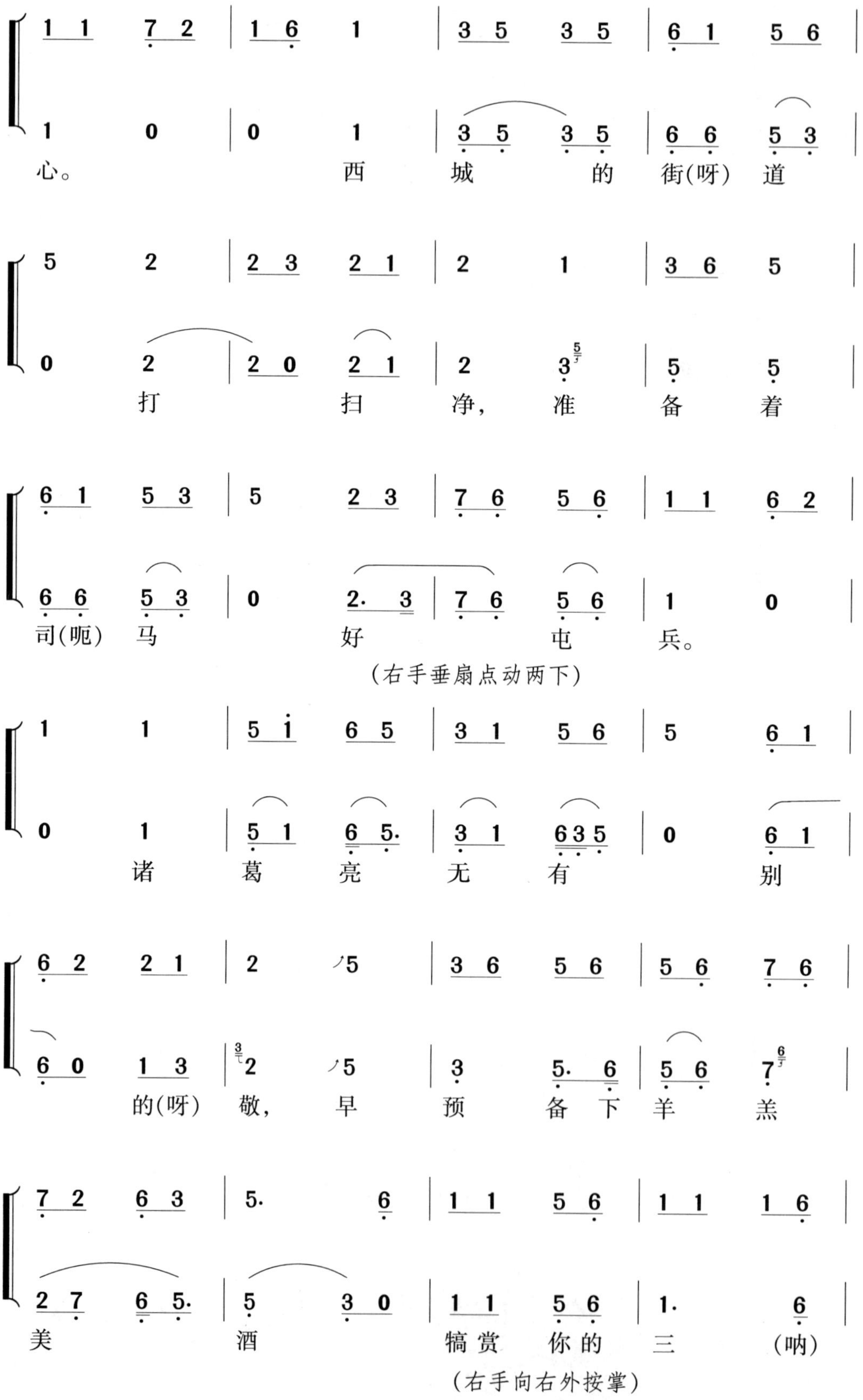

心。 西 城 的 街(呀) 道
打 扫 净, 准 备 着
司(呃) 马 好 屯 兵。
(右手垂扇点动两下)
诸 葛 亮 无 有 别
的(呀) 敬, 早 预 备 下 羊 羔
美 酒 犒赏 你的 三 (呐)
(右手向右外按掌)

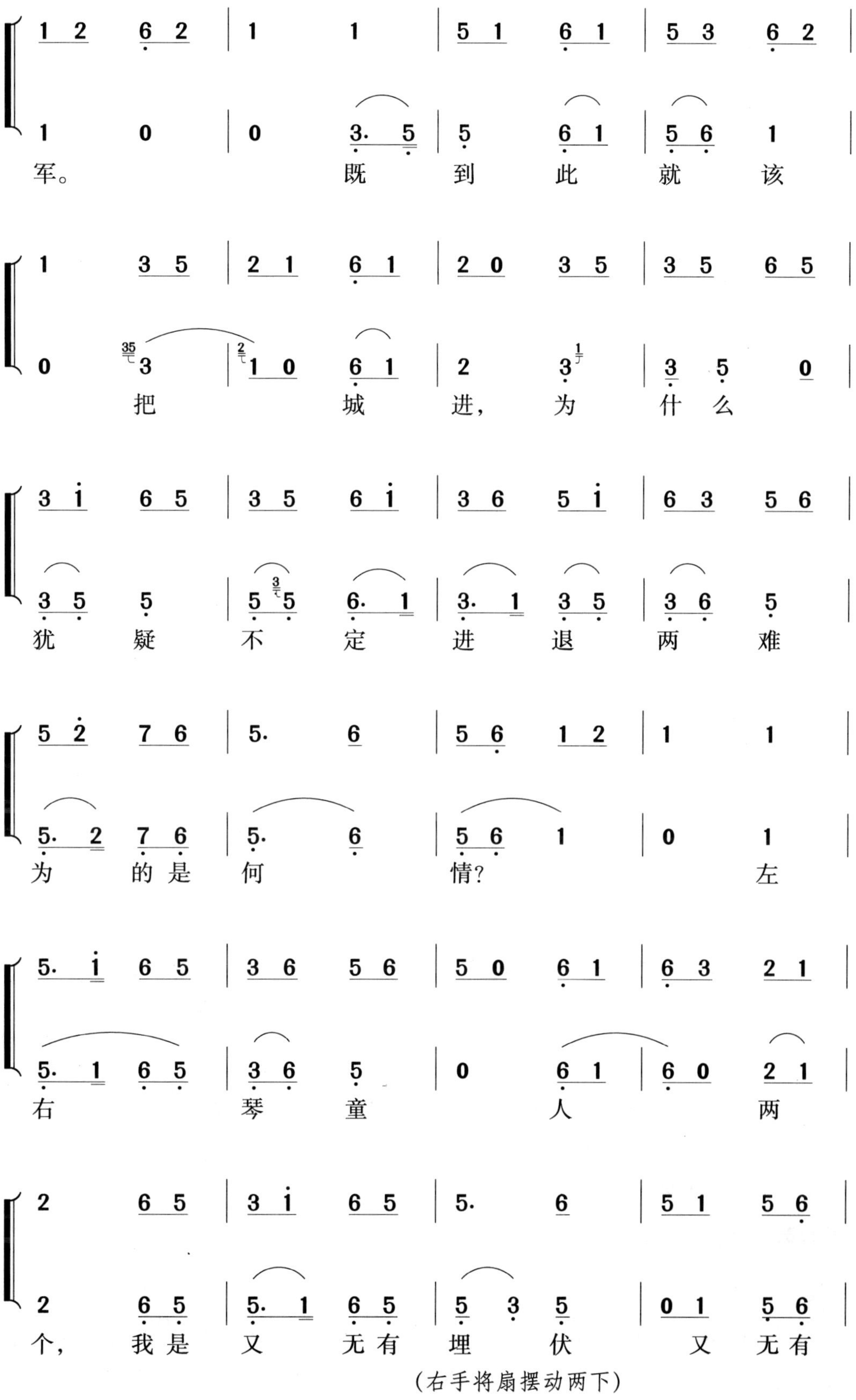
军。 既 到 此 就 该
把 城 进， 为 什 么
犹 疑 不 定 进 退 两 难
为 的 是 何 情？ 左
右 琴 童 人 两
个， 我 是 又 无 有 埋 伏 又 无 有
(右手将扇摆动两下)

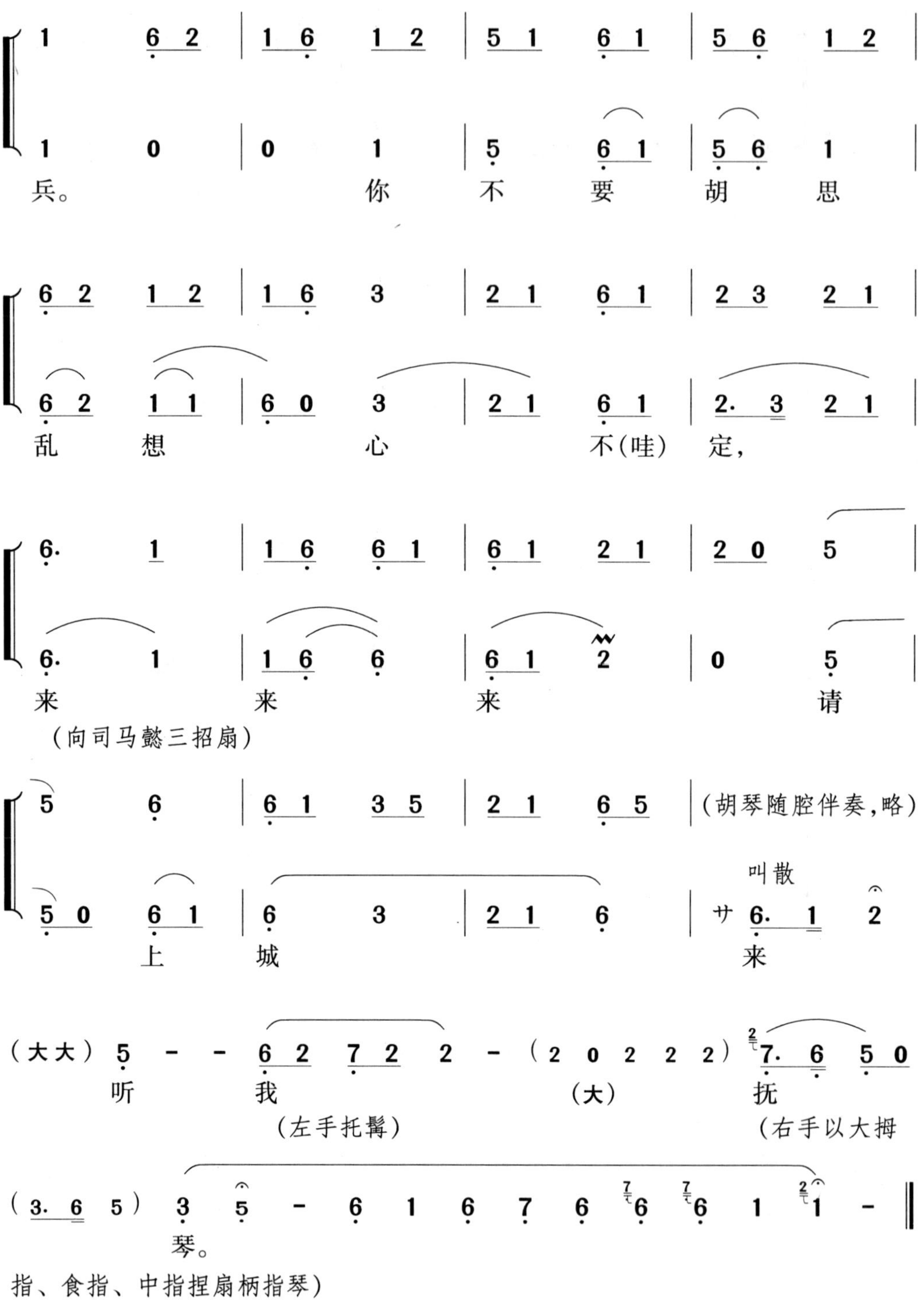
兵。
你 不 要 胡 思
乱 想 心 不(哇) 定，
来 来 来 请
（向司马懿三招扇）
（胡琴随腔伴奏，略）
叫散
上 城 来
（大大）
听 我 （大） 抚
（左手托髯）
（右手以大拇
琴。
指、食指、中指捏扇柄指琴）

**司马懿** 呀！

〔西皮摇板〕

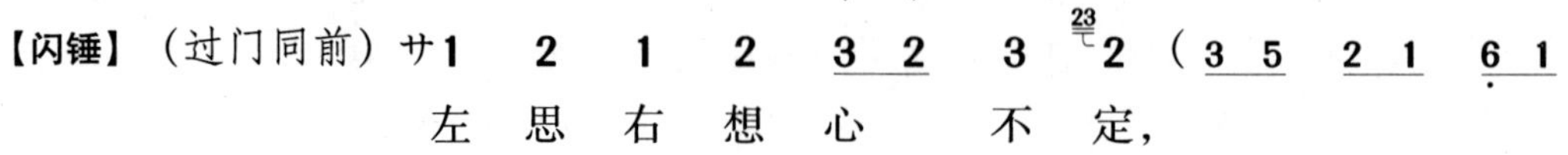
【闪锤】（过门同前）
左 思 右 想 心 不 定，

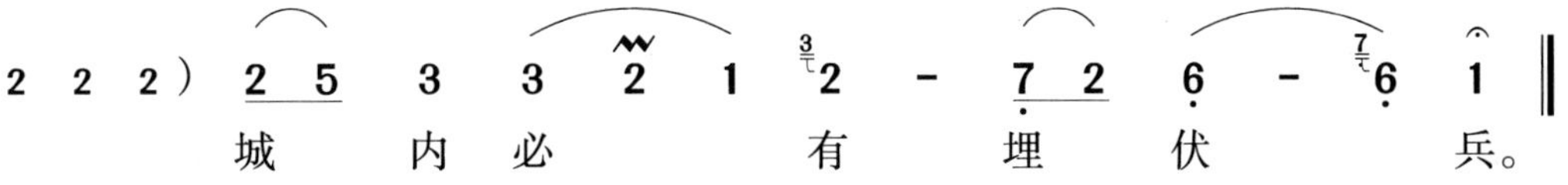


〔【大锣住头】司马懿沉思不动。

**司马师**
**司马昭** （同）爹爹，西城既是空城，何不杀进城去？

**司马懿** 且慢！（举左手示意）诸葛亮一生谨慎，断不弄险，我若杀进西城，正中其计。众将官！

**众　人** 有！

**司马懿** 将前队改为后队，人马暂退四十里。

**众　人** （应声）啊！

〔【冲头】众人从“上场门”反下。司马懿拨马欲走，转身马鞭指诸葛亮。

**司马懿** 待我说破与他。【大锣叫头】（绥马鞭指诸葛亮）诸葛亮啊，诸葛孔明！你实城也罢，空城也罢，老夫拿定主意不进城了，请了！请了！（双手抱鞭拱请式）

〔【冲头】司马懿向左转身，甩鞭打马从“上场门”下。二老军向“上场门”一望，即单腿跪城下。

**老军甲**
**老军乙** （同）司马懿大兵倒退四十里呀！

〔【撕边一击】诸葛亮望司马远去的方向，【撕边一击】定神亮住。

**诸葛亮** （倒吸一口冷气）险哪！

〔【纽丝】诸葛亮、二琴童下城，二琴童引诸葛亮从城门口出。同时二老军进城下。

〔西皮散板〕

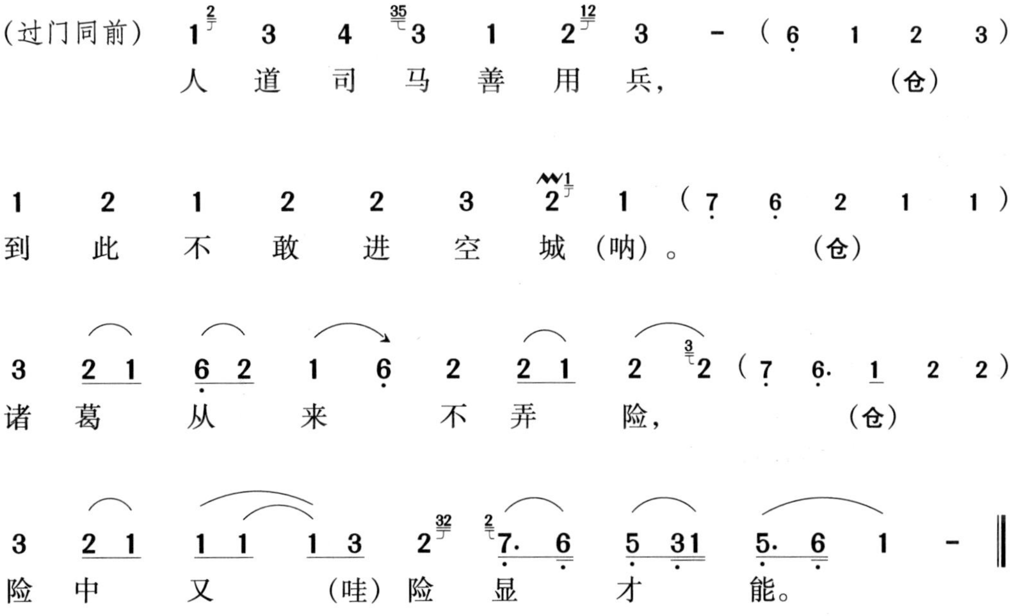


〔【急急风】四蜀兵从“上场门”上，赵云从“上场门”上举枪亮相。四蜀兵“挖

门”。【冲头】赵云在右台口下马，站在“小边”。

**赵　云**　参见丞相。（施礼）

**诸葛亮**　哎呀老将军哪！【大锣五击】适才司马兵临城下，被我用空城之计哄走，必然复返，老将军速速抵挡一阵！

**赵　云**　得令！带马。

〔【急急风】一蜀兵举枪带马，赵云持枪上马。众“插门”从“上场门”下。

**诸葛亮**　正是：【大锣住头】（走至台中）

虎在深山嫌路远，
蛟龙得水又复还。

险哪！（轻轻摇头）

〔【大锣原场】二琴童引诸葛亮从“下场门”下。

## 第十三场

〔【乱锤】四白龙套、四魏军从“上场门”上，司马师、司马昭从“上场门”上举枪亮相，司马懿举鞭从“上场门”上。众人“挖门”，司马懿归台中。

〔魏探子内白：“报！”

〔【冲头】探子从“上场门”上，单腿跪司马懿面前。

**魏探子**　西城乃是空城！

**司马懿**　再探！

〔【大锣五击】探子从“上场门”下。

**司马懿**　复夺西城！

**众　人**　啊！

〔【急急风】众人“插门”从“上场门”方向领起来；四蜀兵从“下场门”上，双方“二龙出水”会阵。司马懿拔剑，用剑、马鞭架住赵云枪。

**司马懿**　何人挡住老夫的去路？

**赵　云**　赵云！

**司马懿**　（惊）啊！收兵！收兵！

〔【乱锤】四白龙套、四魏军后队改为前队从“上场门”下，司马师、司马昭随下。司马懿左手向上撑袖护头，右手拖鞭从“上场门”下。

〔【长尖】四蜀兵归两边“站门”，赵云归台中。

**四蜀兵**　魏兵大败！

**赵　云**　报与丞相知道。（持枪拱请式）

〔【大锣原场】四蜀兵引赵云从“下场门”下。

## 第十四场

〔【乱锤】司马懿的人马从“上场门”上，众人“挖门”、“站门”。司马懿归台中。

**司马懿** 如何？（仓）我说是实城，你们说是空城（指司马师兄弟二人），难道那赵云是从天上掉下来的吗？

〔魏探子内白：“报！”

〔【冲头】魏探子从“上场门”上。

**魏探子** 西城实是空城！

**司马懿** 那赵云是从何处而来？

**魏探子** 新从列柳城调回。

**司马懿** 那诸葛亮呢？（向前欺一步）

**魏探子** 逃往汉中去了。

**司马懿** 再探！（十分懊悔）

〔【大锣五击】魏探子从“上场门”下。

**司马懿** （感慨地）诸葛亮啊，诸葛亮，你的胆量忒大了！（赞美指）【撕边一击】司马懿呀，司马懿，你的胆量又忒小了。（左手做贬意指，四指微攥，小指单伸）【撕边一击】本当再去夺取，又恐中了他的二计。众将官——（仓）

**众　将** 有！

**司马懿** 悄悄地收兵。

〔【大锣原场】众人扯“斜门”，司马懿、司马昭、司马师从“下场门”下，众人“窝下”。

## 第十五场

〔【快长锤】四红龙套、四蜀兵从“上场门”上，“站门”。诸葛亮从“上场门”上，走至台中。

〔西皮摇板〕

**诸葛亮** （过门同前）1 2 1 2 2 3. 2 3 2 3
算 就 汉 室 三 分 鼎，险

3 2 1 1 - 6 1 3 2 23231 1 - ‖
些 一 旦 化 灰 尘 （呐）。

〔【冲头】归“小座”；蜀报子从“上场门”上。

**蜀报子** 马谡、王平回营请罪。

**诸葛亮** 升帐。

〔奏唢呐曲牌<小傍妆台>诸葛亮向前两步至前台口，左手抖袖向右转身，归“大座”。

〔**【冲头】**报子从“上场门”上。进帐，跪：“赵老将军得胜回营。”诸葛亮：“有请”。报子从“下场门”下。

〔**【急急风】**四蜀兵从“上场门”上，赵云从“上场门”上，举枪亮相。四蜀兵在右台侧站“一条鞭”。赵云在右台口下马。**【冲头】**四蜀兵从“上场门”下。

〔诸葛亮出帐接，诸葛亮、赵云“八字站”。诸葛亮抬扇示意，一蜀军捧酒具上。诸葛亮举酒杯向赵云敬酒，赵云接酒恭敬地敬天敬地后，将酒杯递与蜀军，蜀军下。

〔赵云向左右一看，向前一步欲问诸葛亮。诸葛亮见赵云神态，明白赵云意图，随即走至台中，右手挥动一下羽扇，示意赵云下去。

〔**【撕边一击】**赵云快步至左台口，向右转身，望三军司命大帐，诸葛亮挥扇示意令出。赵云着急无奈地顿足、击掌，**【撕边一击】**赵云从“下场门”下。

〔诸葛亮往赵云走的方向一望，**【撕边一击】**站立台中，满面怒容：“升帐！”众人喊军威。

〔诸葛亮左手抖袖、提袖向右转身往台里走去归“大座”。曲牌止。

**诸葛亮** 带王平！

〔**【快长锤】**二刀斧手押王平 “上场门”上，二刀斧手站“一条鞭”。王平双手带扭，走至右台口。

〔西皮快板〕

**王 平** (过门同前) 3 | 3 | 0 4 | 4 3 | 2 | 1 2 | 3 |

忽 听 丞 相 唤 一 声，

0 2 | 2 3 | 1 | 2 | 2 1 | 6̣ | 1 | 0 2 |

不 由 王 平 胆 战 惊。 迈

2 | 1 2 | 3 5 | 2 | サ 2 1 1 3 2 -

步 且 把 宝 帐 (呃) 进，

〔**【快长锤】**二刀斧手进帐，王平进帐“挖”到“大边”站立。

〔西皮摇板〕

(过门同前) 6̣ 2 1 3 2 1 2 2 1 1 6̣ 1 ‖

丞 相 台 前 领 罪 刑。

(向前走两步归到台中跪下)

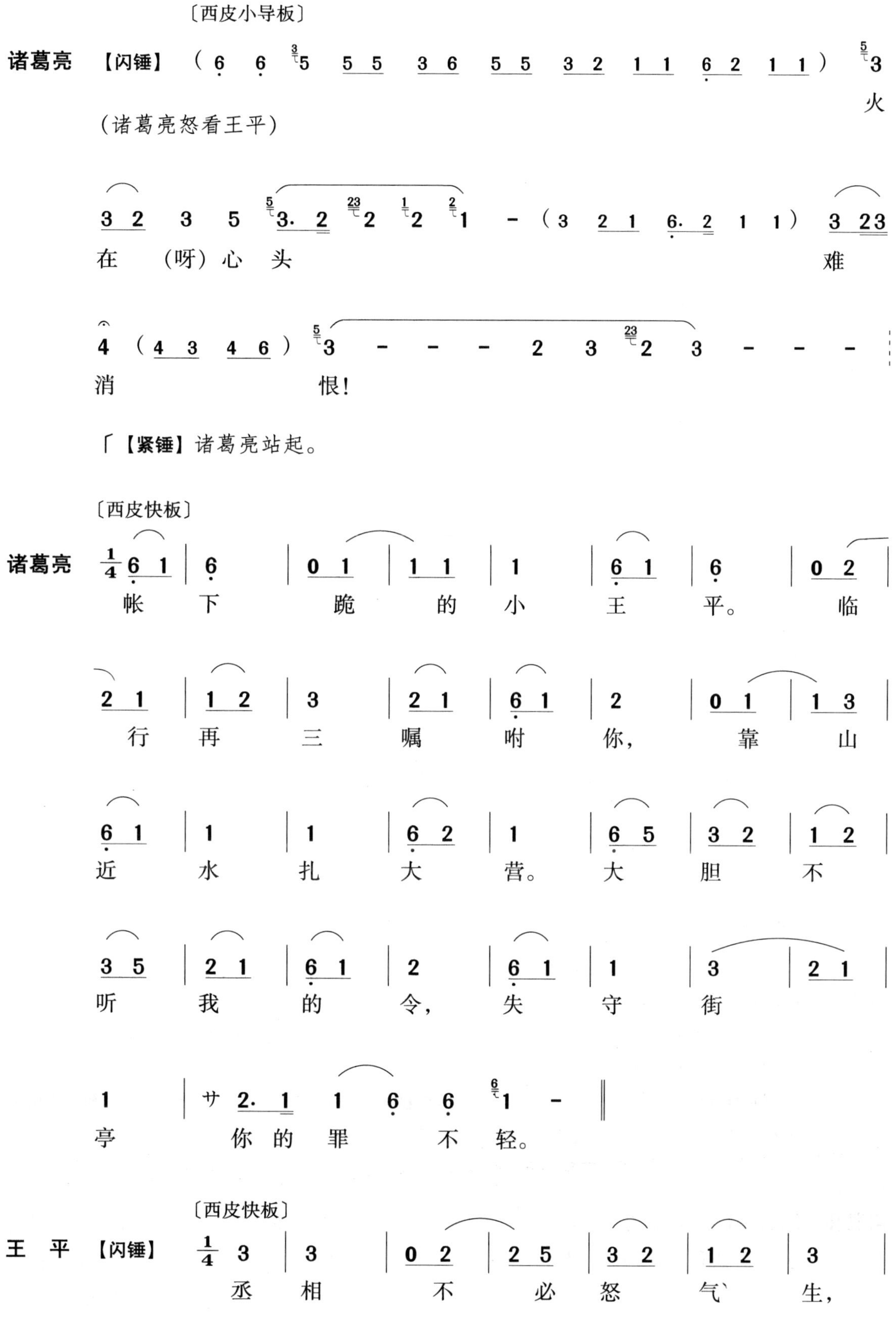
〔西皮小导板〕
诸葛亮 【闪锤】
火
（诸葛亮怒看王平）
在（呀）心头
难
消
恨！
〔【紧锤】诸葛亮站起。
〔西皮快板〕
诸葛亮
帐下跪的小王平。临
行再三嘱咐你，靠山
近水扎大营。大胆不
听我的令，失守街
亭你的罪不轻。
〔西皮快板〕
王平 【闪锤】
丞相不必怒气生，

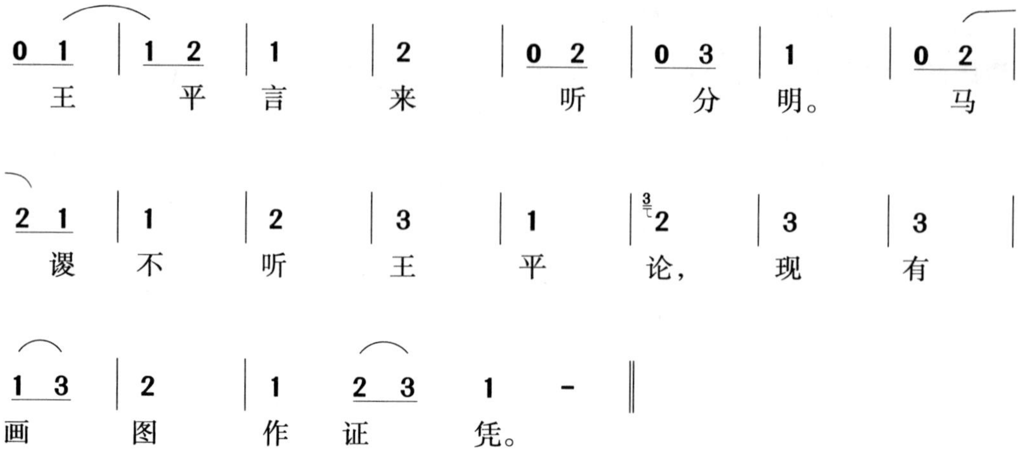


〔西皮快板〕

诸葛亮【硬三锤】

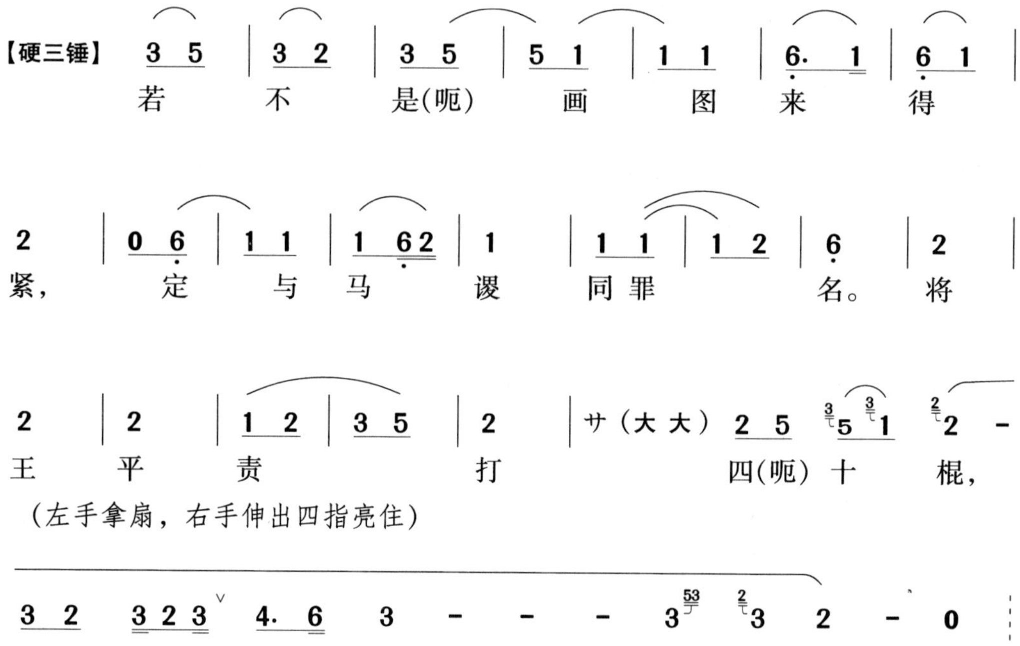


**诸葛亮** （怒拍惊堂木）打！

〔【大锣一击】王平一惊，向右拧身起“屁股坐子”。【快长锤】王平身站起，二刀斧押王平出帐，从“下场门”下。

〔【单楗大锣一击】内喊：“一十。”【单楗大锣一击】内喊：“二十。”【单楗大锣一击】内喊：“三十。”【单楗大锣一击】内喊：“四十打完。”

诸葛亮【硬三锤】

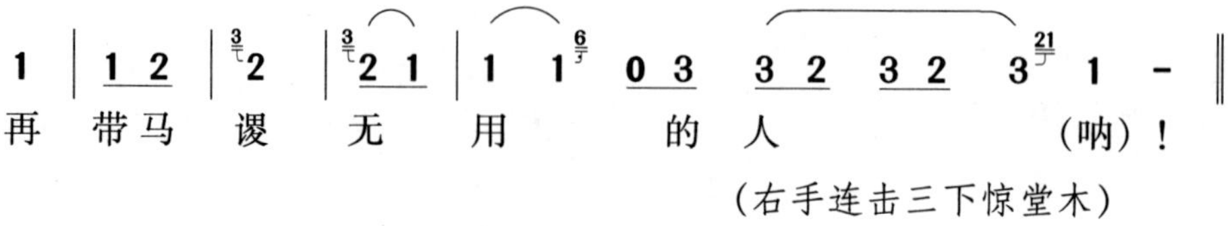

〔【快长锤】马谡手戴杻被二刀斧手从"上场门"押上。二刀斧手站"一条鞭"。马谡走至右台口。

〔西皮快板〕

马　谡 （过门同前）4 | 3 | 0 3 | 0 2 | 3 2 | 4 | 3 |
丞 相 帐 中 令 传 下，

0 1 | 0 1 | 2 1 | 2 | 2 | 3 | ³1 | 0 1 |
马 谡 心 中 乱 如 麻。 不

0 2 | 3 | ³2 | 0 1 | 0 1 | 2 | 0 1 | 0 1 |
该 军 令 当 玩 耍， 不 该

2 | 2 | 2 | 3 | 1 | 0 5 | 3 | 2 |
山 头 把 营 扎。 低 头 不

1 | 2 | サ 1 3 2 - 1 6̣ 1 2 -
语 跪 帐 下，

〔【快长锤】二刀斧手押马谡进帐，二刀斧分两边站，马谡"挖"到"大边"。

〔西皮摇板〕

（过门同前） 6̣ 2 1 3 2 - 7̣ 2 6̣ 1 - ‖
且 候 丞 相 把 令 发。
（紧走两步归台中跪下）

〔西皮快板〕

诸葛亮 【紧锤】 1/4 3 5 | 3 2 | 3 | 0 1 | 1 1 | 1 | 6̣ 1 |
见 马 谡 跪 在了 宝 帐

2 | 0 1 | 1 1 | 6̣ 1 | 3 | 6̣ 1 | 2 | 6̣ 0 |
下， 不 由 老 夫 咬 钢 牙。

6̣ 5 | 3 2 | 1 2 | 3 | 2 1 | 6̣ 1 | 2 | 6̣ 1 |
大 胆 不 听 我 的 话， 失

1 | 3 | 2 1 | 1 | サ 2 1 - 6 1 ‖
守 街 亭 你差 不 差？

**马　谡**　丞相！（拱手）

〔西皮快板〕

**【闪锤】**（过门同前）4 | 3 | 0 3 | 3 5 | 3 2 | 1 2 | 3 |
丞 相 不 必 怒 气 发，

0 1 | 1 2 | 1 | 2 | 0 2 | 2 3 | 1 | 0 2 |
马 谡 言 来 听 根 芽。 当

1 2 | 3 2 | 3 | 3 2 | 3 | 2 | 0 3 | 6 1 |
年 跟 随 先 帝 驾， 还 望

3 | 2 1 | 2 | サ 6 1 - 2 1 6 1 - - ‖
丞 相 厚 恩 加。
（拱手）

〔西皮散板〕

**诸葛亮**　**【纽丝凤点头】**（过门同前）3 2 2 1 1 3 1 2（7
吩 咐 两 旁 刀 斧 手，
（向左右一看）

6 6. 1 2 2）1 3 2 - 2 1 2 1 ‖
（仓） 快 斩 马 谡 正 军 法。

〔**【撕边一击】**马谡站起。**【快纽丝】**二刀斧手押马谡出帐，站“小边”。

〔西皮散板〕

**马　谡**（过门同前）3 2 2 3 2 3 3 2 1 2 3（6
丞 相 兴 兵 谁 不 怕，

2 1 3 -）3. 6 5 - 1 1 - 2 1 6
（仓） 赏 罚 公 平 果 不

1 （7 6 2 1 - ） 1 2 1 2 3 2 3
差。 （仓） 马 谡 一 死 无 别

2 （6 1 2 2 2 ） 3 2 3 2 2 - 2
挂， （仓） 家 中 还 有

2 7 5 0 5 5 7 6 - 6 6 5
老 白 发！

〔亮弦〕

「【大锣一击】（2 3 6 5 -）
（扑 扑 仓）

马 谡 【大锣双楗凤点头】（过门同前） 2 2 1 3 2 2 1 1 3 2
二 次 进 帐 忙 跪 下，

（低头沉思）

【快纽丝】（过门同前） 3 3 2 1 2 7. 6 5 6 1 ‖
丞 相 息 怒 慢 斩 杀。

（进帐，诸葛亮刀怒目相视）

【大锣叫头】丞相！末将出兵之时，先立军状，后失三城，理当处斩，奈则一件，家有八旬老母，无人侍养（摇摇头）。我死之后，望求丞相，另眼看待我那老母，马谡纵死九泉，【撕边一击】（哭泣）也是感恩（泣不成声）【大锣一击】非……【大锣一击】浅哪……【大锣原场】（跪地、哭泣）

「诸葛亮见状，心中感慨。

〔西皮散板〕

诸葛亮 【快纽丝】（过门同前） 2 2 2 2 3 5 1 1. 3
见 马 谡 只 哭 （哇）

2 6 7 7 6 5 6 6 6 6 5 -
得

（4 3 6 5 - ） 3 2 6 1 2. 3 2 3 2 3
（仓） 珠 泪 （呀）

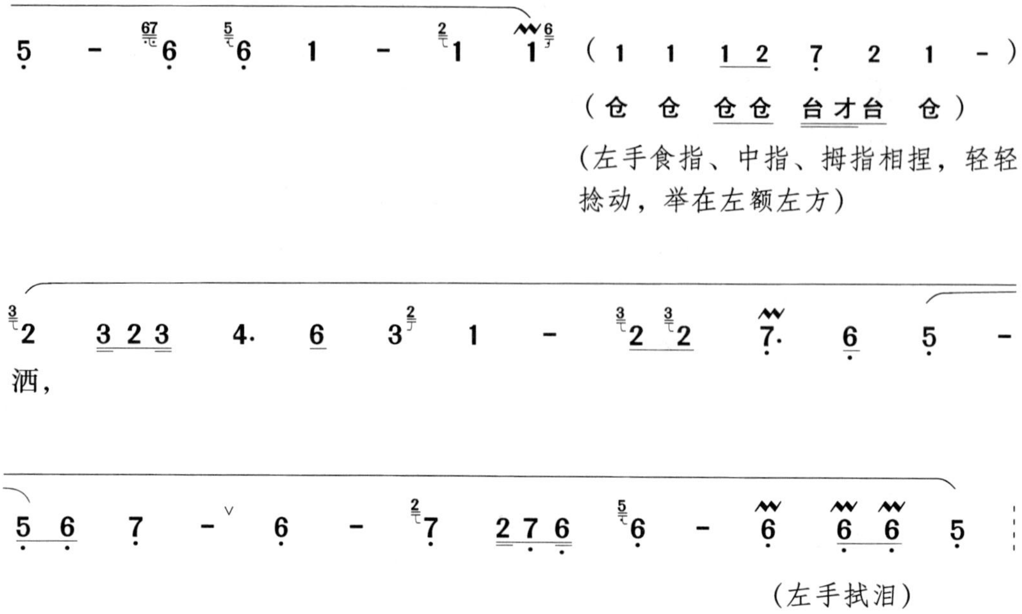


〔【纽丝】诸葛亮心情沉重走出位来，躬身双手搀起了马谡，诸葛亮归“大边”，马谡归“小边”，二人“八字站”。

〔西皮散板〕

**诸葛亮** （过门同前）

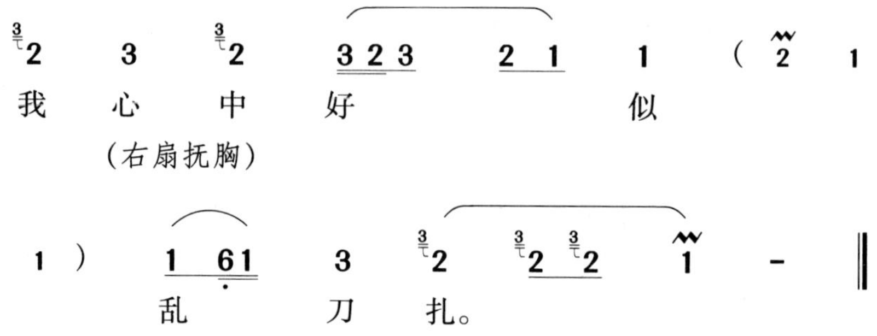


〔【大锣叫头】右手羽扇平抬招呼马谡。

**诸葛亮** 马谡！你未出兵之时，当着满营众将面前先立下军状，老夫也曾嘱咐与你，叫你靠山近水，安营扎寨。如今失守街亭，叫我何以服众？（双手摊掌）

【大锣叫头】（将左袖翻折）马谡！

**马　谡** 丞相！

**诸葛亮** 幼常①！

**马　谡** 武乡侯！

**诸葛亮** （同哭）将军呐……

**马　谡** （同哭）丞相啊…… 【大锣原场】

---

① 幼常：马谡的字。

〔众人喊军威：“哦……”【撕边一击】诸葛亮向左一望。众人喊军威：“哦……”【撕边一击】诸葛亮向右一望。下决心。

**诸葛高** 斩！（用扇做刀状）

〔【冲头】二刀斧手押马谡出帐，走至左台口，诸葛亮归至台中，突然想起一事。

**诸葛亮** 招回来。（以扇示意）

〔【冲头】二刀斧手押马谡返身进帐。马谡自认为丞相要免罪，见丞相激动地跪在了“大边”。诸葛亮很理解马谡的心情，右手持扇自左向右从马谡头上“漫过”，双手搀起马谡。

**诸葛亮** 【大锣叫头】（举左手招呼）马谡！非是我不斩于你，你方才言道，家有八旬老母，无人侍养，你死之后，将你的兵马钱粮，拨与你母跟前，以作养老之费。

**马　谡** （非常感激地叩头）谢丞相！

〔【大锣叫头】马谡站起。

**诸葛亮** 马谡！

**马　谡** 丞相！

**诸葛亮** 幼常！哎，将军哪……（动情地用抖动的手扶马谡）

〔众人喊军威，【撕边一击】诸葛亮向左一望。众人喊军威，【撕边一击】诸葛亮向右一望，决心坚定。

**诸葛亮** 斩！斩！斩！

〔【冲头】二刀斧手押马谡出帐，从“下场门”下。（冬冬冬）【监斩鼓】响。【冲头】二刀斧手从“下场门”上，进帐向诸葛亮示刀，诸葛亮见刀挥手示意刀斧手下。【乱锤】诸葛亮归“小座”。

〔西皮散板〕

**诸葛亮** 【纽丝】（过门同前）

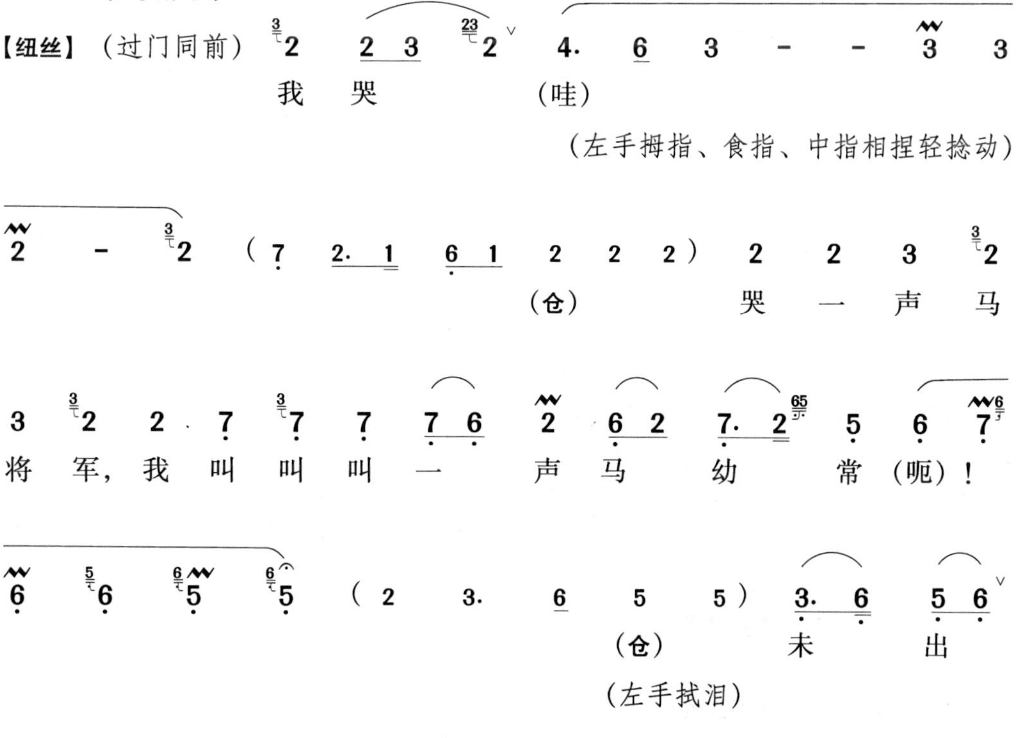

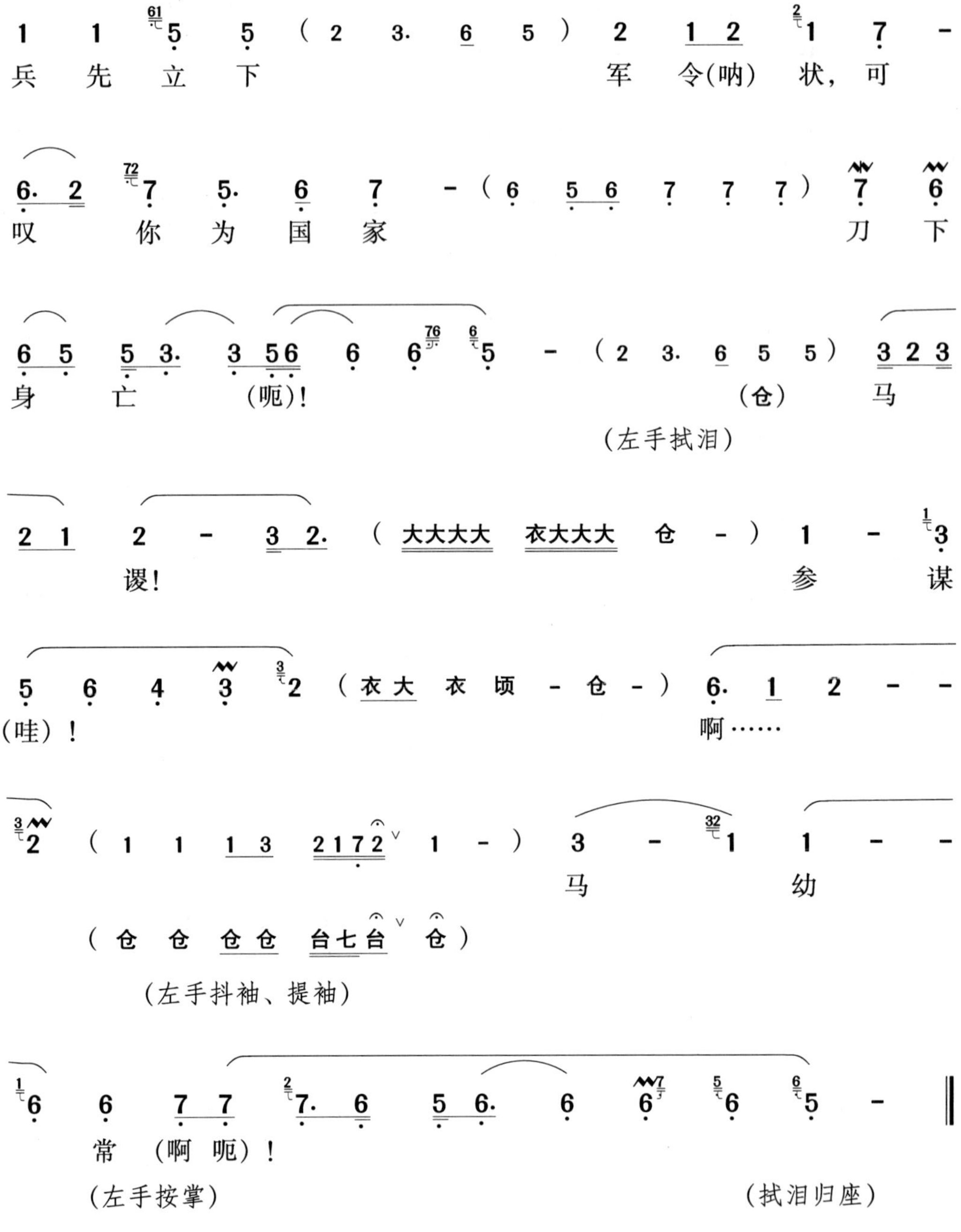


〔【大锣扫头】赵云从“下场门”上，进帐，在“大边”站立。

**赵　云**　丞相斩了马谡，为何落泪？（右手摊掌）

**诸葛亮**　咳！（摇头）老将军哪里知道，先帝（双手拱请式）白帝城托孤之时，曾道：马谡言过其实，终无大用。今日错用马谡，失守街亭。我哪里哭的是马谡，乃思念先皇（双手拱请式）托孤之言哪……（痛心哭泣）

〔【撕边一击】诸葛亮拭泪，赵云感慨地点点头。

**赵　云**　原来如此。

**诸葛亮**　也罢！（【大锣五击】诸葛亮起身走至台中）待山人拜本进京，奏明幼主（拱手），

贬去武乡侯。歇兵三日，再与司马懿决一死战（右扇指出）！后帐摆宴，与老将军贺功！（拱手）

〔奏唢呐曲牌<尾声·合头>

〔赵云躬身施礼，众人扯“斜门”，赵云站右台口。诸葛亮归台口，向赵云招扇，转身从“下场门”下。赵云随下，众人“窝下”。

——剧　终